Le château des Papes

I

Les intrigants

Du même auteur

Sud tragique, Guilde du Livre, 1969.
Mourir pour Dacca, Robert Laffont, 1972.
Ma forêt au bord du grand fleuve, Robert Laffont, 1976.
Le Nouveau Tour du monde en 80 jours, Robert Laffont, 1977.
Médecin de l'aventure, Robert Laffont, 1979.
Ouvrez donc les yeux (avec H. Tazieff), Robert Laffont, 1980.
Guide Mexique, Jeune Afrique, 1980.
Les Histoires de l'histoire, tome 1, Acropole, 1981.
Les Histoires de l'histoire, tome 2, Acropole, 1982.
Mécano de Saint-Ex, Ramsay, 1984.
Jacques Cartier, Acropole, 1984.
La Carrière, M. Slatkine (Suisse), 1989.
Le monde est sur l'antenne, La Thièle (Suisse), 1989.
Dominici innocent !, Le Rocher, 1993.
La Juive du pape, Le Rocher, 1995.
Carpentras, la profanation, Le Rocher, 1996.
L'Aventure du théâtre populaire, Le Rocher, 1996.
Lettre d'un Juif à un Israélien, Bartillat, 1997.
Ces messieurs de Berne, Stock, 1997.
Clément V, Stock, 1998.
Lorenzo, Plon, 1999.

Claude Mossé

avec la collaboration de Nicole Pallanchard

Le château des Papes

I

Les intrigants

Plon

ISBN 2-259-19240-8.

À celle qui, dans l'hiver de ma vie, m'a préparé un fruit.

À ceux qui, rêvant d'être Philinte, ont été par le monde contraints de devenir Alceste.

« Tu recommandes à l'injuste réel de dissimuler la réalité de son injustice ; tu accordes à Thrasymaque que la justice est un bien étranger, profitable au plus fort, tandis que l'injustice est un bien qui se profite à soi-même et pour son propre avantage, mais sans profit pour le plus faible ! »

PLATON, *La République*.

« Le pape est une idole à qui on lie les mains et dont on baise les pieds. »

VOLTAIRE, *Le Sottisier*.

« La liberté de l'esprit n'est pas un confort, mais une grandeur que l'on veut et que l'on obtient de loin en loin par une lutte épuisante. Le risque est grand de n'y jamais parvenir. »

Albert CAMUS, *L'Homme révolté*.

Prologue

Voici plus de cinq décennies qu'année après année, au plus chaud de l'été, les pèlerins du théâtre gravissent les marches qui, le portail franchi, mènent à la Cour d'honneur du palais des Papes. Plus de cinq décennies qu'immuablement identiques, les trompettes de Maurice Jarre retentissent sur le parvis pour que se rassemblent, avec la ferveur des Grecs vers Épidaure, des pèlerins vers Vézelay, les trois mille servants de la grand-messe du théâtre populaire, dans la cour inspirée. Soir après soir, trois mille servants anonymes ou célèbres n'auront, jusqu'à une heure avancée de la nuit, d'yeux et d'oreilles que pour le théâtre autel, unique espace de lumière où, après Michel Bouquet, Gérard Philipe, Maria Casarès, Laurent Terzieff, Jeanne Moreau, Maurice Béjart, d'autres officieront pour une communion toujours renouvelée, toujours partagée entre comédiens et public.

J'ai usé mes fonds de culotte sur les bancs des écoles d'Avignon, j'ai vu l'envahisseur investir ces lieux d'où, depuis des siècles, les pierres témoignent de l'existence de l'homme créateur et de son passé ; la liberté retrouvée, courant le monde, songer à ma ville me débarrassait de toute angoisse vaine ; la mémoire de la Cour, sous le plus beau plafond qui soit, le ciel de Provence, mêle en un seul chœur les voix de

Thomas More, d'Antigone et de Prouhèze, et celles des sept papes qui, pendant soixante-dix ans, ont fait de cette cité le centre de la chrétienté ; le théâtre et les religions ne vivent que par ceux qui les servent, et il est de bon ton aujourd'hui de séparer ce qui ne constituait jadis qu'une entité unique ; la voix de Jean Vilar, le pape du Festival, et celle de Paul Puaux, qui lui a fidèlement succédé, résonnent après leur disparition avec la même force que celle des pontifes qui ont ici porté la tiare ; dès lors, comment dissocier les intrigues de Jean XXII de celles de Samuel Beckett ?

Les unes et les autres, historiquement vraies ou authentiquement imaginaires, impliquent l'idée de « représentation ». Du temple de Delphes au parvis des cathédrales, de l'Odéon d'Athènes à la Cour d'honneur, la recherche est identique : attirer et séduire les foules, afin d'établir un dialogue, une complicité familière pour partager un acte de foi avec le prêtre ou le comédien. Le théâtre hellène incarnait la représentation de Dieu, celui de William Shakespeare, celle des drames humains. Aux croyants, les Évangiles, à l'universel, les auteurs. À chacun sa trinité.

Quand, bien après minuit, le pèlerinage au verbe achevé, je m'en retourne dans mon village, après avoir traversé Carpentras endormie et trop oublieuse qu'elle fut aussi brillante capitale officielle de la papauté, lorsque, sous le micocoulier de la demeure familiale, mes pas crissent sur le gravier, avant que ne vienne le sommeil, je lève un regard vers la blanche corolle du Ventoux. Il veille sur notre Comtat. Pétrarque fut le premier à en gravir la rude pente. Pour l'amour de Laure. Mais Laure a-t-elle vécu ailleurs que dans l'esprit du poète ? Déjà l'Histoire et la légende se confondent. Je ne sais plus lequel de mes personnages a réellement existé, lequel est né de mes rêves, souvent, de mes inquiétudes, parfois.

C'est alors que vient l'envie de saisir la plume, de conter une histoire dans l'Histoire.

C.M.,
Mazan, février 2000

Gascon, né à Villandraut, dans une région occupée par les Anglais mais néanmoins vassale de la couronne de France, Bertrand de Got est élu pape en 1305, sous le nom de Clément V, grâce aux pressions exercées sur le conclave de Pérouse par le roi de France Philippe IV le Bel, dont il tolérera en retour les ingérences dans le gouvernement de l'Église.

Contraint par Philippe le Bel de s'installer dans le royaume, Clément V ne met pas moins de quatre ans pour parcourir les deux cents kilomètres séparant Lyon, où il a été couronné, d'Avignon, fief du roi de Naples et de Sicile. Il franchit les portes de la ville le 9 mars 1309.

La curie siège à Carpentras ; le pape, lui, alterne austérité et plaisirs profanes, il passe l'essentiel de son temps au monastère du Groseau, sur la commune de Malaucène, au pied du mont Ventoux.

En 1306, sur les conseils de son âme damnée, le ministre Guillaume de Nogaret, Philippe le Bel, qui espère ainsi renflouer le trésor de la Couronne, dépouille tous les juifs de France et les expulse du royaume. Ils sont accueillis par Clément V dans le comtat Venaissin. Ainsi naît la communauté des Juifs du Pape.

Un an plus tard, les caisses de l'État sont toujours vides et la guerre contre la Flandre tourne mal pour les armées royales. On dit l'ordre des Templiers particulièrement riche ; Philippe le Bel le poursuit de sa vindicte, organise rafles, tortures et exécutions. Clément V essaie de s'opposer au roi, en vain, puis il finit par dissoudre l'ordre et accepte que les tribunaux ecclésiastiques de l'Inquisition multiplient pendaisons et mises au bûcher.

Un mois après le supplice des maîtres des Templiers, qu'il a accepté, voire encouragé, le pape Clément V défunte à Roquemaure-du-Gard, sur le chemin de sa Gascogne natale. Son corps est ramené dans la capitale du comtat Venaissin, Carpentras, propriété de l'Église depuis que les comtes de Toulouse ont cédé, en 1274, leur titre au Saint-Siège.

En Italie, la situation n'est guère meilleure, les puissants clans des Guelfes et des Gibelins ne cessent de s'étriper. Un mois après la mort de Clément V, le conclave composé de vingt-sept cardinaux, dont seulement sept Italiens, se réunit à Carpentras. Le nouveau pape voudra-t-il, pourra-t-il retourner à Rome ?

Alors débute notre histoire...

PREMIÈRE PARTIE

LE CARDINAL ÉGARÉ

1

À la tombée du jour, dès que la horde eut quitté Carpentras, Jacques Mollard, qui se trouvait dans la ville afin d'y visiter un peaussier levantin, avait galopé sur le chemin rocailleux jusqu'à Mazan, pour rapporter à son seigneur les atrocités auxquelles il avait miraculeusement échappé. Sa fine tunique de lin trempée de sueur et ses chausses couvertes de poussière, encore bouleversé par tant d'horreur, il tremblait de son corps entier en parlant.

— Cela a été terrible. Au prétexte d'emporter sans plus tarder le cercueil de Clément V, que personne ne gardait dans l'église Saint-Siffrein, plus de cinquante cavaliers gascons en armes ont, dès l'ouverture des portes, envahi la ville. Dans le fracas des sabots des chevaux sur les pavés de la cour du palais, on entendait hurler « À mort ! À mort ! ». Marchands, pages, serviteurs des Italiens, tous ont été passés au fil de l'épée ou poignardés, avec une violence aveugle. Le sang ruisselait dans les cours et les rues autour du palais.

— Qui commandait ? avait demandé Norbert d'Audes.

— Le vicomte de Lomagne et Raimond Guilhelm de Budos. Assez connus des hommes du guet pour que libre passage leur fût accordé.

— L'un et l'autre, neveux de Clément V ! Rien de

surprenant à cela ! Le pape a donné le bourg de Monteux au vicomte de Lomagne, également cardinal, et Budos, lui aussi gascon, a été fait légat. Continue, je te prie, et n'omet aucun détail. Il y va sans doute de l'avenir de la papauté dans le comtat Venaissin.

Pour Norbert d'Audes, coseigneur de Mazan, robuste quadragénaire au teint mat, aux grands yeux noirs, quel terrible désastre que ce fleuve de sang ! À une lieue de son domaine, dans Carpentras, capitale de la chrétienté, nouvelle Rome égarée en Provence, des gens d'Église s'étaient massacrés. Chaque parti avait de bonnes raisons d'espérer la tiare pour l'un des siens.

Ce serait miracle qu'il y eût encore des survivants, tant la surprise avait été grande. On avait égorgé presque tous les Italiens, mais aussi massacré gens du peuple, clercs des cardinaux, négociants de passage et juifs, reconnaissables à leur rouelle jaune, qui, spoliés de leurs biens par Philippe le Bel, avaient trouvé un abri chez le pape.

Comme l'avait exigé dans une bulle écrite de sa main Bertrand de Got, devenu Clément V avec l'aide intéressée du roi de France, le conclave s'était, moins d'un mois après sa mort, réuni dans le diocèse du défunt. Sa dépouille embaumée demeurait dans la nef de la cathédrale Saint-Siffrein, elle ne serait transportée qu'après l'élection de son successeur, dans sa Guyenne natale, à Uzeste, non loin de Bordeaux, dont il avait été archevêque avant d'être désigné au gouvernement de l'Église. Les cardinaux avaient, jusqu'à ce jour de juillet, respecté le souhait du défunt.

Calé au fond d'une cathèdre de fines branches de mélèze, coupées par les bûcherons aux pentes basses du Ventoux, une dague de Tolède à portée de la main, Norbert d'Audes, seigneur comtadin, disciple de

François d'Assise, connu pour sa tolérance, sa piété et son esprit chevaleresque, avait écouté, un rictus sur les lèvres, son jeune écuyer. Effrayé par le terrible récit de cette journée sanglante, il n'avait pas songé, lui dont chacun reconnaissait la courtoisie, à l'inviter à s'asseoir sur un des bancs qui encombraient la vaste salle de style roman où il recevait habituellement ses paysans, recueillait les taxes et sa part de récoltes, ou entendait des doléances auxquelles il s'efforçait de donner suite. Ce n'était pas toujours possible.

Ce serait là, dans cette vaste forteresse de Mazan, rêvait-il parfois, que se dérouleraient de somptueuses réjouissances lorsque le temps serait venu de marier Philibert, le fils de quinze ans que lui avait donné son épouse Emilia, native de Venise, à Laure, la ravissante fille d'Audibert de Noves, seigneur de Bompas, en bordure de Durance, qui avait des droits de décimes sur Mazan. Cette alliance scellerait définitivement l'unité du village, afin de mieux le défendre contre un voisin à la tête un peu trop chauffée par le soleil, qui, soudainement pris d'impétuosité et d'ardeur, attaquerait le bourg, réputé pour la qualité de son vin et de son huile, afin de se saisir des barriques entreposées dans les caves des vignerons et d'en faire commerce avec les ecclésiastiques rassemblés dans Carpentras et les voyageurs de passage amateurs de bons vins.

Norbert ne perdait pas un mot du récit des atrocités dont les Gascons s'étaient rendus coupables. Il éprouvait à la fois peine et colère. Jacques Mollard lui conta qu'il serait arrivé plus tôt s'il n'avait dû s'arrêter chez un maréchal-ferrant pour faire remettre un fer à son cheval qui avait glissé dans une fondrière du chemin. De cela, Norbert d'Audes se souciait peu. Si dans Carpentras la journée n'avait été que pillages, incendies, meurtres et viols, il entendait n'en rien ignorer. Il avait pour cela des raisons dont il ne pouvait entretenir son écuyer. Il s'impatientait, ce qui n'était pas dans ses habitudes.

— Quelqu'un à l'écurie s'occupera de ta monture, mais dis-moi vite s'il y a encore pour nous péril à demeurer ici. Les meurtriers doivent courir la campagne alentour.

Quoiqu'il n'ait guère eu l'envie de se divertir, Jacques Mollard avait souri.

— Il n'y a plus péril, mon seigneur, pour la bonne raison qu'il n'y a plus personne à tuer. L'homme qui a ferré mon destrier m'a rapporté que les cardinaux auraient réussi à percer un passage au travers d'un mur du palais. Ils se seraient enfuis par la porte d'Orange.

— Tu en es certain ? Si tu dis vrai, Colonna est vivant ! Pourquoi n'est-il pas venu se réfugier ici ? Une lieue à peine, qu'il avait la force de parcourir sans difficulté. Dans nos murs, il ne courait aucun danger.

— Sans doute les Italiens ont-ils voulu partir ensemble, avait suggéré l'écuyer. Lorsqu'ils ont attaqué le palais, après avoir pillé les demeures des habitants et celles des représentants des banques italiennes, ce furent les moments les plus terribles. En français, ils hurlaient : « Nous voulons un pape ! Nous voulons un pape ! » Les Gascons ont surgi devant le palais. Furieux d'avoir laissé échapper les Italiens, ils ont tué tous les gens qu'ils croisaient dans la ville et qui n'avaient pu trouver une cachette. Je me suis moi-même abrité derrière les sacs de froment du panetier. Quand j'ai quitté la ville, tout paraissait calme. Les Gascons, ivres de vin et de sang, las d'avoir violé de très jeunes pucelles, surtout dans la Carrière aux juifs, n'avaient qu'une envie : fuir à leur tour. Ayant échoué dans leur dessein, rassasiés de haine, mais n'ayant pu forcer le conclave, ils ont disparu. Personne ne les a poursuivis. Je crains que les vingt gardes en armes du palais soient tous morts.

Jacques Mollard tenta, en vain, de calmer l'angoisse de son seigneur.

Le regard de Norbert d'Audes, souvent sombre, qui lui donnait un visage sévère fort éloigné de sa nature généreuse, trahissait son inquiétude.

— Les Gascons reviendront, ils reviendront, avait-il soupiré. Tu dois avoir soif et faim... Va aux cuisines, mange, étanche ta soif. J'ai besoin d'être seul.

L'écuyer s'était incliné, s'était retiré, sans ajouter un mot.

Frêle dans son pourpoint, quoique doté d'un solide appétit, Jacques Mollard avait mordu à pleines dents un jeune perdreau cuit au jus d'olives. Il aurait aimé comprendre les raisons de l'angoisse du maître qu'il avait choisi de servir plutôt que d'entrer dans les ordres comme le souhaitait son père, le baron de Mollard, en Dauphiné. Les crimes des Gascons dans Carpentras avaient été atroces, cruels, mais pourquoi son seigneur montrait-il tant de compassion envers des Italiens qui avaient fait de Rome un coupe-gorge, et qui n'étaient venus en France que pour s'entre-déchirer entre clans adverses ? Les Caetani détestaient les Colonna, et les Colonna auraient volontiers exterminé les membres du clan Caetani. Cela dépassait son entendement. La chrétienté entière souffrait de la discorde entre Guelfes et Gibelins

Après avoir séparé la deuxième aile du perdreau, il l'avait mangée avidement. Norbert d'Audes pouvait être assuré de sa fidélité, pour le reste, Jacques Mollard, en bon chrétien, comptait sur Dieu. Dieu qui devait veiller de son royaume céleste à ce que sur terre un pape fût enfin élu. De tout cela, Mollard se refusait à croire que les Gascons étaient responsables.

Et pourtant, comment nier que les cardinaux d'Aquitaine et leurs suites n'avaient jamais cessé en quatre mois de conclave de manifester leur arrogance ? Quoique le latin fût en usage dans l'Église, ils parlaient entre eux la langue d'Occitanie, afin d'égarer les Italiens qui n'entendaient pas un mot de ce qu'ils disaient, et assistaient, impuissants, aux multiples intrigues que les Gascons fomentaient contre eux. Les partis en présence ayant maintenu leurs positions respectives, aucun candidat n'avait encore réuni la majorité requise des deux tiers.

Quant à Norbert d'Audes, jamais il n'avait cru qu'on en viendrait aux armes entre chrétiens, pour la place de vicaire du Christ ! Il s'interrogeait : n'était-il pas un peu responsable ? Pourquoi avait-il accepté d'être complice des turpitudes du clan italien ? Parce qu'il détestait les Gascons ? Il était trop tard pour se poser des questions. Il devait, sans perdre de temps, retrouver la trace de Colonna.

Peu avant Pâques, qui marquait le début de l'année, il avait caché à Mazan, dans sa vaste demeure ceinte de remparts hauts de plus de sept mètres, deux Templiers qui avaient fui la commanderie de Vaison. Sur ordre du souverain pontife, soumis aux caprices royaux, elle devait être entièrement incendiée et les chevaliers du Temple arrêtés, torturés et brûlés. Non que Norbert d'Audes éprouvât quelque sympathie pour l'ordre dissous mais, petit-fils de Cathare, il haïssait les Gascons, qui soutenaient le roi de France un jour, le trahissaient par fidélité au souverain anglais le lendemain. Clément V avait peu défendu le Temple, à seule fin de ne pas déplaire au roi de France. La conduite des Gascons, après la mort du pape, avait encore attisé la colère de ce preux chevalier de vieille noblesse comtadine.

Norbert d'Audes eut le sommeil agité. En songe, des démons incendièrent sa demeure, dans un terrible vacarme, et famille, soldats et serviteurs périrent dans les flammes.

Le lendemain, dès l'aube, il donna l'ordre qu'on sortît des écuries son meilleur cheval et qu'on le sellât. Il voulait vérifier par lui-même en quel état se trouvait Carpentras.

Il n'avait pas relâché la bride avant les portes de la ville. Cela n'avait servi à rien. Les ponts-levis levés, il n'avait pu y pénétrer. Norbert d'Audes avait tendu l'oreille, pas un bruit de l'intérieur. Y avait-il des survivants ou tous les habitants étaient-ils morts ? Si des Carpentrassiens avaient échappé au massacre, lesquels ? Quoique l'idée de la mort ne l'ait jamais effrayé, il était triste d'une agression que rien à ses yeux ne justifiait. Les Gascons voulaient sauver leur parti, l'insurrection couvait ; les seigneurs comtadins, toujours diserts sur ces gens d'Église plus soucieux de leur bonheur que du malheur des autres, n'avaient rien fait pour éviter cet inutile massacre.

La chaleur était étouffante. Il s'était approché de l'Auzon, avait trempé ses mains et son visage dans l'eau fraîche. Sous l'ardeur des rayons du soleil, sa monture hennissait, les cigales stridulaient. Il n'y avait personne alentour. Les pierres et la nature respiraient une odeur de mort.

Les heures succédaient aux heures. Là-bas, à l'occident, le disque solaire descendait sur la vallée du Rhône. Norbert d'Audes demeurait près des remparts, il n'avait guère l'envie de revenir à Mazan, ses yeux se perdaient sur le lent courant de l'Auzon. Si cette « rivière des Aunes » menait à l'Éternité, il en eût assurément suivi le cours jusqu'à son terme. Pourquoi n'était-il pas mort lui aussi au cours de cette terrible journée ?

L'angoisse de ne pas revoir le cardinal Giacomo Colonna le consumait d'un feu infernal. Il s'était volontairement dépouillé des vertueux préceptes que son père, Gilles d'Audes, lui avait enseignés. La famille d'Audes avait acquis cette baronnie de Mazan en échange de celle, tout aussi modeste, de Barjal, qu'elle possédait en Périgord, bien avant que la reine Aliénor, en épousant le Plantagenêt, n'ait offert la très chrétienne Gascogne au roi de France, la plongeant dans le plus complet désarroi.

Que Colonna n'ait pas survécu, Norbert d'Audes en éprouverait un sentiment douloureux. Si, dans quelques mois, peut-être seulement quelques semaines, la papauté n'était plus que misère, lui, petit seigneur de Provence, en porterait le poids. Jamais il n'aurait dû accepter de dissimuler le trésor que lui avait confié l'Italien, un trésor maudit dont le pape défunt avait toujours ignoré l'existence. Le Saint-Siège disposerait du pouvoir mais, les caisses vides, serait privé d'autorité. Que se passerait-il alors ? Il s'était voulu généreux, il n'avait été que complice.

Il ne doutait pas que, pour reconstituer sa fortune, l'Église aurait recours aux tribunaux ecclésiastiques. Leurs juges, pour corrompus qu'ils fussent, ne manqueraient pas de victimes à spolier, d'hérétiques plus ou moins imaginaires dont ils s'empareraient des biens, après les avoir conduits aux bûchers. Toute cette terreur parce qu'un seigneur comtadin n'avait pas su s'épargner une coupable faiblesse !

Il imaginait la chrétienté assoiffée de sang et l'humanité condamnée à ne jamais connaître le salut. Le délire s'emparait de son esprit. Il était trop tard pour refaire l'histoire.

Une méchante pensée traversa un instant sa tête lourde. Sans l'insistance de son épouse Emilia, aurait-il accepté sans renâcler de cacher les coffres, une part importante du trésor de la curie, que lui avait confiés Colonna ? Il en éprouvait un amer regret, mais la mélancolie ne modifierait pas le cours du temps.

Le jour où Colonna lui avait remis la précieuse livraison, Norbert d'Audes avait, dans la terre de son domaine, planté son épée de parade et juré de ne jamais trahir ce que l'Italien, sans en préciser la nature, lui avait présenté comme une noble cause. Il s'était signé sur les deux cassettes de bois aux serrures d'argent, avant de les enfouir dans le sous-sol du donjon, en un lieu connu de lui seul.

À la mort de Clément V, le cardinal lui avait réclamé le trésor, il l'avait restitué. En remerciement de sa loyauté, l'Italien lui avait remis douze livres tournois, prélevées sur sa bourse personnelle.

Affligé par l'ignominie d'une si cruelle journée, une question le taraudait : où se trouvaient les coffres ? Colonna ne les aurait jamais livrés à quiconque. Plus qu'un trésor, c'était pour lui une arme contre ses adversaires. Une fortune de plus d'un million de florins or pesait plus lourd qu'une armée entière. Même le doyen du Sacré Collège, Napoleone Orsini, en ignorait l'existence.

— Cet homme est perdu, ressassait inlassablement depuis de longues heures Norbert d'Audes, immobile, accroupi sur une pierre basse à quelques centaines de pieds des remparts de Carpentras, au bord de l'Auzon, réduit par la sécheresse à un timide filet d'eau s'étirant dans la plaine dominée par le cône laiteux du mont Ventoux, où ne s'aventuraient que chasseurs et bergers.

À quoi servirait-il de partir à sa recherche ? Il ne le retrouverait pas. S'il avait gagné Avignon, il ne s'était certainement pas réfugié dans sa livrée de la rue des Teinturiers, la plus somptueuse de celles construites par les cardinaux, il se cachait en un lieu plus discret. Ce serait folie que d'espérer le découvrir.

Le soleil déclinait déjà sur les monts de Vaucluse. Tout était étrangement calme. Dans les oliveraies et le vignoble mûrissant, il n'y avait de vie que la stridulation des cigales, invisibles dans les hautes branches des platanes, le long de la rivière qui se faufilait à travers champs jusqu'au Rhône. Dans l'herbe jaunie, les moutons et les porcs traquaient la moindre touffe encore verte.

La nuit venue, Norbert d'Audes, terriblement las, se releva avec difficulté. Âgé d'à peine quarante ans, il lui sembla en porter plus de cinquante. Il remonta à cheval, passa devant la porte d'Orange, où aucun archer ne veillait dans le donjon. Il prit la direction de Mazan, par le chemin du Banay. Les vieux affirmaient que déjà les chars l'empruntaient, du temps où les Romains occupaient la *provincia* et avaient fait de l'oppidum de Mazan une des places les plus riches de la plaine qui, du Ventoux, s'étend jusqu'au lit du Rhône.

Un serf de Norbert d'Audes n'avait-il pas, en raclant le sol de cette voie sinueuse, toujours ensoleillée afin de plaire aux dieux de Rome, qui plutôt que de suivre le cours de l'Auzon s'étirait à travers champs de blé et vignobles, trouvé une monnaie de bronze avec les profils adossés d'Auguste et d'Agrippa ? Une pièce qui sommeillait là depuis quatorze siècles et que Norbert, après l'avoir débarrassée de ses poussières, avait placée sur le replat de la large cheminée dans la grande salle du château, comme symbole de la puissance de sa seigneurie, plus ancienne et plus riche que ses voisines, Mormoiron et Saint-Pierre-de-Vassols.

Norbert d'Audes se rendait souvent, après la chasse, sur le chemin du Banay, dans une auberge isolée au milieu du vignoble, dernière halte pour les rouliers, malandrins ou négociants avant d'atteindre Carpentras. Nul seigneur, nul ecclésiastique n'avait jamais réclamé la moindre taille, la plus petite dîme au tavernier qui affirmait se nommer Olivier. Les mauvaises langues prétendaient qu'il était le fils naturel du pape Clément et d'une donzelle du Barroux, place fortifiée, à deux lieues de Malaucène et du monastère du Groseau, où le pape défunt, dans la fraîcheur mêlée d'une source et des sous-bois des premières pentes du Mont, avait l'habitude d'attirer les créatures à son goût dans ce qu'il appelait son « jardin des délices ».

Assurément, on venait chez Olivier pour s'informer des événements du monde, colportés par les voyageurs, plus que pour souper. On ne chicanait jamais, sous les poutres luisantes du suif des chandelles, sur la qualité des mets. Le menu était toujours identique : pièce de porc arrangée aux oignons, fromages de chèvre du plateau de Sault, au septentrion du Mont, et pichets de vin de la plaine à volonté. Point d'olives, parce que réservées aux moulins où l'on en extrayait une huile dont les seigneurs seuls assuraient la vente, tant elle était recherchée pour sa qualité. Les marchands orientaux, de passage à Avignon, n'en discutaient jamais le prix, la trouvant incomparablement meilleure que celle de Grèce ou des pays ottomans.

Norbert d'Audes espérait en apprendre davantage sur les péripéties de la veille, il avait décidé d'y prendre le repas du soir. Des cris, des rires s'échappaient de cette maison de bois à un étage, au toit pentu couvert de chaume. Olivier l'aubergiste le reconnut, se prosterna, l'installa, seul, à une des six longues tables, entourées de bancs semblables à ceux des églises du voisinage, bancs probablement volés ou échangés aux abbés miséreux contre quelques victuailles.

— Que notre seigneur aimé soit le bienvenu en notre auberge. Il a choisi le bon jour car, ajouta-t-il en tendant un bras qu'il avait énorme vers la cheminée où les braises sous la marmite accentuaient encore la chaleur du soir, j'ai aujourd'hui une pièce de bœuf et de la soupe aux haricots. Et ça n'est pas tous les jours. Depuis que pour le conclave les gens d'Église ont envahi Carpentras, ils se jettent, sans toujours payer, sur tout ce qui se mange et se boit à cinq lieues alentour. Enfin, depuis hier...

— Depuis hier ? lâcha d'une voix neutre Norbert.

Les deux mains sur les hanches, par-dessus un tablier maculé de graisse, Olivier ne cacha pas sa surprise.

— Quoi, notre seigneur s'amuse de moi ! Qui peut encore ignorer que les Gascons ont réussi leur coup ? Fini le conclave... Fini... En perçant de leurs mains un mur du palais, les cardinaux se seraient enfuis. Un clerc m'affirmait que ces hauts prélats avaient pris soin de s'échapper, le bonnet rouge sur la tête, l'épée dans le fourreau, afin que les bandes de coupe-jarrets épargnent leur vie. Comme si les tire-laine prenaient quelque intérêt à ceux qui leur ont promis l'enfer !

Olivier éclata d'un grand rire de gorge et fit sursauter un homme, sorte de nain affreusement distordu, qui soupait en compagnie d'une femme d'une quarantaine d'années, laquelle eût été encore séduisante si elle n'avait été aussi négligée dans sa mise et la bouche vide de toute denture.

Olivier, entre deux rires, entreprit de raconter à Norbert ce que lui avaient rapporté les clercs de la fuite des prélats et des atrocités commises par les Gascons.

— Je sais... Je sais..., répondit Norbert d'Audes, tout cela est terrible. Les meurtriers seront châtiés... Hélas, ce soir, nul ne saurait dire quand nous aurons un pape.

— À moins que ne se désigne lui-même le seul qui, en raison de son âge avancé et de son état maladif, serait demeuré au palais, préférant la mort à une fuite précipitée et sans doute fatale.

— Qui ?

— Jacques Duèze, le Quercinois de Cahors, l'ancien évêque d'Avignon... Soixante-dix ans aux vendanges... Il ne doit plus avoir la force de courir. Que les Gascons reviennent, ils lui trancheront la gorge. Le Quercy est à la France, la Gascogne aux Anglais !

Norbert d'Audes avait aperçu Jacques Duèze dans l'église Saint-Siffrein de Carpentras, lors de la messe solennelle qui avait marqué l'ouverture du conclave. Le cadavre de Clément V reposait, sur un catafalque, au centre de la nef. Quelques jours plus tôt, un gros cierge avait chu sur le mollet du défunt et avait manqué consumer le corps.

Selon le tavernier, Jacques Duèze, hostile aux Gascons, n'aurait donc pas quitté la ville... Norbert d'Audes n'avait rien appris sur Giacomo Colonna, et que Duèze fût ou non encore dans Carpentras ne servait point ses affaires.

Il remonta sur son destrier et reprit le chemin de Mazan, l'esprit tourmenté : Colonna était-il mort ? S'il était vivant, avait-il emporté le trésor ? Où se cachait-il ? Pourquoi n'avait-il pas couru jusqu'à Mazan où les Italiens ne manquaient pas d'amis ? Il n'y avait d'autre solution que d'attendre et d'espérer.

2

Par la fenêtre de la salle de travail, en son palais de la Cité, Philippe IV le Bel, roi de France, laissait son regard traîner sur les eaux sombres de la Seine. D'une rive à l'autre, les passeurs transportaient gens du peuple et marchandises dans des barques à fond plat, gouvernées à travers le courant avec une corde à l'extrémité de laquelle une planche mobile permettait d'en modifier l'avancée. C'était grand miracle que dans un tel embarras aucune ne chavirât. Elles étaient taillées dans les ateliers de son manoir de Vincennes, le plus vaste ensemble fortifié de toute la chrétienté. Le roi avait exigé, afin d'en tirer le meilleur profit, qu'elles fussent les plus légères possible, creusées dans des troncs des forêts en bordure de Marne, et achevées en moins d'une semaine. Cela rapportait quelques livres aux caisses de Philippe le Bel. Il en aurait fallu beaucoup plus pour mettre un terme à la coûteuse guerre des Flandres. La situation des armées royales y était mauvaise. Les Français avaient été chassés de Courtrai et assiégés dans Lille et Tournai.

À quarante-six ans, Philippe le Bel, s'il avait le corps usé, conservait l'esprit vif et le tempérament guerrier. Depuis la disgrâce et la mort de Guillaume de Nogaret, il se sentait isolé, sans conseiller sur lequel compter.

Souvent, sans en souffler mot, il regrettait d'avoir remplacé dans la charge de premier ministre le bouillant conseiller qui ne concevait de bonne justice que le bûcher, d'excellente monnaie que la fausse, et de bon voisinage avec les nations européennes que la guerre. Enguerrand de Marigny l'avait remplacé. Hélas, avec lui la situation avait empiré, et quantité de nobles vassaux pensaient qu'en préférant Marigny à Nogaret Philippe le Bel n'avait fait qu'échanger cruelle hypocrisie pour duplicité secrète.

Le roi, atteint par la maladie, avait ordonné qu'on installât dans la pièce voisine de la salle de travail un grand lit. Depuis la mort de la reine Jeanne, il y recevait, dissimulé derrière les rideaux tirés, l'une ou l'autre des dames de sa Cour, afin de satisfaire, de plus en plus rarement, ce qui lui restait de virilité. Il ne quittait guère ce logis, siège de l'autorité royale, redoutant toujours que dans la Grande Galerie, emplie de courtisans, de juristes et de négociants qui y traitaient leurs affaires, il se trouvât quelque reître pour le poignarder. Depuis la mort des Templiers, peut-être un peu trop hâtivement abandonnés au bûcher, le nombre de ses ennemis n'avait cessé de croître. Quant aux Hospitaliers, dont il apercevait, entre les pignons de deux hautes maisons, le toit de la chapelle des Billettes, ils rechignaient à verser régulièrement leurs décimes.

D'un fenestron, il avait, au mois de mars, assisté au supplice par le feu de Jacques de Molay et de Charnay, précepteur de l'Ordre en Normandie. La joie de Nogaret, qui se trouvait à ses côtés, devant l'horrible spectacle de ces hommes dont les os et les chairs se consumaient dans les flammes, l'avait tant irrité, lui que certains de ses barons avaient surnommé le roi de fer, qu'il avait sur-le-champ congédié Nogaret. Pendant plusieurs mois, il avait cherché un prétexte, il l'avait enfin trouvé.

Trois mois avaient passé, le roi gardait l'impression que tout, autour de lui, et jusqu'à ses chausses, demeurait imprégné de l'odeur des corps calcinés.

Philippe IV quitta des yeux — regardait-il vraiment ? — le mouvement des radeaux et des barques sur le fleuve, il n'entendait plus les cris des charretiers, les hennissements des chevaux, les grognements des cochons bousculés dans la poussière des chemins de rive. Il souhaitait depuis des années les faire couvrir de pavés, il n'y était jamais parvenu, faute de pouvoir payer les pierreurs qui n'auraient pas manqué de se rebeller s'ils n'avaient pas reçu leur salaire, une misère pourtant.

Il revint à sa table de travail, éclairée par deux chandeliers à sept branches, en or massif, pris à une famille de riches marchands juifs de Paris, lors de la spoliation générale de 1306. Déjà huit ans !

Seulement huit ans ! Le roi ne parvenait plus à distinguer le passé du présent, il se préoccupait encore moins de l'avenir. Clément V, pour lequel il avait tant intrigué afin qu'il occupât le trône de saint Pierre, s'était éteint en avril, un mois plus tôt, à l'âge de quarante-neuf ans. Philippe en avait quarante-six, il se sentait vieux. Pour la première fois de sa vie, son esprit était hanté par la frayeur de mourir. Dans la salle, aux murs couverts de tapisseries, le silence évoquait la mort, elle se dissimulait derrière chaque colonne.

Il avait, en vingt-huit ans de règne, fait le vide autour de lui. Qu'il reprenne Lille et Courtrai, peut-être se retirerait-il dans un couvent. L'Église réclamait une nouvelle croisade. Il n'en voulait pas. Quel que soit le successeur de Clément V, il s'y refuserait. Il n'avait qu'un souhait : que l'élu fût français, et aussi soumis à la Couronne que son prédécesseur.

De sa jaque de soie, le roi tira un parchemin, une missive de son émissaire au conclave de Carpentras.

Les discussions y étaient de plus en plus âpres. Le souverain était décidé à intervenir sans tarder ; il favoriserait le cardinal Nicolas de Fréauville, son ancien confesseur, le seul protégé de la Couronne que les Italiens accepteraient peut-être.

Le roi enroula le parchemin et soupira. À quoi lui servirait-il de brusquer l'élection pontificale ? Il serait mort avant qu'un nouveau pontife soit désigné.

À travers le rectangle tranché dans l'épaisseur des murs du palais, le roi apercevait les façades de bois alignées le long des quais, où s'étaient installés les maîtres d'œuvre travaillant à l'achèvement de la cathédrale. Une brume mollasse s'étendait sur le lit de la Seine. La nuit tombée, Paris serait plongé dans l'obscurité la plus complète, et, dans les ruelles autour du palais, on entendrait comme chaque nuit les appels au secours des victimes des coupe-jarrets, auxquels personne, manant ou nobliau, n'osait résister. Philippe le Bel régnait sur une cité où chaque soir chacun se préparait à la peur, au meurtre.

Un chambellan frappa à la porte. Le roi, les mains moites, sursauta.

— Qui vient là ?

— D'Auzias, lança le visiteur.

Philippe le Bel avait reconnu la voix du plus fidèle de ses serviteurs personnels. Il n'avait rien à craindre.

— Entre !

L'homme pénétra dans la salle en courbant l'échine et jeta une bûche dans l'âtre, dont il raviva la flambée avec une longue pince de fer.

— Avez-vous faim, sire ? Avez-vous soif ? Il se fait tard, et vous n'avez pas soupé.

Philippe le Bel l'observait, silencieux, absent.

— Un vrai temps d'hiver, hasarda d'Auzias. Nous sommes plus à l'abri de la tempête ici que sur les chemins de Flandre. Dans les rues sombres, des chariots attelés de bœufs ne parviennent pas à s'arracher aux fondrières boueuses. Nous sommes au cœur de l'été, voici une semaine que les orages succèdent aux orages. Dieu nous abandonnerait-il ? Un orage est toujours un avertissement céleste avant un grand malheur !

Le chambellan avait dit cela sans malice, dans l'espoir de dérider le roi. Le genre de propos qu'il ne convenait pas de tenir ce soir-là. Le roi se dressa et se précipita vers d'Auzias. Son teint blafard était devenu cramoisi, la colère le submergeait. Allait-il étrangler d'Auzias ? Celui-ci, effrayé, recula.

— Ne me parle pas de Dieu. Je tiens mon autorité de lui et de lui seul, soit, mais qu'il ne tarde plus à se faire représenter sur terre ! Quatre mois de conclave, c'est trop, beaucoup trop ! Ma patience a des limites.

Il leva les yeux au ciel et aperçut, entré à son tour dans la salle, Enguerrand de Marigny, premier ministre et intendant des finances. Il n'avait pas cogné à l'huis.

Prudemment, d'Auzias se retira, laissant les deux hommes en tête à tête, non sans avoir rappelé que, selon les ordres royaux, la garde de nuit était déjà en place devant la porte.

Philippe le Bel s'était enfoncé dans une cathèdre couverte de broderies d'Écouy, la baronnie normande de la famille Marigny.

— J'ai le cul sur vos draperies et je l'aurai bientôt sur vous, éructa Philippe le Bel à l'intention de ce conseiller qu'il avait nommé et dont pourtant il craignait qu'il achevât d'édifier sa fortune en puisant dans ce qui restait du trésor royal.

Enguerrand de Marigny ne releva pas l'injure, il avait appris d'expérience que les disgrâces du roi étaient sans appel et le souverain avait au moins dix raisons de l'envoyer à Montfaucon, pour y être pendu.

— J'ai ici — et il sortit de sa cotte de soie un rouleau de parchemin — un document important pour vous, sire. J'ai tenu, malgré l'heure tardive, à vous en entretenir. Je crains que vos protégés, les cardinaux gascons, n'aient bientôt des comptes à vous rendre. Ils se conduisent cruellement à Carpentras. Forts de la bienveillance que vous avez toujours témoignée à feu Clément V, lui aussi gascon, ces prélats ne savent quoi inventer pour embarrasser les autres partis, empêcher qu'aucune majorité ne se dégage. Jusqu'alors, il ne s'agissait que d'incidents pour prolonger le conclave, mais — et il désigna d'un doigt ferme le parchemin — le dernier rapport de notre ambassadeur révèle que les Gascons ont commis des actes de guerre, des viols et des meurtres, qu'ils ont incendié les demeures des Italiens.

Enguerrand de Marigny rapporta au roi la journée au cours de laquelle les assaillants avaient par la hache et le feu semé la terreur, obligeant à la fuite les conclavistes, y compris les Gascons qui se vantaient d'être protégés par le roi de France.

Dans la salle, imprégnée par l'odeur âcre de résine consumée, la faible lueur des chandelles renvoyait sur les murs gris le profil de ces deux hommes. Ils n'étaient guère plus honorables l'un que l'autre, affichaient depuis longtemps leur animosité réciproque, et partageaient un goût commun pour les turpitudes les plus honteuses. Philippe le Bel ne pouvait toutefois chasser son ministre sans courir le risque d'une révolte.

Le connétable avait parlé, le commentaire du roi se faisait attendre. Malgré la semi-obscurité, Philippe le Bel remarqua qu'un sourire de jubilation méchante étirait les lèvres de Marigny. Il finit par rompre le silence. À sa manière, brutalement.

— Qu'en est-il des cardinaux ? Vivants ? Morts ?

— En fuite. Tous... Les Gascons, les Français, les Italiens...

Enguerrand de Marigny se refusait à tout propos qui eût pu lui être contraire.

Philippe le Bel se leva et sans se hâter s'approcha de la fenêtre : de rares passeurs se montraient assez audacieux pour traverser la Seine de nuit, avec une petite lanterne de suif.

Marigny l'entretenait des massacres de Carpentras, le roi lui répondit par la guerre en Flandre.

— Les tensions qui affligent la Flandre ne me conviennent guère. Avant deux semaines, je veux disposer de trente mille hommes et calmer les appétits de Louis de Nevers qui aimerait, quoique non germanique, se saisir de la couronne impériale qui nous a échappé parce que Clément V nous a désavoués. Clément est mort et personne ne règne encore sur la chrétienté. Si au conclave tout n'est que tumulte, il convient d'en profiter, alors l'Empire reviendra aux Capétiens. À la condition de battre les Flamands, le meilleur soutien du Nivernais. Depuis un an, les électeurs de l'Empire ne parviennent pas à se mettre d'accord pour donner un successeur à Henri VII, nous allons user des désordres de l'Église pour prendre notre revanche. À la condition d'agir vite !

Enguerrand de Marigny ne pouvait s'empêcher d'admirer l'intelligence politique du roi de France. À la Cour, comme dans les provinces, on le pensait à la dernière extrémité, il n'en était rien, la rouerie dont il avait fait l'essentiel de sa politique pendant son règne ne l'avait pas encore abandonné. Il n'en doutait pas, Philippe le Bel ne reviendrait pas sur sa décision.

— Il sera fait comme vous le souhaitez. Demain, dès l'aube, nos hérauts chevaucheront pour constituer l'ost.

— Faites en sorte, ajouta le roi, de ne point trop enrôler de criminels ou de gueux, s'engageant pour échapper au bourreau. Point trop de malades non plus. Si les hommes du roi doivent mourir, que ce soit sur les terrains de bataille et non dans les hospices.

Philippe IV était revenu à sa table. Il rédigea en hâte l'ordre de rassembler l'ost, l'armée composée de tous les hommes valides des fiefs relevant de la Couronne, apposa son sceau, tendit le document à Marigny. Celui-ci se saisit du parchemin, mais ne semblait pas disposé à se retirer.

— Et le conclave, sire ? Si les cardinaux sont dans l'incapacité de s'unir sur un nom, agissez comme pour Bertrand de Got... Clément V vous devait sa tiare, il pourrait en être de même aujourd'hui.

Philippe le Bel leva la tête vers le connétable.

— J'imagine qu'il ne sera pas au-dessus de vos forces de me proposer un nom... Votre frère, par exemple, l'archevêque de Sens ? Vous y avez certainement songé... Vous avez le goût de la famille.

Marigny avait perçu tout ce qu'il y avait de perversité dans le propos : qu'il acquiesce, il était perdu. Le roi ignorait toujours le pardon des offenses, réelles ou supposées.

Marigny blêmit sous le coup. Il se reprit très vite.

— Il n'en est rien, je pensais plutôt à Guillaume de Mondagut. Un Languedocien, d'esprit indépendant, il s'est tenu à l'écart du conflit avec Boniface, après que Nogaret eut giflé le vieux pontife à Anagni. De plus, excellent juriste, et expert en droit canonique...

Philippe le Bel sembla sortir de sa torpeur. Il savait Enguerrand de Marigny capable de toutes les duplicités, mais en la circonstance la suggestion du conseiller, qui n'avait pas osé lui proposer la candidature de son frère, ne lui déplaisait pas : Guillaume de Mondagut était originaire des provinces du sud et un vassal fidèle. Philippe le Bel en eut l'esprit troublé : il était nécessaire pour le roi de France de peser sur le choix des cardinaux, et il n'avait pas songé à Guillaume de Mondagut.

— Qu'en pensent les Italiens ? s'enquit le roi.

— Ils le soutiennent, et, parce qu'ils le soutiennent, Français et Gascons n'en veulent pas.

— Nous saurons les convaincre sans qu'il soit de nouveau besoin de compter les morts. Mais cela peut attendre quelques semaines, auparavant achevons la guerre. Avec les Flamands, il faut en finir. Ensuite, je m'intéresserai au conclave. À moins que ces prélats, qui ne voient que leur intérêt, aient réussi à se mettre d'accord. Hélas, j'en doute.

Enguerrand de Marigny en avait pour ce soir suffisamment entendu, il s'inclina devant le roi et sollicita l'autorisation de se retirer. Il sortit promptement, d'autres projets en tête que de gagner les appartements qu'il occupait dans l'aile ouest du palais de la Cité, face à la Chapelle sainte. Louis IX avait englouti toute la fortune du royaume pour ériger ce cadre prestigieux à la couronne d'épines du Christ, don de Baudouin de Courtenay, empereur franc de Constantinople.

Philippe le Bel, avant de gagner sa chambre, souffla lui-même les chandelles de la salle de travail, appela son chanoine privé qui l'aida en hâte à se dévêtir. Sous le crucifix d'ivoire, offert par le doge de Venise, qui l'avait volé aux Ottomans, qui le tenaient eux-mêmes des croisés, le roi de France pria pour qu'Enguerrand de Marigny périsse vite, afin que lui soit épargné d'être arrêté, puis jugé et pendu à Montfaucon. Il devait punir ce ministre indélicat qui puisait dans les coffres du trésor royal, déjà appauvri par les guerres et l'impossibilité de faire payer aux gens d'Église les taxes auxquelles tous les ordres étaient pourtant assujettis.

Lorsque, sur le conseil de Nogaret, il avait fait arrêter et condamner les Templiers, il en espérait un profit supérieur à ce qu'il avait obtenu en spoliant les juifs, avant de les chasser. Lorsqu'il avait appris le montant fort chiche découvert en fouillant les commanderies du royaume, il s'était contenté de dire :

— Ça n'est pas vrai ?... Tant de tracas et de bruit pour si peu de résultat !

À peine avait-il quitté le roi qu'Enguerrand de Marigny, la tête encapuchonnée d'un bonnet de feutre lui masquant presque tout le visage, s'était dirigé sous une aigre pluie d'orage vers la Barrière de Vincennes, où il retrouvait régulièrement Flora.

À l'orée de la forêt, non loin de la forteresse, elle vivait dans une maison de pierre à un étage, entourée d'un jardin planté de rosiers, protégée des regards indiscrets par une haie de buis. La trentaine, le teint clair et le visage point trop marqué, la chevelure brune et la taille fine, elle n'avait pas tant la silhouette d'une ribaude que d'une princesse.

De nombreux chasseurs étaient intrigués par la présence de cette jeune et jolie personne en un lieu connu pour ses mauvaises mœurs ; on y rencontrait plus de catins que de femmes vertueuses. Flora se présentait comme une veuve ayant choisi la solitude et l'isolement après la mort de l'être aimé. Elle conservait précieusement dans une cassette son anneau de mariage en or lourd ; elle ne le portait plus depuis que son époux était tombé, la tête fendue d'un coup de hache, en Dauphiné.

Native d'Avignon, elle séjournait à Paris contre son gré. Elle y était arrivée pucelle. N'ayant pas trouvé à marier un seigneur de son rang, elle s'était laissé séduire par un chef arbalétrier brillant et gracieux. Deux mois après les épousailles, il était parti pour la guerre et n'en était jamais revenu. Poussée par une sourde et furieuse envie de plaisir, elle était devenue catin.

Elle se déshabillait pour des hommes moins bourrus et plus généreux que les prélats qui fréquentaient les auberges à femmes des bords du Rhône, autour de l'église Saint-Agricol, la plus ancienne d'Avignon, hommage des chrétiens à celui qui les avait miraculeusement sauvés d'une épidémie de peste.

Flora avait assez d'exigence pour choisir ceux qui partageaient son matelas de plume. Avant d'accéder à sa couche, ses amants devaient faire preuve d'esprit autant que de générosité. Parmi les habitués, un très haut personnage, affirmant se nommer Neuville, huissier de chambre du roi, qui lui assurait rencontrer régulièrement Philippe IV. Elle éprouvait une grande fierté à recevoir un homme aussi illustre.

Neuville venait toujours dans le plus simple équipage. Il rejoignait la demeure par un sentier souvent boueux, ne pénétrant jamais avant de s'assurer qu'il n'y avait pas d'autre visiteur. Elle tirait le verrou, il se déshabillait en hâte, puis ils faisaient l'amour. Sans jamais prendre le temps de se mettre en appétit par d'aimables caresses. Neuville lui glissait quelques pièces d'or dans la main, puis quittait le modeste logis, sans souci de la moindre conversation. Flora en avait l'habitude et ne le questionnait pas. S'il parlait peu, il ne manquait pas de prestance, cela, elle l'appréciait.

Que Flora ait appris qui se cachait derrière Neuville, elle aurait compris, comme d'autres avant elle, que le connétable ne laissait jamais rien au hasard ! Tout était calcul, même dans le commerce de l'amour. Il abandonnait volontiers le parti de ses meilleurs amis pour les jeter en prison, voire au bûcher si tel était son intérêt. Les grands le haïssaient, les petites gens le redoutaient.

Ce soir-là, Enguerrand de Marigny avait le front plissé, le regard vide, les lèvres pincées. Il ne se dévêtit pas aussi promptement que lors de ses précédentes visites. Flora, les cheveux tirés en arrière, la poitrine généreuse et joliment arrondie dans une chemise de toile, s'inquiétait de l'humeur de son visiteur, le visage marqué par l'ennui. Se serait-il lassé ?...

— Vous ne me trouvez point à votre goût ? Certes, à trente ans, je ne suis plus de la prime jeunesse. Mais vous, quel âge avez-vous ?

Enguerrand de Marigny fronça le sourcil.

— L'âge est sans importance, dit-il en la fixant dans les yeux. Apprends que mon nom est Enguerrand de Marigny. Je te paie assez largement pour que tu tiennes ta langue ! J'ai besoin de toi, il s'agit d'une entreprise délicate. N'en parle jamais à quiconque ! Ne cite jamais mon nom ! Si, pour ton malheur, tu me désobéissais, je n'hésiterais pas : mes hommes te feraient subir les tortures dont ils usent avec les bavards, tu finirais par te rétracter et jurer que tu ignores jusqu'à mon existence.

Le connétable avait blessé et inquiété Flora. À la maltraiter ainsi, il risquait de ne pas pouvoir mener à bien son entreprise. Avec quelques caresses, il parvint à la calmer, certain qu'elle ne le trahirait pas s'il lui confiait la mission à laquelle il songeait.

Il colla ses lèvres contre son oreille et murmura :

— Je sais que je peux t'accorder ma confiance. Les femmes dont je partage la couche ont appris à ne jamais me trahir.

Dehors, dans le bois, il y eut un bruit sourd, comme un boulet de bombarde. Enguerrand de Marigny sursauta. Flora éclata de rire devant la frayeur d'un homme qui s'affirmait si important et qui était pris de terreur aux grondements du tonnerre.

— Ce n'est rien, dit-elle en lui caressant une chevelure qu'il avait déjà grise. Viens, prenons tout notre temps pour le plaisir.

Enguerrand de Marigny se sentait las, il la désirait moins qu'à l'accoutumée, mais il avait besoin d'elle.

Nu, il demeurait allongé sur le lit, les mains sous la nuque. Elle voulut se glisser contre lui, il la retint.

— Si tu tiens à moi, tu t'acquitteras de la mission que je vais te confier. Elle est assez singulière, mais tu n'es pas sotte. Tu l'accompliras sans rien me cacher. Et surtout, agis rapidement, le temps presse.

Elle lui offrit pour réponse un long baiser, qui n'était pas du genre de ceux qu'elle se contraignait à donner lorsqu'elle était payée pour cela.

Quelle était donc cette mission dont l'entretenait un amant qui, ce soir, montrait peu de hâte à l'étreindre ? Elle veillerait à ne courir aucun danger.

Il prit son temps, hésita quelques secondes, soupira et lâcha enfin :

— Je sais depuis longtemps par quelle fatalité tu es venue à Paris. Ton destin est ailleurs que dans cette masure de catin !

Flora éclata de rire, un rire qu'elle ne put contenir, qui se prolongea, avant que les grondements de la foudre ne le couvrent. Une pluie lourde s'écrasait sur le toit de chaume, l'eau glissait sous la porte et déjà les murs dégageaient une désagréable odeur de moisissure. Dans la pièce, meublée d'un lit, d'un coffre, d'une table et de deux chaises, les éclairs de l'orage donnaient un aspect diabolique aux silhouettes d'Enguerrand de Marigny et de Flora, devant la cheminée.

Le rire de Flora cessa aussi brutalement qu'il avait commencé. Enguerrand de Marigny ! Quelle folie d'avoir cet homme pour amant ! Plus cruel, plus corrompu que Nogaret, que le roi lui-même. Ce qu'on rapportait de ses manigances ne devait rien à la médisance. On le prétendait arrogant, roué, agressif. Il se vantait de prendre plaisir au spectacle des tortures. Ne s'était-il pas délecté à voir écarteler les malheureux galants des brus de Philippe le Bel ? N'avait-il pas poussé le roi à enfermer les jeunes femmes à Château-Gaillard, dans un couvent plus austère qu'une prison, où l'épouse de son fils Louis, que le peuple appelait le Hutin, se mourait de froid ?

Être, ne serait-ce que peu de temps, la maîtresse d'un aussi redoutable personnage, fût-il avec elle toujours généreux, pouvait la mener jusqu'aux fagots si l'envie lui en prenait. Ami de l'Inquisition, pour lui, la terre entière grouillait d'hérétiques.

— Je ne crois pas, dit-elle, que vous m'ayez livré le secret de votre position par jeu. Si Marigny est votre nom véritable, ce que je crois, alors vous m'effrayez ! Adieu ! Partez, ne cherchez plus à me revoir, vous perdriez votre temps. Ma porte vous sera fermée. Je ne veux plus d'un homme tel que vous. Je tairai qui vous êtes, mais, de grâce, je vous en supplie, ne revenez plus à Vincennes !

Elle avait déjà ouvert la porte, la pluie battante pénétra dans le logis. Enguerrand de Marigny, indifférent à la peur qu'il inspirait, ne réagit pas. Il avait pris le parti d'utiliser cette femme, il s'y tiendrait, fût-ce par la contrainte.

— Ne sois pas sotte, obéis-moi. Fais ce que j'attends, tu n'as rien à craindre. Au contraire. Je ne suis pas ton ennemi, je te le prouverai. Tu ne le regretteras, ton avenir sera assuré, je m'y engage. Et qui sait, tu pourrais même prendre un nouvel époux, de meilleure condition que ton défunt mari. Pas plus que j'ignore ta naissance, je n'oublie que tu fus l'épouse d'un des plus vaillants arbalétriers du roi, mort dans l'honneur des combats.

Flora s'était assise sur le lit. Son cœur palpitait, de joie et de crainte mêlées. De joie d'avoir su plaire à Enguerrand de Marigny, connétable du roi, de crainte, en acceptant sa protection, de devoir tôt ou tard en payer le prix.

— Et quelle mission oseriez-vous confier à une femme ?

Enguerrand de Marigny se planta, les bras croisés, devant elle.

— Tu es beaucoup plus intelligente que tu ne le montres. Avant de songer à toi, j'ai longuement réfléchi. Tu ne manques ni de patience ni d'énergie, cela me convient.

— Eh bien ? fit Flora, curieuse.

— Eh bien, lâcha sans autre préambule Enguerrand de Marigny, sais-tu qui est pape à l'heure d'aujourd'hui ?

Flora fit un signe négatif de la tête.

— Cela ne m'intéresse pas.

— Tu mens ! lança Marigny. Tu mens parce que tu connais les raisons qui t'ont contrainte à quitter Avignon. Moi, je sais quel sang coule dans tes veines, je ne l'oublierai jamais ! Faut-il te rappeler d'où tu viens ? Qui tu es ? J'ai déjà fait état de ton lignage, il explique sans doute la vivacité de tes sentiments.

Une bouffée de rage envahit Flora, elle se redressa.

— Je ne veux plus y songer. Vous assureriez ma fortune jusqu'au terme de ma vie que je refuserais ce que vous exigez de moi. Vous tentez de m'attirer dans un guet-apens ! Vous détenez le pouvoir, vous êtes habile et dangereux, laissez-moi vivre avec mes souvenirs, il me restera la consolation de savoir que vous n'ignorez rien des pratiques de l'amour. Ou alors, agissez afin que mon rang soit reconnu. Mais oserez-vous jamais ? Vous êtes aussi pleutre que cruel.

Enguerrand de Marigny s'était rassis sur le lit.

La pluie avait cessé, Flora voulut se lever, sortir, respirer l'odeur de la terre, gorgée des eaux de l'orage, mais il la retint par le bras. Non seulement elle était l'amante de l'homme le plus puissant du royaume, un intrigant, un menteur, qui s'était présenté à elle sous un faux nom et qu'elle avait accueilli parce qu'il ne manquait pas de prestance et qu'il avait l'or facile, mais il était un des rares hommes à partager avec elle le souvenir d'un passé qu'elle avait cru définitivement enfoui dans sa mémoire. Habituée à la compagnie de jeunes seigneurs élégants, généreux et raffinés, tous ignorants de sa naissance, Flora éprouvait chagrin et colère de s'être donnée à Enguerrand de Marigny.

Quinze ans plus tôt, elle avait choisi d'oublier ses années d'enfance. Interdite dans Avignon, elle s'était fondue dans la foule des Parisiens, sans jamais chercher à rencontrer sa famille. Elle se contentait de vivre au jour le jour, sans espoir de retrouver le titre qui était le sien.

Comme il était saugrenu que ce soit Enguerrand de Marigny, le premier ministre d'un père qui ne l'avait jamais reconnue, qui vienne lui rappeler, dans cette maison où elle se croyait libre de vivre à sa guise, qu'elle était la fille cachée du roi !

Soudain Enguerrand de Marigny eut peur que la jeune femme ne lui échappât. Avant qu'il ne soit trop tard, il devait la contraindre à accepter ce qu'il attendait d'elle.

Sous le coup de l'émotion, elle se laissa renverser sur le lit, dans l'attente de ce que le connétable allait lui imposer.

— Tu vas retourner dans Avignon. J'ai besoin de toi dans cette ville où les prélats sont aussi nombreux qu'à Carpentras. Cela te divertira et te changera la vie. Tu l'ignores, ou tu feins de l'ignorer, l'Église n'a plus de chef, on s'est battu dans Carpentras, le conclave est interrompu, les cardinaux sont en fuite. Il me faut, en Provence, une ambassade discrète. Nul seigneur ne confierait une tâche aussi délicate à une femme. C'est pour cela justement que j'ai pensé à toi. Tu partiras dès demain, après matines. Pour voyager et passer inaperçue, tu endosseras une tenue de chevaucheur, elle te protégera des rouliers qui sortent leur épée du fourreau dès qu'ils aperçoivent une femme sur les chemins. Trois de mes archers t'accompagneront. Tu es assez bonne cavalière pour tenir en selle sur une robuste haquenée jusqu'à Chalon. Là, sur une gabare, par la Saône et le Rhône, vous descendrez jusqu'à Avignon. Avant deux semaines, tu retrouveras les remparts de ta ville natale.

— Pourquoi devrais-je retourner à Avignon ? Pourquoi moi ? Je doute que ce soit pour y déclamer des vers devant des prélats qui bâillent plus qu'ils ne prient. Quel que soit l'objet de ce voyage, je refuse, répliqua Flora.

— Tu n'as pas le choix. Je tiens à toi, ma douce, mais si tu n'acceptes pas ma protection, je te fais arrêter pour envoûtement de chrétiens à Vincennes. Avant longtemps, tu franchiras dans les plus vives douleurs le mur qui mène directement dans l'autre monde. Les inquisiteurs peuplent l'enfer à volonté, il ne faut pas longtemps pour entasser les fagots. Personne ne te protégera, personne ne te sauvera du bûcher.

Flora n'en doutait pas : son existence se jouait en ces minutes. Elle n'avait d'autre solution que d'accepter.

— Encore faudrait-il que mon seigneur m'informe de ce qu'il attend de moi. Je n'ai jamais tenu une épée, et s'il y a danger, je ne saurai me défendre. Combien de pièces d'or me donnerez-vous pour cette mission ? Quand un personnage aussi puissant que vous exige d'une femme qu'elle le serve, cela se paie.

Enguerrand de Marigny fit mine de ne pas avoir entendu la question. Il continua son discours.

— Au soleil levant, les cavaliers seront ici. Trois Canards, le chef de l'escorte sera porteur d'un message que je lui aurai confié à l'intention de Colonna, le cardinal italien, ainsi que d'un habit de chevalier. Le haubert et le heaume sont un peu lourds mais tu t'y feras. Vous quitterez Paris par le chemin de Sens. Là, mon frère Philippe, l'archevêque, vous attendra en sa cathédrale. Derrière le chœur, il aura préparé de la subsistance pour deux semaines. Si vous vous arrêtez pour dormir dans une auberge, ne parlez pas. Sitôt dans Avignon, assurez-vous d'un gîte que les prélats ne fréquentent pas. Si le cardinal se cache, comme je le crois, dans la ville, fais en sorte qu'il ait sans tarder connaissance de mon message, en personne. Ce qu'il faut, c'est le séduire. Il aime les femmes et, sur ce chapitre, ne s'est jamais montré ombrageux. Tu ne manques ni d'appas, ni d'expérience. Obtiens qu'il t'entretienne de ses projets, qu'il te livre le nom de son préféré pour la tiare. Fais-le-moi savoir par un chevaucheur du viguier. Réussis, je doublerai la bourse d'or que voici.

— Et si Colonna n'est pas dans Avignon ?

— Il s'y trouve. La ville est emplie d'Italiens, de plus il a su gagner l'affection des Levantins et des juifs. Hors Avignon, il est perdu.

Enguerrand de Marigny tendit la main vers Flora, il l'avait amadouée, le désir à nouveau le tenaillait. Elle laissa tomber sa robe et l'accueillit fort gentiment entre ses cuisses.

En quittant la maison de Vincennes, Enguerrand de Marigny avait retrouvé le sourire. Flora agirait comme il le souhaitait.

Sur le seuil de la porte, dans la nuit rafraîchie par l'orage, elle lui avait murmuré :

— Que mon seigneur ait l'âme à l'aise, je suivrai fidèlement ses commandements.

— Pour toi, rien n'est impossible. Tu es coquette, rusée. Dans le lit de l'Italien, montre-toi douce et câline. Et surtout qu'il ne te dissimule aucune confidence, qu'il te donne avant même de l'écrire une réponse à mon message.

Le ministre disparut dans l'obscurité de la forêt.

Pour des raisons que Flora ne s'expliquait pas, il ne lui déplaisait pas de reprendre le chemin d'Avignon. Elle y avait connu l'infortune, elle y tiendrait peut-être sa vengeance.

Ce qu'elle avait promis, elle l'accomplirait.

3

Les survivants avaient enterré les morts. Après quelques jours d'inquiétude, Carpentras avait recouvré son calme. Les juifs avaient perdu près d'un tiers des leurs ; une vingtaine d'enfants n'avaient pu fuir la synagogue avant qu'elle ne fût pillée et incendiée. Ils osaient enfin sortir de la Carrière, la rue où ils avaient l'obligation de résider et dont le baylon fermait chaque soir les deux issues.

Les membres de la curie s'étaient réfugiés dans le bourg de Pernes, dont les murailles étaient plus puissantes que celles de Carpentras. Les ecclésiastiques trop âgés pour fuir, dont on ne savait à quel parti ils appartenaient, se hasardaient hors du palais épiscopal, non pour se rendre à l'office ou assumer les fonctions qui étaient leurs, mais à seule fin de se nourrir. Les fournils chauffaient de nouveau dès le matin et, si la viande était rare et chère, les paysans des villages alentour avaient chargé sur leurs charrois volailles et raisins à maturité, pour les vendre à la ville.

Si Colonna demeurait toujours invisible, Norbert d'Audes avait eu une surprise : l'arrivée aux portes de son château d'une carriole tirée par une mule suant autant que les occupants qui s'y entassaient, couverts de poussière, avec un mince bagage enfermé dans une pièce de toile, tenue par un nœud grossier. L'homme qui guidait la mule, avec une corde de chanvre brûlant les naseaux de l'animal exténué, était connu de Norbert d'Audes, jamais il ne l'avait vu en un si pauvre équipage. Cela l'attrista un peu plus.

Le charretier n'était autre que le réputé théologien Convenole di Prato. À quarante-quatre ans, le front dégarni, cet érudit fameux de l'université de Bologne avait été condamné à l'exil, les Guelfes l'ayant accusé de sympathie envers le clan des Gibelins. Il ne quittait guère la demeure à pignon de Carpentras, où il s'était installé après avoir été notaire à Pise, sa ville natale. Il habitait au premier étage, réservant le rez de sol à son enseignement.

Dans le charroi aux roues de bois, prêtes à céder au moindre choc sur une grosse pierre du chemin, Convenole di Prato était entouré de deux familles dont les enfants étaient ses meilleurs disciples : la famille Petracco, qu'on appelait Pétrarque, dont le fils François, âgé de treize ans, était son élève préféré, et la famille Sette, dont le garçon Guido, quoique plus turbulent que son compagnon d'études, était — ils avaient à peu près le même âge — le meilleur ami de François. Si François Pétrarque était fils unique, Guido Sette avait une sœur, Lucia, de quatre ans son aînée, que ses parents souhaitaient marier à un laïc au service du cardinal Giacomo Colonna, ou à toute autre personnalité de la Cour, pourvu que le promis fût italien.

Ces dix personnes plus épuisées par l'état du chemin que par la durée du parcours — un peu plus d'une heure — entre Carpentras et Mazan devaient être les seuls Italiens encore vivants dans le comtat Venaissin. Avec eux, la Providence s'était montrée généreuse.

Les connaissances de Convenole di Prato en grammaire, dialectique et rhétorique étaient d'une telle élévation de pensée qu'elles avaient suscité l'intérêt des maîtres de la très renommée université de Montpellier, qui auraient souhaité le compter dans leurs rangs. Il avait choisi Carpentras, où sa renommée lui avait valu d'être accueilli et honoré dans les livrées des prélats italiens, les plus prompts à festoyer, les moins assidus aux sessions du conclave. Ceux-ci préféraient les intrigues aux assemblées de la curie.

Pendant la terrible journée, Convenole di Prato avait réussi à se dissimuler, ainsi que ses amis Sette et Pétrarque, dans le sous-sol de sa résidence, pourtant voisine du palais épiscopal, là où il y avait eu le plus de pillages et de tueries.

Après avoir retiré du chariot un cadavre, celui d'un homme qui avait eu le col tranché par les Gascons, ils s'y étaient hissés et avaient pris, malgré la crainte de mauvaises rencontres, la direction de Mazan où ils espéraient l'hospitalité de Norbert d'Audes, dont Colonna parlait toujours avec beaucoup de déférence et d'amitié.

Norbert d'Audes les accueillit avec sa courtoisie coutumière. Il les invita à se rafraîchir avec l'eau qu'on lui apportait régulièrement de Bédoin, le village voisin, où les puits étaient les plus clairs du Comtat. Désaltéré, remis de ses appréhensions, Convenole di Prato recouvra la force de parler au seigneur de Mazan.

— Après ces épuisantes journées, pouvons-nous espérer trouver refuge dans votre demeure, nous, fidèles chrétiens italiens, que les Français et les Gascons veulent martyriser à l'égal des hérétiques de Montségur ? Ces diables sont plus pervers que les Cathares, ils pensent moins à leur salut qu'à leurs intérêts ; il serait même opportun de les éliminer, si nous souhaitons qu'un pape soit enfin élu. Leur vie ne vaut pas plus que celle des Parfaits ou des Templiers. Seul un Italien pourra remettre de l'ordre dans une chrétienté où, quand on ne dresse pas de bûchers, on s'étripe entre religieux d'ordres différents et de partis adverses.

Toujours calme, la voix de Norbert d'Audes s'éleva, tonnante. Les propos du théologien le faisaient enrager.

— Les Cathares ont servi Dieu mieux que vos prélats qui, après avoir fait occire mon père, sont incapables de désigner un pape, chacun d'eux étant convaincu qu'il serait pour la Sainte Église le meilleur chef. Ils prêchent l'humilité et, depuis plus de trois mois, n'agissent que par vanité et orgueil ! Quant aux Gascons, s'ils sont pires que d'autres, ils devront rendre compte de leur justice. Sans doute la justice céleste, celle au nom de laquelle ils viennent de répandre des rivières de sang dans la capitale de la chrétienté. Tuer dans Carpentras, c'est assassiner dans Rome ! Je ne veux plus qu'on parle de cela, ce sont les affaires de l'Église !

Convenole di Prato et ses amis, qui connaissaient Norbert d'Audes pour son tempérament paisible et sa grande compassion envers l'Église chassée de la Ville Éternelle, ne l'avaient jamais vu s'abandonner à si grande colère.

Le père du jeune François Pétrarque voulut le calmer.

— Les Gascons ne sont pas tous de mauvaises gens. Quoique soumis par obligation aux Anglais, ils ont à cœur de servir la cause du roi de France, leur seul suzerain de droit.

— La belle cause en vérité ! Les armées de ce dément, cria Norbert d'Audes, vont sur tous les chemins de Flandre, de carnage en carnage, et ses capitaines fréquentent plus volontiers les tavernes des ribaudes que les abbayes ! Et ce roi-là voudrait nous imposer un pape ! Son pape ! Comme il l'a fait il y a tantôt dix ans, pour Bertrand de Got ! Saint pontife en vérité qui laissa allumer les bûchers du Temple alors qu'il prenait son plaisir avec les filles qu'il attirait dans son presbytère de Malaucène ! Ce pape est mort, Nogaret l'avait précédé. Que Dieu inspire le roi de France pour qu'il impose un pape italien. Et si Napoleone Orsini est trop vieux, que ce soit Colonna ! Nul mieux que lui ne servira le Christ avec courage et humilité. Je suis seigneur du Comtat, qui appartient à Rome, je n'en serai que plus à l'aise pour me réjouir de l'élection d'un Italien. Ici, et nulle part ailleurs, on ne saurait mieux occuper le trône de saint Pierre.

Tous en convinrent volontiers.

Norbert d'Audes contourna le coffre de chêne sur lequel Convenole s'était assis, entouré de ses amis et disciples, les Pétrarque et les Sette, restés debout. Il s'approcha de la fenêtre. Le ciel était clair, la chaleur toujours forte.

— Les beaux vignobles ! Les beaux arbres ! Il nous faut savoir les préserver. Cette terre est propriété de l'Église, elle doit le demeurer !

— Qu'entendez-vous par là ? demanda le père de François Pétrarque.

— Que le roi de France, Philippe ou ses successeurs, s'emparent un jour du Comtat, pour en faire une province du royaume, et la donnent à quelque duc ou marquis, et nous perdrons toutes les libertés acquises depuis que cette plaine à l'abri du Ventoux a été achetée par les papes au comte de Toulouse, qui n'en avait pas l'usage. Être sujet de la papauté nous épargne la douleur de guerres inutiles. Nous devons rester vigilants, nous risquons d'être dépossédés de nos précieux privilèges. Les juifs, qui dans d'autres contrées ont de bonnes raisons d'avoir le sommeil agité, n'oublient pas la grâce qu'ils ont de vivre dans le Comtat.

— Mais entre nous et le royaume de France, rétorqua Convenole di Prato, il y a Avignon, qui appartient à Naples.

— Les Napolitains n'ont que faire d'Avignon ! proféra Norbert d'Audes. Ils n'en tirent aucun profit, les ecclésiastiques sont aussi nombreux que les gueux. Ils vendront la ville à qui voudra l'acheter, sans en discuter le prix. À moins que...

— À moins que ? interrogea Sette.

— À moins que le conclave de nouveau assemblé ne désigne en toute hâte un pape italien qui, à l'ennui de Carpentras et aux dangers de Rome, préférerait Avignon. Sur le Rhône, il y a de la besogne pour les charpentiers de gabare, pour les armuriers et les marchands. Qu'Avignon revienne en apanage à Rome, Carpentras serait vite oublié.

Pour Convenole di Prato, il n'y avait aucun doute : à défendre ainsi Avignon, Norbert d'Audes avait certainement une idée en tête.

— Et quel pape serait tenté de vivre dans la pestilence avignonnaise, dans la foule des étrangers, plutôt que dans la paix recouvrée de Carpentras ?

— Colonna ! lança sans hésiter Norbert d'Audes.

Encore fallait-il s'assurer que le cardinal était vif et découvrir où il se cachait. Difficile de mettre la main sur lui.

Norbert d'Audes commanda à son écuyer Jacques Mollard de veiller à ce que ses hôtes ne manquent de rien, dans l'aile sud du château, où ils logeaient, face aux monts de Vaucluse.

Puis il s'en alla rejoindre Emilia, qui lui déclara avoir lu dans les astres que le prochain pape ne serait pas italien. Norbert d'Audes ne fit aucun commentaire, il avait l'habitude des pratiques surnaturelles auxquelles s'adonnait son épouse. Elle affirmait tenir ses pouvoirs d'un marin turc, connu dans son enfance, à Venise.

Chaque jour qui passait augmentait la mélancolie du seigneur de Mazan. Il restait des heures au fenestron, dans l'espoir de voir apparaître l'Italien. Il n'apercevait que les vignerons tirant leurs charrois.

Un soir, Norbert d'Audes décida de chevaucher jusqu'à la taverne d'Olivier, le seul lieu où l'on s'exprimait librement.

Si quelqu'un avait des nouvelles des cardinaux, on le savait déjà à l'auberge du chemin du Banay.

On y buvait plus qu'ailleurs, on s'y montrait entre deux pichets plutôt disert sur les rumeurs de la province.

Nul ne savait où se cachaient les Italiens, mais un peaussier de Carpentras avait juré avoir aperçu le vieux Duèze franchissant la porte d'Orange en compagnie d'une dizaine de serviteurs, leurs mules pliant sous le poids de lourds bagages.

Le prélat de Cahors n'intéressait vraiment pas Norbert d'Audes. Celui qu'il avait hâte de retrouver, même s'il devait livrer bataille contre les Gascons, c'était Colonna.

Le cardinal italien n'avait pas paru à Mazan. Norbert d'Audes se refusait à imaginer qu'il ait pu rendre le dernier soupir. Un tel événement n'aurait pu longtemps demeurer secret. Colonna était vivant. Pourquoi ne se montrait-il pas ? S'il avait emporté le trésor, un malandrin lui avait peut-être tranché le col avant de jeter son cadavre dans le Rhône... Si cela était, le fantôme de l'Italien ne manquerait pas de hanter le château de Mazan. À cette idée, les yeux de Norbert d'Audes se remplirent de larmes.

Il rentra à Mazan, désemparé, mais résolu à espérer.

4

L'été s'avançait et aucun message de Flora n'était parvenu à Enguerrand de Marigny. Ne croyant pas à la disparition définitive de Colonna, il ne s'inquiétait pas. Si les événements tournaient en sa défaveur, il aviserait.

Un mois déjà que Flora et sa petite cohorte avaient quitté Paris pour Avignon. Il n'y avait aucune raison de trop se soucier. S'ils avaient trouvé à Chalon une gabare peu chargée en bois ou en blé qui ait accepté de prendre à son bord et de convenablement entraver les quatre chevaux, il n'y avait guère plus de deux semaines qu'ils avaient atteint la ville. Difficile de trouver en si peu de temps l'endroit où se cachait le cardinal !

Il faisait confiance, peut-être imprudemment, à la jeune femme qui, bâtarde du roi, n'était pourtant qu'une catin. Elle ne le trahirait pas, elle ne devait guère apprécier l'odeur âcre des bûchers.

L'activité dans Avignon était si importante que voyageurs et marchandises devaient parfois patienter plusieurs jours avant d'accéder aux quais de la porte de l'Oulle. Pour la plus grande rage des bateliers qui perdaient les bénéfices de longues heures de travail.

Enguerrand de Marigny n'était pas angoissé, mais s'il voulait réussir dans son entreprise, il devait agir vite. Le message qu'il souhaitait faire parvenir à

Colonna était clair : il s'engageait à ce que les Français et les Gascons votent pour lui dès la reprise du conclave, qui ne saurait tarder. Quelques-uns des prélats saufs se trouvaient à Valence, d'autres à Lyon, les Gascons dans Avignon. Seul l'Italien demeurait silencieux. À moins d'être mort, ce qui était possible, il se cachait encore. Probablement dans Avignon, pour surveiller les conclavistes de Gascogne. Enguerrand de Marigny reprit courage.

Le connétable disposait d'assez d'influence sur le roi pour que celui-ci usât de son autorité et obtînt une élection à sa guise, comme il avait obtenu celle de Clément V. Il n'y avait pas de jour où il ne vantât les mérites de Colonna, le seul qui avait à cœur de résider en France et de ne point marchander avec les Anglais qu'il détestait. Il attendait de l'Italien, qui détenait — il l'avait appris par un officier de chambre du cardinal qui espionnait pour lui — la fortune secrète de la papauté, qu'il partageât son butin en trois parts égales : une pour lui, en remerciement de son intervention, une pour son frère, Philippe de Marigny, l'archevêque de Sens, qui en ferait, il n'en doutait pas, bon usage pour les chrétiens de son diocèse, et la dernière dont Colonna pourrait disposer selon son bon plaisir. Enguerrand de Marigny considérait que c'était là un très honnête partage, conforme aux intérêts de chacun. Toutes ces prétentions étaient indiquées dans le message confié à Flora. Encore fallait-il qu'elle rencontrât le destinataire. Nul doute que dans l'espoir de coiffer la tiare il accepterait la proposition, pour indélicate qu'elle fût.

Colonna avait appris, en confession, d'Anne de Noves que Philippe le Bel, séjournant à Avignon, sur le chemin triomphal qui le ramenait, en 1285, de Perpignan à Paris pour y être couronné, l'avait au passage engrossée. De ces amours fugaces, une fille était née.

L'enfant, de sang royal, avait été prénommée Flora, parce que sa mère attachait de l'importance à son jardin de Bompas, où elle vivait avec son époux, Audibert de Noves. Malgré un titre de petite noblesse, il exerçait, peu fortuné, le négoce des soieries dans Avignon. Peut-être était-ce par prudence, il avait fermé les yeux sur l'infidélité de son épouse avec le roi de France, récemment installé sur le trône.

Quinze années après la naissance de Flora, Anne de Noves avait commis l'imprudence, rongée par le remords, d'avouer sa faute à Colonna, qui n'était encore qu'évêque de la curie de Clément V.

Anne qui, depuis, avait donné le jour à une seconde fille, Laure, légitime celle-ci — elle en avait fait le serment —, avait accepté le marché que lui avait proposé l'évêque.

En application des règles canoniques, celui-ci était tenu de lever le secret de la confession pour toute femme ayant commis l'acte d'adultère, et d'en avertir les juges ecclésiastiques qui ne manquaient jamais de traîner les pécheresses devant les tribunaux.

Colonna n'avait pas voulu s'offusquer des aveux d'Anne de Noves. Non par bonté naturelle, mais parce qu'il n'était pas insensible à son exceptionnelle beauté. Ses yeux étaient d'un bleu céleste et ses lèvres couleur rubis. Quant à ses seins, ils avaient, découverts, la blancheur de sa robe. De quoi émerveiller un roi et un évêque usant volontiers des femmes mariées et des veuves, réputées en Provence pour la vigueur de leur tempérament. Touché par la splendeur d'Anne de Noves, il lui avait épargné de connaître le fouet sur la place publique et la marque au fer rouge imposés aux épouses infidèles, à la condition qu'elle se donnât à lui et se séparât sans délai de Flora, pour ne point jeter le trouble dans la famille si elle venait à découvrir le secret de sa naissance.

— Mais comment expliquer à mon seigneur et

mari un départ aussi soudain de la maisonnée ? s'était inquiétée Anne auprès de Colonna.

— Vous n'avez qu'à pleurer dans votre mouchoir, lui avait-il rétorqué, partager avec votre époux la douleur d'avoir perdu une fille qui, à n'en pas douter, pour avoir disparu d'une aussi imprévisible manière, n'a pu qu'être engloutie par le flot impétueux de la Durance, dont le cours suit les remparts de votre château de Bompas. Rapportez encore que vous l'avez vue, sans pouvoir la secourir, s'enfoncer entre les barques de roseaux des pêcheurs. Le corps aura été emporté jusqu'au Rhône. Ayez la gorge nouée par l'émotion, votre époux n'aura aucun soupçon.

Anne de Noves avait admis que les Italiens ne manquaient pas d'imagination. En matière de rouerie, ils étaient les maîtres. Tout comme dans l'art de séduire, ce qu'en échange de sa bienveillance Colonna lui avait prouvé sur-le-champ, dans le logis qu'il occupait sur l'arrière de l'hospice de Notre-Dame-de-Fenouillet. Lorsqu'il était pris par le désir de chair, il le satisfaisait sans se soucier de l'image qu'il offrait aux fidèles.

Flora, à quinze ans, avait donc dû se résoudre à quitter les rives du Rhône, chassée par une mère qui avait menacé de l'enfermer dans un couvent si elle refusait de s'éloigner.

Avant que Flora, désespérée de ce désamour maternel dont elle ne saisissait pas la raison, n'embarquât sur une nef remontant le fleuve jusqu'à Lyon, sa mère Anne lui avait remis une bourse emplie d'or. Elle n'avait pu se retenir, au moment des adieux, de lui révéler la cause d'un départ aussi rapide. Elle en avait eu la conscience apaisée.

Flora n'avait manifesté aucune surprise à découvrir, à quinze ans, qu'elle était de sang royal. Elle fit le serment d'accepter son destin et de ne jamais entretenir quiconque de sa condition de bâtarde. Ignorante de ce que seraient ses conditions d'existence, elle avait assez de jugement pour se garder de toute entreprise susceptible de provoquer la rancune royale. Philippe le Bel, déjà si rude avec ses enfants légitimes, ne manquerait pas de l'enfermer à Château-Gaillard, voire de la faire occire. Elle voulait vivre, libre. Paris l'attirait, elle y trouverait sans doute un mari de qualité.

Anne de Noves, qui se prétendait pourtant bonne chrétienne, après une dernière caresse à la jouvencelle, l'avait aussitôt oubliée. Pas un instant elle n'avait songé au scandale que provoquerait Flora si, après réflexion, l'idée lui venait de répéter les propos de sa mère à quelque personnage de la Cour.

Monsieur de Noves, lorsqu'il avait appris que Flora avait chu dans le fleuve au cours d'une promenade sur les berges, avait eu bien de la tristesse d'avoir perdu sa fille aînée, dans un aussi stupide accident. Il avait écrasé une larme sur un pan de surcot et s'était satisfait d'ajouter :

— Le Rhône l'a engloutie, Dieu l'a voulu ainsi, et nous n'y pouvons rien. Que sa volonté soit faite sur la terre, comme au Ciel ! Dans notre monde, un enfant meurt, un autre naît, ce n'est pas une si terrible affaire !

Ils avaient prié pour le repos de l'âme de la disparue. Laure s'était jointe à eux. Son père l'avait attirée contre son épaule, mais Laure n'avait point pleuré. Elle se savait belle, elle non plus ne manquait pas d'insolence ; dans le secret de son cœur, elle ne regrettait pas d'être désormais l'unique fille d'Anne et d'Audibert de Noves. Elle crut sage d'oublier en hâte cette sœur qu'elle jalousait.

Pendant quinze ans, Colonna avait gardé le secret.

Flora devait être âgée de trente ans, peut-être même la connaissait-on à la Cour. Lors d'un souper à Paris, il n'avait pu se retenir et s'était enquis auprès d'Enguerrand de Marigny d'une donzelle, venue naguère d'Avignon et qui, lui avait-il soufflé dans l'oreille, serait une bâtarde royale. Elle se nommait Flora.

Marigny n'avait rien dit à l'Italien, mais il avait reconnu sans peine, à la description de ses traits, la créature qu'il fréquentait à Vincennes.

Par perversité autant que par jeu, il s'était empressé de réveiller dans l'esprit du souverain cette lointaine fredaine. C'était de la part d'Enguerrand de Marigny une farce d'un goût douteux. Le roi n'avait guère apprécié, il en avait été fâché et inquiet. Il avait trébuché sur le tapis de sa chambre.

Philippe le Bel n'avait jamais vu cette fille, conçue dans la joie de ceindre la couronne capétienne. Que Colonna, afin de lui nuire, divulgue le secret et l'Inquisition ferait obligation au souverain pécheur, qui n'avait pas hésité à condamner cruellement ses brus adultères et leurs amants, de reconnaître publiquement sa faute et de se faire absoudre, ce qui fragiliserait son autorité, au bénéfice des tribunaux de l'Église. Colonna était assez malin et ambitieux pour savoir où était son intérêt, il ne parlerait que si les Gascons, protégés de Philippe le Bel, étaient sur le point de gagner la partie.

Sans crainte ni remords, le monarque chassa de ses soucis cette aventure, il avait à traiter d'affaires plus pressantes.

Enguerrand de Marigny, lui, n'avait rien oublié. Il avait fréquentée Flora autant par intérêt que par plaisir : si le roi lui causait trop de tracas, il disposerait avec elle d'une arme efficace. Une catin, héritière présomptive, cela le réjouissait.

Les émissaires royaux avaient rapporté à Philippe le Bel et Enguerrand de Marigny, plus intéressés que d'autres grands seigneurs à la reprise du conclave, que les discussions et les intrigues se poursuivaient par émissaires interposés, sans résultat. Dans les hospices et les abbayes du royaume, les abbés ne dissimulaient pas leur désir de voir le pape rentrer à Rome. Peu de cardinaux l'envisageaient vraiment.

Indifférent aux complots des conclavistes, le vieux Jacques Duèze avait regagné Cahors. Le Quercinois ne voulait pas rester éloigné trop longtemps de sa ville natale, devenue la première place bancaire d'Europe depuis l'arrivée des Lombards, des gens qui avaient le génie du négoce et de l'usure.

Il avait suffi qu'un Lombard de passage découvre, nichée dans un méandre du Lot et dominée par de hautes collines rocheuses, cette cité où les Romains déjà avaient la pratique du commerce, pour s'y installer et se livrer à des prêts à usure aux Anglais et Français qui ne cessaient de batailler dans la région. En quelques décennies, tous les Cadurciens possédant un peu de bien avaient été atteints de la maladie de l'or. Beaucoup d'autres natifs de Lombardie avaient gagné le Quercy.

Jacques Duèze usait lui-même du droit d'interdire aux changeurs d'exercer leur art ; ceux qui étaient disposés à payer pour une charte de banquier privé la recevaient sans difficulté ; à ceux qui tenaient leur bourse fermée, la charte était refusée.

Il n'ignorait pas qu'il y avait parmi ces banquiers des gens assez peu recommandables. En son absence, il avait confié à son cousin, l'évêque Guillaume de Labroue, le soin de prélever les taxes sur les monnaies. Il avait néanmoins grande hâte, afin d'en assurer lui-même le service, de se retrouver chez lui.

Il ne se souciait pas de l'identité du prétendant, Italien ou Gascon, qui coifferait la tiare. Il n'avait pour l'heure que deux visées : grossir une fortune déjà appréciable afin d'acquérir quelques domaines supplémentaires pour sa parenté, et jouir avant sa mort de l'achèvement des peintures de la coupole et du chœur de sa chère cathédrale Saint-Étienne, pour laquelle il n'avait jamais hésité à puiser dans sa cassette personnelle afin que les architectureurs et autres compagnons soient convenablement payés.

Il n'avait pas fallu moins de trois semaines au cardinal Duèze pour voyager de Carpentras à Cahors. Avec son escorte de près de cinquante personnes, il leur était arrivé de monter chevaux et mules plus de dix heures par jour, dans la chaleur sèche des montagnes cévenoles, avant d'atteindre ici un hospice, là une abbaye, où on ne les attendait pas. À chaque étape, les paysans, déjà fort pauvres dans ces contrées, vidaient leurs poulaillers et leurs greniers à grain, dormaient sur le sol en terre battue de leurs chaumières, pour nourrir et loger cet équipage.

Si le cardinal Duèze montrait aux siens qu'à soixante-dix ans il ne manquait pas de force pour mener sa monture, un cheval blanc offert par les juifs de la Carrière de Carpentras, il ne respira vraiment qu'après avoir franchi la barbacane qui protégeait la porte de la Barre, à Cahors. Il remercia Dieu de l'avoir ramené en vie. Après avoir allumé un cierge, il pria longuement devant la Vierge de l'Annonciation. Drapée dans un manteau, ses longs cheveux tombant sur ses épaules, elle semblait éclairer de son visage lumineux le cloître de Saint-Étienne, où Jacques Duèze avait ses appartements. Les hérauts sonnèrent de la trompette, la foule s'amassa autour de la cathédrale, une interminable acclamation, « Duèze ! Duèze ! », salua le retour en Quercy de l'enfant du pays, dont nul ne doutait qu'il souhaitait y achever sa vie dans la paix du Seigneur. Jamais, pensait-on, il ne quitterait Cahors.

Jacques Duèze, lui, était décidé à retourner au conclave, en quelque lieu qu'il se tienne, à la condition qu'un accord ait été conclu d'avance entre les partis adverses sur le nom de l'élu. Il ne s'éloignerait de Cahors, s'il était encore en vie, que pour un bref voyage. Cette élection ne tenait pas une grande place dans sa vie, elle avait trop tardé, ses jours étaient comptés. Non qu'il fût mal en point, mais à son âge, il avait passé le temps des querelles inutiles.

À Paris, au palais de la Cité, si on se réjouissait d'avoir retrouvé la plupart des vingt-trois conclavistes, on continuait à s'interroger sur le sort de Giacomo Colonna. Si cette absence ne jetait pas un grand trouble dans l'esprit du roi, en revanche, Enguerrand de Marigny s'inquiétait de plus en plus du silence prolongé de Flora et de ses compagnons. Non qu'il éprouvât la moindre attirance pour le cardinal, mais il convoitait tant le contenu des coffres qu'il n'entendait pas se laisser abuser par quiconque.

Peut-être n'aurait-il pas dû confier une mission aussi délicate à cette femme... Il s'efforça de se rassurer : il la tenait. Craignant pour sa vie, elle ne prendrait pas de repos avant d'avoir retrouvé l'Italien, de lui avoir remis le billet. Elle lui ferait savoir qu'elle avait rempli sa mission, il n'en demandait pas davantage. Lui se chargerait de convaincre Colonna que le partage du trésor ne pouvait que lui profiter. Et si l'autre montrait trop de hargne, restait la possibilité d'une délation qui aurait le plus mauvais effet sur les cardinaux, humiliés d'avoir été dupés par plus corrompu qu'eux. Quant à Flora, elle pourrait de nouveau participer à des soirées légères, il n'avait plus l'intention d'ouvrir sa bourse pour elle.

Enguerrand de Marigny n'éprouvait aucune honte à trahir son roi, usé, afin de préparer l'avenir, lorsque se poserait le délicat problème de la succession au trône. Ses intérêts personnels passaient avant ceux du royaume. Mais le félon ne s'illusionnait pas, jusqu'à l'ultime soupir royal, il devrait compter avec l'entêtement de Philippe le Bel.

Après trois décennies de règne, le roi était las. À la fin de l'été, rentrant de Flandre après avoir obtenu la levée du siège de Lille, l'état de son royaume l'avait désespéré. Il ne traversait que villages en ruine et champs en friche. À la tête de cinquante hommes d'armes qui chevauchaient en escorte, il souffrait dans son corps et se chagrinait l'esprit sur des chemins envahis par les ronces, où jamais aucun chant de coq ne troublait le silence.

Il s'était montré souvent injuste, parfois cruel, inutilement despotique, mais il avait souhaité que le royaume de France demeurât sous l'autorité des Capétiens, la plus puissante Couronne d'Europe, même si par sagesse politique il avait donné sa fille Isabelle au roi d'Angleterre, son adversaire de toujours, ce que nombre de seigneurs du royaume n'avaient guère apprécié.

À l'approche de la mort, il devait accepter l'idée de son échec. Sans doute avait-il trop aimé la guerre. Ses nuits, hantées par le choc des lames sur les champs de bataille, lui offraient les visions terrifiantes d'hommes mutilés, de chevaux éventrés.

Affirmant, à la grande colère du pape, ne tenir son pouvoir que de Dieu et non du vicaire du Christ, il n'entendait pas s'effacer devant les puissants seigneurs du royaume, des vassaux souvent mieux armés que lui et guettant le moindre signe de faiblesse pour trahir et chasser du trône les Capétiens. Contre ces sujets déloyaux, il avait dicté un décret déclarant coupable de lèse-majesté quiconque tiendrait sur la France de méchants propos. Le gibet était promis à ceux qui lui causeraient trop de déplaisir.

Il craignait que les plus proches de ses conseillers ne s'unissent contre lui. Qu'Enguerrand de Marigny, qu'il ne supportait plus, et Robert d'Artois s'allient, et c'en serait sans doute fini de l'autorité de sa dynastie sur la France. Il n'avait qu'une chance d'éviter les pires folies : s'assurer la fidélité des gens d'Église. Encore était-il nécessaire qu'ils aient un chef et que celui-ci fût comme Clément V un Français, fidèle à l'autorité royale. Ce n'était possible que si, comme son prédécesseur, l'élu lui était redevable d'avoir coiffé la tiare.

Après son retour solennel dans Paris, il décida de ne plus se préoccuper de la Flandre, de consacrer les quelques heures par jour où le feu de son corps malade le laissait en paix — aucun médecin de la Cour n'avait pu préciser de quels maux il était atteint — à la reprise du conclave et à son aboutissement. Qui pouvait succéder à Clément V ?

Le roi fit appeler Enguerrand de Marigny dans la salle du Conseil. Ainsi, les gens de la Cour purent voir, afin que ne surgisse pas dans leur esprit l'idée de quelque complot dirigé contre eux, les deux hommes gravir l'escalier donnant sur la Grande Galerie. Le temps était venu des décisions, il fallait qu'elles ne soient point dissimulées au peuple.

À la longue table, qui occupait tout le centre de la pièce, autour de laquelle plus de trente personnes pouvaient prendre place, Philippe le Bel et Enguerrand de Marigny s'étaient assis face à face. Marigny, sans nouvelles de Flora, devait gagner du temps et pour ce faire trahir la vérité.

Le roi voulait une reprise rapide du conclave, qu'en pensait Enguerrand de Marigny ? Le connétable, lui, ne songeait qu'à Colonna, et il ne sut sur le moment que répondre. Il se contenta de remarquer :

— Les Italiens refusent Avignon, où leur sécurité n'est pas assurée, les Gascons ne veulent pas de Lyon, ville qui est vôtre.

Philippe le Bel, songeur, puis rageur, frappa de sa main gantée le chêne de la table.

— Et Carpentras ?

— Personne n'y reviendra. Il y a eu dans cette ville trop de morts. Les coqs de l'Église ne rentreront pas dans une basse-cour encore tachée du sang des victimes.

Sur ce point, Enguerrand de Marigny n'inventait rien. Il était vrai que tous les émissaires qui pressaient la couronne de France pour que le conclave reprenne au plus vite, s'ils n'étaient pas d'accord sur le choix d'une ville, étaient unanimes à refuser Carpentras, peu soucieux des volontés du défunt Clément V. Pour avoir frôlé la mort de près, aucun n'éprouvait l'envie de renouveler l'expérience.

Le roi demeurait silencieux. Marigny, de sa main droite, tournait nerveusement la bague d'or sertie d'émeraudes qu'il portait à l'index gauche. Chacun suivait évidemment son idée, ni l'un ni l'autre n'osait l'exprimer. Les deux hommes étaient assez proches de caractère pour deviner que leurs choix respectifs ne seraient dictés que par le goût du pouvoir et le profit.

Comment rompre le silence ? Enguerrand de Marigny prit enfin la parole, c'était son rôle de conseiller.

— Sire, pour lourde que soit la tâche, peut-être l'archevêque de Sens, qui ne fut pas étranger à la chute du Temple... Il n'a en ces difficiles circonstances jamais manqué de zèle...

Le roi l'interrompit sèchement.

— Me voici soulagé, je craignais que vous ne négligiez votre frère. Vous avez donc oublié Guillaume de Montagut, il semblait avoir vos faveurs. Entendez-moi, Marigny, je ne cesse de redouter — sans en avoir encore la preuve formelle, mais un traître se trahit inévitablement — que vous ne vous accordiez avec les seigneurs félons qui se liguent contre moi. Charles de Valois, Louis de Nevers, qui rêvent l'un et l'autre de la couronne de France, ne sont-ils pas de vos amis ? Jamais je ne me résoudrai à accorder mon soutien au frère d'un homme qui, je le découvre chaque jour, n'a d'autre plaisir que celui de comploter ; quand bien même ce parent m'aurait aidé à en finir avec les Templiers.

Le regard du roi sur son ministre n'avait rien d'affable.

Enguerrand de Marigny prit peur. S'il voulait sauver sa place et préserver son col du gibet, il devait se taire et agir pour l'heure comme Philippe le Bel l'ordonnerait.

— J'ai réfléchi intensément, dit le monarque d'une voix teintée d'ironie. Vous apprendrez, avec satisfaction j'espère, que mon choix s'est définitivement porté sur mon ancien confesseur, Nicolas de Fréauville. Son élection m'apporterait une grande joie. Il s'est toujours montré dévoué envers ma personne et n'a jamais soufflé mot de ce que j'ai pu lui confesser.

Pour Enguerrand de Marigny, les choses étaient claires, le conclave devait reprendre et Philippe le Bel ferait pression sur les Gascons et les Français. Nicolas de Fréauville avait toutes ses chances, il serait, comme Clément V, l'obligé du souverain. Les querelles avec l'Italie ne seraient jamais terminées, et Rome demeurerait en France. Quant à Colonna, écarté du tournoi, il conserverait ses richesses, n'ayant plus aucune raison d'en soustraire un denier à l'intention des frères Marigny.

Pour le connétable, c'était là un véritable calvaire, sa défaite était cuisante, il n'avait plus qu'à rappeler Flora et obtenir qu'elle taise tout de sa mission dans Avignon. Quant à lui, il réfléchirait quelques jours avant, sans doute, de se démettre de ses fonctions de conseiller. Se faire oublier était le plus sage. Patiemment, il attendrait que revienne son heure. Il croyait en sa bonne étoile... quoique, à la porte du palais, une jeteuse de sorts lui ait un jour prédit une triste fin. Il avait chassé l'oiseau de mauvais augure, mais ne l'avait pas oublié.

Marigny s'autorisa encore une question, importante pour lui :

— En quel lieu souhaitez-vous la reprise du

conclave ? Où et quand, afin que nous y préparions nos gens et que nos hérauts en fassent l'annonce dans les provinces du royaume ?

Marigny péchait à présent par excès de déférence.

Le roi se contenta d'approuver de la tête et d'ajouter :

— Puisque les cardinaux ne veulent ni d'Avignon, ni de Lyon, encore moins de Carpentras, je vais proposer au Sacré Collège de s'en remettre pour le lieu du conclave au choix d'une ambassade menée par trois représentants, un Français, un Italien, et Nicolas de Fréauville.

Marigny trouvait l'idée assez curieuse, mais, s'il comprenait les intentions réelles du roi, il se garda de les commenter, disant simplement :

— Je vois là, sire, votre volonté d'aboutir, je m'en réjouis.

— Ne vous réjouissez pas trop vite, Marigny, car si Fréauville est élu, contrairement à Clément V, il ne sera pas mon obligé. Quant à l'émissaire français, je n'en vois pas de meilleur que vous.

Le connétable écarquilla les yeux.

— J'ai déjà envoyé, poursuivit le roi, une ambassade à Londres pour qu'Édouard II prenne ouvertement le parti de Fréauville. Je le soutiendrai plus modérément, les chrétiens seront ainsi convaincus que le chef de l'Église romaine doit son siège au roi d'Angleterre, plus qu'au roi de France. N'est-ce pas mieux ainsi ?

Que pouvait Marigny sinon acquiescer ? Le roi l'entretenait de Fréauville, lui, en quittant la salle du Conseil, dans la Grande Galerie emplie de courtisans et de quémandeurs, n'avait qu'un nom en tête : Colonna.

Si l'affaire tournait de nouveau au cliquetis des épées, ce serait là une solution qu'il ne désavouerait pas. Le roi soutiendrait les Gascons, Enguerrand de Marigny avait, lui, choisi son camp : celui des Italiens.

5

L'heure du couvre-feu était proche. Ephraïm, copieur de prières, irait — il en avait la charge — fermer l'une des deux issues, la porte d'En-bas, remettrait la clef au représentant du viguier qui à son tour bouclerait la seconde, afin que nul juif ne soit tenté de déambuler dans Avignon chrétienne entre le coucher et le lever du soleil.

Ephraïm, comme tous ses coreligionnaires, occupait un logis bas, à proximité de l'église Saint-Pierre. L'évêque Geoffroy avait, un siècle plus tôt, fixé là l'emplacement de la nouvelle Carrière d'Avignon, sur les flancs escarpés du Rocher des Doms, privant ainsi les habitants de la vue sur le Rhône.

Tous les juifs qui avaient vécu dans la vieille Carrière étaient morts, leurs descendants regrettaient encore qu'ils aient dû quitter l'ancien *bourguet*, ouvert sur le fleuve.

Depuis qu'ils avaient été chassés du royaume par Philippe le Bel, nombre de juifs avaient trouvé refuge dans les quatre Carrières de Provence, L'Isle-sur-la-Sorgue, Cavaillon, Carpentras et Avignon, surpeuplée.

Si, à Carpentras, le baylon avait obtenu du légat pontifical l'autorisation d'édifier des bâtisses hautes parfois de dix étages, il n'en allait pas de même dans Avignon. On s'entassait, à plusieurs familles, dans de misérables bicoques. Dans cet entrelacs de ruelles mal entretenues, on aurait cherché en vain une place publique, un puits, et le mistral ne parvenait pas à balayer les mauvaises odeurs, insupportables pendant les fortes chaleurs.

Les juifs d'Avignon jouissaient de certains privilèges qui leur faisaient oublier qu'ils devaient porter dans le dos *lou petassoun*, la rouelle de drap jaune et rouge que les volontés papales et les règlements du viguier leur imposaient.

Audacieux et point trop découragés par les taxes exorbitantes dont ils devaient s'acquitter, ils dominaient dans le change et la vente de maisons aux ecclésiastiques ; les médecins juifs étaient très appréciés et il y avait autant d'apothicaires dans la Carrière que dans le reste de la ville. Leurs ripailles avec les évêques ou moinillons étaient connues et acceptées, nul ne s'en plaignait.

Judith, la sœur d'Ephraïm, plus fanatique que lui, avait été fouettée en place publique pour avoir craché dans le bénitier de l'église Saint-Pierre. On en avait été plus fâché dans la Carrière que chez les chrétiens. Le viguier préférait oublier ces incidents, rares.

Ephraïm, à trente ans, n'avait pas encore trouvé d'épouse à son goût. Il avait aperçu, quelques années plus tôt, une jeune beauté dans la rue Annamelle, non loin du vaste couvent des Dominicains où le pape Clément résidait. Sans l'aborder. Un juif n'avait nullement le droit de tenter de séduire une chrétienne. De temps à autre, il l'apercevait, accompagnée d'un homme plus âgé ; il détournait son regard. Il avait appris qu'il ne s'agissait pas de son époux mais de son père, qu'elle était très pieuse et se prénommait Laure.

Ephraïm, de petite taille, visage assez disgracieux, avait le cheveu roux, long et touffu, une barbe, rousse également, à laquelle, quoique peu élégante, il tenait parce que la religion l'exigeait.

Son frère, Jérémie, de cinq ans son cadet, était tout aussi barbu, mais il avait le poil noir, et le dépassait d'une tête. Lui ne manquait pas de charme, et profitait sans crainte des faiblesses de certaines Avignonnaises pour lesquelles il taillait de très seyantes robes, avant de se plaire à les leur retirer. De hauts dignitaires de l'Église lui commandaient régulièrement chasubles et étoles, qu'il se hâtait de confectionner afin d'accroître sa renommée. Jérémie n'avait pas plus que son frère pris femme, préférant se satisfaire d'amantes qui, dès que leur époux s'éloignait, avaient le feu au ventre.

Jérémie ne cachait pas sa fierté de compter au nombre des chalands qui fréquentaient son comptoir, éclairé par une mauvaise lanterne de résine, le cardinal Giacomo Colonna qui, depuis l'installation de la papauté, entretenait dans Avignon une cour nombreuse d'abbés et de clercs accourus derrière lui.

Quoiqu'il ait accueilli les juifs du royaume, pas plus Jérémie que son frère Ephraïm ne portaient grande sympathie au pape Clément V. Il était originaire de Guyenne et chacun savait dans la Carrière que, lorsque les paysans gascons souffraient des taxes imposées à la fois par les seigneurs et les nombreuses abbayes de la province, auxquelles s'ajoutait la taille due aux Anglais, ils se vengeaient de leurs misères sur les petites communautés juives qui, fuyant le royaume du Portugal, avaient espéré, à tort, trouver asile en Bigorre et en Guyenne. Espoir vite déçu ! Les gens des campagnes, quand ils ne les dénonçaient pas mensongèrement à l'Inquisition, refusaient souvent de leur vendre de la nourriture et n'hésitaient pas à les chasser des puits, de peur qu'ils ne les empoisonnent.

Si la situation dans la Carrière d'Avignon était moins pénible, il n'empêche que dans la communauté on n'aimait guère les Gascons. On se serait même réjoui de l'élection d'un Italien, pourvu qu'il demeurât sur les bords du Rhône ou à Carpentras, afin que le négoce n'en souffrît pas.

La mort de Clément V avait néanmoins jeté un grand trouble dans les Carrières de Provence. On s'interrogeait sur le nom de son successeur. Les juifs redoutaient que le nouvel élu, s'il choisissait lui aussi Avignon et le comtat Venaissin pour résidence, ne leur fasse payer cher sa protection, voire, s'il sortait des rangs de l'Inquisition, qu'il n'ait la corde facile. Était-il plus plaisant d'être pauvre et vif que de faire fortune au risque d'être pendu ?

Que les juifs fussent impies était une conviction profondément clamée par l'Église, aussi les plus dévots se montraient-ils les plus durs envers eux. Dans les communautés, on se souvenait encore combien Clément V avait facilité l'entrée en sainteté de Louis IX, pour avoir consacré son règne à affirmer l'autorité de l'Église. Il avait ouvert le trésor royal à tous les besoins de la Croisade, enrôlant les uns, massacrant sans états d'âme ceux qui refusaient de prendre le chemin de l'Orient. Il affirmait que dépouiller les juifs était faire œuvre chrétienne et que leur imposer la rouelle jaune les distinguait des honnêtes gens. Les dettes des cultivateurs envers les juifs avaient été annulées lors de leur exclusion du royaume et, si Clément V leur avait accordé l'asile, il n'avait pas cherché à les protéger en dehors des Carrières sur lesquelles il avait juridiction. Il tolérait les juifs à la condition qu'ils contribuent à emplir les caisses du Saint-Siège. Chaque cardinal faisait prospérer sa fortune, conservant par-devers lui, afin d'entretenir à grands frais sa livrée, une part importante des taxes et contributions fixées selon son bon plaisir, en fonction de ses besoins.

Les juifs ne barguignaient pas trop contre ces

usages, ils savaient en tirer bénéfice. La cour pontificale aimait le confort, elle avait sans cesse besoin d'argent ; la doctrine chrétienne interdisant l'usure, qui mieux que les juifs pouvait consentir des prêts ? Ne disait-on pas à la curie que s'ils n'avaient pas existé, il aurait fallu les inventer ?

Giacomo Colonna fréquentait régulièrement l'échoppe de Jérémie, où il se faisait coudre des vêtements pour l'exercice de son sacerdoce, mais aussi des habits de noblesse, afin de voyager sans être reconnu. Il exigeait que braies et chausses fussent toujours de soie verte, sa couleur préférée.

Il lui arrivait même, quand par charité il visitait des malades, ou quand il se rendait à Carpentras afin de rencontrer les légistes de la curie résidant dans cette ville, de se déplacer sur un cheval bai offert par le roi de Naples, avec sous sa robe rouge cardinalice des éperons d'or.

L'été était chaud, l'après-midi sans un souffle d'air. Jérémie vidait un gobelet de vin froid aromatisé d'épices, sa boisson favorite, quand il vit surgir Giacomo Colonna dans sa boutique sombre, où chaque pan de mur était couvert de planches croulant sous des piles d'étoffes précieuses et multicolores !

La robe du prélat était déchirée et couverte de poussière. Jérémie comprit, à son visage boursouflé, qu'il ne devait pas être dans un jour à s'intéresser à de nouvelles parures.

Colonna s'effondra plus qu'il ne s'assit sur le tabouret de velours écarlate réservé à sa clientèle. Il ne laissa pas le temps au jeune juif de se prosterner devant lui, comme il l'exigeait à chacune de ses visites.

— Il faut me sauver, Jérémie ! Me sauver !

— Vous sauver ? De quoi ? De qui ? Et comment ? interrogea le tailleur.

— Les affreux ! marmonna entre ses dents le cardinal.

Puis, les mains tendues vers le pichet, il supplia :

— Donne-moi à boire.

Ce que fit Jérémie promptement. Il lui sembla que Colonna éprouvait de la difficulté à respirer.

— Non, je ne céderai pas devant ces lâches ! Je marche depuis l'aube par les petits chemins pour aller de Carpentras à Avignon. Avec la peur de rencontrer ces traîtres. J'ai pu arriver jusqu'ici. Maintenant, il faut me sauver. J'ai survécu aux brûlures du soleil, je n'aimerais pas tomber sous les coups de ces assassins. S'ils espèrent me trouver au logis, ils attendront longtemps.

Le cardinal reprenait peu à peu ses esprits :

— Les malandrins ! Que croient-ils donc ? Que nous allons nous comporter en couards ? Par tous les saints, nous aurons raison de ces outrecuidants, nous leur donnerons la leçon qu'ils méritent. À la condition que Philippe le Bel et Marigny ne les protègent pas, ce ne serait pas la première fois !

— J'aurais plaisir à vous secourir, monseigneur, dit d'une voix douce Jérémie qui doutait de la santé d'esprit du cardinal tant son discours était incompréhensible, encore faudrait-il que j'apprenne ce qui vous a mis dans pareil état. Vous avez le visage rouge, les yeux cernés de gris. Auriez-vous été frappé ? Par qui ?

— Les Gascons ! Les Gascons ! hurla Colonna. Il n'y a qu'eux pour nous haïr au point de vouloir nous assassiner, et élire un pape de leur camp ! Jamais !

Colonna reprit son souffle et poursuivit :

— Monteux appartient à Lomagne, et c'est là, dans son château, que le scélérat a dû préparer son action innommable. J'ai marché sans doute plus vite que les autres cardinaux, j'aurais dû demeurer avec eux...

Colonna se leva. Il fixa Jérémie.

— Tu es juif, mais tu me dois une part de ta

richesse, tu en conviens ? Je suis ton meilleur chaland. Sans moi, ce serait la misère, non ?

— Si vous l'affirmez, dit le tailleur en souriant.

Colonna poursuivit :

— J'avais réussi à emporter avec moi deux petits coffres emplis de bijoux, dissimulés sous ma cape. Un trésor de famille, dont je n'avais jamais parlé à quiconque, de peur des voleurs et des jaloux. Après Bédarrides, trois gaillards ont surgi des vignes, ils se sont précipités sur moi. Leurs lames brillaient dans le soleil. Comment aurais-je pu résister ? Après s'être emparé de mon précieux bien, ils se sont enfuis sur leurs chevaux, sans que j'aie pu distinguer leurs visages. Ils avaient la silhouette de très jeunes gens, pas de ces vieux gueux en quête d'un mauvais coup qui encombrent nos chemins. Il faisait chaud, j'ai marché, j'ai cru mourir. C'est alors que l'idée m'est venue de me rendre chez toi. Qui songerait à s'assurer de ma personne dans le bourguet des juifs ? Jamais les meurtriers ne me chercheront dans la Carrière !

Dans la minuscule échoppe d'un tailleur de la Carrière, un prélat, pape en puissance, implorait l'hospitalité, entre des étoffes empilées. Ainsi donc un homme d'Église pouvait lui aussi trembler de peur ! Cette peur, invisible et ravageuse, contre laquelle de sa naissance à sa mort un juif devait sans cesse lutter. Jérémie considéra que l'ecclésiastique devait avoir bien du souci pour quérir l'asile chez les juifs, victimes désignées des inquisiteurs. Il mit en garde l'Italien contre les risques qu'il courait à loger dans la Carrière ; la surprise passée, pourquoi ne s'enfermait-il pas dans sa livrée, rue des Teinturiers ?

Giacomo Colonna fixa Jérémie.

— Accorde-moi ce que je te demande. Élu, je m'en souviendrai. À la condition que tu tiennes ta langue.

Jérémie promit, puis sortit, afin de se rendre à l'Eschole pour la prière du soir.

Seul dans l'échoppe, où le tailleur avait allumé

plusieurs chandelles de suif, le cardinal s'allongea sur une pile de tissus d'Orient, une couche assez douce pour son corps épuisé.

Il était à bout de forces, se sentait seul, perdu. Une question l'empêchait pourtant de trouver le sommeil. Qui savait qu'il avait fui Carpentras avec les précieuses cassettes ? Les Gascons ? Les Caetani ? Norbert d'Audes peut-être ? Il doutait de tous.

Le cardinal ne songea qu'à se reposer, jugeant plus sage de demeurer à l'écart des intrigues et des mauvais coups tant que le conclave ne reprendrait pas. Il ne manquait pas de Gascons, dans Avignon, qui seraient trop heureux de lui réserver un mauvais sort.

Flora et ses hommes se montraient de plus en plus moroses. Août s'achevait, pour Trois Canards, le chef de la petite compagnie, c'était sottise que de poursuivre une mission impossible. Personne n'avait aperçu l'Italien, alors que d'autres cardinaux se montraient de nouveau dans la ville.

Nul n'ignorait que chaque parti complotait contre l'autre, la vie de l'Église continuait sans que se révèle nécessaire l'autorité d'un pape. Les tribunaux rendaient leurs jugements, les abbés et les prieurs disaient les messes, baptêmes, mariages et funérailles étaient chrétiennement célébrés. Les taxes rentraient, les hommes d'armes d'Avignon et du Comtat traquaient les voleurs. Les maîtres de quartier, lorsqu'ils constataient un incident, écoutaient ce qui se disait, mais s'en remettaient au viguier représentant l'autorité communale pour régler les différends. Personne ne souhaitait reprendre trop vite un conclave où le pire était à craindre.

Avignon n'appartenait pas au Saint-Siège et pourtant les gens d'Église y étaient plus nombreux qu'à Carpentras. Tous s'inquiétaient de la disparition de Colonna. La rumeur de sa mort courait les livrées cardinalices où, le soir venu, on profitait de la fraîcheur pour de nouveau festoyer.

Si Colonna était en vie, et à l'intérieur des remparts, il faudrait bien qu'il se montre un jour ou l'autre. Arnaud de Pellegrue, longtemps favori pour l'élection, prétendait à voix basse que les Italiens attendaient que le roi de France ou l'empereur d'Allemagne ordonne la reprise des sessions. Qui aurait la volonté de s'y opposer ? Arnaud de Pellegrue, un proche de Clément V, croyait en ses chances et en maintes occasions adoptait l'attitude que n'aurait pas reniée un pape. Sa connaissance des affaires de l'Église et des correspondances secrètes ne pouvait qu'inciter les cardinaux à reconnaître que après tant de babils et de discours inutiles, seul Arnaud de Pellegrue pouvait être appelé à veiller sur la chrétienté.

Le séjour se prolongeait, cela faisait six semaines que Colonna n'était pas sorti de l'échoppe. L'absence de jour accentuait un teint qu'il avait naturellement gris. Sans s'élever contre sa présence, Jérémie le nourrissait et le cachait. Jamais le prélat ne lui avait versé un florin. Le tailleur avait, afin que nul n'aperçoive l'ecclésiastique, suspendu son négoce, au prétexte que des émeutes de marins agitaient le port de Marseille et que les marchandises ne pouvaient plus être débarquées des nefs en provenance de l'Orient. Ce qui était vrai.

Trois Canards n'avait pas saisi la raison pour laquelle, à plusieurs reprises, Flora avait souhaité se rendre à deux lieues d'Avignon, non loin de la grève caillouteuse où Durance et Rhône se joignent, au château de Bompas, redoutable et majestueuse masse de pierre adossée à la falaise calcaire, avec quatre tours d'angle dont les échauguettes n'abritaient jamais aucun archer.

Les bâtisseurs avaient vu grand, deux siècles auparavant, pour les seigneurs de Couçois, vassaux des comtes de Provence. Ils avaient juré à leur suzerain que, protégé par cette forteresse, il ne verrait jamais personne oser remonter le val de Durance. Vaine assurance, car le dernier seigneur de Couçois n'avait pas résisté, avec ses trente arbalétriers, à l'assaut qu'avait livré Louis VIII contre la province avignonnaise, un siècle plus tôt.

Faute d'héritiers mâles, le seigneur de Couçois vendit au baron de Noves, coseigneur de Mazan en Comtat, la bâtisse, trop imposante pour ses besoins. Son fils Jean, négociant en soieries, fournisseur des ecclésiastiques gascons, s'efforçait à grand-peine d'entretenir le bâtiment. Les plâtriers y trouvaient leur compte. Les crevasses étaient apparentes, il fallait sans cesse remplacer les pierres manquantes. Les maçons étaient souvent trop occupés dans Avignon à construire les livrées des hauts prélats, qui les payaient à leur convenance, pour aller jusqu'à Bompas. Quand, l'hiver venu, le mistral soufflait, il glaçait les habitants de la forteresse délabrée ; l'été, le vent leur desséchait le gosier.

Flora s'obstinait à se rendre à Bompas, sans jamais souhaiter s'y arrêter. Elle et ses compagnons passaient devant le château, s'avançaient jusqu'au petit bourg de Caumont, avant de rebrousser chemin et de regagner *La Pasticcia* — tenue par Rinaldo, un Italien — où ils s'étaient annoncés, malgré leur âge, comme escholiers.

Ils avaient espéré avoir plus de chances de retrouver la trace de Colonna dans une auberge italienne que dans les nombreuses autres que comptait Avignon. Hélas, l'essentiel de la clientèle se composait de compagnons maçons et de tailleurs de pierre, un art dans lequel les Italiens avaient une excellente réputation. À parcourir l'Europe, ils amassaient des fortunes et n'avaient plus l'envie de refranchir les Alpes ;

dans la Péninsule, les seigneurs passaient leur temps à s'échauffer et à se battre pour la possession des différentes principautés.

Nombre d'entre eux s'étaient retirés hors les remparts, où ils avaient acquis quelques arpents de bonne terre. Sculpteurs ou menuisiers, ils devenaient alors agriculteurs. Une franchise les dispensait de payer taxes, dîmes et autres impôts, ce qui faisait d'eux des gens aussi fortunés que les bourgeois et les vignerons.

Un matin, surmontant sa crainte, Flora avait franchi seule, dès l'aube, les remparts et les fossés d'Avignon. Sur sa haquenée, elle souffrait de la chaleur que l'approche de l'automne n'apaisait pas. Elle avait pris, par la porte Saint-Michel, la direction de Bompas. Elle avait traversé des vignobles, des champs d'oliviers, où les paysans s'appliquaient à la tâche afin que les récoltes, dont ils ne disposeraient que d'une faible part, soient abondantes, et les disettes évitées.

Dépassant d'un bouquet de pins, apparurent les tours en poivrière du vieux château de Bompas. Tout ici lui était familier ! Le temps n'était pas si ancien où elle courait sur les pierres de cette large allée pentue, bordée de lauriers roses et blancs, de jasmins d'Arabie, auxquels se mêlait parfois le feuillage vert et luisant des azeroliers. À l'extrémité, à l'ombre de deux micocouliers touffus, le pont-levis protégeait l'entrée de la vieille demeure d'Audibert de Noves, dont le père avait fait graver dans la pierre, au-dessus du portail de bois, la devise familiale en langue provençale : « *Canti maï me batti* », je chante mais je combats.

Un moment, Flora fut tentée de retrouver les lieux de son enfance et de pénétrer dans la demeure. À quoi bon ? pensa-t-elle. Depuis qu'elle était dans Avignon, parmi la foule des habitants et des voyageurs de passage, elle n'avait jamais croisé aucun des membres de la famille de Noves, elle ne s'était pas même enquise de savoir s'ils étaient morts ou vifs. Sur les bords du Rhône, elle devait retrouver Colonna, et tant que la bourse remise par Enguerrand de Marigny ne serait pas épuisée, elle persévérerait.

Elle ne parvenait pas à leur échapper, les souvenirs la persécutaient. Cette maison lui rappelait tant de moments heureux ! Comme il lui paraissait proche, le temps où elle s'amusait à effrayer sa sœur cadette Laure, en surgissant d'un buisson de romarins et poussant de grands cris. Les deux fillettes ne s'entendaient pas très bien, le jeu apaisait les divergences.

Un maître laboureur qui taillait des oliviers s'étonna de l'air méditatif de Flora, appuyée au flanc de sa monture ; il s'approcha d'elle.

— Je ne vous connais pas, demoiselle, mais si c'est notre seigneur Audibert de Noves que vous souhaitez voir, pour lui acquérir de belles et douces soieries, il ne saurait tarder à revenir, il est allé, avec sa dame et leur fille Laure, visiter, à l'approche des vendanges, les montagnards venus de l'Ardèche, là où le loup tue tant et tant de moutons.

Flora, habituellement si fière, redoutait de revoir sa mère, d'en éprouver une émotion trop vive, une épreuve qu'elle ne supporterait pas. Elle remonta sur la haquenée, lui donna un coup d'éperons et galopa vers les marécages herbeux, dans cette plaine où la Durance se contourne en derniers méandres avant d'abandonner ses eaux vives, descendues de la montagne, au Rhône majestueux.

Soudain, Flora entendit le bruit d'une chevauchée au petit trot. Derrière elle, une dizaine de cavaliers, dont elle ne reconnut pas les armes. Elle n'en éprouva nulle frayeur, aucun ne portait d'épée, mais celui qui semblait guider la petite troupe tenait un faucon sur le poing. Il ne pouvait s'agir que de chasseurs. Flora ne s'en étonna pas, elle avait le souvenir du gibier d'eau qui abondait dans le marais, entre Durance et Rhône. Rassurée, elle ralentit l'allure d'Angela, sa fidèle et vaillante monture.

Le chevalier, qui avait confié le rapace à un de ses compagnons, s'approcha de Flora. La silhouette fine, l'allure juvénile, il la salua d'une voix caressante et harmonieuse, avec un brin d'admiration pour sa façon de chevaucher à la manière des hommes.

— Madame, quelle vaillance à vous aventurer seule jusqu'ici sans escorte ! Je ne crois pas qu'aucune femme ait eu votre audace. Quelle hardiesse ! Ignorez-vous qu'il y a par ici des compagnies de rouliers plus promptes à vous détrousser qu'à rendre hommage ? Avant que ne sonne le ralliement, oserai-je solliciter de votre bouche, qui est fort gracieuse, qu'elle partage avec moi un gobelet du vin de mon village, j'en ai ici une outre pleine. Par cette chaleur, je crains que vous ne mouriez de soif. Mon bonheur serait complet si j'apprenais les raisons de la présence d'une aussi aimable personne dans des marécages où, ajouta-t-il en riant, si l'on n'est pas chasseur, on est chassé par quantité d'insectes qui s'accrochent à votre peau !

D'un signe de tête, Flora acquiesça.

Le jeune chevalier s'adresse à ses compagnons, demeurés en retrait :

— Allez, mes amis, rentrez à Mazan, je vous rejoindrai mais, vous le voyez, il y a ici une dame qui excite à la fois mon désir et ma curiosité.

Les chevaux hennissaient, les naseaux couverts de mouches. Un des compagnons hasarda :

— Bon vin, beau pays, jolies femmes. Vous verrez que les cardinaux finiront par élire un jour ou l'autre une papesse ! Ce serait une rude affaire, mais plus d'un prélat s'en réjouirait. Après la papesse Jeanne, voilà qui ne serait pas pour me déplaire ! À la condition qu'elle soit gracieuse et sache jouer de son cul plutôt que de la flûte douce.

Un homme rit aux éclats, fit un signe ; la petite troupe s'éloigna au galop, laissant Flora et l'inconnu en tête à tête. Dans le lointain, on entendait le chant des mariniers du Rhône. Le soleil était haut dans le ciel.

Le jeune chevalier se présenta en saisissant de son gantelet la main de Flora dont il remarqua la finesse et la blancheur. Cette femme ne doit pas venir de la roture, pensa-t-il.

— Madame, mon nom est Jacques Mollard, un peu lettré, de bonne vie et de petit savoir, écuyer pour quelque temps encore du seigneur de Mazan, Norbert d'Audes. Connaissez-vous ce fief, à une lieue de Carpentras où nos cardinaux ont, en juillet, manqué de peu de perdre la vie ?

Flora, silencieuse, éprouvait à la fois de la gêne, du respect et déjà du désir devant cet adolescent. Écuyer, avait-il précisé, il avait donc moins de dix-huit ans, l'âge où les fils de noble famille étaient adoubés chevaliers.

Flora et Jacques Mollard, tenant chacun leur monture par le licol, sortirent des marécages et s'assirent côte à côte dans l'ombre d'une anfractuosité calcaire, creusée au fil des siècles dans la rocaille par les impétuosités de la Durance.

Jacques Mollard s'enhardit.

— Est-ce l'orgueil, noble dame, qui vous fait ainsi taire à la fois votre nom et les raisons de votre présence ici ?

— Sur les raisons de ma venue à Bompas, vous ne saurez rien. Je puis cependant vous dire que vous avez mieux à faire que parler à une femme cruellement frappée par la mort du plus tendre des époux et que vous voyez épuisée de douleur.

Flora était résolue à ne rien dévoiler de sa personne à ce jeune homme qui l'intimidait, ce dont elle s'étonna. Elle avait entendu parler de la seigneurie de Mazan dans sa jeunesse, la situait à l'entour de Carpentras, sans savoir qui avait autorité sur le fief. Son père en était par héritage coseigneur, mais naguère ne s'y rendait qu'une fois l'an, pour y relever les récoltes et taxes des paysans et vignerons.

— Puisque le hasard vous a mis sur mon chemin, accepteriez-vous, monsieur, de me venir en aide ? Si vous y parveniez, pas un instant je n'hésiterais à vous découvrir mon nom, que je dois, hélas, encore vous dissimuler.

Jacques Mollard prit peur, il se signa. Était-il tombé entre les mains d'une de ces sorcières engendrées par les Templiers avant qu'ils ne finissent arrêtés et brûlés ? Par quels maléfices répandaient-elles la terreur en Provence ? N'affirmait-on pas, à Mazan, qu'elles avaient le mont Ventoux pour repaire et qu'elles étaient les seules créatures épargnées par les loups ?

Jacques Mollard s'attrista soudain d'avoir confié le faucon, il aurait souhaité qu'il crevât les yeux de cette démoniaque à l'apparence si délicieusement féminine.

Il se retourna vers Flora, elle souriait.

Jacques Mollard se leva, nerveux, fit quelques pas, frappa du talon sur les cailloux du sentier. Il n'avait qu'un désir : fuir. Comme il s'apprêtait à remonter sur son cheval, Flora retint l'animal par la bride.

— Déjà vous prenez la fuite ! Abandonner ainsi une femme dans un lieu où elle risque de perdre la vie n'est guère chevaleresque. N'ayez crainte, aimable jouvenceau, je saurai retrouver seule le chemin d'Avignon. Je garderai de vous un souvenir imprécis que je chasserai vite de mes pensées, ajouta-t-elle, les yeux mi-clos.

Faisant mine de souffrir de la chaleur, elle entrouvrit sa robe, le haut de sa gorge apparut, rond et ferme.

Des éclairs passèrent dans les yeux de l'écuyer. Il avait envie de cette femme, bien qu'elle le terrorisât.

Flora poussa son avantage.

— Vous m'avez déclaré, jeune seigneur, habiter Mazan, à une lieue de Carpentras...

— En effet, répondit-il sur un ton qu'il aurait souhaité plus aimable. Vous désirez vous y rendre ?

— Lorsque les cardinaux ont fui Carpentras, quelques-uns d'entre eux n'auraient-ils pas trouvé refuge dans les châteaux de la campagne voisine, à Mazan ou ailleurs ?

Jacques Mollard, troublé par l'attitude de Flora, perdait toute maîtrise.

Il était temps pour elle de secourir le malheureux jeune homme.

— Mon nom est Livia, dit-elle, je suis née en Italie. Mon époux était un fidèle archer du cardinal Colonna. Giacomo, pas son neveu Pietre... Je suis veuve depuis que les Gascons ont pillé Carpentras. Si je retrouvais le cardinal, peut-être pourrait-il m'aider. J'ai grande confiance en lui.

Jacques Mollard n'hésita pas.

— C'est Dieu, madame, qui a favorisé notre rencontre. Il n'y a pas de meilleur compagnon pour mon seigneur Norbert d'Audes que le cardinal Giacomo Colonna. Hélas, nous ne l'avons pas revu depuis la terrible journée de Carpentras. Mon seigneur l'aurait accueilli sans qu'il eût à l'en prier.

Jacques Mollard décrocha l'outre de vin du flanc de sa monture, remplit un gobelet, le tendit à Flora. Il but à son tour et aida la jeune femme à se hisser sur sa haquenée.

Colonna, ce nom la poursuivait depuis des semaines. Flora, qui se disposait, la bourse plate, à regagner Paris, reprit espoir. Elle entrevoyait enfin une piste, elle allait la suivre. Qu'elle réussisse, et Enguerrand de Marigny devrait la couvrir d'or pour un succès qu'il n'escomptait sans doute plus.

Flora galopait dans les sentiers rocailleux, au côté de Jacques Mollard. Elle en oubliait sa mission, elle se sentait de nouveau femme. Cet homme au doux visage, au langage de qualité, l'emplissait d'un désir fou.

L'un et l'autre, silencieux, vivaient là une surprenante journée.

— Soyons amis, lui dit-elle soudain.

Il n'eut pas le loisir de répondre, elle s'enfuit à travers la garrigue dans un galop fougueux.

6

Norbert d'Audes désespérait de revoir Colonna. Le calme revenu dans Carpentras, ses amis Pétrarque, Sette et leur maître avaient retrouvé leurs logis. La vie avait repris son cours.

Les juifs avaient enterré leurs morts dans le cimetière, à l'écart de la ville, protégé par un haut mur de pierre, et les chrétiens s'étaient résolus pour leurs défunts à s'en remettre dans les meilleures conditions possible à la volonté de Dieu. Assez de gens d'Église avaient survécu pour qu'on ait, trente journées durant, dit des messes et fait sonner le glas de Saint-Siffrein, afin d'aider les victimes innocentes des Gascons à s'engager, l'âme en paix, dans leur éternité.

Tout comme dans les tavernes, les habitants se rassemblaient dans les églises, moins pour prier que pour propager des rumeurs. En ce mois d'août, on s'entretenait plus volontiers des vendanges à venir que de la reprise du conclave.

Dans l'espoir de glaner quelque nouvelle, Norbert d'Audes n'aurait pour rien au monde délaissé l'office dominical à Carpentras, alors que son épouse, Emilia, autant par obligation d'apanage que par goût personnel, occupait le banc réservé aux seigneurs dans la nef de la petite église de Mazan. C'était, pour cette Italienne respectueuse des traditions chrétiennes, l'occasion d'épouiller sur le parvis le vieil abbé Goubert ainsi que quelques femmes du village.

Malgré le soleil brûlant dès les premières heures du jour, le peuple se bousculait dans les églises et les chapelles pour prier : puissent les cardinaux se réunir à nouveau et donner un pape à l'Église !

Selon l'humeur de chacun, des noms circulaient sans que jamais quiconque puisse dire d'où il tenait ses informations. À Carpentras, le nom qui revenait souvent parmi les négociants et les clercs était celui de Jacques Fournier, un Occitan, abbé du monastère cistercien de Fontfroide, où il avait succédé à son oncle, Arnaud Novel. Nommé cardinal par Clément V, il avait fait preuve, dans l'application du droit, d'une rigueur reconnue par tous les canonistes.

Les juifs de la Carrière, eux, ne dissimulaient pas leur angoisse. Nul n'ignorait que Jacques Fournier entretenait des liens privilégiés avec les tribunaux de l'Inquisition. Dans son zèle à chasser ceux qu'il considérait comme hérétiques, il avait déjà obtenu que fussent brûlés plus de cent juifs sur les bûchers de Perpignan, Béziers et Narbonne, et que les juges du clergé imposent amendes ou flagellations pour de futiles prétextes. Comme de nombreux hommes d'humble lignage, ce fils de meunier était convaincu que les juifs étaient responsables de tous les malheurs, maladies et disettes qui s'abattaient sur le peuple. Ils devaient en payer le prix sur les fagots. Fournier avait poussé sa haine des juifs jusqu'à reprocher à Clément V d'avoir, en les accueillant sur ses propriétés, fait du comtat Venaissin la « terre promise de l'hérésie ».

Dans les échoppes de la Carrière, on affirmait que Fournier affectionnait d'assister aux tortures infligées à ses victimes juives. Enfermés dans d'étroites cellules de l'abbaye de Fontfroide, près de Narbonne, fers aux pieds, les juifs, condamnés avant que d'être jugés, ne recevaient pour toute nourriture que du pain noir et un peu d'eau ; ils finissaient par avouer que pour se débarrasser des chrétiens ils utilisaient maints sortilèges dont le plus fréquent était l'empoisonnement des sources et des puits avec de la poudre de crapaud.

Ce qui se chuchotait dans la Carrière de Carpentras, nul ne l'ignorait dans celles de L'Isle, Cavaillon et Avignon. On redoutait ce que la rumeur répandait, si elle venait à se vérifier : un temps de terreur s'abattrait sur la communauté des Juifs du Pape. Cela ne présageait rien de joyeux.

Jérémie se sentait coupable vis-à-vis de ses coreligionnaires de cacher depuis bientôt deux mois un ecclésiastique aussi important que Colonna. Il se décida à en faire part au cardinal.

Celui-ci, le visage pâli par l'enfermement prolongé dans une petite pièce sombre, emplie de tissus, où seul un rai de lumière pénétrait le matin, ne pouvait se résoudre à quitter Avignon, à se montrer publiquement. Il savait qu'il ne pourrait demeurer encore longtemps dans le bourguet juif, mais comment expliquerait-il son silence ? Il réfléchit quelques instants, puis dit à Jérémie :

— Sois patient, j'ai de bonnes raisons de croire que tout n'est pas perdu pour les Italiens, tant que le conclave n'aura pas repris. Que sait-on des Gascons dans Avignon ?

— Peu de chose, assura Jérémie qui parlait vrai, ils sont tous dans leurs livrées, ils ne sortent que pour rencontrer leurs amis et s'efforcent de trouver une solution qui leur serait favorable. Il se chuchote dans les tavernes, sur les places et dans les rues, qu'une ambassade se serait rendue à Paris afin de supplier le roi Philippe d'agir pour la reprise du conclave en un lieu de son choix, et d'y imposer Arnaud de Pellegrue. Un Gascon, mais que son amitié avec feu Clément V a familiarisé avec les affaires de l'Église et les gens qui se dévouent au service de Dieu, sans trop songer à établir leur fortune personnelle.

Il n'échappait pas à Colonna que, à défendre avec un tel zèle le Gascon, Jérémie se faisait l'écho des souhaits des juifs. Aucun d'entre eux n'ignorait le rôle important qu'avait joué Arnaud de Pellegrue pour que le pape Clément leur accorde asile lorsqu'ils avaient été chassés du royaume de France. Pape, Pellegrue serait le meilleur garant de leur sécurité.

— Je te comprends, répondit Colonna avec un sourire. Parce que tu m'as assuré une cachette paisible, cela t'autorise-t-il à défendre avec ardeur ce Gascon qui se serait réjoui de me savoir mort ? J'ai grande hâte, vois-tu, de me rendre dans une église, afin de remercier Dieu de nous avoir ouvert cette brèche dans le mur du palais épiscopal de Carpentras. C'était inespéré ! Mon sang et celui de tous les Italiens auraient pu maculer tant de lames de poignard !

— Pourquoi une église ? Vous pouvez tout autant prier dans notre Eschole, reprit Jérémie que Colonna venait de piquer au vif. Pour louer Dieu, il n'y a pas de lieu privilégié.

Aucun homme ne ressemble à son voisin, ajouta le jeune homme, Dieu est Un et on peut l'implorer sur les océans, dans les terres lointaines, dans une chapelle ou une synagogue. Quand Colonna quitterait la Carrière, Jérémie — il avait honte de cette méchante pensée — aurait l'esprit libéré.

Colonna demeurait silencieux, à la fois gêné et inquiet. Il n'osait pas regarder Jérémie, conscient de ce qu'il y avait de cruel dans les jugements de l'Église à l'égard des juifs. Les tribunaux ecclésiastiques menés par les juges inquisiteurs ne pratiquaient guère l'amour du prochain, mais que pouvait Colonna ? Les juifs avaient trahi Jésus, comment l'oublier ?

— Alors ? ajouta Jérémie, impatient. Avez-vous choisi de retrouver les vôtres ? Tous les cardinaux ont fait savoir qu'ils étaient disposés à reprendre les sessions. À l'exception de Monseigneur Duèze et de vous-même. Mais Duèze ne craint pas de se montrer dans Cahors, alors que vous demeurez caché. Pourquoi vous obstiner ?

Colonna ne dit rien, il n'avait pas de réponse juste à fournir. Comment faire comprendre à ce jeune juif miséricordieux que, dès qu'il apparaîtrait publiquement, ceux qui lui avaient dérobé les cassettes le réduiraient promptement au silence ?

— Soit, dit-il enfin, Dieu ne peut plus rien pour moi. Je dois en effet cesser de me dissimuler. Depuis que je vis chez toi, je n'ai connu que l'effroi et la crainte de la mort. Après tant de jours de réclusion, je partirai demain, dès l'ouverture des portes. Consens à me garder une nuit encore.

— Volontiers, répondit Jérémie, et si vous souhaitez quitter Avignon, je vous fournirai un destrier. Je m'y engage.

La voix de Jérémie était hésitante. Il ne doutait pas que le prélat serait tenté, s'il était élu, de le supprimer afin de le réduire au silence. Tous dans la Carrière auraient à en souffrir. Ne commettait-il pas une erreur en chassant cet homme, à l'air aujourd'hui si pitoyable ?

Le lendemain matin, le ciel était bleu, les remparts d'Avignon se reflétaient dans les eaux du Rhône qui, à grand bruit, coulait un flot rapide et jaune. À dos de mule, à cheval ou sur des chariots tirés par des bœufs, plus nombreuse encore à pied, la foule se pressait sur le pont qui enjambait le fleuve pardessus la Grande Île, couverte d'arbustes et de roseaux, jusqu'à la tour de défense élevée par le roi, que tous appelaient tour Philippe-le-Bel.

Les cloches des églises avaient sonné les sept coups

de sept heures. Les portes de la Carrière avaient été ouvertes. Jérémie avait accompagné Colonna jusqu'à la porte Saint-Didier. Le prélat n'avait pas voulu de coursier, cela ne convenait pas à un pauvre pèlerin. C'est ainsi déguisé qu'il avait souhaité partir.

Lorsqu'il vit Colonna s'éloigner dans une bure qu'il avait coupée durant la nuit et cousue jusqu'à l'aube, Jérémie ne put retenir son émotion. Sans le secours d'un juif, un des prélats parmi les plus puissants de la curie aurait-il trouvé la mort ? C'était là, pensa-t-il, une maigre revanche sur l'Inquisition, néanmoins assez plaisante. Au moment des adieux, les deux hommes étaient restés silencieux. Jérémie s'était retenu de toute marque de sympathie. Il avait accompli son devoir de charité, il ne fallait pas lui en demander davantage.

Où se rendrait Colonna ? Il ne le lui avait pas demandé et ne souhaitait pas le savoir. Peut-être dans sa luxueuse livrée d'Avignon, mais alors pourquoi cette bure ? Peu importait à Jérémie, il avait l'âme en paix.

Sur la chaussée étroite longeant le fleuve, il vit disparaître le faux pèlerin au milieu des carrioles lourdement chargées et des portefaix déjà au travail, avant que la chaleur ne devienne insupportable. Contre les pierres des remparts, des manants, des domestiques sans maître étaient encore endormis, malgré les cris des bateliers et les hurlements des aubergistes en plein air, en quête de leurs premiers chalands. Sans doute y avait-il dans cet afflux d'étrangers à la ville bon nombre d'aventuriers, de malandrins armés, dans l'attente d'un mauvais coup sur quelque personnage fortuné. C'eût été pour les hommes d'armes une très difficile entreprise que de les découvrir dans la masse des vagabonds ; ils y avaient renoncé, abandonnant la ville aux nombreux détrousseurs qui préféraient voler plutôt que tuer, ce qui pour le viguier était moindre mal.

Jérémie avait regagné l'enclos où ses coreligionnaires ouvraient leurs échoppes, ses voisins s'étonnant que, pour la première fois depuis des semaines, Jérémie retirât les volets de la sienne.

— La marchandise est arrivée, on dirait ! lança Emmanuel qui avait un office de changeur.

— Ce matin même, répondit calmement Jérémie.

— Ce n'est pas pour dire, mais tu es un brave gaillard, un peu de mon espèce, ajouta Emmanuel, avec un sourire sous les poils de sa barbe touffue.

Jérémie était entré dans son échoppe ; il entendit encore Emmanuel crier, pour couvrir le brouhaha des passants :

— Dieu va enfin t'aimer comme tu le mérites ! Et là-haut, tu le retrouveras !

Le regard brouillé par les larmes, Jérémie, à cet instant, se rendit compte que personne dans la Carrière, sa famille comme ses amis, n'ignorait qu'il avait accordé l'asile à un chrétien, un prélat de haut rang. Chacun avait gardé le silence, cela l'emplissait de reconnaissance et d'allégresse. Il était sage, pensa-t-il, que les Juifs du Pape se montrent généreux et accueillants envers ceux qui avaient, malgré l'Inquisition, accepté de les protéger.

Colonna ne souhaitait pas demeurer dans Avignon. Il avait choisi de parcourir à pied les huit lieues qui le séparaient de Mazan, où Norbert d'Audes lui accorderait un asile discret et plus en rapport avec son rang. Ce seigneur ami connaissait l'existence du trésor. Colonna l'implorerait de l'aider à retrouver la trace des bandits, assurément des Gascons, qui selon lui, le lui avaient dérobé. Ensuite, mais ensuite seulement, il se montrerait dans Avignon. Or et bijoux convaincraient ceux qui hésitaient à voter pour lui.

Avant de quitter la Carrière, il avait emprunté, à un taux raisonnable et pour trois mois, cinquante florins d'or à Jérémie. Dans quatre-vingt-dix jours, le conclave aurait désigné enfin un pape, et ce serait lui. Il ne manquerait pas, alors, de se délivrer de sa dette. Il l'avait juré sur la sainte Croix.

Pour preuve de sa sincérité et au titre des intérêts du prêt, il avait retiré, à l'instant où il quittait l'échoppe, son anneau de cardinal et l'avait offert à Jérémie, qui l'avait placé sur une pile d'étoffes sans même le regarder. À quoi cette bague lui servirait-elle ? On pouvait l'accuser de l'avoir volée… il l'avait néanmoins acceptée.

Parmi les pièces de monnaie remises par Jérémie, quelques-unes étaient à l'effigie de Clément V. En tant qu'autorité temporelle, le pape avait le droit de battre monnaie, et il se fournissait dans une fonderie de Sorgues. Personne ne s'était jamais interrogé sur l'origine de la fortune du forgeron fondeur qui ne manquait pas sur chaque livraison au pape de prélever une dîme en or pur, mêlant quelques parcelles de fer aux écus d'or. Chez ce maître batteur italien, Fantoni Castrucci, il n'était pas rare de rencontrer dans la forge Giacomo Colonna.

Un soir d'après trop boire, Castrucci avait malencontreusement et inconsciemment conté à Giacomo Colonna comment il trichait sur la fonte de la monnaie papale. L'esprit purgé de ces libations, il avait supplié le cardinal de garder le secret afin que sa vie soit sauve. Si le pape l'avait appris, il l'aurait fait pendre sans jugement, comme le droit canonique l'imposait pour tout faussaire.

Colonna, magnanime, se tairait à la condition que Castrucci lui fasse régulièrement donation de la moitié de ses bénéfices personnels, à seule fin, avait assuré le prélat, de construire un hospice à l'usage des pauvres hères n'ayant d'autre toit que le ciel de Provence. Pour le récompenser de cette générosité dont il ne fallait entretenir quiconque, Castrucci serait dispensé de l'impôt en sel que tous ceux qui tiraient bénéfice et honneur de servir le Saint-Siège devaient acquitter. Quant à l'hospice, il n'y avait jamais songé, mais sa fortune s'était rapidement augmentée.

Castrucci sut tenir sa langue. Colonna avait acquis des pierres précieuses auprès des orfèvres avignonnais. Ainsi avait été constitué le butin confié à Norbert d'Audes qui imaginait, sans doute par naïveté, qu'il s'agissait d'une part importante du trésor de l'Église, ainsi soustrait aux folles dépenses de Clément V. Honnête, Norbert d'Audes, croyant préserver le patrimoine de l'Église, se sentait honoré de la confiance d'un cardinal. Mais peut-être les Gascons, assoiffés de sang, auraient-ils pillé son logis s'ils avaient eu connaissance de ses amitiés avec les Italiens.

À présent, Giacomo Colonna regrettait de ne pas avoir rapporté les richesses amassées en Toscane, où il souhaitait faire construire un palais d'une splendeur à faire mourir d'envie les Caetani et leurs gens.

Colonna avait été dépouillé de son trésor et, pensait-il, en cheminant, il n'était plus qu'un prélat italien que les Gascons auraient la tentation de faire assassiner.

À la tombée du jour, il avait atteint sans encombre, par de petits chemins, Entraigues, à trois lieues d'Avignon. À l'entrée du bourg, il avait respiré une forte exhalaison de peaux et de cuirs. Le village était réputé pour la qualité de ses peaussiers et tanneurs. La renommée de ces artistes du cuir qui leur arrivait d'Espagne par Marseille et le Rhône s'étendait très au-delà de la Provence.

Colonna ne s'attarda pas sur les bords de la Sorgue où tournaient palettes et roues, il lui fallait trouver un logis. Aussi calme que possible, car il souhaitait ne prendre qu'un peu de repos, et, dès le lever du jour, parcourir d'un trait le chemin jusqu'à Mazan, en évitant Monteux où les hommes de Lomagne le Gascon pourraient le reconnaître et lui faire un mauvais parti, et Carpentras où il risquait de croiser ses gens, épargnés par le massacre.

Dans Entraigues, le regard de Colonna fut attiré par une enseigne : une femme dont la poitrine exhibait trois globes d'amour. Colonna n'hésita pas, il pénétra dans l'auberge des *Trois-Tétons*, oubliant qu'il était revêtu de la bure des pèlerins.

Une envolée de rires l'accueillit dans la salle. Il comprit dans l'instant qu'on y avait en tête autant le vin que l'amour payé en pièces d'or.

La salle était étroite et longue, garnie de bancs de bois sur trois de ses côtés. Dans le fond, devant une cheminée noirâtre et graisseuse, un étal sur lequel le maître des lieux, Marius Mouraille, flanqué de deux serviteurs aussi malingres qu'il était, lui, énorme, débitait vivement des pièces de lard gras, puisait dans des corbeilles de fougasses, pendant que les aides s'affairaient à remplacer les pichets vides par des pleins, alignés sur l'unique table en sapin qui occupait le centre de la salle.

Une porte conduisait à l'étage supérieur. Là, dans des petites cellules semblables à ce que les Romains de Pompéi appelaient des « retraits d'amour », de grossières fresques illustraient significativement pour les visiteurs manquant d'imagination les plaisirs auxquels ils pouvaient s'adonner sur la petite couche de paille fatiguée, éclairée par une minuscule lanterne de suif pendant au plafond de planches irrégulières.

Colonna avait l'habitude de fréquenter les auberges à filles dans des habits de négociant confectionnés par Jérémie, mais lorsque l'envie lui prenait de ripaille et de volupté, il se rendait toujours dans ce que les Avignonnais appelaient les « tanières à baisers », des cabarets richement meublés, souvent propriétés de gens d'Église et de marchands aisés, où de fraîches ribaudes étaient parfois filles ou bâtardes de bonne naissance.

La taverne de Mouraille attirait plus de soldats et vagabonds que de voyageurs et bourgeois, aussi quelques ecclésiastiques aux désirs polissons.

Il était trop tard pour reculer, Colonna s'assit. Une catin, jaune comme un coing et pourvue d'assez beaux yeux, s'écria :

— À moi le pèlerin ! Si tu marches vers Compostelle, le chemin est encore long ! Viens à moi te rassasier de ventre et de soupe ! Par la tiare du Saint-Père, donne-moi trois écus de ta bourse, passe un bras sur ma poitrine en signe de possession et ta nuit sera bonne, avant de poursuivre ! Ensuite, prie pour nous, pèlerin, car on nous promet l'enfer. Il doit y faire plus chaud que sur la Sorgue, et personne ne viendra nous rafraîchir !

Les occupants, une vingtaine de gaillards et une dizaine de donzelles auxquelles des hommes débraillés et avinés caressaient les cuisses sans douceur excessive, éclatèrent d'un rire à réveiller tout le bourg. La ribaude qui avait harangué sur Colonna s'approcha, lui colla un baiser sur la bouche et, levant sa robe de toile très au-dessus des genoux, lui lança encore :

— Tu m'as l'air d'avoir fait un bon choix en t'arrêtant à Entraigues, pèlerin. Ici, tu pourras cultiver d'avance ton lopin de paradis terrestre, car je ne te vois pas encore évêque, et il faut bien du courage à ton âge pour t'avancer vers Saint-Jacques ! Les rouliers ne sont guère tendres avec les gens de ton espèce !

Dans la salle, on riait de plus en plus fort. Neuf heures sonnèrent à l'église d'Entraigues. Au mot « évêque », Colonna avait eu la tentation de se dévoiler. Il avait résisté, était demeuré impassible, cela pouvait être dangereux. S'il avait avoué avoir abandonné la pourpre cardinalice pour la vie vagabonde, qui l'aurait cru ?

Il commanda une daube de bœuf, l'avala puis, après avoir refusé l'offre d'une fille qui n'avait pas seize ans, se hissa, guidé par Mouraille, jusqu'au premier étage. Le tavernier présenta mille excuses au pèlerin pour les dessins s'étalant sur les murs de la chambre, la meilleure de son auberge, assura-t-il.

Peu à peu, le vacarme s'apaisa. Les filles, à moitié dénudées, regagnèrent leurs couchettes, accompagnées de galants avinés, souvent hors d'état de leur prodiguer la moindre embrassade.

Le lendemain, dès l'aube, Colonna reprit le chemin de Carpentras. Trois hommes, dont il n'avait pas remarqué la présence dans le tintamarre nocturne du cabaret, le suivirent, assez proches pour ne point le perdre de vue, assez éloignés pour ne pas être remarqués. Eux savaient qui se dissimulait sous la bure et étaient décidés à se saisir de sa personne. Trois-Canards se félicitait du sort qui avait jeté sur leur route le cardinal que, depuis des semaines, ils cherchaient. Flora serait émerveillée et Marigny, tenu au courant, ne les laisserait pas dépourvus.

Dans la petite salle du donjon des archers, Norbert d'Audes, qui par économie se privait de guetteurs et ne disposaient que de vingt-cinq arbalétriers pour défendre la place, mangeait sans grand appétit une tranche de pain de froment couverte de pâte d'olives, vidant sans se presser un gobelet de picot de pommes sauvages. Le seigneur de Mazan, qui aimait la paix avant toute chose et ne cherchait jamais à plaire à d'autres femmes que celle qu'il avait épousée, souffrait de l'angoisse qui taraude sans cesse l'esprit humain. Il ne servait à rien d'implorer Dieu pour être épargné de calamités aussi diverses que douloureuses.

Cette fois, le coup porté avait été rude. Depuis des années, il rêvait d'une union entre son fils Philibert et Laure de Noves, héritière des Sade, les premiers maîtres de Mazan. Il n'y avait dans son esprit pas meilleure fille que cette demoiselle de joli visage et de bonnes armoiries. Qu'il s'en indignât ou non, c'en était hélas fini de cette espérance !

Norbert d'Audes frappa violemment de sa botte une bûche qui se consumait dans l'âtre et ragea du refus inexplicable du père de la belle. Il avait fait parvenir selon la coutume, par son écuyer Jacques Mollard, une demande écrite à Audibert de Noves. Et ce misérable, contraint pour que vive sa maisonnée de pratiquer le négoce des étoffes, se piquait de ne vouloir aucune alliance avec Norbert d'Audes. Il y avait pourtant pire choix que le jeune Philibert, d'ailleurs les seigneurs du Comtat s'accordaient à reconnaître dans cet adolescent vif, grand de taille, le regard clair, un futur capitaine, honnête et courageux.

Norbert d'Audes tentait de comprendre. Il n'était pas riche de vassaux, de manants ni d'hommes d'armes, mais dans l'écurie ses chevaux étaient convenablement pansés, nourris et reposés, afin de partir guerroyer si un voisin, aussi puissant fût-il, avait l'envie d'attaquer un domaine où, nul ne l'ignorait, les paysans avaient un art particulier de cultiver la terre. Qui tâtait de son verjus en appréciait la saveur, la meilleure de tout le val du Rhône. Dans Avignon, on préférait ses vignobles à ceux du pape, qui s'étendaient autour de Châteauneuf, sur des pentes couvertes de galets, roulés par le fleuve il y avait des millions d'années.

Humilié, plus que son fils auquel il avait caché son ambassade, Norbert d'Audes n'avait plus qu'une envie : fuir le monde et achever sa vie dans l'un quelconque des monastères qui poussaient, comme le romarin au printemps, sur les terres chrétiennes.

À ce qu'avait rapporté Jacques Mollard, Audibert de Noves, après avoir pris connaissance de la demande, était entré dans une violente colère.

— Ce projet de mariage, avait-il hurlé, est odieux ! Dites à votre seigneur que si je l'aperçois sur mes terres, fût-il accompagné de vingt lances ou piques, il le regrettera et sera occis avant d'avoir eu le temps de demander de l'aide. Votre maître a-t-il déjà oublié ses amitiés avec les Italiens ? Il a toujours souhaité qu'ils gagnent la partie. Que nous soit donné un pape né sur le sol du royaume, et Norbert d'Audes n'aura qu'une hâte : s'enfermer dans sa tour et de ses remparts scruter l'horizon ! Il n'apercevra jamais aucun allié. Laure, ma fille aimée, ne sera pas l'épouse d'un valet des Colonna ! Je suis prêt à faire le siège de Mazan, s'il poursuivait dans sa folie !

L'écuyer avait fidèlement rapporté à Norbert d'Audes les vifs propos d'Audibert de Noves, négligeant toutefois de préciser qu'avant qu'il ne quitte le château de Bompas, celui-ci avait ajouté :

— Mais si vous pouvez monter convenablement un coursier le temps d'un tournoi dans les lices, si vous ne portez pas les armes trop peureusement, si vous savez dresser le faucon pour une longue partie de chasse, et si ma fille ne détourne pas son regard du vôtre, alors je ne serais pas insensible à l'hommage d'un jeune homme tel que vous. Si cette union vous inspire, ne faites rien qui puisse la compromettre, écartez-vous définitivement de ce traître de Norbert d'Audes.

Et Audibert de Noves avait conclu :

— À la condition que vous agissiez activement pour l'élection d'un pape qui demeurerait dans Avignon.

Jacques Mollard avait trotté de Bompas jusqu'à Mazan par des chemins détournés ; il avait ainsi pris le temps de méditer sur le sens des paroles du seigneur de Noves. Il ne songeait pas au mariage, mais si elle voulait bien l'épouser, il ne refuserait pas Laure.

Si pour épouser Laure, Jacques Mollard devait passer aux Gascons, il ne s'en affolerait pas. Peu lui importait que le pape fût italien, gascon ou français, si Laure devenait sienne. En délivrant son message au père, il avait entrevu la fille, devant son lutrin à broder. Dans son cœur, naissait une flamme tendre et nouvelle.

Les vendanges avaient débuté, entre les ceps bien alignés, les chants des vendangeurs et des vendangeuses résonnaient comme autant d'aubades amoureuses aux oreilles du fougueux écuyer.

Lorsqu'il avait aperçu par-dessus les remparts de la bourgade les tours crénelées du château de Mazan, sa décision était prise : de son ambassade, il ne ferait part que du refus. Il forcerait même sur la colère du seigneur de Noves, gardant le silence sur les discours le concernant. Il n'en avait jamais rien dit, sachant les liens de son maître avec le parti italien, mais il en appelait à Dieu pour que le conclave désigne un Français ou un Gascon, afin une fois encore de ne pas déplaire au roi et de faciliter l'épanouissement d'un amour qui le mettait déjà au supplice. Désormais, il marcherait contre Colonna et son clan, et ferait en sorte que cela soit connu de tous, dût-il être chassé de Mazan. Dans son esprit, naturellement rêveur, le couronnement du nouveau pontife coïnciderait avec ses épousailles avec la ravissante Laure de Noves. Il atteindrait son but, il n'en doutait pas.

Dans la salle du donjon, où ne parvenait aucun des bruits du village, Norbert d'Audes se sentait faible de corps et d'esprit, il ne pouvait se résoudre à accepter l'affront d'Audibert de Noves. Peut-être ne s'agissait-il que d'une intimidation. Et si, pour que le mariage soit conclu, il était nécessaire d'augmenter la dot ? Il en avait la possibilité. Il n'hésiterait pas à s'appauvrir, pourvu que Laure fût à Philibert.

Norbert d'Audes souleva une lourde pierre du sol du donjon, dans l'angle opposé à l'ouverture donnant sur le Ventoux, et gratta nerveusement le socle calcaire sur lequel reposait le pavage de la salle. Il creusa plus de deux pieds, la sueur coulait de son front. Soudain son visage s'éclaira, il retira une bourse en velours sur laquelle il referma sa main gauche... Assis contre le mur, il fit rouler dans sa paume une grosse émeraude. Plus qu'il n'en fallait pour que Laure offrît sa peau satinée aux caresses de Philibert.

Lorsque Colonna avait récupéré sa cassette, Norbert d'Audes avait cru défaillir. Il était honnête, mais, ébloui par l'éclat de la pierre, il n'avait pas eu la force de résister.

Que l'Italien s'aperçoive que cette rutilante émeraude avait disparu, cela aurait pu mal tourner. Mais il s'était préparé à l'affronter, il aurait menacé le cardinal de tout dévoiler de ses turpitudes. Peut-être même — il avait dissimulé un poignard espagnol dans les plis de son surcot — aurait-il tenté de le tuer.

Colonna, dans l'amoncellement d'or et de pierres précieuses, n'avait pas pris garde que cette énorme émeraude finement taillée avait été subtilisée.

Norbert d'Audes était sincèrement affligé de ne rien savoir ni de Colonna ni du trésor, mais en cet instant il n'y songeait plus. Agenouillé sur le sol, il admirait l'éclat rayonnant du joyau. Qu'il l'offre à Audibert de Noves, et Laure serait à son fils, il n'en doutait plus.

Les parois du donjon étaient si épaisses que, tout à son émerveillement, Norbert d'Audes n'entendit pas un héraut du pont-levis sonner à trois reprises de la trompette, annonçant l'arrivée au château d'un personnage important. Son attention ne fut attirée que par le bruit du choc des armures d'au moins une douzaine de cavaliers.

Par le fenestron, il aperçut une bannière. Était-il l'objet d'une hallucination ? Entre deux rangées d'hommes d'armes, il reconnut Enguerrand de Marigny. Le premier ministre du roi à Mazan ! C'était incroyable ! Que lui voulait-on ? Assurément pas le visiter par courtoisie. Et s'il venait l'arrêter ? Colonna l'aurait-il dénoncé au roi de France, aurait-il conté qu'il avait dissimulé dans ses caves une part du trésor pontifical ? Il n'avait aucune défense à faire valoir et se voyait déjà pendu.

Un instant, il eut l'idée de fuir. C'eût été folie. Il se ravisa. Après avoir replacé l'émeraude précieuse dans la bourse, la bourse dans la terre, et la pierre sur la terre tassée, échevelé et suant, il se porta en hâte au-devant du connétable.

Enguerrand de Marigny et son escorte s'étaient introduits dans la grande cour du château. Ils ne portaient nulle trace de la poussière des chemins. Marigny était descendu de cheval, Norbert d'Audes s'inclina longuement devant lui avec tout ce qu'il connaissait de cérémonie, et l'invita à pénétrer dans la grande salle du rez de sol.

7

— Le roi Philippe est empli de foi. Il n'y a pas dans tout le royaume meilleur défenseur de notre sainte mère l'Église, il est chaste, humble et charitable.

Ainsi s'exprimait Enguerrand de Marigny, au cours du souper en tête à tête avec Norbert d'Audes, dans la grande salle du château de Mazan.

Emilia, l'épouse de Norbert d'Audes, italienne d'origine, avait été priée de ne point participer au repas et de taire à tous et en tous lieux la présence dans le Comtat de l'illustre visiteur. Elle s'était opportunément retirée, avec sa servante toscane Lidia, dans une chambre où, pelote d'aiguilles en main, elle poursuivait la broderie d'un paysage provençal. Quant à l'escorte du connétable, elle avait été installée dans les écuries. On lui avait apporté des bottes de foin en guise de litière et donné des fèves, du lard et du pain, ainsi qu'une barrique de vin qu'elle vida sans tarder. La règle faisait obligation aux seigneurs, sur les terres pontificales, de loger et de nourrir les troupes étrangères.

Cette visite imprévue n'avait pas tellement surpris Norbert d'Audes. En revanche il écoutait, ahuri, le discours du connétable, qu'on prétendait avare de compliments sur le roi et lié aux barons qui s'assemblaient pour se révolter contre lui. Le portrait flatteur que brossait Enguerrand de Marigny ne correspondait pas exactement à ce que Norbert d'Audes connaissait des méthodes de Philippe IV dans le gouvernement du royaume. Autant de foisonnantes louanges suscitaient la méfiance chez le Mazanais. Il prit garde à ne point trop se pâmer. Il écoutait et parlait peu.

Enguerrand de Marigny avait vidé d'un trait un hanap de vin de Mazan. Il plongea son regard dans celui de Norbert d'Audes, qui se tenait de l'autre côté d'une large table aux pieds habilement sculptés dans du mélèze du Ventoux par Jean Archain.

Le meilleur ébéniste de tout le Comtat vivait à Malaucène, où il avait déjà œuvré pour la stalle pontificale de l'église. Clément V y disait la messe lorsqu'il venait, toujours joliment accompagné, dans sa résidence du Groseau. C'était grand honneur que de posséder un meuble ouvragé par les soins de ce maître artisan. Jean Archain en avait fait don à Norbert d'Audes pour le remercier d'une dispense de taxe sur les coupes de bois seigneuriales. Enguerrand l'avait remarqué et s'était empressé d'en féliciter son hôte.

Norbert d'Audes n'était pas rassuré, il se doutait que Marigny n'avait pas effectué le voyage jusqu'à Mazan afin de s'initier à la sculpture sur bois. Le repas prenait fin, dans la cheminée le feu flamboyait, on n'avait encore échangé que des propos sans importance. Il était temps de s'entretenir sérieusement.

— Las, finit par lâcher Enguerrand de Marigny, en portant un autre gobelet à ses lèvres, on assure à Paris que le cardinal Giacomo Colonna tient en vous le meilleur des amis... Un homme qu'on dit doué pour les intrigues...

— Je ne suis pas de ses relations favorites, avança Norbert d'Audes, inquiet.

Marigny poursuivit.

— Assez proche de lui pour ne pas ignorer que des vingt-trois membres du conclave, il est le seul à ce jour à n'avoir point reparu depuis les tristes et criminelles journées de Carpentras. S'il se cache, il a tort. Cela m'irrite. Il n'a rien à craindre, en tous lieux sa tranquillité sera assurée, je m'en fais devant vous le garant.

Le connétable avait forcé sa voix pour évoquer les « criminelles journées de Carpentras », ce qui n'échappa point à Norbert d'Audes. Pour Marigny, parler de crime, c'était condamner les Gascons et apprécier les Italiens.

— Personne ici, et dans Avignon, n'ignore que cet illustre prélat a disparu. J'en suis très marri. D'autant, poursuivit Norbert d'Audes après une hésitation, qu'il ferait, à n'en pas douter, un excellent pontife. Il est tolérant, érudit et n'aurait jamais l'envie de tromper le roi.

Les yeux d'Enguerrand de Marigny s'allumèrent.

— Quel plaisir de vous voir dans d'aussi bonnes dispositions envers Colonna ! Hélas, il n'a aucune chance. Notre roi, si longtemps attaché aux Gascons, n'est plus aussi vaillant qu'il le fut ; il s'est mis en tête de faire coiffer la tiare par son confesseur, Nicolas de Fréauville, un Français. Celui-ci loge présentement au couvent des Frères prêcheurs, dans Avignon, tentant de convaincre les cardinaux de reprendre le conclave et de voter pour lui, à la condition bien sûr que les Italiens y consentent. La présence de Giacomo Colonna est donc indispensable. On m'a rapporté les liens qui vous unissaient et je me suis interrogé : Colonna n'aurait-il pas trouvé un abri dans vos remparts, effrayé d'avoir manqué périr dans l'incendie du palais épiscopal, à Carpentras ? Si tel était le cas, je l'assurerais de mon soutien, même si le roi en ressentait quelque amertume. Voyez en moi un seigneur tout disposé à chanter ses louanges. À la condition qu'il se montre... Cela ne traverserait pas ces murs, je vous le jure !

Norbert d'Audes, troublé, n'en laissa rien paraître.

Giacomo Colonna ne logeait pas à Mazan, mais cela aurait pu être possible. Enguerrand de Marigny, qu'on disait tout dévoué au roi, lui tendait-il un piège ou trahissait-il le souverain ? Que savait-il du trésor ? La prudence s'imposait.

— Comment pouvez-vous croire que, s'il séjournait à Mazan, il n'aurait pas sa place à cette table ? Hélas, se désola Norbert d'Audes, comme vous je suis sans nouvelles du cardinal, je prie seulement pour qu'on ne l'ait pas assassiné et jeté dans le Rhône ; les tourbillons ont vite fait d'engloutir les cadavres. Je crois les Gascons capables de tant de mauvaises actions pour mieux se faire entendre.

Afin de nuancer son propos, il ajouta :

— Pour avoir longtemps usé de la bienveillance du roi, ils sont aujourd'hui tentés d'en abuser. Dans la lutte pour le pouvoir, c'est une réaction humaine, compréhensible, mais qu'il convient de ne pas encourager.

— Soit, soupira Enguerrand de Marigny, je me réjouis de vos bons sentiments envers le parti italien. Vous avez le visage d'un loyal serviteur du roi. S'il souhaite que son parti sorte vainqueur du conclave, Colonna devrait trouver refuge auprès de vous. Je m'interroge sur le lieu de sa retraite.

Il frappa le sol de sa botte et ajouta encore :

— J'ai donc fait jusqu'ici du chemin inutilement. J'apprécie votre accueil, je ne doute pas qu'avec votre aide nous retrouvions Colonna. Si vous apprenez quoi que ce soit, faites-le-moi savoir à Paris, où je dois retourner au plus vite, les affaires du roi y deviennent préoccupantes, et je veux le décider à accorder son soutien aux Italiens.

« Je repartirai dès demain pour Avignon. Avec Nicolas de Fréauville, dont peu d'ecclésiastiques apprécient les manœuvres, je rejoindrai Paris. Que le roi me condamne pour l'échec de cette mission, je quitte son service ! Sans regrets. S'il veut faire couronner son confesseur, qu'il suive d'autres conseils que les miens ! Je crains qu'il me reproche d'avoir échoué et reporte sur moi sa colère, mais je saurai me défendre. »

Norbert d'Audes agita une clochette d'argent. Un jeune porte-chandelles accourut.

Après avoir remercié son hôte, pour la courtoisie de son accueil, Enguerrand de Marigny disparut dans l'escalier à vis qui conduisait à la chambre où il passerait la nuit. Si au moins, pensait-il, il avait reçu des nouvelles de Flora. À ce jour, rien... N'avait-elle pas plus que lui le moindre renseignement sur l'Italien, ou l'aurait-elle trahi ? Avant de quitter Avignon, surpeuplé, il ferait un tour des auberges ; avec un peu de chance, il y rencontrerait Trois Canards et ses deux compères. Ceux-là, il était sûr de leur fidélité. Il n'avait jamais eu besoin de les prier pour l'assister dans ses intrigues.

Quant à Norbert d'Audes, il s'interrogeait, ne parvenait pas à trouver le sommeil. Il suffisait d'entendre le connétable pour saisir qu'il n'avait pas fait le voyage de Paris uniquement pour savoir si Colonna avait trouvé refuge à Mazan. Le roi soutenait Fréauville, et Enguerrand de Marigny, Colonna. Sans doute par intérêt, mais lequel ? Tout cela lui semblait étrange !

Une seule consolation : Marigny ignorait apparemment tout du trésor. Demain, à Mazan, la vie reprendrait son cours.

Avant de s'en aller rejoindre son épouse pour la nuit, il n'avait pu s'empêcher une fois encore de déterrer l'émeraude à laquelle il tenait tant.

Flora n'avait d'abord vu en Jacques Mollard qu'un amant jeune et enflammé, qui l'aiderait à retrouver Colonna. Elle dut vite reconnaître qu'elle n'avait plus connu depuis longtemps de véritable tendresse, ou si peu, et que l'écuyer se montrait avec elle d'une amoureuse bienveillance et d'un tempérament toujours ardent. Cette aventure sans conséquence s'inscrirait dans sa vie parmi quelques bons souvenirs. Elle gardait à l'esprit leur première rencontre, lorsqu'ils avaient chevauché côte à côte, entre Durance et Rhône, dans les marais asséchés par des semaines sans pluie, dégageant une pestilence qui donnait la maladie aux chevaux et aux hommes. Flora n'avait pas ménagé ses efforts pour séduire l'écuyer, l'attirer à elle.

Elle cherchait Colonna, son corps avait pris feu pour le jeune écuyer. Elle n'imaginait pas, oubliant sa mission, qu'elle éprouverait auprès de lui autant d'allégresse. Elle était encore jeune, la trentaine, et elle ne manquait pas d'expérience. Cela lui convenait.

Après leur première rencontre, Flora avait repris le chemin d'Avignon. Elle avait fait serment à Jacques Mollard de le retrouver une semaine plus tard, à la petite chapelle Notre-Dame, au bas de l'éperon rocheux où se dressait, imposant et massif, le château de Gordes.

— Passé L'Isles, lui avait-il indiqué, il faut longer une petite rivière, la Senancole. Jadis les légions romaines, avançant sur la via Aurelia, celle qui mène à l'Espagne, y faisaient de longues haltes tant l'air y est pur et l'eau particulièrement fraîche et transparente. Non loin d'une très mystérieuse source, égarée au fond d'un vallon entre deux hautes falaises couvertes d'herbes folles, un lieu empli de mélancolie où personne n'a jamais consenti à demeurer. Ensuite, vers la droite, un sentier de sanglier se glisse entre des buissons de genêts et de romarin. Il faut prendre garde que la haquenée ne se blesse sur la rocaille. À l'extrémité du sentier, une petite chapelle, éclairée de mille cierges, érigée il y a plus d'un siècle en hommage à un jeune pâtre qui, dit-on, y reconnut la Vierge Marie parmi de ravissantes donzelles occupées à tailler les oliviers. Elle lui aurait annoncé pour les hommes de notre temps de terribles calamités et de grandes joies. Qui sait ? Après avoir connu les misères de Carpentras, y aurait-il plus grand bonheur que la désignation d'un pape ?

Flora avait été frappée par la simplicité joyeuse du jeune homme, elle irait au rendez-vous... S'il voulait encore d'elle.

Retenant son cheval par la bride, Jacques Mollard avait, avant de la quitter, ajouté :

— Derrière la chapelle, il y a une de ces cabanes en pierres sèches que les bergers appellent « bories », et un puits qui n'est jamais à sec. C'est là que j'attendrai.

Souriant, il avait porté son coursier au galop.

Flora avait crié :

— À bientôt !

Sans doute ne l'avait-il pas entendue. Sur le chemin d'Avignon, elle avait pensé que ce jouvenceau lui était envoyé par le Ciel. Elle avait le pressentiment que cet écuyer, qui lui avait avoué, sans qu'elle ait eu à l'interroger, n'être pas encore adoubé chevalier, donc interdit de maniement de lance ou de glaive, bouleverserait son destin. S'il ne la mettait pas sur les traces de Colonna, au moins pourrait-il lui offrir d'autres formes d'agrément. Peut-être même un jour, pourrrait-elle l'utiliser afin de retrouver son rang.

À l'auberge *La Pasticcia*, ses compagnons l'attendaient, l'avaient accueillie avec joie. Lorsqu'elle partait seule, ils tremblaient toujours qu'il lui arrivât une malaventure. Trois Canards, rassuré, lui avait prodigué maintes embrassades, lui baisant la main avec toute l'aisance d'un poignet qui dans les tournois n'avait jamais rompu. Chef de la petite troupe, il se sentait responsable de Flora et craignait que dans cette affaire malaisée elle ne perdît la vie.

Ses marques de respect et cajoleries avaient été vaines. Flora n'avait point soupé, elle était montée dans sa chambre plus tôt qu'à l'accoutumée. Trois Canards et ses compères, Flambard et Dagueur, s'interrogèrent, inquiets, et décidèrent de redoubler de vigilance.

— Et si elle avait retrouvé Colonna ? avança Dagueur.

Flambard lui donna une grande bourrade dans les côtes.

— On voit que tu ne connais rien aux donzelles. Si elle avait retrouvé Colonna, elle nous l'aurait aussitôt confié !

Trois Canards n'aimait pas que ses hommes parlent haut dans une salle où il redoutait toujours la présence d'un espion.

— Arrêtez cet excès de fièvre, leur souffla-t-il. Pour sûr que notre dame n'a pas rencontré le cardinal, peut-être est-ce la raison pour laquelle elle est aussi sombre.

— C'est simple, avança Flambard, il y a une histoire d'homme là-dessous. Il ne suffit pas que Marigny lui ait imprudemment confié cette mission pour changer une putain en nonne.

— Une seule affaire est pour nous importante, déclara Trois Canards, nous sommes liés à Marigny, il attend de nous qu'on mette la main sur Colonna. Voici plus d'un mois que nous fouillons Avignon et le Comtat, en vain. Nous avons croisé foule de barrettes et de bures, vu s'agiter des cardinaux et leurs serviteurs, mais point de Colonna.

— Oui, dit Flambard, penaud, je crains qu'il soit perdu pour nous et que, de retour, Marigny nous offre une corde plutôt qu'une bourse.

— Bien dit, lança Dagueur, alors que proposes-tu ?

Trois Canards, à voix basse, leur rapporta avoir appris qu'il y avait à Entraigues une auberge où se rendaient volontiers les ecclésiastiques qui aimaient les épanchements des dames vulgaires. Les catins s'y affairaient, le cul à l'air.

— Si nous y allions, suggéra-t-il, nous ne retrouverions certainement pas Colonna, mais nous pourrions peut-être entendre des bavardages, et nous distraire...

— Si ce mauvais lieu est pourvu en filles, il me convient, renchérit Dagueur.

Au petit matin, avec la bénédiction de Flora, satisfaite de se séparer d'une escorte qui lui pesait, les trois hommes s'étaient mis en route.

Le soir à l'auberge des Trois-Tétons, dès l'apparition du pèlerin, Trois Canards et ses hommes avaient été saisis. L'allure, la démarche, la chevelure rare évoquaient chez le voyageur ce que Flora, depuis leur arrivée, ne cessait de leur rappeler. Trois Canards ne put se contenir, dans un souffle, il lâcha :

— Dieu me damne ! Si ce n'est pas Colonna, c'est le diable en personne !

Flora leur avait décrit l'Italien avec assez de précision pour qu'à la barbe près ils reconnaissent en cet homme, à l'âge déjà avancé, celui qu'ils recherchaient. Ils étaient si convaincus qu'ils veillèrent à tour de rôle toute la nuit, afin qu'il ne leur échappât point pendant leur sommeil.

Cela les attristait que Flora ne fût pas présente, ils ignoraient où elle se trouvait. Comment lui faire savoir que Colonna n'avait pas quitté le Comtat ?

Dès le soleil levé, le faux pèlerin paya l'aubergiste et franchit le seuil de la taverne, enjambant les rouliers affalés sur le sol gluant. L'homme s'engagea sur le chemin de Carpentras. Les trois compères le suivirent à distance, vérifiant que la lame de leur poignard était bien aiguisée, au cas où il les contraindrait à une mêlée avec les enragés qui avaient déjà incendié Carpentras.

Le pèlerin et les gaillards atteignirent la ville avant la fin du jour. Ils la contournèrent et prirent la direction de Mazan. Après pareille marche, l'homme ne leur paraissait point épuisé, eux commençaient à peiner. Ils n'avaient rien mangé ni bu de tout le jour, lui avait sorti de sa besace une gourde et une tranche de pain sur laquelle il avait étalé une pâte dont ils n'avaient pu déterminer la nature.

Certains qu'il s'agissait bien de Giacomo Colonna, ils ne s'étaient pas même interrogés sur la meilleure manière de se saisir de lui.

— L'important n'est pas de le prendre, mais de savoir où il se rend, qui il rejoint, avait assuré Trois Canards. Ensuite, nous aviserons Flora. Cette mission est la sienne, elle détient le message. Surveillons notre homme étroitement, elle choisira la meilleure façon d'agir.

À l'heure prévue, Flora avait attendu Jacques Mollard en un endroit caché dans les falaises d'ocre, sur le chemin qui mène de Gordes au village de Roussillon, là où, dans une épaisse pinède, s'activaient les carriers aux allures de diables, le corps couvert de poussière rouge.

Elle était partagée entre son désir et la mission qu'elle devait mener à son terme si elle voulait bénéficier de quelque crédit auprès de Marigny.

D'un petit bâtiment, il ne restait que des pans de murs, des pierres de Gordes empilées les unes sur les autres. Sur le sol, une peau de chèvre, trois cornes de vache brisées, une douzaine de cierges plus qu'à moitié consumés, que les occupants avaient dû subtiliser dans la toute proche chapelle Notre-Dame où, jurait-on, les maux étaient apaisés. On accourait de toute la Provence, sans que fussent vraiment réalisés les miracles annoncés.

Les reliefs puants d'un sanglier dépecé attestaient

que c'était un lieu prisé des chasseurs. Sur une petite table, à côté d'une litière de paille écrasée, au fond d'une écuelle de bois, une bouillie sèche était recouverte de déjections d'insectes, le reste de ce qui avait dû être une soupe de maïs. Autour de la cabane, ce n'était qu'amas de ronces, d'où émergeaient quelques pieds de genêt qui se couvraient au printemps de minuscules fleurs jaunes.

Lorsque Flora arriva, la mine étonnée et sombre, dans ce qui paraissait plus propice à cacher des coupe-jarrets qu'à organiser un rendez-vous galant, hormis le bourdonnement des abeilles, il n'y avait aucun bruit. Tout était étrangement calme.

Dans un champ voisin, elle aperçut une femme, apparemment vieille, qui peinait à l'ouvrage. Flora détourna les yeux, elle supportait mal la misère de ceux qui n'avaient reçu que peu d'agréments de la vie. Cette paysanne, qui devait passer ses journées courbée sur la terre, lui rendit la volonté de ne rien négliger pour retrouver la condition qui était sienne. Elle se battrait pour faire reconnaître son rang. Il lui sembla que son jeune galant pourrait l'y aider.

Malgré sa ténacité, Flora, soudainement angoissée, ressentit l'envie de fuir. Et si l'écuyer lui avait tendu un guet-apens ! Un lièvre trottant entre des bouquets de thym l'amusa et lui rendit sa bonne humeur.

Quelques instants plus tard, le galop d'un cheval la rassura. Haletant, Jacques Mollard sauta du coursier, il se pressa vers Flora, lui baisa respectueusement la main et s'excusa de son retard. Il avait été victime d'un embarras de chariots chargés de raisin pour le vin, sur le petit chemin entre Mazan et Pernes, où quelques membres de la curie avaient choisi de s'établir. Les puits y étaient plus nombreux et l'air moins empuanti qu'à Carpentras. Il la contempla longuement. Elle était moins jeune que Laure, mais lui accorderait sans doute les faveurs qu'il n'osait espérer de celle dont il rêvait. Laure était une illusion,

Flora, une réalité qu'il devinait pouvoir conquérir sans effort.

— Il n'y a personne ici que nous deux, se contenta-t-il de constater, en mal d'inspiration.

Un doux frisson parcourut tout le corps de Flora.

Elle s'était assise sur le sol caillouteux, Jacques Mollard, de nouveau silencieux, s'accroupit en face d'elle, une mèche blonde barrant son front, tombant presque sur ses yeux, transparents comme l'eau des sorgues voisines.

Une forte brise soulevait les feuilles séchées. Bien que soucieux de ne pas offenser Flora, alors que l'un et l'autre ne s'étaient pas retrouvés dans cette ruine afin de disserter sur la nécessité pour les femmes de participer à la prochaine croisade, Jacques Mollard s'enhardit enfin.

— Le tournoiement des feuilles me rappelle une histoire que les manants colportent dans cette contrée où le vent du nord souffle en tornades tourbillonnantes, brûlantes l'été, glaciales l'hiver.

Flora se souvint que dans son enfance elle demandait souvent à sa mère de lui raconter des histoires emplies de merveilles. Anne de Noves refusait, cela l'ennuyait. Dommage, car nulle part ailleurs qu'en Provence les paysans, après la récolte des châtaignes, prémices de l'hiver, ne prenaient autant de joie à se rassembler autour de l'âtre, rapportant ou écoutant des légendes fantastiques.

Si fantastiques que parfois les inquisiteurs s'en inquiétaient. Les juges estimaient ces récits inspirés par la magie et le surnaturel, le conteur pouvait être condamné pour hérésie à une forte amende, voire au bûcher. Pour avoir narré l'histoire de la fée des Baux, qui se nourrissait du vin de messe et des hosties des moines de l'abbaye de Montmajour, près de Tarascon, Arnaud, serf du seigneur d'Alleins, avait été jugé hérétique, blasphémateur. Condamné, il avait été brûlé vif sur le parvis de l'église de Salon.

La fable de Jacques Mollard était plus aimable. Il la tenait d'un jeune Florentin, Francesco Pétrarque, qui avec sa famille avait séjourné quelque temps au château de Mazan, après les horreurs du mois de juillet.

Jacques Mollard se rapprocha un peu plus de Flora. Leurs visages se rejoignirent.

— Alors voilà, dit-il d'une voix douce et basse. Il était une fois, dans la plaine, entre Carpentras et Avignon, le vent du nord et le soleil qui se disputaient pour savoir lequel des deux était le plus fort. Ils aperçurent un berger veillant sur son troupeau, enveloppé dans un épais manteau de peau, car dans le Comtat il n'est pas rare que les nuits soient très fraîches. Ils décidèrent que le premier qui réussirait à lui faire ôter sa cape serait déclaré vainqueur et roi des éléments.

Jacques Mollard s'interrompit.

— Et alors ? demanda Flora.

— Alors, reprit Jacques, qui se tenait tout près d'elle, sur la caillasse piquetée de petites plantes sauvages et odorantes, je ne suis ni le vent du nord, ni le soleil, mais je vais cependant, dès à présent, faire glisser ta robe.

Lorsqu'elle fut nue, il s'agenouilla sur le sol, se déshabilla à son tour et s'allongea à côté d'elle.

Elle regarda Jacques, qui la regardait. Ils se rassasièrent l'un de l'autre jusqu'à ce que la nuit fût si obscure qu'au loin, dans l'ombre, la silhouette massive du château de Gordes eût disparu.

Les chevaux hennissaient, de faim, de soif.

Jacques Mollard, de nouveau vêtu, s'approcha de Flora, qui tardait malgré la fraîcheur à remettre sa robe. Il lui prit la main, la garda dans les siennes, la baisa longuement sur les lèvres et l'aida à se vêtir.

— À cette heure, les malandrins ne sont ni ivres, ni endormis, c'est pour eux le meilleur moment, la terreur saisit les honnêtes gens, isolés sur les chemins. D'ici à Avignon, les bandes de détrousseurs ne manquent pas. Sans l'aide de la moindre lanterne, les tire-laine s'en donnent à cœur joie, ils entravent leurs victimes, les détroussent et parfois les tuent. Accompagne-moi jusqu'à Mazan, je connais le chemin et mon seigneur Norbert d'Audes t'offrira un toit. Il n'ignore rien de ce qu'autorise l'amour, c'est un noble cœur, empli de sentiment. Il ne dépense jamais inutilement le revenu des impôts, des taxes, des fouages ; pas un soir où, dans le galetas de la demeure, il n'y ait une soupe et une botte de paille pour des gueux ou des pèlerins de passage. Je lui parlerai, je lui dirai que j'ai plus de désir de toi que je n'aurais pu l'imaginer, et il se plaira, ainsi que sa dame, à t'accueillir comme il sied à la demoiselle de son écuyer. Dame Emilia parle peu, elle s'exprime malaisément dans notre langue, les propos qu'elle tient sortent naturellement de sa bouche en italien. Il n'y a qu'avec le cardinal Colonna qu'elle se sent à l'aise. Je crois qu'ils n'ont d'autre plaisir que de provoquer Satan par des pratiques mystérieuses dont heureusement j'ignore tout. Hélas, le cardinal, si bon ami de mon maître, a disparu. C'est une grande perte pour le parti italien, si on ne le retrouve pas, avant la reprise du conclave. À moins qu'il ne soit mort. Mon seigneur en serait très affecté, il le tient en grande estime.

Fort heureusement, l'écuyer ne put, dans l'ombre, apercevoir le contentement sur le visage de Flora. À Paris, elle avait appris à quitter sa robe pour gagner son pain. En se donnant à ce jeune homme, elle allait, à n'en pas douter, retrouver la trace de celui auquel elle devait délivrer un message personnel du connétable Enguerrand de Marigny. Flora se signa et remercia Dieu d'avoir, ce soir-là, jeté sur elle un regard bienveillant.

Norbert d'Audes avait galamment accueilli Flora. Son écuyer lui en avait parlé avec un tel empressement qu'il ne pouvait que sourire de cette passion juvénile. Quant à Dame d'Audes, elle ne se préoccupait pas plus d'elle que si elle n'cxistait pas. Qu'elles se croisent dans la cour entourant le donjon, elles échangeaient un salut et s'éloignaient, sans un mot.

Jacques Mollard se montrait attentif à ce que Flora ne manquât de rien. Quand il était au château, elle le rejoignait dès le crépuscule, afin de partager la nuit avec lui. Il ne s'était jamais inquiété de ce qu'avait été sa vie avant leur rencontre, pas même de son logis dans Avignon, ni de son lignage.

Elle passait de longues heures assise à un fenestron, dans l'espoir, jusque-là déçu, de voir apparaître au pont-levis le cardinal ou quelqu'un de ses gens.

Elle attendait Giacomo Colonna, c'était Enguerrand de Marigny qui était arrivé. Cela ne lui disait rien qui vaille. La vigilance n'excluait jamais chez elle la curiosité.

Flora rejoignait Jacques Mollard presque chaque nuit dans le petit logis qu'il occupait au château. Il engageait Flora à se mettre au lit, s'allongeait auprès d'elle et cédait à son désir d'homme.

Mais depuis qu'il avait vu Laure, son corps était à Mazan et son cœur à Noves. De plus en plus souvent, il faisait mine d'être ennuyé de devoir demeurer en ville, où des affaires pressantes le retenaient. Il allait de taverne en auberge, finissait en pénible état, mais rentrait assez tard dans la nuit pour que Flora, lasse d'attendre son amant, soit déjà endormie. Elle avait dix ans de plus que lui, était-ce l'unique raison de son désamour ? Il n'osait pas se l'avouer, c'était Laure qui animait son besoin de tendresse.

Jusqu'à ce que la flamme de la chandelle,

tremblante dans le vent, s'éteigne, Flora demeurait assise devant le fenestron.

Ce soir-là, par la petite ouverture de la chambre, Flora n'en crut pas ses yeux. Marigny était à Mazan !

Elle courait après Colonna, et trouvait Marigny sur son chemin.

Quand, après le souper, le connétable avait pénétré dans la chambre des hôtes de qualité, il avait aperçu dans le donjon, à la lueur d'une chandelle, la silhouette d'une femme. Elle était nue. Un corps semblable à celui de Flora ! Mais non, son esprit s'égarait. Et pourtant, comment se tromper ? Parmi un millier d'autres, il aurait reconnu cette croupe tant de fois caressée. Si c'était vraiment Flora, que faisait-elle ici ? L'ignorer était insupportable.

Il éloigna le serviteur qui gardait son huis et, sans hésiter, il se dirigea vers la pièce où brûlait encore la chandelle. Et si elle était en compagnie d'un homme ? Il vérifia, son petit poignard était en place, sous son surcot de soie. Il frappa à la porte.

Flora ouvrit, satisfaite. Elle s'était déshabillée et était demeurée près de la chandelle afin d'être vue de l'appartement des hôtes, dans le corps principal du bâtiment, convaincue que, la sachant dans la place, Enguerrand de Marigny ne quitterait pas Mazan sans la rencontrer. Il la connaissait assez pour comprendre que sa présence n'était pas le fait du hasard. D'ailleurs, le seul hasard reconnu par les chrétiens n'était-il pas Dieu lui-même ?

Dieu avait conduit Enguerrand de Marigny jusqu'au château de Mazan un jeudi soir, elle voyait là un signe. Elle saisirait l'occasion, en tirerait profit.

Chaque jeudi, il était en effet dans la charge de l'écuyer de passer la nuit, pour le compte du recteur et du chancelier du diocèse, à installer les négociants à la place qu'ils occuperaient sur le marché du vendredi, et d'effectuer le compte des taxes dont chaque paysan ou cracheur de feu devrait s'acquitter.

Il n'avait pas fallu plus de deux semaines, après les massacres de juillet, pour que le négoce reprenne ses droits. Que la période soit troublée ou non, les seigneurs n'entendaient rien abandonner de la part qui leur revenait sur la vente des produits de la terre.

Depuis près d'un siècle, chaque vendredi, plus de deux mille Comtadins se pressaient sur le marché de Carpentras, le plus important de Provence, qui se tenait dans le cimetière de l'église Saint-Siffrein et sur une placette contiguë, à l'intérieur lorsque le temps était mauvais. Les juifs de la Carrière avaient mission de dresser bancs et étals, tous semblables, sans recevoir pour cette tâche le moindre salaire. Quelques paysans, plus généreux que d'autres, leur abandonnaient ce qu'ils n'avaient pas vendu. Ils n'étaient pas nombreux à venir ainsi en aide aux juifs les plus miséreux, aux gueux et aux malades.

Clément V avait menacé d'excommunication les vendeurs et les saltimbanques qui, faute de place en plein air, n'avaient pas hésité à s'installer dans l'église. Le diocèse ne se faisait pourtant pas faute de percevoir dans la nef une taxe pour l'entretien du sanctuaire. La menace fut levée et le commerce put reprendre sous les voûtes de Saint-Siffrein. Le vendredi, les piaulements des volailles couvraient la psalmodie des prières.

Le jeudi soir, le barbier de Mazan venait au château, afin que l'écuyer, le menton ras, pût fièrement représenter son seigneur devant ces corbeilles rassemblées contenant toute la vie de la terre du Comtat.

Quoique le recteur Guillaume de Burdos fût tout entier dévoué aux Gascons et meneur des tueries de juillet, Norbert d'Audes, comme les autres seigneurs des fiefs voisins, devait partager avec cet homme massif, le visage rougeaud, couvert de méchantes pustules, les taxes prélevées sur les échanges réalisés au marché. Il obligeait les négociants juifs à s'agenouiller devant lui lorsqu'ils déposaient la « part de l'évêque », un des nombreux impôts dont ils devaient s'acquitter, dans le sac de cuir qu'il tenait fixé à un ceinturon, de peur qu'on le lui volât.

Ne supportant pas ce spectacle et craignant de s'emporter, Norbert d'Audes avait, depuis qu'il était à son service, confié à Jacques Mollard le soin d'aller chaque jeudi dans la nuit recevoir ce qui lui revenait par apanage seigneurial.

Flora prit le temps de s'enrouler dans un ample drap de lin avant d'ouvrir la porte à Enguerrand de Marigny, avec un gracieux sourire, sans esquisser le moindre geste d'étonnement.

— Comme je suis heureuse de vous voir ici, se contenta-t-elle de dire.

Surpris par son calme, le connétable sursauta.

— Quoi ! Tu me reçois comme si je t'avais quittée hier. Toi ici ! À Mazan ! Vivrais-tu chez le seigneur d'Audes ? Explique-toi !

Flora avait cru déceler chez le connétable un manque de naturel, un air affecté, une espèce de supériorité, sans doute pour mieux dissimuler ce qu'il ressentait à rencontrer dans ce château fort comtadin celle dont depuis deux mois il était sans nouvelles.

D'un ton très naturel, Flora répondit :

— Comme mon doux seigneur l'a exigé de moi, je m'attache à remplir fidèlement la mission qu'il m'a confiée. Je cherche Giacomo Colonna, et le maître de ces lieux n'est pas pour lui un étranger... N'est-il pas vrai que c'est aussi pour lui que vous avez chevauché jusqu'à Mazan ?

Marigny admit qu'elle avait été bien avisée de venir chez un fidèle du cardinal.

— Et depuis quand es-tu sous le toit de ce seigneur campagnard qui, j'en conviens, doit savoir sur l'Italien plus de choses que moi ? Qu'as-tu appris ?

— Ne vous y trompez pas. Je n'en sais, hélas, pas plus que vous. C'est pour une tout autre raison que Norbert d'Audes m'a offert un logis. Je ne l'ai quitté qu'une fois, pour me rendre à Carpentras. J'y ai croisé une foule d'ecclésiastiques, mais pas celui que nous cherchons. Dans cette demeure, vous ne trouverez pas la moindre trace de Colonna, pas l'ombre d'une robe rouge.

— Alors, pourquoi tant d'amabilités ? Ce château n'est pas une auberge pour filles de mauvaise vie, que je sache...

— Certes, mais mon seigneur doit apprendre que j'ai à présent le cœur pris d'amour. J'aurais été très honorée de vous présenter celui pour lequel je ressens une tendre inclination.

Marigny sursauta.

— S'agit-il de Norbert d'Audes ? Il est marié !

Flora éclata de ce rire qui glaçait toujours le connétable.

— Mon seigneur plaisante. Norbert d'Audes n'est pas homme à recevoir une femme peu vertueuse.

— Qui, alors ? hurla Marigny, qui se souciait peu d'être entendu dans tout le château.

— Calmez-vous. Il n'y a nulle offense, je crois, à partager sa couche avec le plus gracieux des écuyers du seigneur de Mazan. Je puis même vous dévoiler son nom, Jacques Mollard. Il m'aime, il n'a, je crois, aucun secret pour moi, et s'il apprend quoi que ce soit concernant Colonna, j'en serai la première informée.

— C'est bien, maugréa Marigny, qui ne pouvait que se rendre aux raisons de Flora, mais ce ravissant écuyer sait-il qui tu es, et ce pour quoi tu es venue dans Avignon ?

— Pas encore, mais dès demain, je compte lui avouer...

Marigny lui coupa la parole.

— Lui avouer que tu es une catin appréciée des gentilshommes de la Cour ? Peut-être même vas-tu me trahir en lui contant l'objet de la mission que je t'ai confiée et pour laquelle jusqu'à présent tu n'as fait que dépenser l'or de ma bourse, sans le moindre résultat !

— Je ne vous trahirai d'aucune manière. Jacques Mollard apprendra seulement que je suis fille de roi et qu'en s'intéressant à ma personne il fait l'amour avec la sœur de Laure de Noves, dont il est très épris, bien qu'il ne m'en ait jamais soufflé mot. À son tour, il devra me révéler tout ce que lui et son maître savent de Colonna. Cela vous convient-il ?

Cela convenait au connétable.

Il essaya d'arracher la toile dans laquelle Flora était drapée. Elle le repoussa, il n'insista pas. Il lui rappela qu'entre deux étreintes elle devait se faire entendre de son amant, afin qu'il l'aidât à retrouver Colonna. S'ils n'y parvenaient pas rapidement, il prendrait grand plaisir, sous un prétexte quelconque, à les faire jeter l'un et l'autre au bûcher.

Enguerrand de Marigny se retira, prenant garde de ne point fermer bruyamment la porte.

Le lendemain matin, salué par les trompettes des hérauts de Norbert d'Audes, le connétable quittait avec son escorte le château de Mazan.

Quant à Flora, cruellement satisfaite d'offrir à l'écuyer ce qu'il aurait peut-être pu obtenir de Laure, sa sœur, elle n'avait pas du tout l'intention de lui révéler quoi que ce fût de sa vie et de son origine. Elle continuerait à se faire appeler Livia. Elle avait menti à Marigny. Savoir le connétable inquiet la ravissait. Pour l'heure, elle vivait, le temps de la réflexion viendrait quand cela serait nécessaire.

Quelques jours plus tard, un homme en habit de pèlerin se présenta au guet de Mazan. Il pénétra sans difficulté dans l'enceinte. Norbert d'Audes l'accueillit en folles embrassades. Flora le reconnut sans peine. Colonna ! Sous ce déguisement, sans doute venait-il chercher la protection de Norbert d'Audes.

Après Marigny, c'était au tour du cardinal de se présenter au château de Mazan. Une rencontre entre les deux hommes, pensa Flora, eût été plaisante.

Avant de rejoindre le lit de Jacques Mollard, Flora, ce qui lui arrivait rarement, s'attarda en une longue prière. Dieu ne l'abandonnait pas.

Le jour suivant, elle aperçut, rôdant autour du château, trois hommes armés : Trois Canards et ses deux compères. Elle courut vers eux.

Ils assaillirent Flora de mille compliments, elle n'avait plus qu'à délivrer le parchemin à Giacomo Colonna.

Flora refusa, leur annonça qu'elle souhaitait attendre encore quelque temps. Elle craignait, prétendit-elle, que Colonna prenne en mauvaise part le message de Marigny. Elle demeurerait à Mazan aussi longtemps que le cardinal lui-même. Qu'ils retournent dans Avignon, qu'ils évitent de fréquenter les tavernes à filles, elle les rejoindrait dès que possible.

Ses compagnons ne dissimulèrent pas leur déception.

— Vous saurez plus tard pourquoi je choisis de demeurer ici.

Ils n'en demandèrent pas davantage, aspirant à regagner Avignon sains et saufs.

Flora les regarda s'éloigner dans la poussière du chemin. Elle essuya une larme, ils avaient été de bons compagnons.

Elle avait retrouvé le cardinal égaré.

DEUXIÈME PARTIE

L'IMPRÉVISIBLE ÉLU

8

Le roi Philippe avait réuni trente de ses meilleurs chevaliers. Fatigué, le cœur souvent agité de battements qui l'alarmaient, fâché de ce que ses médecins ne parviennent pas, en d'aussi désagréables circonstances, à faciliter sa respiration toujours plus difficile, il avait décidé de quitter le palais royal de Paris, et ses salles envahies par les pestilences de la capitale.

Dans sa résidence de Fontainebleau, dont il n'avait pas voulu qu'elle fût construite comme une forteresse mais comme un lieu de repos, il vivait des jours heureux, entre chasse et rêverie, prenant son plaisir à regarder tomber les feuilles roussies des grands arbres de la forêt. L'hiver approchait, les cygnes se déplaçaient en files serrées, comme pour se protéger du froid, sur les bassins qu'il avait fait creuser.

Sur les vingt lieues séparant les remparts de sa capitale de Fontainebleau, les hérauts avaient informé le peuple et les seigneurs de Beauce et de Brie que, contrairement à la coutume, ce serait en grand équipage qu'il se rendrait dans sa demeure préférée.

Philippe le Bel y vivait en reclus. Lui qui aimait tant guerroyer, qui festoyait lorsqu'il apprenait qu'un félon ou un hérétique avait péri sur le bûcher, ne franchissait les douves que pour de rares chevauchées et mangeait la même bouillie que ses archers, ordonnant, quoique les salles fussent dès l'automne glaciales, qu'on n'allumât le feu dans les larges cheminées qu'à la nuit tombée. Il n'imposait même pas la présence de guetteurs aux quatre ponts-levis. Il n'avait jamais eu pitié des autres, il avait maintenant pitié de lui.

En trois décennies de règne, quand il avait à prendre une décision d'importance, instruit de tous les rapports de ses conseillers et de ses émissaires, il se retirait au cœur de cette forêt, dont il n'était jamais parvenu à connaître tous les sentiers tant elle était vaste. C'était là qu'il fixait définitivement sa politique. Des choix sur lesquels il ne revenait jamais. Au terme de sa vie, il trouvait le pouvoir triste.

En ce mois de novembre, le roi de France souffrait de voir le monde lui échapper. La guerre en Flandre avait été un échec, les nobles de haut rang ne dissimulaient pas leurs intrigues pour s'emparer de la couronne capétienne, et, malgré de multiples ambassades auprès des cardinaux, le conclave n'avait toujours pas repris. Pour comble de chagrin, il avait appris que le petit peuple se moquait de son fils Louis, dit le Hutin, son successeur sur le trône, dont la faiblesse d'esprit inquiétait bourgeois et manants. Cela le peinait, cela l'irritait. L'adultère de ses brus distrayait tout le royaume, il le supportait mal. Si au moins sa santé ne vacillait pas ! Parce que c'était dans sa nature, il s'occuperait, jusqu'à son dernier souffle, des affaires dont il avait la responsabilité devant Dieu. Afin que personne n'en doutât, il avait décidé de se montrer, il souhaitait qu'on le vît.

Le recteur qui administrait pour l'autorité royale le petit bourg de Fontainebleau, où nul ne payait jamais aucune taxe et où les paysans, depuis longtemps exonérés de l'obligation de servage, avaient le bénéfice de toutes leurs récoltes, s'était mis en frais pour accueillir le souverain, que chacun savait atteint par la maladie.

Le village avait été décoré de verdure et de fleurs. Sur le chemin pavé qui menait à la grande entrée du château, on avait étendu un immense tapis, filé par les villageoises avec la laine des moutons qui paissaient dans les clairières de la forêt.

Au passage du pont-levis, six donzelles, parmi les plus gracieuses de la contrée, offrirent au roi trois corbeilles emplies de la plus blanche des farines de l'année, ainsi que deux barriques de vin de Champagne que des gabares avaient flottées jusqu'à la Marne toute proche, afin que le souverain fût assuré que tous œuvraient pour la fécondité du royaume.

Philippe le Bel entra dans Fontainebleau sur un destrier recouvert d'une housse de pourpre aux franges d'or, le harnais incrusté de pierres précieuses. Ceint d'une épée à poignée d'or, vêtu d'un bliaud de soie blanche flottant sur un haubert à doubles mailles, malgré son teint gris et son dos courbé, le roi avait fière allure. Le peuple criait sa joie au passage du cortège, pas moins de trois cents cavaliers, arbalétriers, écuyers de table, cuisiniers, prêtres et seigneurs, dont les épées scintillaient dans le crépuscule, sans compter les gueux qui suivaient à pied dans l'espoir d'une aumône.

Personne n'y prêta vraiment attention, deux absents de marque avaient négligé cet imposant équipage, les frères Marigny, Enguerrand, premier conseiller, et Philippe, archevêque de Sens, dont Fontainebleau relevait. Le roi avait accepté, parce qu'il le souhaitait, qu'ils se tiennent à l'écart du cortège. Il désirait s'entretenir avec eux. Lutter contre ses adversaires demeurait pour lui l'arme la plus efficace.

Nul dans la suite du roi ne marqua vraiment d'étonnement. On avait tant colporté la rumeur qu'Enguerrand n'avait cessé d'intriguer pour que son frère reçût la couronne pontificale, que c'était faire preuve d'un peu de sagesse que de se tenir à l'écart. La suite royale avait assez d'esprit pour ne pas s'offenser de cette absence.

Tous les seigneurs savaient que Philippe le Bel se montrait de plus en plus méfiant envers Enguerrand de Marigny, dont la Cour chuchotait les intrigues. Le connétable avait toujours vécu dans les turpitudes, il ne pouvait s'en passer.

Enguerrand de Marigny avait rejoint Fontainebleau ; dès leur première entrevue, une dispute orageuse avait opposé les deux hommes.

— À quoi nous a-t-il servi d'achever aussi rapidement notre guerre en Flandre afin de nous préoccuper de la papauté, pour que le plus fidèle de nos serviteurs, mon admirable confesseur Nicolas de Fréauville, soit, malgré votre ambassade, refusé par les Gascons ? avait tonné Philippe le Bel.

— Les Gascons, avait rétorqué Enguerrand de Marigny, n'en veulent pas. Qu'y puis-je ? Quant aux Italiens, ils menacent, forts de l'appui des Français, de rentrer à Rome et d'y choisir un pape selon leur bon vouloir. Sire, vous seul pourriez encore convaincre les Gascons de désigner votre confesseur, mais alors nous aurions deux papes, le protégé de l'empereur d'Allemagne, à Rome, celui du roi de France, à Carpentras ou Avignon. Plaisante situation que ne manqueraient pas d'exploiter toutes les baronnies du royaume !

Comment le roi, si épuisé qu'il fût, n'aurait-il pas compris que son conseiller l'entretenait avec plus d'ironie que de respect ?

Sur les routes de campagne, on voyait de plus en plus de pauvres gens, n'ayant même pas la force de mendier, mourir de faim et de froid. Le monarque et le ministre étaient l'un et l'autre coupables de la triste situation dans laquelle était tombé le royaume de France.

De cela, Enguerrand de Marigny n'avait que faire.

— Et quand le conclave reprendra-t-il ? Avez-vous obtenu quelque assurance ? demanda le roi, qui s'exprimait d'une voix faible, les mots sortant difficilement de sa gorge, avec plus de mécontentement dans le regard que dans les gestes.

Marigny n'avait pour l'heure rien à craindre. Sauf miracle, le roi trépasserait prochainement. Le connétable savait la faiblesse de caractère de son fils Louis, son successeur, il pourrait sous son règne poursuivre ses manigances, sans courir le risque d'être pendu.

— J'avais suggéré une assemblée pour la Toussaint...

— Et nous sommes le 27 novembre ! avait coupé Philippe le Bel

— C'était une suggestion. Hélas, les Italiens ne l'ont pas acceptée. Les sept cardinaux italiens réconciliés menacent de ne pas reconnaître un élu qui aurait votre préférence. Dans chacun des partis, il semble bien, ajouta Enguerrand de Marigny, que la perspective de deux titulaires pour un siège unique n'effraie personne.

Le roi, qui la veille avait fait une mauvaise chute de cheval, était allongé sur un épais lit de plumes. Il se souleva difficilement sur le coude, appuya avec ce qui lui restait de forces son menton sur la paume de sa main et fixa son ministre sans la moindre bienveillance.

— Et vous, Marigny, pendant votre ambassade, quel candidat avez-vous défendu ?

La question était directe, précise. Un instant, la raison du conseiller avait vacillé. Nicolas de Fréauville l'avait accompagné dans sa mission, ils étaient descendus jusque dans Avignon, afin de consulter les cardinaux, Arnaud Nouvel, Arnaud de Pellegrue et trois autres Gascons.

— À ce que m'a raconté mon confesseur, poursuivit le roi, vous auriez rencontré Colonna non loin de Carpentras, dans la seigneurie de Mazan. Comme je l'ai toujours pensé, vos intérêts passeront régulièrement avant les miens ; ce n'est guère réjouissant pour moi... pas plus que pour vous.

Enguerrand de Marigny recouvra vite ses esprits.

— C'est fâcheux pour vous, sire, dit-il, mais Monseigneur de Fréauville suscite une vive opposition au Saint-Siège. Peut-être pourriez-vous imposer Arnaud de Pellegrue, cet ami de feu Clément V qui vous fut de grande utilité dans la triste affaire des Templiers.

— Personne n'en veut, lâcha dans un souffle Philippe le Bel.

— Alors, pourquoi pas un Italien, qui vous serait dévoué et ne souhaiterait pas rentrer à Rome ? Un pontife qui se souviendrait que Guillaume de Nogaret n'aurait pas réussi le coup d'Anagni contre le vieux Boniface sans son aide... Un Colonna ! Plutôt Giacomo que Pietre, l'oncle connaît mieux les gens de la curie, il a fait ses universités à Bologne...

— Marigny, vous vous êtes trahi. Colonna ! Colonna ! Le pire de nos ennemis ! Le plus fidèle soutien de notre adversaire, l'empereur d'Allemagne... Colonna qui vous a sûrement promis d'accroître encore votre fortune s'il était élu ? N'ajoutez rien et retirez-vous, c'en est assez pour aujourd'hui. Je n'ai nul besoin de votre présence. Si vous le souhaitez, retournez en Provence, rejoignez votre ami Colonna. Intriguez, complotez encore ! Sans jamais oublier qu'un intrigant trouve toujours sur son chemin plus intrigant que lui.

Essoufflé, hoquetant, Philippe le Bel n'eut pas la force de contempler la frayeur sur le visage d'Enguerrand de Marigny, il s'effondra sur les oreillers.

Ainsi donc — mais comment l'avait-il appris ? — le roi n'ignorait pas que, dans le château de Mazan,

Enguerrand de Marigny avait eu un entretien avec un seigneur lié à Giacomo Colonna. Il n'avait pas osé avouer qu'il n'avait pas rencontré l'Italien lui-même.

Cette nuit-là, le conseiller avait fort mal dormi. L'avenir pour lui s'annonçait sombre.

Le lendemain, Philippe le Bel annonça qu'il demeurerait à Fontainebleau. Il savait sa fin proche, il souhaitait mourir là où il était né.

Le soir même, il perdait l'usage de la parole.

Le 29 novembre, cinq heures après midi, il défuntait.

Son corps fut ramené à Paris par la Seine, déposé au couvent des Bernardins, où il fut embaumé. Fort médiocrement, on s'en aperçut très vite. Sa dépouille dégageait une odeur insupportable.

Philippe le Bel mort, on dansa dans les ruelles et sur le pont d'Avignon. Le peuple perdait un tyran, l'Église n'avait toujours pas de chef.

9

Louis, que le peuple se refusait à appeler d'autre manière que le Hutin, le cocu, le tricheur, se faisait remarquer par sa mine. Rarement joyeux, il l'était moins encore ce soir-là.

Dans la grande salle à manger du palais de la Cité, le repas s'achevait, les chandelles s'essoufflaient, les convives, une douzaine de barons de France auxquels s'ajoutaient les cardinaux gascons, adversaires résolus de la coterie italienne, suppliaient le frère du roi, Philippe de Poitiers, de narrer une nouvelle fois la fin honteuse d'Enguerrand de Marigny. On avait, trois heures durant, discouru du conclave, cela suffisait.

Après avoir reçu tant de faveurs de leur père Philippe le Bel, y compris en épousailles la belle Jeanne de Saint-Martin, filleule du roi, Enguerrand de Marigny avait profité de la mort du pape Clément et des atermoiements des prélats pour prendre le parti des Italiens contre les Capétiens. Les Valois, eux, n'avaient qu'une hâte : chasser les Capétiens du trône de France pour les y remplacer. Les Italiens ne manqueraient pas, si l'un des leurs recevait la tiare, de lui témoigner leur reconnaissance, accroissant sa fortune de quelques bonnes terres en Italie et d'une partie de l'or pris sur les biens de l'Église durant le pontificat de Clément V.

Hélas, Louis X se soumit au ministre comme l'était

son père à Guillaume de Nogaret, il ne pouvait aisément se défaire du connétable. Il était contraint de le protéger, malgré le mépris qu'il lui inspirait, afin de ne pas déplaire à son oncle Charles de Valois, lui-même lié à Marigny, qui depuis des années menaçait de se soulever contre les Capétiens.

Moins ardent ou plus faible que Philippe le Bel, Louis X avait souffert dans son cœur de voir le corps du connétable accroché au gibet de Montfaucon où le peuple, qui détestait le supplicié, venait de l'aube à la nuit cracher sur sa dépouille maudite. Si l'Église était parvenue à se donner un pape, sans doute, pensait Louis X, celui-ci aurait-il su imposer au tribunal ecclésiastique un peu plus de compréhension envers un homme qui, s'il avait fabriqué de la fausse monnaie pour subvenir aux besoins des ennemis du roi, ne manquait pas de vertus diplomatiques. Louis X se serait satisfait qu'on le condamnât à un exil provisoire. Hélas, au conclave, depuis bientôt deux ans, la situation n'avait pas évolué, les partis en présence qui avaient, pour unique concession, envisagé de se réunir à Lyon, à la condition que tous donnent leur accord, demeuraient quant à l'élection sur leurs positions. Cela ne pouvait durer encore très longtemps, de graves troubles étaient possibles.

Le roi était décidé à en finir avant la fin de l'an 1316, fût-ce par la force. Dans Carpentras, les Gascons, eux, avaient-ils hésité ? Il n'était que temps, après deux années de combinaisons rejetées sitôt élaborées, de mettre un terme au triste spectacle offert par l'Église aux royaumes chrétiens. Le roi de France en éprouvait d'autant plus d'affliction que, très épris de sa cousine Clémence de Hongrie, il s'interrogeait : comment, sans une bulle scellée du pape, répudier religieusement Marguerite de Bourgogne, l'épouse adultère, enfermée dans la prison de Château-Gaillard ?

À l'écart des vacarmes du souper, Louis X remuait de sombres pensées. Son frère, Philippe de Poitiers, après s'être fait prier, avait sans trop de commisération, et pour le plus grand plaisir des dames dont ce récit échauffait l'esprit, accepté de raconter encore les supplices infligés à Enguerrand de Marigny par les juges.

Après son arrestation, Enguerrand de Marigny avait été conduit au Châtelet. Là, un inquisiteur, le révérend dominicain Boniface d'Aquemada, originaire d'Espagne, rompu aux tortures ordinaires de ce pays, devait lui faire avouer où il cachait les cassettes emplies d'or et de pierres précieuses qu'il avait fait voler par ses hommes à Giacomo Colonna, entre Carpentras et Avignon. Enguerrand de Marigny disposait d'un espion parmi les proches du prélat ; celui-ci avait vu, lors de la terrible journée de juillet 1314, le cardinal s'enfuir avec deux petits coffres qu'il avait peine à porter sous sa cape de cardinal. Il s'était empressé de dépêcher une escouade pour s'emparer du trésor. L'agression n'avait duré que quelques minutes, à deux lieues de Carpentras.

L'Italien aurait dû se montrer plus méfiant et ne point se flatter, dans ses appartements du palais épiscopal, de parvenir à conquérir la tiare avec la fortune qu'il détenait et dont il dissimulait l'origine. Il possédait un trésor fabuleux. En fouillant sa demeure, les procureurs inquisitoriaux n'en avaient trouvé nulle trace. Qui aurait songé que l'or et les bijoux étaient enfouis sous une pierre, dans le donjon de Norbert d'Audes, seigneur de Mazan ?

Philippe de Poitiers s'interrompit tant les gloussements de joie des convives couvraient son propos. Le roi demeurait muet. Quant aux Gascons présents, ils trouvaient très déplaisante cette affaire de trésor perdu. Non parce que la victime en avait d'abord été le pape Clément, dont eux, ses neveux, faits par lui cardinaux, participaient à la ripaille royale, mais parce qu'ils prenaient conscience que les Italiens, puis Marigny, s'étaient enrichis sur leur dos. Ils souhaitaient récupérer leur part du butin amassé. Les Gascons auraient préféré qu'on ne pendît point le connétable avant d'avoir appris où il l'avait caché. C'était désormais trop tard, et sans doute, comme on l'assurait dans Paris à propos des trésors des Templiers, l'or était-il perdu pour l'éternité.

Philippe de Poitiers, peu préoccupé des mécontents, achevait son discours. Les barons du royaume, et surtout leurs dames, s'essuyaient les mains dans les plis de la nappe, entre deux plats, et cognaient très fort sur la table, tant ils étaient excités par le supplice de l'homme dont quelques-unes avaient été les amantes.

— La torture, la torture ! réclamaient-ils en chœur, sous le regard consterné du roi qui n'osait mettre un terme à cette furie des seigneurs de haut rang dont il craignait toujours qu'ils ne lèvent une armée pour prendre Paris et le chasser du trône. La dynastie capétienne était en mauvaise position, celle des Valois veillait, Louis X ne l'ignorait pas.

Philippe de Poitiers savait prévoir ses effets. Le service des desserts était le moment le mieux choisi pour conter le plus cruel.

Dans le sous-sol du Châtelet, poursuivait-il d'une voix monocorde, comme un récit cent fois répété, les deux moines chargés des chaînes avaient fait descendre Marigny, les chevilles entravées, par le petit escalier de bois ouvrant sur la salle des questions, où l'attendait Boniface d'Aquemada. L'Espagnol avait placé lui-même les brodequins autour des mollets du connétable. Les moines, plus jeunes, plus robustes, serrèrent très fort. Marigny réclamait à boire. Boniface pissa dans un pichet et le proposa au connétable.

— Tu as soif ? Alors bois !

Les dîneurs riaient, la mine du roi s'allongeait, il demeura contre son gré jusqu'au terme de la narration dont il connaissait chaque épisode pour en avoir été l'ordonnateur, soucieux de ne pas déplaire à la puissante Inquisition.

— C'est Boniface d'Aquemada lui-même, reprit Philippe de Poitiers, encore que ce soit selon l'usage la tâche de ses aides, qui commença à enfoncer les coins et à frapper fort de sa masse, afin que Marigny souffre plus encore. Le connétable ne desserrait pas les dents, sauf à un moment où, regardant l'inquisiteur dans les yeux, il eut la force de lui dire : « C'est bien sot ce que vous faites, vous allez briser l'enveloppe matérielle où mon âme est immergée. » L'Espagnol se mit en fureur et cogna encore plus fort jusqu'à ce qu'on entende les jambes se briser dans un grand craquement d'os. Marigny, à demi achevé, lâcha encore : « Je vous avais avisé. » Ensuite, ce que nul de vous n'ignore, Marigny, sous les crachats de la foule, fut livré au bourreau, conduit en charrette jusqu'à Montfaucon, où on lui passa la corde, sans qu'il eût avoué s'il détenait ou le non le précieux trésor.

Les convives applaudirent, Philippe de Poitiers vida d'un coup un grand hanap de vin. Le roi se retira sans saluer quiconque dans l'assistance encore toute à la joie du récit des douleurs imposées à Marigny. Personne ne voulait imaginer que, par un imprévisible retournement du sort, le destin du connétable pourrait être le sien. Les prélats gascons pensaient qu'à conter si aisément les tortures infligées par les juges ecclésiastiques, on faisait grand tort à l'Église tout entière.

Les semaines passaient, les émissaires royaux rapportaient à Paris que les conclavistes semblaient enfin décidés à rejoindre Lyon, ville de franchise communale depuis un demi-siècle, après avoir été fief de l'empereur germain. Où ? Quand ? Pour enfin désigner un pape ? On l'ignorait.

Sous une tenture brodée de lions et de fleurs de lys, Louis X était assis, pensif et chagrin, la tête entre les mains, sur une des trois marches couvertes de tapis turcs accédant au trône, en bois d'ébène ; des cabochons de saphir et de rubis retenaient les coussinets en broderie flamande posés sur le siège et le dosseret. Seul, il s'exprimait cependant à voix haute :

— Jamais, je n'aurais dû laisser condamner Marigny au gibet. Pour toute félonie, on ne peut reprocher au connétable que la fabrication de mauvaise monnaie et son amitié secrète pour les Flamands. Mon père, Philippe le Bel, n'a-t-il pas fait de même, à la requête de son ministre Guillaume de Nogaret ? Nul ne s'en est plaint. Cette affaire de trésor disparu ne relève-t-elle pas d'une manigance de Giacomo Colonna ? Les cassettes d'or et de bijoux existent-elles vraiment ? Personne n'en a la preuve. Je devrais en hâte le vérifier.

En l'absence de conseiller honnête, Louis X mesurait les dangers de la solitude. Il ne se connaissait que des adversaires et dans le peuple, que ce soit dans les campagnes ou chez les harengères des nouvelles halles, il se voyait partout et par tous accablé de sarcasmes sur ses malheurs d'époux trahi et de roi sans autorité. À qui confier une investigation sur la réalité du trésor de Colonna ? Il se méfiait de tout, de tous.

Pour quelle raison avait-il à la fin de l'année précédente, en novembre 1315, accordé une « charte de libre négoce » aux Normands qui la réclamaient depuis près de cinq siècles ? Il avait espéré que la Normandie, par ses progrès dans l'agriculture et le développement de son commerce maritime, serait contre l'Angleterre une alliée fidèle de la couronne de France. Hélas, il n'en était rien, on moquait Louis dans les bouches de Seine avec autant de méchants propos que partout ailleurs dans le royaume. Trouvères, dans les régions du Nord, et troubadours, dans celles du Sud, s'inspiraient des infidélités de Marguerite pour composer leurs meilleurs couplets, les plus polissons. Chez les puissants seigneurs, chez les petits nobliaux, on se gaussait de ces méchants refrains, ce qui n'était guère de la convenance du roi.

Il devenait de plus en plus urgent de désigner un pape, qui aurait autorité pour annuler ce mariage maudit et condamnerait les abus de pouvoir des grands seigneurs et des tribunaux ecclésiastiques. Jamais l'Inquisition ne s'était montrée aussi cruelle que depuis la mort de Philippe le Bel.

L'idée que l'Église fût dans le royaume l'unique autorité reconnue et crainte lui était désagréable, mais il éprouvait tant de lassitude à être la risée du peuple qu'il acceptait d'abandonner ses pouvoirs aux ecclésiastiques qui, lorsqu'ils n'étaient pas trop sots ou ignorants, savaient se faire respecter.

Le roi, si inquiet de sa destinée, avait une idée. Sans trop savoir pourquoi, il songea à se confier au chevalier Jacques Mollard, qu'il avait pris à son service sur la recommandation d'Enguerrand de Marigny, avant son arrestation.

L'ancien écuyer de Norbert d'Audes n'était pas de ces chevaliers puissants qui souhaitaient que le roi gouverne à leur convenance. Chaque fois que les pairs du royaume menaçaient la Couronne, ce grand jeune homme blond, au regard transparent, qui avait d'autres sujets de conversation que le cul des femmes, avait fait preuve de fidélité à son souverain, exprimant son regret de devoir son rang à un traître à la volonté royale.

Les jours de mélancolie, Jacques Mollard songeait aux conditions surprenantes dans lesquelles il avait quitté les rives du Rhône pour les bords de la Seine.

Il avait épousé sans grande pompe Flora, de douze ans son aînée. Par honnêteté, avant de devenir sa dame, elle lui avait révélé être fille d'Audibert de Noves et sœur de Laure. Elle avait craint qu'il ne lui reprochât d'avoir longtemps menti. Et s'il s'emportait et refusait de l'épouser ! Elle avait plaidé, ce qui était vrai, le grand intérêt qu'elle avait porté à retrouver Colonna et la mission que lui avait confiée Enguerrand de Marigny. Rien dans ce qu'elle avait déclaré n'était ni tout à fait faux, ni tout à fait vrai. Ce qu'elle s'était gardée de confesser, c'était la naissance royale qui faisait d'elle la demi-sœur de Louis X et de Philippe de Poitiers.

Jacques Mollard ne s'était montré ni soupçonneux ni grognon. Sachant qu'il n'obtiendrait jamais la main de Laure de Noves, il avait demandé celle de Flora. Quoique ce ne fût jamais apparent, pour Flora, épouser Mollard, c'était avancer d'un pas vers ce qu'elle espérait. Et même si elle en refusait l'idée, elle était loin d'être insensible à sa délicatesse.

Norbert d'Audes, inquiet, leur avait conseillé de recevoir les sacrements du mariage à l'écart de Mazan, dans la petite chapelle Notre-Dame, sur les terres du seigneur de Goult où ils avaient pour la première fois eu des liens d'amour. Elle lui avait là prouvé son affection, sans paraître l'aimer vraiment.

En présence de quelques villageois, avec Norbert d'Audes pour témoin de son écuyer, le mariage avait été célébré la semaine après la Pentecôte. Le chapelain Jean de Ghistelles attendait les jeunes gens devant le porche de la chapelle aux miracles. Selon la coutume comtadine, Jacques Mollard à la droite de l'ecclésiastique, Flora à sa gauche, avaient prononcé, lui d'abord, elle ensuite, les formules « *Ego do corpus meum* », moi je te donne mon corps, à laquelle l'autre répondait « *Recipio* », je le reçois. Puis, sous son étole, le prêtre les avait bénis, pendant que, suivant l'usage, à l'abri des regards, Jacques Mollard avait glissé au doigt de Flora un anneau d'or, ciselé par un joaillier juif de Carpentras, portant à l'intérieur la devise familiale, *Fortuna et vix*, la Richesse et la force.

Ensuite, ils avaient pénétré dans la chapelle pour la messe.

Il n'y eut ni festin, ni carole, ni charivari, ni chansons. On revint à Mazan pour un petit souper. Sans doute Flora et Jacques auraient-ils préféré des joutes et des danses, mais nul n'ignorait qu'ils avaient partagé le même lit avant les épousailles ; la délation d'un jaloux, ou d'un mécontent rancunier à l'égard du seigneur, et le tribunal ecclésiastique aurait déclaré la nullité du mariage. En l'absence de toute autre coutume, seule l'union religieuse était reconnue. La sagesse imposait la prudence.

Bien que cela ne l'eût pas enchantée, Flora avait dû se rendre à Carpentras, où une femme apothicaire, désignée par les moniales du couvent de Saint-Didier, avait, après l'avoir examinée, rédigé sur un parchemin le texte en latin la déclarant « propice et formée à porter enfants ».

Le lendemain de la cérémonie, il pleuvait en Provence, ce qui était exceptionnel pour un jour de printemps ; on entendait le choc des gouttes tombant sur le toit en tuiles du château.

Norbert d'Audes avait exprimé la volonté de rencontrer les jeunes gens dans le petit oratoire du donjon, en pierres blanches de la montagne de Murs, où il aimait à se retirer lorsqu'une méchante affaire lui taraudait l'esprit.

Se tenant par la main, tremblants à l'idée que leur seigneur eût une déclaration d'importance à leur faire, dans un lieu où il n'accueillait jamais personne, Flora et Jacques Mollard avaient pénétré dans la pièce aux murs nus.

Deux prie-Dieu faisaient face à celui sur lequel Norbert d'Audes s'était assis, le dos tourné à un petit autel de marbre surmonté d'un crucifix de cèdre. Après les avoir invités à s'asseoir, il avait commencé par plaisanter avec les jeunes mariés.

— Avez-vous cette nuit fait avec assez d'ardeur œuvre de chair ?

Jacques Mollard avait rougi, aucune roseur n'était montée au visage de Flora. Elle avait oublié le temps de sa virginité et, quoiqu'elle ne fût pas insensible à la vigueur de son époux, elle prenait son plaisir comme d'autres avalaient un pichet de verjus.

— Ce n'est pas notre première expérience, avait dit simplement l'écuyer, je n'en ai aucune repentance, il y a longtemps déjà que l'union des corps s'est accomplie entre nous. Si cela est péché, qu'on nous condamne au bûcher, ajouta-t-il, parvenant difficilement à se contenir, tant il était irrité qu'un homme aussi courtois que son seigneur soit incapable de parler d'autre chose que de la chair !

Avant de poursuivre, Norbert d'Audes prit le temps de se moucher dans ses doigts. Il hésitait à en venir à l'essentiel.

— Si je vous fournissais cinq mille livres, seriez-vous prêts à quitter Mazan sans tarder ?

Jacques Mollard avait écarquillé les yeux, sans comprendre.

— Et pourquoi devrions-nous vous abandonner, alors que c'est à vous que nous devons notre bonheur ?

— Sais-tu qui est ton épousée, le sais-tu vraiment ? lui avait demandé Norbert d'Audes.

Flora avait baissé les yeux, Jacques avait répondu sans hésiter :

— Je n'ignore rien et la vérité me tient lieu de conscience. Flora est sœur de Laure de Noves. Elle m'a assuré avoir été chassée par sa famille pour son manque d'application à l'étude des poètes latins, elle a vécu à Paris où elle a servi la malheureuse Marguerite de Bourgogne, épouse infidèle du roi Louis X, enfermée depuis longtemps à Château-Gaillard. Qu'y a-t-il d'étrange à cela ? Aurait-elle démérité à servir une reine adultère ? Je ne le pense pas. Pour quelle raison devrions-nous cesser de vous servir ? Et pourquoi nous appâter avec une somme d'argent ? Où irions-nous ? Vous m'avez adoubé, ce fut pour moi un honneur. Les murailles de ce château pourraient en témoigner.

Norbert d'Audes avait froncé le sourcil. Quoi qu'il lui en coûtât, il devait se montrer plus précis.

— Il y a quelques semaines encore, continua-t-il en mesurant le poids de chaque mot, le seigneur Audibert de Noves, qui a aussi apanage sur Mazan, croyait sa fille aînée morte depuis longtemps, engloutie dans la Durance. Par ma faute, il sait aujourd'hui qu'il n'en est rien et menace son épouse Anne des pires tourments si elle ne confesse pas les raisons de son mensonge. Il ne sert à rien de lutter, il y va de votre vie, de la mienne et de celle de ma tendre épouse.

Ni Flora, ni Jacques, qu'elle ne quittait pas des yeux, ne comprenaient comment Audibert de Noves avait pu apprendre ce que depuis tant d'années il ignorait. Devant leur étonnement, Norbert d'Audes s'en était expliqué.

— Si nous avions eu un pape, les jours auraient continué à s'égrener normalement, tout cela est la faute du cardinal Colonna.

Le pape... Colonna... Audibert de Noves... La confusion augmentait dans l'esprit des jeunes mariés. Il avait poursuivi.

— Afin de m'entretenir de ces épousailles, j'ai convié à souper Audibert de Noves et Dame Anne. Pour l'élection du pontife, ils défendent le parti gascon, ils n'ignoraient pas que je soutenais, ayant une épouse née dans la république de Venise, les Italiens. Mais aujourd'hui, après deux ans d'inutiles palabres, qu'ils soient Caetani ou Colonna, Guelfes ou Gibelins n'ont plus aucune chance d'obtenir la tiare. Pour marier notre fils Philibert à Laure, j'ai souhaité annoncer au seigneur de Noves, qui avait refusé si cruellement votre ambassade, Jacques, mon désir de me rallier à sa cause et l'assurer que j'appuierais la candidature d'un Gascon ou d'un Français, pourvu que l'élection ne tardât plus. Le sort m'a été contraire. Sans que j'en connaisse le motif, à peine franchi le pont-levis, Dame Anne de Noves, descendue de son chariot, s'est mise à trépigner en poussant de grands cris. Sous son béguin, on devinait un regard de démente. Souviens-toi, Flora, dans la cour, tu étais occupée à panser ta haquenée. Dame Anne te fixait, ne cessant de hurler : « Je veux mourir, je veux me tuer. Je m'en vais me bouter du haut de l'escalier. Le déshonneur est sur moi ! Qui a ramené ici cette sorcière chassée de notre demeure ? Le seigneur d'Audes nous a tendu un piège ! Partons ! » La voyant ainsi soulevée de hoquets et de tressaillements, qu'il découvrait chez Dame Anne pour la première fois depuis leur mariage, son époux Audibert de Noves prit fort mal la chose et me lança : « Est-ce la coutume dans ce château d'accueillir les hôtes avec des pratiques divinatoires ? A-t-on repris l'habitude, comme les Romains, du temps où ils vivaient à Mazan, de contrevenir aux interdictions sacrées ? Vous devez connaître tous les sortilèges emplissant la tête des Italiens, je comprends à présent que, voulant vous en défaire afin de mieux assurer votre salut, vous ayez choisi de rejoindre le camp des ecclésiastiques vénérables. Peut-être même, ajouta-t-il, traînez-vous dans cette demeure une de ces maladies inconnues qui laissent d'honnêtes gens morts sur le bord des chemins sans en connaître la raison ! »

Pour Norbert d'Audes, revivre le déroulement de cette soirée était douloureux, cela se lisait sur son visage.

— Tu es demeurée muette, Flora, et je t'en sais grâce. Jusqu'à mon dernier soupir, je t'en remercierai. Tu n'en as pas parlé à ton époux, c'était mieux ainsi.

Jacques Mollard ne dissimulait pas son étonnement.

Dans sa hâte d'en finir, Norbert d'Audes poursuivit :

— Dès lors les événements se bousculèrent.

Audibert de Noves s'imagina découvrir en toi, Flora, l'image d'une enfant disparue, voyant là une preuve de sorcellerie. Il est vrai, hélas, soupira-t-il, que la rumeur court qu'Emilia, mon épouse, aurait recours à des pratiques interdites. Je la crois incapable de maléfices. Il n'empêche, Dame Anne hurlait de plus en plus fort. Ses deux pages tentèrent de la ramener à la raison. En vain. J'étais atterré, dans l'impossibilité de prononcer la moindre phrase puisque — et il fixa Flora — j'ignorais moi-même la raison de la colère de l'un et des cris de l'autre. Le seigneur de Noves demanda son chariot et, de nouveau hors de lui, me menaça de porter la guerre jusqu'ici, d'incendier ce château qu'il jugeait chargé de maléfices, et de me traîner devant les inquisiteurs si je m'enfuyais. Enfin il s'en retourna, me laissant avec victuailles et troubadours, qui ne manquèrent pas de composer un couplet sur cette si éprouvante nuitée.

Norbert d'Audes avait achevé. Sa poitrine était soulevée par les hoquets, des larmes coulaient de ses yeux.

— Cette affaire est bien fâcheuse. Pour vous protéger, un homme de mon rang, excellent chrétien, devrait-il être traîné devant un tribunal ? Pour quelle raison, Jacques, ne pas m'avoir rapporté ce que vous saviez de votre épousée ? Cela aurait évité une tragédie, dont nous devrons tous, je le crains, payer le prix. Et toi, Flora, pour quelle raison avoir laissé Jacques dans l'ignorance de la scène dont tu as été l'involontaire témoin, lors de cette terrible soirée ?

Jacques Mollard était livide, Flora impassible.

Norbert d'Audes, dans son grand tourment, avait souhaité dissimuler jusqu'au mariage, afin de ne pas gâcher la fête, la plus terrible humiliation qu'il ait eu à subir. Ce qu'il ne voulait pas dire encore, afin de ne pas noircir la situation, c'était que son épouse, la Vénitienne Emilia, lui avait fait de grands reproches pour avoir abandonné le parti italien au profit des

Gascons ; elle, habituellement si soumise, avait osé lui déclarer :

— C'est par des gens comme vous que les voies du Seigneur sont mal entretenues, même en priant à maintes reprises, et chaque jour, je ne crois pas vous puissiez éviter d'être suspecté d'hérésie.

Norbert d'Audes n'avait pu que répondre :

— Ne vous effrayez pas trop vite. Il faut un peu de temps pour édifier un bûcher, et pas un tribunal inquisiteur n'oserait brûler un seigneur vivant sur les terres de l'Église en respectueux vassal du pape. De vous ou de moi, je ne sais qui fréquente le plus volontiers les faiseurs de maléfices.

Déshabiller son âme, sans rien négliger, causait à Norbert d'Audes une douleur insurmontable, il était décidé à aller au terme de son discours, afin d'épargner à Mollard d'inutiles tourments, mais surtout pour se sauver lui-même.

La sueur recouvrait son front, ses mains, aux doigts longs et fins, aux ongles soignés, tremblaient.

— Hélas, acheva Norbert d'Audes, d'une voix de plus en plus affaiblie par l'angoisse et l'émotion, tant qu'il n'y aura pas de pape, il sera difficile d'empêcher la hache des juges de trancher selon leur bon vouloir. Vous devez partir, insista-t-il, avant que l'étau ne se referme sur Mazan. Audibert de Noves n'est pas homme à oublier ce qu'il a pris pour un affront, et son épouse pour un acte de sorcellerie.

Jacques Mollard était désespéré. C'en était fini de son bonheur, des larmes lui vinrent à son tour aux yeux, des larmes qui ne changeraient rien à un destin jusque-là empli d'espoir et qui soudainement, avec ce qu'il avait appris de Flora, devenait terrifiant. Cette Laure, qu'il avait aimée, sans jamais l'exprimer, avant d'épouser sa sœur, devenait, par ses liens de parenté avec Flora, la femme qu'il détestait le plus au monde. Il ne tenait pas rigueur à Flora d'avoir tardé à lui avouer qu'elle était fille d'Anne de Noves et la sœur de Laure. Cela n'aurait rien changé. S'il avait attiré la foudre, il ne possédait pas le pouvoir d'en dévier le parcours. Flora, les yeux baissés sur le sol, restait immobile, telle une statue.

Norbert d'Audes s'était ressaisi.

— Il y a des erreurs partout et chez tous. Un moment, j'ai cru ne pas devoir survivre. Mais un chevalier, s'il est preux, ne se donne jamais la mort. L'honneur, la foi l'interdisent. Pendant une semaine, une ombre noire a triomphé de mon âme. Un matin, j'ai vu dans la cour les pages et la demoiselle au service de dame Emilia pris de sanglots. Il n'était nul besoin d'explication, elle avait, sans m'en aviser, payé Guilhelm Lavi, un Piémontais au service de Colonna, qui après les massacres avait choisi le travail dans les vignes, afin qu'il charge sur son chariot ses bagages et la conduise vers l'Italie. Sans doute par le chemin du bord de mer ; s'ils ont choisi la montagne, à l'heure qu'il est, ils sont sûrement morts... C'est pourquoi vous ne l'avez vue ni au mariage, ni au souper. Le fait qu'elle ne parle pas notre langue n'a été qu'un prétexte pour expliquer son absence. Je suis désormais veuf d'une femme vivante.

Cette idée lui avait arraché un sourire, elle ne semblait pas trop l'oppresser.

— Et Philibert, votre fils ? hasarda piteusement Jacques Mollard qui avait vu en lui un rival du temps où il était encore épris de Laure.

— S'il était parti, je n'aurais pas survécu. Depuis le départ de sa mère, je ne discerne sur son visage que de la mélancolie, il demeure silencieux, refuse les enseignements de son écuyer et il ne se mêle aux Mazanais pour les offices obligatoires que sous la menace d'être privé de nourriture. Peu à peu, lentement, très lentement, la guérison viendra. Votre mariage m'a rapproché de Notre-Seigneur. L'heure de none va sonner, je dois aller prier. Entendez ma supplique, quittez le village. Vite. Je vous aiderai.

Jacques Mollard, sans jeter un regard à Flora, avait dit simplement, sans emphase ni détresse :

— Que mon seigneur soit apaisé. Il n'est rien dont nous puissions vous tenir rigueur. J'ignore où nous nous rendrons, mais demain après matines, sans personne pour veiller sur notre chemin, nous quitterons Mazan. Définitivement.

— Remettez-vous à mon conseil, reprit Norbert d'Audes, il ne faut jamais dire « définitivement ». La source de vie n'est pas tarie et seul Dieu dispose du pouvoir de l'assécher. Cela peut être brutal, ou prendre du temps.

Norbert d'Audes s'était levé et, par le petit fenestron de l'oratoire, avait montré aux jeunes mariés le sommet du mont Ventoux, qu'on apercevait au-dessus des remparts crénelés du château.

— Je vis au pied de cette montagne, si surnaturelle qu'à ce jour personne n'en a jamais atteint le sommet, elle demeure la propriété du soleil et des vents. Là-haut — il montra du doigt le cône du mont — celui qui le premier en foulera de ses pieds les pierres recevra les commandements de Dieu, tel Moïse sur le Sinaï. Là-bas chez les infidèles, où il y a encore trop de pécheurs pour que leur soit accordé le pardon. Notre montagne, c'est notre Sinaï. Peut-être connaîtrai-je la faim, les fièvres, le chaud ou le froid, parmi les bêtes sauvages et les sorciers vivant dans la forêt, mais je parviendrai au sommet, je le veux. Aucun monstre ne m'effraie ; en ce lieu perdu, j'apprendrai par un ange descendu du Ciel qu'un pape règne de nouveau sur les chrétiens. Alors, s'il me reste un souffle de vie, je descendrai à mon tour le servir, pour l'agrément de la Sainte Église. Ce sera ma condition, je m'y tiendrai. Je ne pense qu'à cela, je ne rêve que de cela.

Il avait quitté des yeux le fenestron et était retourné vers Jacques et Flora, qui cherchaient, sans y parvenir, à éviter son regard. Devaient-ils s'éloigner ? Devaient-ils demeurer ? Il y eut quelques lancinantes minutes de silence, que rompit Norbert d'Audes dont le tremblement dans les mains montrait le tourment. Il était temps pour lui de satisfaire leur impatience et de leur annoncer ce qu'il avait décidé pour eux.

Un bras entourant l'épaule de Jacques, l'autre celle de Flora, plus pâle qu'auparavant, il leur avait dit :

— Vous, partez, parce qu'il ne peut en être autrement. Je ne veux pas qu'une bataille avec les hommes de Noves fasse de ce village ce qu'il advint, il y a bientôt deux ans, à Carpentras. Lorsque j'ai accueilli ici Marigny, il me pensait définitivement acquis à la cause des Italiens, il a sans doute appris que j'avais ensuite, pendant quelques jours, logé Giacomo Colonna, désespéré de s'être fait dérober son trésor. Les Italiens sont pervers et comploteurs, j'ai grande envie de me ranger derrière les Gascons, hélas, à cause de cette maudite soirée, Audibert de Noves l'ignorera toujours. Le roi Louis X, beaucoup moins au fait des affaires de l'Église que son défunt père, Philippe le Bel, a besoin d'un homme jeune, loyal, pour l'aider à l'élection du pape, et ensuite assurer entre le pontife et le roi une ambassade permanente. Par la volonté d'Enguerrand de Marigny, que j'ai sollicité en toute hâte, ajouta Norbert d'Audes, le roi vous a désigné, Jacques. Vous partez demain, Paris vous attend.

Norbert d'Audes était sorti de l'oratoire, laissant Jacques et Flora en tête à tête. Avant de refermer la porte, il avait ajouté à l'adresse de Jacques :

— À Paris, ne tirez pas trop l'épée, il y a d'excellents bretteurs et la Seine ne renvoie jamais les cadavres.

À sa manière, il lui disait adieu.

Jacques et Flora avaient entendu le bruit de ses pas sur les pavés de la cour. Des pas lourds, lents, ceux d'un homme fatigué, las de la vie.

Les nouveaux mariés s'étaient enlacés. Jacques ne pouvait contenir ses larmes. Avant de quitter l'oratoire, il avait retrouvé la parole. À Flora, il avait demandé :

— Es-tu grosse de moi ?

Elle avait simplement répondu :

— Oui, je le crois.

Et ils s'en étaient allés préparer leur voyage, sans échanger un mot sur le destin qui serait le leur. Jacques ignorait tout de Paris, Flora allait revenir en dame dans une capitale qui l'avait connue catin. Jacques lui avait pardonné ses mensonges, elle avait la certitude qu'il n'entraverait pas ses desseins.

Jacques Mollard et son épouse avaient trouvé un logis dans une maison proche des remparts de la capitale, dans le hameau de Vaugirard, une vallée fertile et riche en bovins, fief du comte de Mollard. Le père de Jacques l'avait héritée un siècle plus tôt de son frère, Louis de Mollard, premier président du parlement, qui quoique dauphinois s'était pris d'affection pour cette campagne, à moins d'une lieue de Paris. L'air y était plus respirable que dans l'enceinte de la ville, où les habitants de plus en plus nombreux, bientôt cent mille, s'entassaient dans des maisons dont les colombages s'effritaient. Dans les ruelles, chariots et gens à pied se déplaçaient au sein d'un cloaque malodorant ; même au Louvre, le palais royal, il était impossible d'échapper à la puanteur.

Chaque matin, laissant Flora, qui avait souhaité après ses relevailles confier le petit Laurent à une nourrice nommée Jeanne, Jacques, dès l'aube, chevauchait vers le palais et n'en revenait qu'à la nuit tombante.

Chevalier, attaché au service personnel du roi Louis, Jacques Mollard passait l'essentiel de son temps dans la Grande Galerie, bruissante de rumeurs et de méchants propos dont s'alimentaient prélats et officiers, écuyers et chambriers, titulaires de titres parfois imaginaires, qui vivaient de la « subsistance royale », mangeaient, buvaient et souvent dormaient dans de petits salons en compagnie de plusieurs serviteurs, sans jamais débourser un sol.

C'était parmi ces désœuvrés, où se côtoyaient seigneurs et courtisans, que Marguerite avait rencontré le gentilhomme Gauthier d'Aulnay. Il avait su séduire celle qui n'était pas encore reine, mais, pour avoir négligé qu'elle était la bru de Philippe le Bel, il avait été condamné à être écartelé. Quant à Marguerite, sans que son époux Louis en fût informé, Philippe le Bel l'avait condamnée à achever sa vie dans une froide cellule de Château-Gaillard.

Louis souffrait moins d'avoir été publiquement cocufié que d'être privé de son épouse. La loi interdisait aux femmes de coiffer la couronne de France, le roi se lamentait de n'avoir point d'héritier mâle. Il n'était évidemment pas question pour lui de se rendre à Château-Gaillard pour engrosser Marguerite. Lui eût-elle donné un fils qu'il aurait été rejeté par le peuple et les nobles.

Louis X était triste. Triste d'avoir dû accepter qu'Enguerrand de Marigny, qui avait puisé sa fortune dans le trésor royal, alimenté par les pauvres gens plus que par les grands du royaume, ait été arrêté sur ordre du parlement. Triste de n'avoir pu empêcher la pendaison d'un aussi fin diplomate... Triste de souffrir de terribles maux de tête qui le rendaient souvent irascible. Triste de savoir sa sœur Isabelle mariée à Édouard d'Angleterre, un souverain qui n'aimait que les jeunes hommes. Triste d'ajouter à ces soucis intimes l'inquiétude de voir l'empereur d'Allemagne voler au secours des Flamands, afin de reprendre une guerre qui avait déjà laissé l'armée royale en mauvaise situation. Il y avait dans tout cela de quoi comprendre que Louis X se tînt le plus souvent à l'écart des festivités données en son palais et qu'il montrât malgré son jeune âge un visage sombre.

10

Louis X avait accepté le souper de cette fin de printemps 1316 sur le conseil de Jacques Mollard. Il était nécessaire de réunir les grands du royaume et les cardinaux gascons, tous redevables de leurs privilèges à la couronne de France, afin de trouver une solution à un conclave qui, depuis deux ans, n'avait connu que disputes et intrigues, sans jamais aboutir. Une situation à laquelle il fallait mettre un terme.

De ce souper, Louis X attendait beaucoup. On ne s'était pas entretenu de l'avenir du Saint-Siège, mais on s'était distrait d'entendre une fois encore Philippe de Poitiers conter comme un couplet anodin le supplice de Marigny. Le roi avait regagné ses appartements avec un terrible sentiment d'impuissance. Seul le jeune chevalier Mollard pouvait l'aider de ses conseils. Il souhaitait lui offrir une baronnie pour prix de sa fidélité, entière après la fin de Marigny, auquel pourtant Jacques devait sa charge.

Le lendemain de ce triste festin, le roi fit quérir le chevalier qui, comme chaque jour, attendait que le monarque ait recours à son service, dès dix heures, l'heure à laquelle il s'éveillait habituellement.

Un sergent d'armes s'approcha du chevalier alors qu'il conversait avec Hugues Géraud, évêque de Cahors. Celui-ci était venu jusqu'à Paris pour supplier le roi de reprendre le conclave, avant que Jacques Duèze, âgé de soixante et onze ans et fort mal en point, ne défunte, ce qui ne manquerait pas de susciter une nouvelle effervescence chez les Italiens trop heureux d'être délivrés du vote d'un rival.

— Messire Mollard, Sa Majesté souhaite vous entretenir. Immédiatement.

Jacques Mollard présenta ses excuses au prélat, il reprendrait plus tard l'entretien.

Le sergent d'armes le précéda jusqu'à la salle du trône où Louis X, à demi vêtu, la chevelure embroussaillée, les yeux à peine ouverts, avait grande hâte de l'entendre.

Le sergent se retira. La porte refermée, les deux hommes se dévisagèrent en silence. Jacques Mollard demeurait impassible, il crut deviner dans les yeux du roi une lueur de soulagement. Il en éprouva une grande joie, voyant là la preuve qu'il avait su en une année seulement se rendre indispensable à celui qui avait en charge la couronne de France.

Le roi prit le premier la parole.

— Que se passe-t-il chez nos cardinaux ?

Jacques Mollard n'avait aucune raison de garder le silence sur les troubles qui se multipliaient dans le royaume, tant le désarroi était grand. Manants ou féodaux, tous s'inquiétaient qu'il n'y ait personne sur le trône de saint Pierre, pour prendre soin de leurs âmes.

— Puis-je vous avouer, sire, que la nacelle de Pierre est en grand danger de sombrer et que, dans les provinces, si vous n'y prenez pas garde, de nouvelles guerres calamiteuses vont dévaster vos terres, au risque de ternir les flamboyantes couleurs de la bannière à fleurs de lys. Votre oncle Charles de Valois ne ménage pas ses flèches acérées. À chacune de ses chasses, il ne manque pas de réclamer la couronne, afin de disposer du pouvoir d'imposer la tiare. Quant à l'autorité de l'Église, elle est plus forte que celle de vos parlements, il n'y a plus de justice royale, celle des inquisiteurs est la seule reconnue.

— Arrête ! Arrête ! articula difficilement le souverain. Que je mette un peu d'ordre dans mes pensées !

Jacques Mollard avait pris l'engagement de ne rien dissimuler au roi. Ne s'était-il pas avancé trop loin ? Après quelques minutes de réflexion, Louis X semblait avoir recouvré ses esprits.

— Quelle conduite me proposes-tu ?

Jacques Mollard n'avait rien à proposer, il ne voyait pas comment la Couronne et la papauté pourraient sortir du gouffre dans lequel elles s'étaient enfoncées sans qu'on entende à nouveau le choc des armes. Il fit un geste de dénégation.

Le roi se montra assez satisfait que le chevalier n'ait rien à lui conseiller, il avait, lui, pris une décision.

— Tu vas, Mollard, rencontrer mon frère, Philippe de Poitiers. Ensemble, vous partirez pour Lyon, où se trouvent quelques cardinaux. En mon nom, avec un ordre scellé de ma main, vous apporterez mon serment qu'ils ne seront pas contraints d'être enfermés, qu'ils pourront circuler librement dans la ville, que nulle violence ne sera exercée. Par la présence de notre armée, je m'en fais le garant, à la condition que sans tarder tous les conclavistes s'empressent de se réunir à Lyon, afin de s'accorder le plus vite possible sur un nom, qu'aucun parti ne refusera.

— Y compris le très vieux Duèze ? interrogea Jacques Mollard, stupéfait d'un mouvement d'autorité assez inhabituel chez le roi.

— Y compris Duèze, précisa Louis X. Qu'ils sachent qu'avant deux mois un pape doit être désigné. Peu importe son origine, peu importe le choix de sa résidence. Sans pape, la terre va s'arrêter d'avancer. Nous sommes le 26 avril 1316, qu'un nom soit proclamé avant la fin du mois de juin ! Si personne ne coiffait la tiare, ce serait, je le crains, la Couronne qui chuterait.

Jacques Mollard ne pouvait qu'acquiescer et Philippe de Poitiers se résigner à cette ambassade imprévue, dont l'issue paraissait aussi incertaine à l'un qu'à l'autre.

On ne désobéit pas aux injonctions du roi de France. Il dispose du pouvoir, un pouvoir qu'on ne conteste pas, auquel force est d'obéir. Ou alors, il faut se révolter. Louis n'ignorait pas que, dans les provinces, il ne manquait pas de seigneurs disposés à se rebeller, afin de le dessaisir de ce pouvoir auquel il demeurait attaché.

Trois jours plus tard, avec une escorte de cent arbalétriers, Philippe de Poitiers et Jacques Mollard franchissaient la porte de Longjumeau, en direction de Lyon.

Dans la maison de Vaugirard, Flora souriait à son nourrisson. Son époux, elle n'en doutait pas, deviendrait riche et puissant. À elle de décider du moment où elle l'utiliserait pour que lui soient restitués les privilèges attachés à son lignage.

Dans un monde où tout se payait au prix du sang et du chagrin, elle était décidée à ce qu'on lui donne sa place, celle de fille et sœur de rois.

11

Averti par un message du roi de l'arrivée prochaine d'un visiteur, un moine au visage austère, le front dégarni, l'estomac peu pansu, revêtu d'une bure grise, tachée, déchirée, vêtement de travail autant que de prière, ouvrit le portail du monastère. Les murs étaient ce jour-là aussi gris que le ciel. Les battants grincèrent lugubrement. Sans souci des égards dus aux seigneurs, le religieux salua le voyageur d'un « Soyez ici le bienvenu mon frère en Dieu ». Puis il bénit Norbert d'Audes.

Était-ce parce que lui et la trentaine d'arbalétriers qui l'accompagnaient portaient haubert ? Le moine, vite rejoint par ses frères, tous le crâne rasé et les hardes malpropres, se sentit gêné. Les religieux se montrèrent à la fois distants et de méchante humeur, dès que Norbert d'Audes fut descendu de son destrier afin de se présenter et d'expliquer pourquoi lui et ses hommes avaient ordre de résider dans ce château fort, abandonné depuis près d'un siècle par le châtelain qui n'avait ni femme, ni héritier, et avait péri, le corps transpercé d'une flèche, sous les remparts de Saint-Jean-d'Acre.

L'ancienne forteresse était assez vaste et l'enceinte assez forte pour que des Dominicains du Forez aient franchi le Rhône et s'y soient installés, déclarant que faute de feudataire reconnu, l'ordre en devenait légitime propriétaire par droit d'emphytéose, accordé par l'évêque de Lyon pour une durée de quatre-vingt-dix-neuf ans, renouvelable.

Norbert d'Audes avait chevauché plus de cinq jours par des sentiers de montagne avant d'atteindre l'abbaye de Saint-Pierre-de-Chandieu. Il suffisait d'observer les moines vivre entre eux pour s'apercevoir qu'ils ne se satisfaisaient pas du seul amour de Dieu.

L'ordre de départ, scellé par Jacques Mollard, lui était parvenu, à Mazan, le 20 mai. Quoique ne relevant pas de l'autorité royale, mais de celle de l'Église, propriétaire de tous les domaines du Comtat, après avoir rassemblé les trente arbalétriers vaillants et contraint à se joindre à sa troupe une dizaine de manants occupés aux travaux des champs, mais qu'il savait excellents tireurs, il s'était mis en route. Les Comtadins avaient le pape pour seigneur, le roi pour suzerain. À l'un et l'autre, ils devaient le service de l'ost.

Norbert d'Audes avait perdu deux hommes et leurs montures dans la traversée de la rivière Drôme, affluent du Rhône, qu'il fallait passer à gué. Avec la fonte des neiges et les pluies de printemps, le courant était puissant, les deux cavaliers avaient été emportés par un tourbillon. Il ne s'était pas attardé. Dans l'impossibilité de les sauver, sa mission était trop importante pour qu'il se préoccupât de deux larrons, toujours prompts à s'indigner de ce que les chevauchées quotidiennes fussent épuisantes, les paysans drômois assez mal disposés à les nourrir et les lits d'aiguilles de pin trop inconfortables en plein air, alors que leur seigneur trouvait toujours pour souper ct dormir une auberge accueillante.

Entre Avignon et Lyon, marchandises et voyageurs utilisaient volontiers les gabares du Rhône. Toutes n'arrivaient pas à destination. Surchargées, elles disparaissaient dans les tourbillons du fleuve.

Sur les chemins de montagne, Norbert d'Audes et

sa troupe n'avaient croisé que maçons, charpentiers et gueux, ainsi que quelques moines voyageurs qui avaient fui leurs abbayes. La plupart des maîtres, torse nu et pieds nus malgré le temps pluvieux, s'en allaient à travers le Dauphiné vendre leurs services pour construire de solides maisons ou, ce qui était la spécialité des Dauphinois, ériger des clochers d'églises assez robustes pour ne point s'effondrer sous la poussée des voûtes. Cela arrivait très souvent, pour le plus grand malheur des curés, plus tristes souvent de la destruction de l'église que de la mort sous les pierres amoncelées de leurs paroissiens en prière au moment de la chute du clocher, des chapiteaux ou des culées d'arc-boutant.

En traversant les villages, Norbert était surpris de voir tant d'hommes poussant ou tirant des chariots chargés de pierres taillées ou de lourdes poutres, finement équarries. On entendait partout des heurts de marteaux, de piques et d'herminettes. Des poulies grinçaient, des palans couinaient, tandis que çà et là on pouvait distinguer la forme des nefs que des architectureurs locaux, plus par instinct que par savoir, avaient dessinées sur des parchemins.

Tous ces hommes, lorsqu'ils parlaient, n'exprimaient qu'une hâte, se rendre dans Avignon, où la rumeur courait que si le prochain pape décidait d'y résider, la ville étant déjà surpeuplée, il faudrait construire un couvent, vaste et somptueux, digne, comme les palais romains, d'accueillir tout entier le gouvernement de l'Église.

Comme nombre de chrétiens, ces compagnons s'affligeaient de l'interminable dispute des cardinaux. Les désaccords se prolongeaient depuis plus de deux ans, et Clément V le Bordelais n'avait toujours pas de successeur. Ainsi se trouvaient plongés dans la misère ceux qui gagnaient leur soupe au service des prélats.

Ils maugréaient, s'indignaient que les seigneurs ne parviennent pas à obtenir des cardinaux qu'ils achèvent conciliabules et intrigues, mettant la chrétienté en péril. Norbert d'Audes s'efforçait de les rassurer.

— Vos regards ne sont pas ceux de gens vaincus. Ne soyez pas glacés de honte, l'Église survivra aux déboires de ce temps. Vous avez l'habitude de la route depuis des générations, toujours itinérant, pérégrinant en bons compagnons de Jésus. Vos pères, sans jamais dire leurs noms, ont porté leurs outils de cathédrale en collégiale. Plus de cinquante clochers se dressent dans les murs d'Avignon, dont nous avons fait notre Rome, d'autres s'élèveront. L'œuvre est encore inachevée, elle doit se poursuivre et vous taillerez de nouveau les pierres du bon Dieu.

Les maîtres maçons, les ouvriers charpentiers écoutaient ce seigneur de Provence, croisé au hasard du chemin, qui leur rendait espoir. Parfois, étonné de cette petite troupe, l'un d'eux demandait :

— Et vous, où allez-vous, si fortement armés ? Chevauchez-vous vers les Flamands, afin de détruire leurs murailles et leurs maisons ? Ce sont de rudes guerriers. Ils ont l'art de la bataille. Quand il y a trop de morts, il n'y a plus d'hommes pour battre le blé et partout ce ne sont que maladies et disettes.

Norbert d'Audes les réconfortait. Dans le royaume, on ne se battrait plus. Leur seule mission était, et ils ne la cachaient pas, de rappeler aux cardinaux, dans Lyon, que de gré ou de force ils devraient trancher en faveur d'un pontife.

— Notre vœu : soigner ce conclave qui depuis deux années n'est que trop malade de ses intrigues.

Norbert d'Audes remontait à cheval, étonné d'affirmer avec tant de conviction ce dont il n'était pas lui-même convaincu.

Au soir du cinquième jour, ils avaient atteint l'abbaye fortifiée de Saint-Pierre-de-Chandieu, où Jacques

Mollard leur avait enjoint, au nom du roi Louis X, de se tenir disposés à pénétrer dans Lyon, distant de cinq lieues, si l'ordre leur en était donné.

Les hommes se partagèrent les vastes salles du château, où des bottes de paille avaient été disposées en quantité suffisante afin qu'ils puissent s'y reposer à l'aise. Ils pansèrent leurs chevaux, leur donnèrent à manger du foin fraîchement coupé, et s'en allèrent dans la campagne alentour supplier avec plus ou moins d'impétuosité les paysans de ne pas les laisser mourir de faim.

Norbert d'Audes avait été conduit par un jeune Dominicain muet et morose dans une chambre haute du donjon, préparée à son intention par l'abbé.

Par le fenestron de la tour, il prit le temps d'admirer un paysage immense, comme il devait y en avoir un semblable au sommet du Ventoux. D'un seul regard, on embrassait les Alpes, le Jura, les monts du Forez et la ville de Lyon, enfermée entre la Saône et le Rhône. Assurément, de cette place fortifiée, on devait découvrir de loin une troupe qui aurait voulu assaillir le château.

Le seigneur de Mazan ne put retenir un sourire. La situation était excellente pour résister à une attaque, mais qui pouvait s'intéresser aujourd'hui à cette communauté de Dominicains, éloignée du monde des vivants et d'apparence plus miséreuse que les gueux qu'ils avaient croisés en chemin ?

Norbert d'Audes demeura silencieux. Il regarda le moine, et il alla jusqu'à une petite table où était posé un pichet d'eau fraîche ; il but goulûment, tant sur les chemins, en dehors des rivières, la bonne eau était rare.

Il n'aurait su trouver de raison au malaise qu'il ressentait, il n'avait pas envie de s'attarder dans cette abbaye, où une sorte de mystère semblait peser, qu'il ne parvenait pas encore à percer. Les moines, des Dominicains, pourvoyeurs assidus de l'Inquisition, se plaisaient à vanter les mérites de Jacques Fournier, l'évêque de Pamiers, qui défendait l'Église par de cruelles sentences contre de faux ou vrais hérétiques, attisant dans toute l'Occitanie la frayeur des populations. Ces hommes engoncés dans leurs bures délavées devaient, Norbert n'en doutait pas, entendre dans leur sommeil le crépitement des bûchers qu'ils rêvaient d'allumer. Si ces gens espéraient qu'un jour Jacques Fournier coifferait la tiare, ils se trompaient, ou alors les temps auraient changé. Le seigneur de Mazan, si par malheur cela devait survenir, n'aurait plus rien à faire sur une terre où le commandement « Tu tueras » aurait remplacé « Tu ne tueras point », sous le signe duquel il avait conduit sa vie. Si Norbert d'Audes devait occire, ce serait pour se défendre, jamais pour attaquer.

Plongé dans ses pensées et ses méditations, Norbert ne s'était pas aperçu que le jeune homme avait allumé l'unique cierge, qui répandait dans la pièce une pénombre blafarde.

Norbert d'Audes se retourna, le moine lui souriait, comme un jouvenceau désireux de séduire une donzelle, debout, les mains croisées sur un ventre qu'il avait plat. Une petite croix de bois, accrochée à une mince et mauvaise cordelette, tombait sur le devant de sa bure.

— Vous pouvez aller, dit Norbert d'Audes, irrité par cette présence silencieuse.

Le Dominicain demeurait immobile devant la lourde porte de chêne brut où aucun ébéniste n'avait eu la possibilité d'exercer son art.

— Si vous avez quelque chose à me dire, asseyez-vous, ajouta-t-il, en montrant la cathèdre et les deux chaises de la chambre modestement meublée d'un lit, surmonté d'un crucifix en ivoire.

D'une voix sans souffle, le moine tonsuré répondit :

— Si vous n'y voyez pas de mal, je vous parlerai, mais debout, par respect pour votre rang. Ce que je crois pèse bien plus sur mon âme que sur mon corps, pourtant soumis par l'abbé de ces lieux aux travaux les plus rudes, dans les champs comme dans le monastère.

— Me direz-vous d'abord si on me porte le souper ou si je dois après vêpres vous rejoindre au réfectoire ?

— Je vous monterai moi-même du bœuf bouilli et une tranche de pain noir, ce qui vous revient comme à chacun des cinquante et un frères qui vivent ici ; auparavant, je souhaite que vous m'écoutiez. Je me réjouis de savoir que bien qu'originaire de Provence, où hérétiques et illettrés sévissent, vous sachiez lire et écrire. C'est là le privilège des gens de bien. Ce que j'ai à vous confier, Notre-Seigneur le confirmerait.

Norbert d'Audes s'assit sur la paillasse recouverte de draps de lin rêche.

— Parlez, mais de grâce, vite, car ayant chevauché tout le jour, j'ai la dent creuse, et je ne souhaite pas pour me nourrir devoir patienter jusqu'au lever du soleil.

— Ce que j'ai à déclarer devrait vous être utile, répliqua le Dominicain. Deux questions et, je l'espère, deux réponses.

— Ah bon, fit simplement Norbert d'Audes, alors j'écoute, mais je crois savoir ce que vous allez en premier me demander : pourquoi n'avons-nous pas de pape ? Et je vous répondrai : parce que le roi qui règne à présent n'est âgé que de vingt-six ans, qu'il n'a pas l'autorité de son père, et — il hésita un instant avant d'ajouter — parce qu'il laisse l'Inquisition libre de ses terribles justices. L'Église a besoin d'un pape, mais aussi de prêtres, d'évêques fidèles aux Évangiles, plus que de bourreaux, ivres du sang de leurs victimes.

Le ton était monté, Norbert d'Audes ne supportait plus le visage sarcastique de son interlocuteur.

— Êtes-vous satisfait ?

— Je crains, répondit le moine, que vous ne soyez dans l'erreur. Si en effet ma première question concernait la succession du pape, je redoute que vous ne vous laissiez abuser par de méchants propos qu'on peut tenir ici et là. Les tribunaux de l'Église ne sont pas, comme vous l'affirmez, ivres du sang de leurs victimes, mais n'est-il pas bon que les moutons égarés rejoignent un troupeau qui a déjà perdu tant de têtes généreuses dans les croisades ?

Norbert d'Audes caressait le fourreau de son épée.

— C'est cela, et si les moutons égarés, comme vous dites, refusent vos injonctions, croyez-vous que le bûcher les y aidera, quand ils ne seront plus que cendres brûlantes ?

— Vous parlez le langage des hérétiques, le verbe des Cathares. L'âme est éternelle. Pour les accueillir, Dieu choisit enfer ou paradis, plus rarement le purgatoire.

Norbert d'Audes l'interrompit brutalement.

— Je suis petit-fils de Cathare, et j'en ai grande fierté ! J'ai miraculeusement échappé aux criminels. Les Cathares avaient l'âme pure, ce qui n'est pas le cas de tous les religieux.

— Les juges sont des bergers, non des criminels, répondit sèchement le moine.

— Et moi, je maintiens criminels ! hurla Norbert d'Audes. Que cela vous plaise ou non ! Interrogez les manants, demandez aux gabariers sur le Rhône, aux paysans dans les champs, aux prêtres et aux soldats les plus généreux, tous vous diront la haine et le mépris qu'ils ont de l'Inquisition, du sang que ses reîtres ne cessent de faire couler. Vous êtes dominicain, vous le savez mieux que quiconque ! De tous les ordres, le vôtre est le plus impitoyable.

— Vous allez trop loin ! Vous parlez le langage des Templiers, nous pourrions vous condamner à un sort identique. N'ayez pas la mémoire trop courte, il n'y a que deux ans que Molay est mort dans les flammes de l'enfer.

— Comme il vous plaira, répondit Norbert d'Audes, n'oubliez cependant pas que je suis ici pour aider à l'élection d'un pape qui dans l'Église ne sera le défenseur ni des factieux, ni des bûchers, ni des tortures. Et c'est sans doute parce qu'un chrétien doué de telles qualités n'a pas encore été trouvé que les cardinaux se chamaillent. Mais nous arriverons au terme. Faites savoir à votre père abbé Cédric de Vinay que sur ordre royal je demeurerai ici tant que cela sera nécessaire. Et s'il faut se résoudre à batailler dans Lyon, je m'y résoudrai.

Blême, les lèvres pincées, le Dominicain n'ajouta rien, il sortit sans saluer. Sans poser la seconde question.

Norbert d'Audes s'interrogeait, songeait à la multitude et à la richesse des édifices religieux de la province lyonnaise. Pourquoi lui avait-on imposé de s'arrêter dans ce couvent sans douceur, ni confort ? Sans doute y avait-il une raison, il ignorait laquelle. Il ne croyait pas au hasard, la prudence s'imposait.

Ce qui ne l'empêcha pas de fort bien dormir. Il était heureux de servir le roi et l'Église. Encore fallait-il que l'un et l'autre s'accordent pacifiquement.

Combien de temps Norbert d'Audes devrait-il attendre dans ce monastère peu attrayant une opération dont il n'était pas sûr qu'elle ait jamais lieu ? Contre quel ennemi ? Quelle armée ? Était-il nécessaire de déplacer tant d'archers pour avoir raison de vingt-trois cardinaux ?

Le corps fluet, les pommettes saillantes, les joues creusées, le regard peu amène sous d'épais sourcils, le moine qui, la veille, lui avait porté le souper, revint dès l'aube avec un bol empli d'une infusion de thym et une nouvelle tranche de pain noir. Il les posa sur la table, se contentant d'ajouter :

— La messe est dite à six heures.

Le seigneur de Mazan éprouvait, dans cette cellule, le désagréable sentiment d'être prisonnier des Dominicains. N'importe qui, ici, pourrait lui trancher la gorge, personne ne viendrait le secourir.

Il retint le moine.

— Je croyais être au service du roi, suzerain de l'Église de France, et non soumis aux ordres d'un abbé dont j'ignore jusqu'au visage. La vertu qui m'a toujours émerveillé chez les premiers chrétiens était le courage. Les prélats d'aujourd'hui se complaisent dans les intrigues, les violences, et manifestent un goût immodéré pour l'argent, ce qui, j'en conviens, n'est guère ici apparent. Les ecclésiastiques, il est vrai, nous ont habitués à un visage miséreux pour mieux dissimuler les trésors qu'ils accumulent, grâce à la simonie, aux dîmes prélevées sur les véritables pauvres.

Disant cela, Norbert d'Audes ne pouvait s'empêcher de penser aux coffres de Giacomo Colonna. Étaient-ils à jamais perdus ?

— Je n'ai qu'un désir, quitter ce sinistre château pour un logis plus gai, ajouta-t-il.

— Partir ? lança le moine, vous n'y pensez pas ! Il y a, ici, dans la salle capitulaire un illustre personnage, arrivé quelques heures après vous. Il a grande hâte de vous entretenir, dès ce matin. Mais — s'empressa-t-il d'ajouter — celui qui vous attend avait annoncé sa venue, ce qui nous a fait honneur. Il nous a aussi avisé de la vôtre. Nous n'avions pas à discuter cette volonté. À votre tour, vous devez vous y plier.

— Un personnage illustre ? Quel baron aurait l'idée de faire halte dans pareille geôle ! De qui s'agit-il ? s'enflamma Norbert d'Audes, redoutant qu'on l'ait attiré dans un guet-apens.

— Je ne puis rien ajouter, sinon vous inviter, comme nous le fîmes à matines, à prier afin que Dieu garde ce prince longtemps parmi nous. Jusqu'à ce jour, encore lointain, où l'enfant de la reine Clémence — nous souhaitons tous que ce soit un garçon — prendra la couronne de France, notre hôte administrera le royaume. Il ne tardera pas, j'en suis sûr, à décréter une nouvelle croisade. Tant espérée ! Tant retardée ! Cela nous afflige de constater à quel point les chrétiens de ce temps n'ont plus, comme leurs aïeux, le désir de guerroyer contre les Infidèles. La voix divine nous impose d'en découdre avec eux. Jérusalem est nôtre, c'est notre devoir que de leur reprendre les Lieux saints. Puisse le prochain pape proclamer que tous les barons de France s'allieront contre les Tatars, les Mongols et autres juifs, afin que ne leur soit pas longtemps abandonné le Saint-Sépulcre.

— Pardonnez-moi, reprit plus calmement Norbert d'Audes, qui pour l'heure avait d'autres intérêts qu'une expédition en Terre sainte, mais je ne comprends pas. S'il est vrai que notre roi Louis a engrossé Clémence, devenue reine de France, le roi a donc obtenu que Marguerite, après avoir été étranglée dans sa prison d'insolite manière, soit canoniquement répudiée. Comment est-ce possible ? Seul le pape et le plus âgé des cardinaux disposent du pouvoir de répudiation ou d'excommunication sur les défunts ayant trahi Dieu de leur vivant.

L'esprit de Norbert d'Audes se brouillait. À croire les propos du tonsuré, le personnage qui avait lui aussi pris du repos dans ce couvent ne pouvait être que le roi.

— Ou je suis fou, ou celui qui se dissimule à l'intérieur de ces remparts en piteux état n'est autre que Louis X en personne.

— Hélas, messire, notre souverain Louis est mort hier dans l'après-midi, d'un arrêt brutal du cœur, après s'être refroidi trop sévèrement de retour d'une chasse au cerf. De village en paroisse, à travers tout le royaume, le glas a vite porté la triste nouvelle. Il a remis son âme à Dieu dans le château de Vincennes. À vingt-six ans, si jeune, si peu de temps après son mariage avec Clémence de Hongrie ! Vous aviez l'air si las à votre arrivée, que nous avons préféré attendre ce matin pour vous annoncer cette triste nouvelle. Vivant, le peuple ne l'aimait guère ; mort, il n'inspire plus que respect et dévotion.

— Mais alors, c'est...

Norbert d'Audes n'osait avancer le nom auquel il pensait.

— Oui, nous accueillons dans nos murs Philippe, comte de Poitiers, désormais régent du royaume. Qu'il soit à Saint-Pierre-de-Chandieu n'a donc rien de surprenant, Lyon n'est pas éloigné, il y séjourne depuis deux semaines. N'ayez crainte, pour l'avoir écouté, je crois qu'il exercera sur le conclave la même autorité que son défunt frère.

Pour Norbert, consterné par la mort de Louis X, la régence de Philippe de Poitiers n'était pas nécessairement de bon augure.

Cette fois, plus question de palabrer. Il était temps de mettre un terme aux impudentes intrigues des cardinaux. Ils ne seraient libres de quitter Lyon, que les Italiens appelaient, en souvenir de la présence romaine la « capitale des Gaules », qu'avec le cortège d'un pontife.

— Le prince qui règne à présent sur le royaume de France vous attend, insista le moine.

— La mort du roi a dû saisir le peuple. Il m'aurait été plus agréable de me trouver à Mazan, parmi mes gens, pour honorer feu notre souverain, que dans cette sombre abbaye, ajouta Norbert d'Audes. Un moment encore ! Cette femme, la reine Clémence de Hongrie, veuve à présent du roi défunt, avait-elle reçu l'onction ?

Le rouge monta au visage du Dominicain, hésitant à révéler ce qu'il avait appris.

— Elle a obtenu les sacrements, mais déjà grosse ; cela est contraire aux préceptes de notre Église.

Comme s'il eût été discourtois de confier à voix haute la vérité, il mit la main devant son visage et ajouta :

— J'ignore comme vous qui sera le pape, quoique j'aie mon idée, mais s'il ne veut pas attirer sur lui la colère des inquisiteurs, il prononcera sans tarder l'excommunication et de la mère et de l'enfant conçu hors les liens du mariage. S'il s'agit d'une fille, le pape pourra se montrer arrangeant. S'il s'agit d'un garçon, il sera exposé à une interdiction de régner. Nous autres, Dominicains, y veillerons. Les tribunaux ecclésiastiques seront saisis, la morale l'exige.

— Je n'en doute pas, lui accorda Norbert d'Audes, de nouveau irrité. Vous ne savez que répandre la terreur sur les populations. Parlant de vous, on dit « les hommes en noir ». À vous écouter, le royaume de France n'appartiendrait qu'aux sorcières et le diable se cacherait dans chaque chaumière ! Prenez garde à ne pas exagérément offenser celui que vous croyez servir mieux que d'autres. Il ne manque pas de religieux qui ne vous apprécient guère. Votre ordre n'est pas plus à l'abri que le fut celui des Templiers. À trop aviver les bûchers, Jacques Fournier, évêque de Pamiers, que vous servez docilement, en oublie de se méfier. On le préférerait plus miséricordieux.

Norbert d'Audes enrageait.

— Oh, je sais, continua-t-il, on ne peut guère compter sur vos indulgences. Toute marque de tendresse de la part des inquisiteurs, l'âme aussi noire que leur bure, serait pour nous une surprise, une nouveauté.

— Suivez-moi, insista le moine qui avait feint de ne pas relever l'insulte. Notre seigneur le régent pourrait s'impatienter. Du Capétien, héritier légitime, ou du Valois, qui avec vigilance attend pour ravir le trône, vous n'avez que le temps de descendre cet escalier pour décider lequel vous servirez. Les Capétiens n'aiment guère nos justices, les Valois protègent notre ordre, nous leur sommes très attachés. Cela devrait faciliter votre choix et, qui sait, préserver votre vie ! Si vous sombrez dans l'hérésie, nos prières ne vous seront pas d'un grand secours.

Norbert d'Audes se contenta de hocher la tête. Tout en parlant, il avait revêtu son habit militaire, à l'exception du haubert et du heaume. Il ne pensait pas en avoir l'utilité tant qu'il n'aurait pas franchi le portail du couvent, encore qu'il ne se sentît guère en sécurité. Il y avait sans doute assez de recoins obscurs pour qu'un meurtrier s'y dissimule. Par précaution, il prit un petit poignard, qu'il glissa sous son surcot.

Il s'apprêtait à rencontrer le nouveau souverain, assez satisfait dans son for intérieur d'être le premier seigneur du royaume à être entendu par lui, après la mort de Louis X. Conscient d'être dans l'obligation de ménager les Dominicains, qui semblaient avoir les faveurs du nouveau prince régnant, un Capétien qu'on savait pourtant très lié aux Valois. Chaque mot aurait son importance.

Norbert d'Audes était préoccupé. Comment le comte de Poitiers savait-il le seigneur de Mazan dans cette abbaye ? Avait-il été avisé par Jacques Mollard ? Il savait Philippe de Poitiers à Lyon, mais croyait son ancien écuyer toujours à Paris. Il éclaircirait ce mystère, pour l'heure il devait sans tarder faire hommage au régent.

Néanmoins, il hasarda encore une question :

— En l'absence de pape, quel cardinal s'est montré assez lige à Louis X pour répudier Marguerite de Bourgogne, après sa mort ? Si la règle de l'âge fixée par le droit canonique a été respectée, ce ne peut être que le cardinal Duèze, soixante et onze ans, qui dispose encore d'assez de force pour ne pas se soucier de plaire au souverain.

Il semblait à Norbert d'Audes que l'opération avait été montée dans un court espace de temps et en toute discrétion. Duèze ne prétendait-il pas que faire confiance à Louis X, qu'il avait connu roi de Navarre, c'était se fier à un serpent ?

— Vous êtes dans l'erreur, avança le moine en souriant. Jacques Duèze n'est pas le plus âgé des cardinaux.

— Et qui donc est plus vieux que le Cadurcien, ancien évêque d'Avignon ?

— Napoleone Orsini. De quelques semaines seulement, j'en conviens, mais cela est suffisant pour que, doyen du Sacré Collège, il dispose de l'autorité pour répudier quiconque devant Dieu, selon sa volonté. Napoleone Orsini, un Italien ! ajouta-t-il d'un ton narquois. Un Italien qui, je l'espère, aura ainsi mérité, pour ce qui lui reste de vie terrestre, de coiffer la tiare. Il trouvera en nous des alliés sincères. Puisse-t-il en faire bon usage ! Orsini sur le trône pontifical, c'est là notre espérance. Il imposera une trêve entre les factions italiennes et, la paix revenue, pourra sans tarder lancer les armées fidèles à Rome à l'assaut de la sainte ville de Jérusalem.

Ce discours laissait Norbert d'Audes à la fois pantois et inquiet. Que de bouleversements pendant que lui et ses hommes chevauchaient de Mazan à Lyon !

Napoleone Orsini pape ! Son nom avait été à plusieurs reprises suggéré, toujours réfuté. Certes, le prélat était fort intelligent, cardinal depuis tantôt vingt ans, mais on le soupçonnait dans Avignon d'actions douteuses, dont il aurait tiré grand profit. Ami des Colonna, Pietre et son oncle Giacomo, il n'était sans doute pas étranger à la fortune dont Giacomo avait confié la garde à Norbert d'Audes. Orsini, accusé de simonie par le Gascon Arnaud de Pellegrue, n'avait rien fait pour sauver les Templiers, il avait encouragé les Dominicains de l'Inquisition à pourchasser les hérétiques, les Lombards et les juifs. Il avait déploré que Clément V ait accueilli ces déicides dans sa terre du comtat Venaissin. Napoleone Orsini avait aussi, lors de prêches enflammés, souhaité l'excommunication de Philippe le Bel pour n'avoir pas condamné Guillaume de Nogaret après qu'il eut giflé le pape Boniface dans son château d'Anagni.

Norbert d'Audes n'en doutait pas, Napoleone Orsini élu, s'achèverait le règne des papes dans Avignon. Malgré l'insécurité permanente, Italien, il retournerait à Rome. L'animation comtadine péricliterait, les vignobles et les oliveraies seraient désertés, les chariots des laboureurs vides des marchandises appréciées des gens de la curie et qui leur épargnaient la disette. Peut-être y aurait-il de nouveaux affrontements entre seigneurs, mais à coup sûr, pour les pauvres gens, ce serait la misère.

Un éclair traversa l'esprit de Norbert d'Audes. Quel parti Jacques Mollard soutenait-il aujourd'hui ? Pourquoi lui avoir enjoint de monter vers Lyon ? Pourquoi cette rencontre avec le nouveau régent, à laquelle Jacques Mollard n'était certainement pas étranger ? Autant de questions qui l'assaillaient.

12

Philippe de Poitiers hésitait. Devait-il quitter Lyon et se mettre en route pour Paris, afin que le parlement de la capitale confirme son titre de régent, ou demeurer entre Saône et Rhône afin d'y bousculer les cardinaux ?

Dès leur entrevue à Saint-Pierre-de-Chandieu, Philippe de Poitiers avait compris que les louanges de Jacques Mollard, l'avisé conseiller de son défunt frère, concernant Norbert d'Audes n'étaient pas la plaidoirie d'un ancien vassal envers le seigneur qui l'avait adoubé. Il ne le connaissait que de réputation. Quoique longtemps lié aux Italiens, il ne s'était jamais départi de sa loyauté envers la couronne de France, le courage chevaleresque se lisait sur son visage. Il ne devait pas être homme à mentir et à calomnier sans raison.

— Ne soyez pas surpris de me voir ici, malgré le deuil qui frappe le royaume. La mort de mon frère survient à un très mauvais moment. Vous connaissez mieux que moi les intrigues de l'Église. On vous dit à la fois sage et valeureux. Vos avis me seront précieux. Guidez-moi dans mon devoir. Ce conclave, où les propos calomnieux le disputent aux allusions lascives, doit trouver enfin un dénouement, favorable aux intérêts du royaume.

Si Norbert d'Audes rappela au régent les désastreuses intrigues qui avaient agité Carpentras et Avignon après la mort de Clément V, il garda prudemment le silence sur ses liens passés avec Giacomo Colonna et Enguerrand de Marigny ; c'était sage. Il avait parlé plus d'une heure, Philippe de Poitiers avait studieusement écouté. Après que le seigneur de Mazan eut achevé, il n'avait pas caché que son aversion pour les conclavistes se trouvait confortée :

— Ce que vous me chantez là n'a pas le sens commun ! Il faut en finir et ne pas lâcher ces prélats, trop soucieux de leurs bénéfices, avant qu'ils aient fixé leur choix. S'ils n'ont pas d'idée, qu'ils jouent un nom aux dés !

— Attendez encore, avait répliqué Norbert d'Audes. Ils savent qu'un accord est indispensable, sinon la chrétienté divisée n'existera plus. Ma troupe est convenablement logée, la nourriture ne manque pas dans les campagnes et il y a plus de filles à trousser que d'hommes disponibles. Ils n'ont fait que de petites opérations dans les poulaillers, incendiant tout au plus deux ou trois maisons ; les manants s'y montraient trop récalcitrants à les rassasier.

— Je découvre en vous un homme de qualité, messire d'Audes, mais ne vous contentez pas de compliments. Ce que vous avez dans le cœur, vous pouvez me le confier. Je n'ai pas l'intention de demeurer longtemps dans Lyon. Finissons-en, mon cousin, le comte de Forez, vous aidera.

— Plutôt que d'en venir aux armes, nous pourrions affamer les cardinaux, en massant des charrois lourdement chargés de troncs d'arbres par le travers des traboulières, ces venelles étroites et couvertes qui mènent au couvent, afin d'interdire le passage des nourritures. Les gens d'Église apprécient les maîtres queux lyonnais, meilleurs ouvriers de bouche que ceux de ce monastère. Ici, il n'y a que l'eau qui soit claire.

Le régent sourit, énigmatique.

— Il me semble que ce lieu et ses occupants ne vous plaisent guère. L'endroit n'est pas, j'en conviens, très joyeux. Mais ce fut néanmoins une grande précaution que de vous y loger. Vous disposez d'assez d'hommes d'armes pour faire plier nos vénérables cardinaux, ils ne goûtent guère les rayons du soleil sur la lame des glaives. Et si nos arbalétriers n'étaient pas suffisants, je vais vous montrer ce qui ne les laisserait certainement pas indifférents. Suivez-moi, et ménagez votre surprise. La mienne n'a pas été feinte, quoiqu'on m'eût avisé de quoi il s'agissait.

Par un enchevêtrement de couloirs, qui avaient dû être aux siècles précédents des chemins de ronde, Philippe de Poitiers le conduisit jusqu'à une grande écurie, plongée dans la pénombre.

Il y eut d'abord un vacarme puissant. Norbert d'Audes n'avait jamais rien entendu de semblable, puis il eut une vision qui dans l'instant l'épouvanta. Il avait toujours cru à une légende, il n'en était rien. Le régent s'amusa de sa frayeur.

— Vous ne craignez rien, approchez ! Voilà l'arme dont Hannibal se servit ici même, dans le Val de Rhône, avant de traverser les Alpes et de se précipiter vers Rome. Ces animaux, continuait Philippe de Poitiers, sont extraordinaires par leur taille, leur force et même leur intelligence. Ils surpassent tous les arbalétriers du monde. Admirez la taille de cette bête, remarquez ses yeux plus petits que ceux d'un cheval, ses oreilles en forme d'ailes de chauve-souris, et surtout ce curieux nez qui prend naissance au sommet de la tête et descend jusqu'à terre. Sur son dos, il peut transporter plus de trente hommes et faire plus de ravages que cinquante.

— Un éléphant ! s'extasia à voix basse Norbert d'Audes.

— Un éléphant en effet. Vous comprenez que les Asiatiques, d'après le Vénitien Marco Polo, en aient fait un dieu. Celui-ci a été capturé par des Dominicains sur une nef de barbares turcs ancrée à Lattès, non loin de Montpellier. De nombreux ecclésiastiques considèrent l'éléphant comme une créature que le diable aurait déposée sur la terre, afin d'écraser les chrétiens et de s'emparer de leur âme. Les moines le tiennent enfermé dans cette étable, de crainte que d'honnêtes gens, en le voyant, ne soient tentés par la sorcellerie.

— Et qu'allez-vous faire de ce monstre ? s'inquiéta Norbert d'Audes.

Le régent éclata d'un rire lourd, surprenant chez un homme à la silhouette aussi longue.

— Ce que je vais en faire ? Ou nos cardinaux désignent avant une semaine un pape, ou vous menez le monstre jusqu'au couvent. À le voir ainsi, paisible, rien d'épouvantable ! Piquez-le de la pointe d'une hallebarde, il devient féroce et foule tout ce qu'il trouve sur son passage. Effrayé, il peut se déplacer plus vite qu'un cheval au galop. Lâchez-le chez les Frères prêcheurs, et les cardinaux désigneront un pontife plutôt que de périr écrasés sous les pattes de l'éléphant.

L'idée amusait fort Philippe de Poitiers.

Quelques moments plus tard, il quittait sans tapage Saint-Pierre-de-Chandieu.

Monté sur un destrier aux oreilles et à la queue rognées, entouré de sa petite troupe harnachée comme si elle se préparait à de rudes combats, Norbert d'Audes, dont les rêves étaient chaque nuit hantés par de terribles combats d'animaux sauvages, chevauchait le long du Rhône, en direction de Lyon. À ses côtés trottait Flotin. Chef de ses arbalétriers, il préférait l'odeur du vin dans les tavernes à celle des champs de bataille. Autant le seigneur de Mazan était calme, autant Flotin gesticulait.

— Mon seigneur a-t-il conscience que nous sommes pris dans une sale affaire ? Y a-t-il crime plus horrible pour un bon chrétien que de mettre la main sur des cardinaux ? Il faut avoir la peste dans le sang pour incendier, piller et détruire les biens de l'Église, comme les Gascons l'ont pratiqué, il y a un peu plus de deux ans, à Carpentras. Je ne sais vraiment si j'oserais faire couler le sang d'un chrétien... La vue d'un cheval éventré m'attriste plus que celle d'un juif sur le bûcher.

Norbert d'Audes éprouvait lui-même des sentiments étranges, mais il ne devait rien en laisser paraître devant le chef de ses hommes d'armes.

— Il faut, se contenta-t-il de répondre, que les cardinaux, tous les cardinaux, insista-t-il, italiens, français ou gascons, soient effrayés par notre présence, sans qu'il soit nécessaire de sortir nos épées. Pour cela, nous devons les enfermer dans le couvent des Frères prêcheurs ; nous ne quitterons Lyon qu'une fois le mur complètement achevé. Prends garde, il ne s'agit pas d'occire, mais de semer la crainte d'être occis. S'il faut se battre, nous nous battrons. Le sang d'un cardinal n'a pas plus de prix que celui d'un serf. Ainsi, de toi et de tes hommes, je ne tolérerai aucun geste de pitié. Si la mission qui nous a été confiée mérite l'enfer, nous nous résignerons. La moindre faiblesse de votre part envers un prélat, je la considérerai comme une lâcheté et vous en serez châtiés. Nous n'obtiendrons pas ce que nous voulons en nous satisfaisant de la moitié du travail. Aux cardinaux de le comprendre ! À toi et à tes hommes aussi !

Norbert d'Audes donna un coup de fouet sec à sa monture. En encourageant son capitaine, il se persuadait lui-même de satisfaire aux exigences du régent. Il avait parlé en seigneur qui n'entend pas être contrarié ; Flotin, fort gaillard de trente ans, mercenaire de son état, portant barbe et moustache sous le heaume, maugréait.

— Jamais un Anglais n'aurait eu semblable idée. Notre prince régent est de sang français, cela explique tout. Je vous accompagne parce que j'ai fait serment de vous suivre, mais je regrette le temps où, sous la bannière de saint Georges, je servais le roi Édouard.

— Je ne te retiens pas, répondit Norbert d'Audes, qui commençait à s'échauffer. Repasse en Angleterre, et que le piteux souverain qui a épousé fille de France et ne sait de ses mains que caresser les fesses des jeunes hommes t'achète, si tel est ton souhait !

Flotin était natif de Monteux, qui appartenait au comte de Lomagne, neveu du pape Clément et comme lui gascon. À la suite de nombreux Bordelais d'origine, il s'était vendu aux Anglais. Enrôlé dans le corps des coutiliers gallois, il n'y avait guère éprouvé de plaisir, pour une solde plus mince que promise. Il était revenu en France le mois précédant l'assaut de Carpentras. Plus doué pour le fourrage des chevaux que pour l'arbalète, il avait ensuite préféré servir le seigneur de Mazan, dont les couleurs étaient partout où elles s'aventuraient signe de paix et de concorde. Hélas, voilà qu'à présent il se retrouvait aux portes de Lyon, avec pour tâche d'abattre si nécessaire les gardes du conclave et autres ecclésiastiques, avant d'isoler du monde les cardinaux. Jusqu'à ce que l'un d'entre eux se hisse sur le toit du couvent et lance *urbi et orbi*, à la ville et au monde : « *Habemus papam* », nous avons un pape !

Les deux hommes chevauchaient en silence, suivis par les arbalétriers dont les destriers soulevaient d'épais nuages de poussière sur le chemin de Saint-Priest, dernier village avant Lyon.

Le soleil du matin caressait encore les collines du Lyonnais lorsqu'ils arrivèrent en vue de la ville. De gros merles s'échappaient des vignes où les premières grappes apparaissaient sous les feuilles. Dans les herbages, des enfants couraient avec leurs chiens après les moutons qu'ils peinaient à rassembler.

Norbert d'Audes avait oublié l'éléphant des Dominicains. Le régent avait, ce qui paraissait coupable à ses yeux, dénoncé le serment de son frère Louis X de permettre aux cardinaux de vivre librement à Lyon, pourvu qu'avant la fin de l'été un pape fût désigné. Feu son frère à peine enfermé dans sa sépulture de Saint-Denis, au côté de leur père Philippe le Bel, le régent avait regagné Paris. Toute la chrétienté se gaussait du conclave, lui n'avait pour souci que de conserver la couronne.

Il ne plaisait guère à Norbert d'Audes de voir un couvent transformé en prison pour des cardinaux. Pourquoi Jacques Mollard avait-il répété au régent, après l'avoir déjà conseillé à Louis X, qu'un seigneur comtadin, habitué à fréquenter les gens d'Église, serait plus influent que l'armée royale ? Norbert d'Audes avait, comme tous les seigneurs de son rang, obligation d'obéissance envers son suzerain, le roi de France, obligation qui avait été imposée par Philippe le Bel à Clément V afin de percevoir sa part de taxes sur les terres pontificales. Pour les batailles qui touchaient à la possession des fiefs, il était prêt, mais il se sentait peu doué à croiser le fer contre ceux qui avaient charge d'âmes, avec lesquels il avait en maintes occasions, à Carpentras et Avignon, rompu le pain.

Philippe de Poitiers lui avait enjoint d'arrêter ses hommes au pied de la montée des Carmes déchaussés, afin de ne pas les user à se hisser, lourds de leurs armures, jusqu'à la dernière des sept cent quatre-vingt-dix marches taillées dans l'ancienne clôture romaine, au sommet de laquelle se trouvait le couvent des Frères prêcheurs.

Encore des Dominicains ! pensa à regret Norbert d'Audes.

Ensuite, il devait se rendre non loin de là, à la taverne du *Bocu*, à l'entrée du pont au Change, Jacques Mollard l'y attendrait.

Il se trouvait donc lui aussi à Lyon !

L'idée de revoir son ancien écuyer, devenu conseiller du roi, intriguait moins Norbert d'Audes que de séquestrer les cardinaux. Ne seraient-ils pas, plus tard, tentés de se venger de l'humiliation subie ? Refuser la mission ? Impossible, la rébellion n'était pas dans sa nature.

Les arbalétriers mirent pied à terre, se mêlèrent à la population lyonnaise, assez indifférente aux intrigues qui se tramaient dans la ville. Une habitude depuis des siècles. Une heure avant midi au soleil, Norbert d'Audes laissa à ses troupes l'usage de son temps jusqu'à vêpres. À ce moment, il commanderait comment il convenait d'agir.

À pied, sans armure ni épée, il s'avança jusqu'à la taverne du *Bocu*, emplie de gens qui œuvraient dans les ateliers de tissage, toujours plus nombreux dans la ville, et de bateliers dans l'attente qu'un négociant leur commande un chargement de gabare.

Il avait suffi de quatre ans pour que Lyon, dont le gouvernement communal était depuis 1312 assuré par douze consuls, voie son activité se développer, pour le plus grand profit des habitants. Il n'était pas rare que passe sous le pont au Change, où les échoppes de banquier s'alignaient, une nef génoise venant de Marseille, encombrée de pièces de tissu et de meubles orientaux. Une fois vidé de ses marchandises, le navire, reconnaissable aux multiples couleurs joliment mêlées sur la coque, embarquait pour quelques sols, à destination de Valence, d'Avignon et de Marseille, des passagers qui avaient l'obligation de se munir de nourriture et de vin pour une semaine entière, pour le cas où une tempête de vent rendrait la navigation périlleuse sur le Rhône.

Norbert d'Audes chercha Jacques Mollard dans la foule des buveurs. Il ne l'aperçut pas.

Un homme le frappa violemment sur l'épaule. Il se retourna, saisi. Giacomo Colonna !

— Soyez sans réticence, messire, nous nous quittâmes à Mazan bons amis, et vous m'aviez alors, si ma mémoire ne me trahit pas, fait serment de soutenir le parti italien. On m'a rapporté, et je le constate à vous rencontrer ici, que vous aviez changé de camp et serviez le roi de France. Le parti gascon n'a pas meilleur défenseur, ce qui n'empêchera pas les Italiens de l'emporter. Pour l'heure, asseyons-nous et buvons un verre de cette contrée, c'est le plus fameux du royaume !

Colonna revint avec deux gobelets et un pichet de vin des vignes beaujolaises. Il servit Norbert d'Audes, remplit à son tour son gobelet, mais ne le porta pas à ses lèvres.

Norbert d'Audes le remarqua et s'abstint de boire. Giacomo Colonna insista.

— Goûtez, c'est une fière sensation dans les moments difficiles que de vider un pot de vin, il n'y a pas plus puissante médecine.

— Je viens ici, chuchota Norbert d'Audes, non pour m'enivrer, mais pour prendre les ordres du régent. Dans la confusion qui agite cette ville, c'est vous que je rencontre... Quelle étrangeté !

— C'est que, messire, vous n'avez aucune prise sur la situation. Vous aurez grande peine à ne pas tomber dans le gouffre qui s'ouvre sous vos pieds.

— Serais-je devenu fou à ce point ? répliqua Norbert d'Audes. Que me voulez-vous ? Ne venez-vous pas de rappeler que nous étions liés lorsque, sous un déguisement, vous êtes venu chercher refuge à Mazan ?

— Je n'y suis resté que quelques jours. Le temps de m'assurer auprès de mon neveu Pietre qu'il n'y avait plus de danger pour un cardinal italien à se montrer dans Avignon.

Ni l'un ni l'autre ne prononcèrent un mot du trésor, ni de la cachette de Colonna chez le juif Jérémie, avant qu'il ne se réfugie à Mazan.

Norbert d'Audes ressentit une brûlure d'estomac. Cela devait venir de son esprit troublé, il n'avait pas avalé une goutte de vin. Sans céder à la peur, il soupçonnait Colonna de vouloir l'empoisonner, afin de se débarrasser d'un homme qui avait prise sur lui depuis qu'il lui avait confié quelques années plus tôt les coffres subtilisés au trésor de la cour pontificale. Norbert d'Audes lisait sur le visage du cardinal toute la haine dédaigneuse qu'il éprouvait, ne parvenant pas à dissimuler à quel point il le détestait.

— Vous avez raison, reconnut le seigneur de Mazan, homme de grande probité, j'étais de votre parti, et, sans vouloir porter préjudice à quiconque, l'élection d'un Italien, après les abominables manquements des Gascons, m'aurait satisfait, mais...

— Mais ? insista Colonna.

— Mais, si je suis chrétien, je suis aussi père.

— Je ne vois pas en quoi le fait d'avoir un fils, aimable jeune homme au demeurant, vous a contraint à abandonner les Italiens qui ont toujours été le bras le plus vaillant de l'Église, la seule Église de Dieu, la romaine, pour laquelle dans cette ville qui se nommait encore Lugdunum la malheureuse Blandine — il se signa — fut ignoblement torturée, avant d'être jetée aux fauves, liée dans un sac aux larges mailles afin que nul morceau de sa chair n'échappât aux taureaux enragés.

Norbert d'Audes était excédé, il avait, dans le Comtat, suffisamment vécu parmi le clergé pour savoir qu'il suffisait à un moinillon ou à un évêque de conter l'histoire d'un martyr pour accomplir, à l'abri des saints, une mauvaise action. Colonna ne devait pas échapper à la règle, pensa-t-il.

— La dernière fois que vous avez vu mon fils Philibert, s'efforça de poursuivre le seigneur, soucieux de se justifier, il était âgé de quatorze ans.

— Seize aujourd'hui, ironisa Colonna.

— En effet, admit Norbert d'Audes, décidé à ne pas perdre pied devant l'Italien. Et à seize ans, avant qu'il ne soit selon le droit adoubé chevalier, je souhaitais le donner en mariage à Laure de Noves, de deux ans plus jeune et fort attrayante demoiselle. Je voulais, par ces épousailles, que notre village soit constitué en un fief unique, dont nous aurions partagé avec son père Audibert de Noves les bénéfices.

— Voilà qui est d'un grand intérêt, s'amusa Colonna. Vous ne souhaitez vraiment pas, avant de poursuivre, tâter de ce vin de Beaujolais ?

Norbert d'Audes, de la main, déclina l'offre.

— Et comme le seigneur de Noves est tout acquis aux Gascons, les noces d'un fils aimé vous autorisaient à trahir vos amis italiens. Ne s'agit-il pas de cela ?

Le cardinal, pressé d'en finir, soupira et poursuivit :

— Malheureusement, dans cette affaire, les choses ne se sont pas déroulées ainsi que vous l'espériez. Malgré votre ralliement aux Gascons, le mariage ne sera pas scellé. Je crains même que, dans un accès de colère, le seigneur de Noves soit tenté de vous porter un méchant coup. Il ne manque pas d'adresse à l'épée.

Norbert d'Audes se retint pour ne pas cracher à la figure du prélat, un chrétien qu'il se devait de respecter. La colère amassée au fond de son cœur par les sarcasmes du cardinal lui faisait espérer que les Italiens ne sortiraient pas en vainqueurs de l'épreuve à laquelle seraient bientôt soumis les conclavistes.

Il se fit un moment de silence entre les deux hommes, dans cette auberge où les ouvriers se contentaient d'une tranche de lard sur du pain noir et d'un gobelet de vin rouge. Ils n'avaient guère le temps de pérorer avant de regagner par les traboulières les ateliers où ils travaillaient, plus de douze heures par jour, aux soieries et tentures qui orneraient les murs des châteaux que les grands seigneurs faisaient édifier, logis d'aisance plus que forteresses.

— C'est Jacques Mollard que j'attendais ici. J'ai été dupé ! J'aimerais comprendre.

— Ce qui m'étonne, répondit Giacomo Colonna,

en crispant sa main grasse et courte sur le pot de vin, c'est que ma présence vous semble étrange. Je suis conclaviste. J'ai, comme l'a exigé le roi, rejoint Lyon. Pour quelle raison ne vous y rencontrerais-je pas ?

— Je saisis obscurément qu'il y a une intrigue. Avec vous, tout est possible. Je me contenterai de la déjouer.

— Mollard devait en effet venir dans cette auberge. J'ai obtenu de Napoleone Orsini qu'il demeure au couvent, afin d'assurer notre approvisionnement et celui de nos gens.

— Comment avez-vous eu connaissance du rendez-vous ? Personne ne vous l'a écrit, je suppose, se gaussa Norbert d'Audes avec un rire méchant, assez inhabituel chez lui.

— Soyez indulgent, messire. Quand il s'agit de mon avenir, je me persuade que la curiosité est une faiblesse humaine à laquelle on peut succomber. Encore convient-il de se donner les moyens de la satisfaire.

— Vous y êtes, me semble-t-il, parvenu.

— En effet, et le plus simplement du monde. Je serai bref, clair et franc, poursuivit Colonna.

— J'écoute, dit Norbert d'Audes, d'une voix dubitative.

— Vous serez reconnaissant à Dieu de ce que je vais vous conter. Il y a des années, Anne de Noves m'a avoué en confession que son époux Audibert n'était pas le père de Flora. Je n'ignorais pas que le seigneur de Noves était favorable aux Gascons, j'ai pris la liberté d'en user. Dame Anne m'a aussi conté la douloureuse soirée où Audibert de Noves a cru, dans une vision de sortilège, reconnaître sa fille qu'il croyait morte depuis des années. Dame Emilia, votre épouse, aime pratiquer la sorcellerie. Dans cette affaire, il n'y avait que vérité. Alors, plus par calcul que par conviction, je lui ai rappelé que Flora était aujourd'hui reçue dans l'entourage du roi, et que son époux Jacques Mollard avait la confiance du monarque. Dame Anne prit peur et, dans son effarouchement, redoutant pour elle un sort cruel, elle accepta, en échange de mon silence sur Flora et Jacques Mollard, de me rapporter fidèlement ce qui se tramait dans le parti gascon, qui a le soutien de son époux. Quand Audibert de Noves a su que vous aviez quitté Mazan, il en a été furieux, maudissant la terre entière. Sa colère fut avivée lorsqu'il apprit que le roi, avant de mourir, avait souhaité, sur le conseil de Jacques Mollard, votre présence à Lyon. Il s'en ouvrit à son épouse, jurant que si vous reveniez vivant, il courrait jusqu'à Mazan pour vous embrocher. Tout cela m'a été rapporté par Dame Anne. N'était-il pas de mon devoir d'informer de cette affaire Napoleone Orsini ? C'est de sa bouche que tout le conclave sait que, poussé par le désir de rentrer à Paris, le régent a confié à Jacques Mollard la mission de tous nous occire, si nous ne trouvions pas un accord, et de réussir à Lyon le coup qui avait échoué à Carpentras. Vous servez le roi, ne négligez pas que si les hommes d'Audibert de Noves arrivent entre Saône et Rhône, ils se retourneront contre vous. Chacun de vous a l'esprit chaud, il serait fâcheux que le cadavre de l'un ou de l'autre soit emporté par le courant du fleuve. Tout est possible. Je ne le souhaite pas. Vous voyez, messire, tout est simple. Si la curiosité est une espérance de l'Esprit, l'esprit saint nous a aimablement servi. Peut-être remercierez-vous bientôt le Ciel que je m'intéresse encore à vous.

Norbert d'Audes regrettait d'avoir si longtemps soutenu Colonna. Cela sans doute l'avait flatté, aujourd'hui, il en avait honte. Mais comment aussi s'empêcher de reconnaître la duplicité de Giacomo Colonna, alors que, deux ans auparavant, il avait tant souhaité un conclave bref ? Pourvu, pensa-t-il, qu'on ne l'installât pas sur le trône pontifical ! S'il régnait sur l'Église, ce serait, il n'en doutait plus, une succession d'intrigues, de complots. Il ne pouvait refuser à l'Italien son art extrême dans la manipulation des événements et des humains. Il fallait ne pas être sot pour percer à ce point les secrets les plus compromettants. Il en avait été malgré lui victime.

— Et maintenant ? demanda-t-il au cardinal.

— Et maintenant, rassemblez vos gens, reprenez sans tarder le chemin du Comtat. Nous arrangerons nos affaires entre nous.

— Je refuse ! Le régent nous a ordonné de veiller à vous tenir enfermés dans le couvent des Frères prêcheurs. Il me tarde de vous savoir tous à l'intérieur.

Colonna ne parvenait pas à dissimuler sa surprise, mais désobéir au régent, alors qu'il était trop tôt pour prévoir la politique qu'il mènerait vis-à-vis de l'Église, pourrait lui causer grand tort. S'il n'était pas élu, il n'avait nulle envie de retourner en Italie, où les batailles de rues et les meurtres entre factions opposées se multipliaient. Le plus sage était d'obéir, d'activer l'élection et, s'il était désigné, de gagner au plus vite Avignon.

Colonna se préparait à quitter l'auberge, il se leva. Norbert d'Audes se tourna vers lui.

— Demeurez un instant, je ne puis me risquer à prévoir quand nous nous reverrons, ni même si nous nous reverrons. Alors, trinquons à celui qui sortira du couvent la tiare sur le crâne, et, ajouta-t-il en souriant, à notre ancienne amitié.

Il se saisit du gobelet. Colonna lui retourna le bras avec violence.

— Ne buvez pas ! Croyez-moi, je ne puis me résoudre à votre mort. Puis-je ne pas le regretter.

— Je m'y efforcerai, répondit, très calme, Norbert d'Audes, malheureusement, il y a des actions qui s'accrochent à votre mémoire.

Giacomo Colonna s'élança vers la porte, bouscula un ouvrier et disparut dans la foule serrée de la traboulière.

Personne dans l'auberge ne s'était aperçu du manège.

Norbert d'Audes sortit à son tour. Il n'avait pas perdu courage. Colonna lui inspirait de la pitié, mais on se fatigue vite de la pitié, pensa-t-il, quand elle est inutile.

L'allure fraîche et décidée, les hommes attendaient, leurs cottes d'armes resplendissant du blason des seigneurs de Mazan. Les arbalétriers, habitués au sourire et à la douce figure de leur suzerain, n'y découvraient que froideur et rage mal contenue.

Et si Jacques Mollard l'avait trompé, au point de vouloir le faire empoisonner, parce que devenu embarrassant dans son ascension vers le pouvoir ? Cela le peinait plus que d'ordonner à ses hommes de murer, sans en négliger aucune, pas même le plus petit soupirail, toutes les issues du couvent des Frères prêcheurs.

D'autres troupes aux ordres du comte de Forez étaient entrées dans Lyon, pour leur prêter main-forte. Avec des pavés arrachés au parvis de l'abbatiale Saint-Jean, à minuit, à la lueur des torches de résine, le travail était achevé. Une étrange sensation de soulagement envahit le seigneur de Mazan. Il n'avait pas été nécessaire de croiser le fer, les gardes du conclave s'étaient enfuis dans l'entrelacs des venelles dès l'apparition des premiers hommes d'armes.

Après s'être assuré que ses arbalétriers disposaient d'un logis, Norbert d'Audes gagna la vaste maison de pierres ocrées, sur les rives de Saône, qu'un page du régent l'avait avisé être sienne aussi longtemps que durerait le siège du conclave.

Vingt-sept cardinaux, dont le vieux Napoleone Orsini et le tout aussi âgé Jacques Duèze, étaient prisonniers du royaume de France, du seul fait d'un seigneur comtadin. Norbert d'Audes s'en amusa. Une seule interrogation le taraudait encore : Jacques Mollard était-il emmuré avec les prélats ou rôdait-il dans les bourdeaux lyonnais ? Il voulait savoir ce qu'il était advenu de son écuyer et s'il ne servait que les intérêts du régent.

13

Flora avait hésité plusieurs jours. Avec la mort subite de Louis X le Hutin, les derniers doutes s'étaient envolés. La position de conseiller qu'occupait son époux l'avait jusque-là retenue de solliciter une audience au roi. À présent, elle n'avait aucune raison de ne pas agir. Tant que les Capétiens disposaient de la couronne de France, cela pouvait attendre mais, les Valois aux aguets, il n'y avait plus de temps à perdre. Il y allait de son avenir, de sa descendance et peut-être de sa vie.

Après avoir confié le petit Laurent à Jeanne, sa nourrice, elle se rendit comme chaque jour à l'office, dans la modeste église de Vaugirard. Elle se tint à l'écart des villageois présents, regardant à la fin de la messe, sans vraiment la voir, la foule qui s'écoulait en silence, vénérables matrones, marguilliers en quête d'indulgences et gamins, les yeux baissés, accompagnés de serviteurs ou de duègnes, dont on distinguait à leur visage inexpressif que pour l'heure ils avaient plus hâte de retrouver leurs jeux que de prier, comme l'avait exigé le prêtre franciscain dans son homélie, pour que, la lumière divine éclairant la ville de Lyon, un pontife soit donné aux chrétiens.

Allait-elle franchir le pas ? Depuis ses épousailles avec Jacques Mollard, elle s'était montrée d'une fidélité dont elle-même ne se serait pas crue capable. Tandis qu'elle le suivait comme son ombre, elle n'avait jamais songé à abréger son temps de vertu. Mais si Jacques Mollard demeurait à Lyon jusqu'à l'élection, Philippe de Poitiers était rentré à Paris, afin de s'assurer du trône. Le régent ne se dissimulait pas les dangers d'une sédition armée, les barons coalisés pouvaient faire passer la couronne de la tête des Capétiens à celle des Valois.

Dès son retour au palais de la Cité, pour écarter toute idée de rébellion, il avait réitéré une interdiction, décrétée par son père, et supprimée pendant les dix-huit mois de règne de son frère Louis, celle des tournois. La raison avouée était que les joutes et tournois provoquaient « grande destruction et mortalité de chevaux et de personnes ». En réalité, Philippe de Poitiers considérait, comme son père, que les seigneurs passaient trop vite du tournoi à la guerre. Que la noblesse ait la faculté de s'assembler en grand nombre, n'importe où, sans surveillance, avec armes et armures, il y avait là un risque qu'il ne voulait pas courir.

Il n'avait pas fallu plus de huit jours pour que Philippe de Poitiers s'imposât au Conseil des grands du parlement de Paris, réuni dans la grand-salle du palais. Seul Philippe de Marigny, archevêque de Sens, qui avait donné son vote au tribunal pour la condamnation et la pendaison de son frère Enguerrand, manifesta une méchante humeur.

Interpellant le régent, devant les évêques et les pairs du royaume, il avait lancé :

— Pour quelle raison devrions-nous vous reconnaître pour notre roi ? Si la reine Clémence donne le jour à un fils, il sera roi dès sa naissance. Ensuite, durant sa jeunesse, notre Conseil aura autorité sur le royaume. À seize ans, de nos mains, il recevra le sceptre à Paris, la couronne à Reims.

— Et si c'est une fille ? répliqua Philippe.

Il y eut un murmure dans la salle. Personne n'avait envisagé cette éventualité. On faisait confiance à Dieu pour qu'il donnât un mâle à la France. Lorsque Philippe le Bel avait, peu avant sa mort, rédigé son testament, il avait souhaité que soit rendue publique la clause de masculinité, interdisant à toute femme de régner sur la France. Personne ne songeait à revenir sur cette décision.

Le frère de Philippe de Poitiers, Charles de la Marche, troisième fils de Philippe le Bel, qui renâclait à investir le régent, vit là une opportunité dont il pouvait tirer profit. Il se leva de son banc.

— Si c'est un garçon, il appartiendra à mon frère Philippe de demeurer régent jusqu'à ce que l'enfant atteigne l'âge de seize ans, fixé par notre droit. Alors, il choisira. S'il accepte la couronne, nous le ferons roi, s'il la refuse, mon frère, ayant été régent, ne pourra plus régner.

— Qui alors ? s'échauffa l'archevêque de Sens, qui voulait pousser les Valois.

Philippe de Poitiers se dressa, rouge de colère, contre cette lubie.

— Roi, le garçon le sera, dès sa naissance, mais seulement en héritage. De régent, je deviendrai roi, et si vous ne vous en chargez pas, le peuple y veillera, je suis l'héritier le plus direct au trône. Qui en douterait ?

De stalle en stalle, seigneurs et évêques montraient dans l'assemblée que, malgré l'éducation qu'ils avaient reçue, ils avaient une parfaite connaissance des injures habituellement échangées entre les vulgaires.

L'archevêque de Sens, qui ne perdait jamais de vue son intérêt, tenta de dominer le tumulte.

— Et si nous attendions pour décider ? Le défunt Philippe le Bel nous rappelait avec une grande rigueur que le roi ne détenait son pouvoir que de Dieu. Que le choix en soit fixé par son vicaire !

La proposition fut accueillie par un tollé de protestations.

— Encore faudrait-il que ce vicaire soit désigné... Voilà deux ans et des mois que nous attendons...

Philippe de Marigny espérait ce charivari. Il fit signe à Philippe de Poitiers de le rejoindre. Indifférent au vacarme de cette centaine de dignitaires dans un grand état d'excitation, le prélat murmura à l'oreille du régent :

— Tous ces seigneurs et petits évêques n'ont aucune cérémonie. Si vous voulez bien m'entendre, Charles de Valois et votre frère Charles de la Marche sont disposés à vous abandonner la couronne.

Philippe de Poitiers ne put s'empêcher de ricaner.

— Me laisser la couronne ! Vous rêvez, monseigneur, ils n'ont qu'une envie, me la ravir, au besoin par les armes.

— Vous vous égarez, reprit Marigny, les cardinaux en conclave sont, à moins que je ne fasse erreur, murés chez les Frères prêcheurs, à Lyon.

Le régent ne saisit pas parfaitement la pensée de l'archevêque de Sens, dont tout le monde s'accordait à dire qu'il était encore plus rusé que son défunt frère Enguerrand de Marigny.

— En effet, les ecclésiastiques sont enfermés, répondit-il, et aucune faction ne pourra les dégager. Ils ne reverront les rues de Lyon qu'après une élection. Qu'ils tentent de s'échapper, ils sont morts !

— Cela, renchérit l'archevêque, peut durer des semaines, voire des mois. Je crains qu'ils ne respectent pas la date que vous avez imposée pour la fin du conclave.

— Eh bien, ils attendront. J'ai veillé à ce qu'ils ne manquent ni de nourriture, ni de bois. Aucun n'osera la moindre tentative de sortie.

— Puis-je vous rappeler, insista l'archevêque, que Bertrand de Got n'était qu'archevêque de Bordeaux quand il fut, sur l'insistance de votre respecté père

— Marigny se signa —, désigné par le conclave de Pérouse.

La lumière se fit dans l'esprit de Philippe de Poitiers.

— Je saisis votre point de vue. Je permets aux conclavistes de sortir, puis ils vous élisent pape. C'est cela, non ?

— Nous nous sommes compris. En échange, nous vous désignerons comme roi. Vous espérez cela depuis si longtemps !

L'archevêque avait le sentiment de toucher au but.

— Sitôt couronné, dès le sceau gravé, et avec pour alliés votre frère et votre oncle, quel que soit le sexe de l'enfant à naître, vous régnerez et il vous appartiendra d'assurer votre succession. Afin que le peuple et les barons ne doutent pas de votre autorité, je me rendrai moi-même à Reims où vous recevrez l'onction.

Philippe de Poitiers ne put retenir un sourire de satisfaction.

— Vous vous comportez comme si votre affaire était déjà gagnée. Elle ne l'est pas, pour la raison que je ne soutiendrai en aucune manière un candidat dont les attaches avec l'Inquisition sont connues dans tous les diocèses. Je n'apporterai en outre d'aide à quiconque. Cette belle assemblée désignera un pape et je serai roi. Afin que vous ne doutiez pas de mon assurance, je vais à mon tour vous livrer une confidence. J'ai déjà passé commande à un graveur d'un sceau royal à mon effigie en majesté, afin de pouvoir en user sans tarder si la reine Clémence nous offrait une fille. Quant au pape, Jacques Mollard est à Lyon, parmi les cardinaux. Lui seul peut entrer et sortir du couvent à sa volonté. Il a pour mission de n'influencer en rien leur choix. Afin que vous n'usiez pas trop ma patience, monseigneur l'archevêque, je vous salue et vous laisse en la compagnie de tous ces gens qui voient déjà leurs châteaux seigneuriaux en demeures royales : je crains qu'ils ne soient dans l'erreur.

Philippe de Poitiers quitta la grand-salle où se tenait l'assemblée et, avec une petite escorte, il rejoignit son logis au premier étage du palais de la Cité, où il gagna la pièce de travail qu'il avait fait aménager dans ce qui avait été le boudoir de Marguerite, sa belle-sœur, du temps où elle était l'épouse de Louis X.

Depuis qu'elle était devenue reine, Clémence de Hongrie n'avait jamais voulu pénétrer dans les appartements de celle qui l'avait précédée dans le lit du roi, et d'où l'on pouvait suivre les travaux d'avancement de la cathédrale Notre-Dame. Arno d'Alio, son astrologue italien, qu'elle avait connu à Naples et qui l'avait suivie à Paris, ne lui avait-il pas prédit que toute femme qui dormirait dans ces salles du palais, agrémentées de tapisseries, œuvres des lissiers de Flandre, serait marquée d'un signe néfaste ? Comment Clémence aurait-elle oublié que Marguerite, avant d'être emprisonnée pour adultère à Château-Gaillard et de périr sous les doigts d'un étrangleur, avait vécu entre ces murs durant neuf années ?

Philippe n'avait que faire des sombres prédictions livrées à sa belle-sœur. Un chambellan lui avait porté son souper, composé pour l'essentiel de viandes de chevreuil, de cerf et de sanglier, don des bouchers des halles. Il n'avait pas même jeté un regard sur les victuailles. Il ne s'était pas davantage enquis de son épouse Jeanne.

Il s'était félicité de ce que son frère Louis ait donné l'ordre qu'on la libérât de la prison de Dourdan, où elle avait été enfermée, accusée d'adultère comme Marguerite, mais il n'avait plus songé à l'honorer. Depuis qu'elle avait recouvré la liberté, ils ne s'étaient rencontrés que trois ou quatre fois. À présent qu'il était régent, si Clémence mettait bas une fille,

Jeanne, après avoir été emprisonnée, deviendrait à son tour reine de France. Elle lui avait donné trois filles, Jeanne, Marguerite et Isabelle, les prénoms de leur mère et de leurs tantes. Trois filles, mais pas un garçon qui pourrait un jour assurer la succession capétienne ! Philippe de Poitiers refusait cette éventualité. Il s'engagea à trouver une combinaison qui servirait ses intérêts.

Reine de France !... Avec toute la vigueur de ses vingt-deux ans, Philippe de Poitiers arpentait à grandes enjambées le sol nu, seulement couvert de plaques de marbre italien. Il ne pouvait accepter l'idée que la fille de Mahaut d'Artois fût un jour prochain couronnée à Reims. On était en juin, l'enfant de Clémence ne naîtrait qu'en novembre. Cinq mois d'attente !

C'était suffisant pour que sa belle-mère, aussi déterminée que perfide, rassemblât autour d'elle tous les seigneurs qui n'avaient qu'un unique désir : chasser les Capétiens du trône, au profit des Valois. Tant qu'ils ne se rebellaient pas, les armes à la main, se contentant d'ourdir les plus sombres complots que les espions de Philippe de Poitiers ne parvenaient pas à déjouer, il lui était impossible d'ordonner des arrestations, d'obtenir des condamnations, à commencer par celle de Mahaut d'Artois.

Il n'envisageait qu'une solution : l'autorité pontificale devait déclarer non conforme au droit canon l'interdiction faite aux filles de régner en France. Alors que la pratique en était régulière dans d'autres cours européennes. Pour aboutir, il était nécessaire non seulement que les cardinaux emmurés aboutissent, mais que l'élu soit soumis à la couronne capétienne, comme Clément V l'avait été à son père Philippe le Bel.

Les messages qu'il recevait chaque jour de Jacques Mollard ne contenaient rien qui le satisfasse et calme ses préoccupations.

Le régent porta ses mains moites à son front brûlant. L'élection du pape était devenue une idée fixe. Dans Lyon, où le soleil devenait chaque jour plus ardent, la chaleur dans le couvent des Frères prêcheurs devait être insupportable. Plus qu'à Paris, où la température était déjà fort élevée. Que des vieillards comme Orsini ou Duèze ne supportent pas les feux de l'été, qu'ils viennent à passer, l'Inquisition se joindrait sans tarder aux barons pour l'accuser d'avoir ourdi la mort des plus hauts prélats de l'Église.

Philippe de Poitiers serra les poings. Cette désignation était pour lui un défi, il ne renoncerait pas à la lutte. Dès le lendemain, il enverrait un message à Jacques Mollard, lui enjoignant de réduire, sans qu'ils s'en aperçoivent, la nourriture et la boisson servies aux emmurés. Affamés, assoiffés, les cardinaux se hâteraient de conclure.

Un instant, il eut le vertige, la tête lui tournait, il ferma les yeux. Il lui sembla qu'il se débattait dans un lac de flammes. Il craignait de sombrer dans le délire.

Une seule image l'apaisa. Il revit la femme qui, avant les sonneries de la mi-journée, s'était approchée de sa monture, dans la petite vigne entre le palais et la cathédrale. Elle était de belle apparence, mais son visage semblait empli de crainte. Elle ne lui était pas inconnue, sans doute était-ce une illusion. L'âme soucieuse, il n'avait pu empêcher ses gardes de l'éloigner avec brutalité, et elle s'était enfuie en direction de l'église Saint-Julien.

À présent, seul dans son large lit, il le regrettait. Nulle chevelure, nulle poitrine à caresser, nulle possibilité de satisfaire son désir. Il n'était qu'un prince solitaire. C'était pure folie, mais dans sa prière, il supplia Notre-Dame de lui permettre de la revoir au plus tôt. Jamais il n'avait brûlé à ce point de désir pour une étrangère, apparue de façon furtive, mais qui par son accoutrement aurait eu sa place dans la chambre des Dames. Il l'aurait volontiers fait quérir, mais où ? Pas un instant il ne pensa que la dame pouvait être mariée à un des seigneurs de la Cour.

Le soleil dans le ciel de Paris accentuait la blancheur des sculptures de la nouvelle cathédrale, bruissante de l'ouvrage de milliers de maîtres ouvriers.

Flora emprunta les rues étroites, tortueuses, non pavées, boueuses, à l'odeur presque toujours insupportable, encombrées de piétaille trébuchant sur les immondices des cochons et des volailles qui cherchaient dans la fange leur nourriture. Les occupants s'efforçaient de nettoyer les rez-de-chaussée en pierre des maisons de trois ou quatre étages, dont les derniers, en bois, coiffés de pignons, se rejoignaient presque en une voûte. Flora, après avoir franchi le Petit-Pont dans un grand embarras de chariots et de cavaliers, traversa l'île de la Cité. Depuis le hameau de Vaugirard, elle n'avait guère marché plus de trois heures.

Elle observa longuement la façade du palais. Le plus difficile s'annonçait. Trop tard pour reculer. Ce qu'elle remuait depuis si longtemps dans son esprit, elle devait l'accomplir avant que la crainte ne l'emporte sur la volonté.

Mêlée à la foule des gens de cour, des magistrats et des escoliers qui proposaient leurs services pour copier des lettres, des textes de requêtes ou de jugements, en échange de quelques sols qui agrémenteraient la nourriture malodorante qu'on leur donnait dans les collèges de la montagne Sainte-Geneviève, Flora traversa la salle des gardes, puis par un petit escalier à vis elle atteignit le premier étage où seuls les proches avaient librement accès au logis du roi. Philippe le Bel l'avait fait agrandir tant les quatre pièces qui lui étaient réservées lui avaient paru indignes d'un souverain de France.

Sexte ne tarderait pas à sonner aux églises de la capitale. Ceux qui ne vivaient pas des cuisines royales se préparaient à envahir les tavernes des ruelles proches pour la soupe de la mi-journée. Les guetteurs eux-mêmes et les pages avaient abandonné les bancs sur lesquels ils se tenaient, devant l'huis du régent, dans l'attente d'un appel, au cas où il aurait besoin de quoi que ce fût.

Flora avait le cœur tressaillant. Personne ne lui avait interdit le passage. Arrivée à deux pieds de la chambre du régent, elle hésitait encore. Si la porte avait été close, peut-être aurait-elle renoncé, mais les deux battants ouverts l'invitaient à franchir le pas.

Nul bruit ne parvenait de la chambre. Et s'il n'était pas présent ? Elle avait pourtant remarqué, au pied de l'escalier, hissée au sommet d'un mât qui avait été naguère celui d'une galère barbare, la bannière fleurdelisée indiquant aux visiteurs, aux courtisans et à leurs gens que le maître du royaume était en son palais.

Malgré sa volonté, impressionnée de se trouver devant les appartements du roi, l'envie lui prit de rebrousser chemin, de se perdre dans la foule des vendeurs ambulants dont les cris étaient si stridents qu'on ne savait s'ils cherchaient à appâter le chaland ou s'ils se chicanaient.

Elle se ressaisit. Dut-elle y perdre la vie, elle réaliserait son dessein.

Dans la lueur vive du soleil traversant de hauts et larges fenestrons, Flora frissonna. De plaisir, de crainte ? Elle n'aurait su le dire. Elle soupira longuement, se préparant au pire. Les dés étaient jetés.

Dans la grande chambre s'entassaient des malles d'osier emplies de vêtements les plus divers, que, depuis le retour de Lyon du régent, les serviteurs n'avaient pas encore vidées de leur contenu.

Elle aperçut, dans l'entrebâillement de la porte, la regardant avec stupéfaction, un homme de haute taille, les cheveux blonds, sans barbe, les mains fines. En tenue de cavalier, il s'apprêtait sans doute à quitter le palais pour une partie de chasse. Quoique ne l'ayant jamais approché d'aussi près, elle le reconnut aisément. Elle l'avait entrevu de loin, quand il visitait son frère Louis, passant, indifférent, devant les dames de la Cour assemblées dans la grand-salle. La veille encore, son escorte l'avait éloignée à coups de piques, comme tous les gens du peuple, sur le passage du souverain.

Les battements de son cœur s'accéléraient. Il lui sourit. Elle lui fit révérence.

— Madame...

— Mon seigneur, pardonnez-moi, vous seul pouvez me venir en aide, c'est pourquoi je souhaite être reçue, bredouilla-t-elle. Je ne dissimule aucun poignard sous ma robe, mais j'ai l'âme en grand péril.

Le régent ne sut qu'ajouter. Était-il soudain l'objet d'une hallucination ? Comment était-ce possible ? Il avait toute la nuit rêvé de cette femme, et elle était là, devant lui, à la porte de sa chambre. Sous le baldaquin, les courtines n'avaient pas encore été tirées, contrairement à l'usage, quand une dame était accueillie, dans la journée, dans la chambre du roi.

Il n'osait pas l'inviter à entrer. Un moment, il s'interrogea : et si cette créature était une meurtrière, envoyée par ses ennemis ? Il chassa cette idée aussi vite qu'elle était venue à son esprit.

Dans un élan soudain, il lui dit :

— Je vous ai rencontrée, madame, la dernière fois, c'était hier, je crois, sur le parvis, non loin du poteau de justice où quelques condamnés font « amende honorable » avant d'être pendus. Mais ne parlons point de cela, c'est trop triste.

À travers la robe, il devinait sa poitrine généreuse ; le vêtement était assez fendu pour ne rien dissimuler des jambes ; leur finesse et leur robustesse montraient les mollets d'une excellente cavalière. Les yeux de Philippe de Poitiers remontèrent sur les hanches de Flora, à laquelle il n'avait demandé ni qui elle était, ni la raison de sa présence à la porte de sa chambre. Ce qui était certain, comme il avait cru le deviner la veille, c'est qu'elle avait plus l'allure d'une dame que d'une ribaude. Que devait-il dire ? Que devait-il faire ?

Flora avait le cœur réjoui de constater que son angoisse était vaine. Elle ne l'ignorait pas, un sourire du régent ne signifiait en aucune manière qu'elle atteindrait son but. Il ne servait à rien, pensa-t-elle, d'accélérer le temps, il convenait de vivre l'instant.

— Je vous plais ? murmura Flora.

— Plus que je ne saurais le dire. Je ne me lasse pas de vous regarder. Quel âge avez-vous ?

— J'aurai trente-deux ans au mois d'août.

Le régent s'inclina et lui baisa une main qu'elle tendit volontiers. Il la regarda avec plus d'attention.

— Je vois mieux, madame, que vous n'êtes pas une inconnue. Ces couloirs ne doivent pas vous être étrangers. Certains sont assez sombres pour qu'on y perde la vie... ou la vertu, ajouta-t-il. Si votre esprit est en peine, je ne ménagerai aucun effort afin qu'il en aille autrement.

Flora éprouvait la sensation qu'elle apprivoisait peu à peu cet homme, à cent lieues d'imaginer ce qu'elle attendait de lui. Le régent se tut. Ils demeuraient debout face à face. Cela ne pouvait durer longtemps.

— Oserais-je, madame, sans vous offenser, car il est vrai que bien des femmes peinent à dévoiler leur nom, vous demander le vôtre ?

Flora, un instant, ferma les yeux. Elle les rouvrit pour dire :

— Je suis Flora Mollard, épouse de votre conseiller Jacques Mollard, présentement à Lyon.

Philippe de Poitiers la regarda avec incrédulité.

— Si tu dis vrai, tu n'es pas une femme pour moi.

Il savait d'instinct qu'elle ne mentait pas. Qui, en dehors de quelques intimes ou confidents, avait connaissance de la présence de Jacques Mollard à Lyon ? La décision n'avait pas été ébruitée.

Incapable de résister au charme de Flora, il la pressa d'entrer dans la chambre. Elle ne refusa point.

Le régent referma la porte derrière eux.

Flora était certaine, à cet instant, qu'il allait l'entraîner vers le lit et lui faire l'amour.

Qu'elle prît ou non son plaisir, elle aurait avancé dans son affaire, là était pour elle l'essentiel. Le délassement amoureux n'était qu'un aimable prétexte.

Lorsqu'elle s'abandonna à Philippe de Poitiers, une larme coula sur sa joue. Le régent crut à une larme de plaisir, il ne s'agissait que de la satisfaction de tenir le moyen de mener enfin à son terme une vengeance furieusement attendue.

Philippe de Poitiers s'était assis au bord du lit. Flora, après avoir passé sa chemise et sa robe, s'était rafraîchi le visage dans une vasque de cristal aux anses dorées. De nouveau calée dans les oreillers, elle gardait les yeux tournés vers le ciel de lit. Elle ne quitterait pas la place avant d'avoir obtenu ce qu'elle attendait du régent.

Il se retourna vers elle.

— Comme tu ressembles à mon épouse ! Minute exquise que celle où, lasses de vos maris, vous préférez vos amants. Il est vrai que pour que l'adultère soit véritablement une joie, il doit s'accompagner d'une grande foi, afin de n'avoir jamais conscience d'offenser Dieu. Ce sont là des sentiments que les inquisiteurs saisissent difficilement. De quoi est composée ton âme ? Avoueras-tu ou garderas-tu le silence ? J'apprécie Mollard, nous n'aurions peut-être pas dû...

Flora ne put retenir un rire.

— Depuis les temps anciens, les amants ont toujours flatté les maris trompés. Tu crois n'être que mon amant, tu es aussi mon complice dans le crime d'adultère. Si je me suis donnée à toi, ce n'est nullement par passion, mais par calcul.

— Par calcul ?

Le régent ne comprenait pas ce que Flora lui signifiait.

— Oui, par calcul. Et tu ne vas pas tarder être à éclairé. Alors, tu auras honte.

« J'en serai désolée », ajouta-t-elle d'une voix dont la douceur avait toujours fait merveille du temps où elle était catin à Vincennes.

Philippe de Poitiers l'interrompit, il crut avoir compris.

— Lassée de Mollard, tu profites de son absence pour venir jusqu'ici me demander de l'éloigner, de me défaire d'un excellent compagnon. Parce que tu as sans doute rencontré un homme plus riche et qui a su te charmer par le poids de sa bourse plus que par son esprit chevaleresque. Quand on n'a plus vingt ans, à un mari jeune et vaillant, les femmes préfèrent un amant dont la rente est assurée. Tu n'obtiendras pas que je me défasse de Mollard. Ton plan perfide a échoué. Sache que je n'éprouve aucun remords. Et puis, c'en est assez, sors d'ici ! Va-t'en !

Flora, désireuse de reprendre un peu de superbe, vouvoya à nouveau le régent.

— Savez-vous qui vous chassez ? Gardez un peu de dignité, vous en aurez bientôt besoin. Vous étiez plus frémissant de chair lorsque vous m'avez prise, avec pour tout consentement le devoir que le souverain est en droit d'exiger de ceux qu'il contraint en toutes choses à lui obéir.

Devant Philippe de Poitiers, l'homme le plus puissant du royaume, Flora n'éprouvait plus aucune angoisse. Elle se mordit les lèvres, dans une dernière hésitation, avant de lâcher la flèche qu'elle gardait depuis des années dans le carquois de son cœur.

Elle fixa le régent.

— Supporteriez-vous de faire l'amour avec une femme de votre famille ? Une sœur, une cousine...

— Certes non, et si, ivre ou fou, je commettais une telle infamie, c'est sur un bûcher que je terminerais ma vie.

Flora, allongée sur le lit, avait écarté les jambes, constatant avec bonheur que le régent, le front couvert de sueur, bouillait d'envie de la prendre encore. Elle se passa la main dans les cheveux avec une lenteur et une désinvolture qui ne pouvaient qu'augmenter le désir de Philippe. Tout en retirant l'agrafe du haut de sa robe, elle dit d'une voix tendre et soumise.

— Alors, que mon seigneur ne tarde pas à quérir le bourreau. S'il a peur des juges de l'Église, peur de leur condamnation, peur de la torture et du bûcher, il devra suivre mes recommandations.

Elle se redressa sur l'oreiller et lança avec violence :

— Parce que je suis ta sœur, Philippe ! Ta sœur ! Celui qui t'a engendré est celui par lequel j'ai vu le jour. Philippe IV le Bel, le bien nommé, a eu l'art d'engrosser ma mère.

Philippe de Poitiers ne pouvait plus se contenir.

— Tu mens ! Tu mens ! Sorcière !

Il se précipita sur Flora, déchira sa robe jusqu'à la ceinture.

— Je vais te faire jeter au petit Châtelet, et tu périras d'avoir blasphémé et l'Église et le roi !

Il la regarda avec un air de dégoût et d'incrédulité.

Dans sa fureur, il avait épuisé ses forces ; il se jeta sur le sol, ne put retenir de lourds sanglots. Il se refusait encore à croire ce que Flora lui avait déclaré, il avait néanmoins le pressentiment qu'elle n'avait pas menti.

Flora demeura sur le lit, comme morte.

Après de longues minutes, il se rapprocha, s'assit sur un tabouret. Il s'éclaircit la gorge, en s'efforçant de garder son calme.

— D'où tiens-tu cette folie ? As-tu seulement voulu que j'enrage ? Parle. Tu as souhaité te jouer de moi ? Tu partiras libre et je garderai le silence avec Mollard. Il ignorera que... enfin, je lui tairai que nous fûmes amants. Si je n'ai que faire de toi, j'ai besoin de lui. Raconte. Si tu n'es pas une misérable, raconte-moi d'où tu tiens cette fable diabolique.

Moins de dix minutes suffirent à Flora pour livrer à Philippe de Poitiers le secret de sa naissance. Elle acheva plus émue qu'elle ne l'aurait voulu.

— Désormais, tout mon bien, tout mon mal, félicité ou malheur, ne dépendent que de vous.

Philippe de Poitiers ne pouvait plus nier qu'il avait commis le crime d'inceste, punissable de la peine de mort par les tribunaux de l'Église, les seuls habilités à juger les princes et les rois. Il croyait en Dieu, il venait de le trahir. Des Templiers innocents en avaient déjà fait l'amère expérience. Que par malheur l'écho en parvienne aux inquisiteurs par un informateur mal intentionné, il y perdrait à la fois son trône et la vie. Pour quelques instants d'effervescence amoureuse !... Il pensait tout naturellement aux Valois et à Mahaut d'Artois. Il était raisonnable et nécessaire d'enfermer les caprices de ses sens au plus profond de lui-même. Quel qu'en fût le prix, il était déterminé à le payer, pourvu que lui soient évités les périls de son égarement. Condamner Flora, c'était se condamner lui-même. Il fallait la cajoler et mettre cette étreinte fugace au compte des envies impétueuses que la chair impose parfois aux humains, qu'ils soient rois ou manants. Il devait agir habilement. Il ne doutait plus de la sincérité de Flora, il avait assez entendu son père Philippe le Bel se flatter de ses victoires sur les femmes, comme sur ses ennemis, pour accorder crédit à son histoire. L'affaire était fâcheuse et déshonorante. Cet écart de conduite s'ajoutait à ses autres tourments.

— En venant jusqu'ici, en t'offrant à moi, dans ce logis, que souhaitais-tu ? Es-tu envoyée par Mahaut, afin que, t'abandonnant au jugement de Dieu, je finisse par me perdre moi-même ?

Il cherchait à gagner du temps, à retrouver le contrôle de lui-même. Ce qui était fait était fait, il n'avait pas le pouvoir de remonter le temps et d'effacer son acte. Se penchant sur Flora, il laissa échapper :

— En échange de ton silence, tu obtiendras ce que tu voudras. S'agit-il d'une affaire d'argent ? Je viderai ma bourse, je saurai te montrer une amitié chaude et dévouée. Tu tiens mon honneur et, par-delà mon honneur, l'avenir de la couronne de France entre tes mains. Tu dois être satisfaite, n'aggrave pas les désordres du royaume.

Pendant que le régent parlait, Flora avait tiré quelques fils du tissu de la robe déchiquetée et, sans se presser, tressait de petits nœuds afin que les déchirures ne soient pas trop apparentes. En sa qualité de fille illégitime du puissant Philippe le Bel, elle imposerait ses volontés à son fils Philippe. Elle entendait se montrer plus forte que lui.

La satisfaction d'avoir réussi provoqua chez elle un rire nerveux. L'inquiétude du régent la réjouissait.

— S'il apparaît clairement, dit Philippe, que tu dis vrai, je fais serment de ne jamais te perdre de vue, mais, osa-t-il ajouter d'une voix lasse, qui est au courant de ta naissance ? Ta mère, Anne de Noves, qui n'a pu oublier, cela se conçoit aisément, cette lointaine et fugace liaison. Quelqu'un d'autre encore ?

L'angoisse du régent donnait de la force au désir de

vengeance de Flora. Sans fuir la question, elle répondit :

— Un homme au moins a en mémoire que je suis fille de roi, le cardinal Giacomo Colonna, auquel ma mère, saisie par le remords, s'est confessée.

Philippe crut que les murs de sa chambre allaient l'écraser, pour définitivement l'engloutir.

— Quoi ! Colonna ! Le félon ! Celui qui croit déjà détenir la tiare, pour s'en aller de nouveau respirer l'air de Rome !

Philippe était effondré. Il eut encore la curiosité de s'inquiéter.

— Et Mollard, ton époux, que sait-il ?

— Si cela peut vous satisfaire, il ne connaît qu'une part de la vérité. Tout avouer lui aurait donné assez de déconvenue pour qu'il ne m'épousât point. Je n'éprouvais point de passion pour lui, il servait mes intérêts. J'ignorais encore qu'il deviendrait l'un de vos proches. Peut-être en avais-je rêvé, il faut croire aux rêves...

Le régent n'avait-il pas lui-même rêvé toute la nuit de posséder cette femme qui à présent le pressait de questions ?

— Et de la vérité, quelle part connaît-il ? Dis-moi. Tu me vois disposé à tout supporter. A-t-il appris que le défunt Louis, mon frère Charles, toi et moi, sommes... enfin... ?

Le régent hésitait tant cette idée le terrorisait.

— Frères et sœur ? répliqua Flora, en écho à la pensée de Philippe de Poitiers. Non, il ignore le nom de mon père de sang.

Pour la première fois, le régent respirait. Il cogna de son poing contre le mur.

— S'il n'y a que le cardinal, je le réduirai au silence, à la condition qu'il ne soit pas élu. La tâche se révélerait alors plus ardue. Mais, désigné ou non, je le chargerai assez pour qu'il n'ouvre pas la bouche.

— Je doute, soupira Flora, que Giacomo Colonna, qui a le goût des armes, tout comme les Gascons, se laisse par de simples discours réduire au silence. Ses hommes n'ont pas pour renommée de laisser échapper ses adversaires.

Flora n'eut pas la possibilité de poursuivre, des pas résonnèrent dans l'escalier. On frappa à la porte.

— Qui va là ? lança le régent.

— Audrin, votre chevaucheur, je suis porteur d'un message urgent, pour vous. Très important, cria l'homme à travers la lourde porte.

Le régent fit un signe à Flora.

— Demeure étendue sur ce lit, et sois silencieuse.

Il tira les rideaux du baldaquin et pria Audrin, un homme corpulent, le visage rouge, les cheveux frisés, d'entrer.

Le chevaucheur en titre avait dû longtemps galoper, il n'avait pas eu la possibilité, avant de se présenter au régent, de souffler la poussière couvrant ses vêtements et ses bottes cavalières. Il tendit un parchemin au souverain, avec un grand sourire. Il ne pouvait s'agir que d'une heureuse nouvelle.

Philippe arracha les rubans du rouleau qui portait le sceau de Jacques Mollard. Il en oublia complètement Flora et serra entre ses bras le chevaucheur qui accepta allégrement les embrassades du prince, sans en être vraiment surpris. Il connaissait le contenu du message et avait couru deux jours sans discontinuer depuis Lyon, ne s'arrêtant que pour changer de monture, afin d'annoncer la nouvelle à la Cour et à Paris.

Le régent n'en crut pas ses yeux. En ce 16 juillet 1316, l'Église s'était enfin donné un chef.

Incroyable ! Incroyable ! Fallait-il se réjouir ou s'inquiéter ?

Par la porte du couvent des Frères prêcheurs, un vieillard était sorti le premier et avait béni la ville et le monde. Il y avait foule. Depuis que les Lyonnais avaient vu les archers abattre les murs du grand portail, chacun s'attendait à une issue prochaine.

Lorsque le pape apparut, un « Oh ! » de stupéfaction parcourut le peuple assemblé.

Un « Oh ! » que reprit, à Paris, le régent, avant de donner l'ordre que sonnent toutes les cloches des églises de Paris et du royaume.

Pour chef de l'Église, les conclavistes avaient choisi celui auquel personne ne songeait, Jacques Duèze, natif de Cahors, âgé de soixante et onze ans. Assurément, pensait-on sans oser l'avouer, il avait été choisi pour son âge avancé, plus que pour son savoir sur l'Église. Seigneurs et manants ne se réjouissaient qu'à demi. Ce pape ne régnerait certainement pas longtemps, et avant quelques mois, un an tout au plus, on pouvait craindre que le conclave ne doive à nouveau se réunir. Les querelles reprendraient, plus ardentes. Le peuple serait comme à l'accoutumée le premier à en souffrir.

Le chevaucheur se retira. Flora sortit la tête entre les rideaux de velours brodé de fils d'or. Elle avait tout entendu. Elle regarda Philippe de Poitiers, debout devant le fenestron, lisant et relisant le parchemin.

Il se contenta de lui dire :

— L'élu n'est pas Colonna, cela est mieux pour nous. Quoique ce Jacques Duèze ne manque pas d'intelligence.

Les affaires de la nouvelle papauté étaient plus pressées que celles de Flora. Elle en convint.

Dès que possible, il la ferait quérir à Vaugirard.

— Ne tardez pas trop, car je retiens difficilement ma langue, lui lança-t-elle alors que, la porte franchie, elle descendait déjà l'escalier.

En une matinée, Philippe de Poitiers, régent du

royaume, s'était découvert un pape et une sœur. Quel pontife et quelle sœur !

Un pape qui, nul n'en doutait, serait, en raison de son grand âge, rapidement emporté par les vents de l'Histoire. Quant à la sœur, sa situation méritait qu'il y réfléchît.

TROISIÈME PARTIE

LE PAPE AUX LONGS JOURS

14

— Qu'attends-tu pour partir ?

Après l'avoir cinglé des mots que lui permettait son autorité seigneuriale, Norbert d'Audes détourna son regard de Flotin. Le chef des arbalétriers n'avait pas eu à livrer bataille dans Lyon, il s'était surtout diverti à la folle cavalcade qui avait suivi l'élection de Jacques Duèze, pape sous le nom de Jean XXII. Flotin et ses hommes n'avaient pas cessé, jusqu'au couronnement, le 5 septembre, dans l'abbatiale Saint-Jean, de vider des pots et d'ouvrir leurs bras à toutes les garces [1] qui ne les trouvaient pas repoussants.

Cela faisait bientôt quarante jours que, dormant dans les plus puantes tavernes lyonnaises, ils ne s'arrêtaient de boire que pour prendre les femmes qui s'aventuraient dans le haut quartier de Fourvière. Ils les pourchassaient de la Tourette à la Platière, du Rhône à la Saône, du bourg de Saint-Just à celui de Saint-Nizier, et qu'elles y consentent ou s'y refusent, peu importait, les corsages, les chemises et les robes ne résistaient jamais longtemps à leurs assauts. Ils les traînaient jusqu'à la plus proche taverne, et sous les yeux bienveillants du cabaretier, les possédaient

1. Féminin de « garçons », jusqu'au XVIIe siècle.

sur des tables maculées de vinasse et de lard, dont ils avaient débarrassé du plat de leur épée pichets, gobelets et écuelles.

Les buveurs présents se délectaient de ces réjouissances d'un genre particulier, dont ils auraient souhaité, s'ils avaient eu l'audace de s'y mêler, être les acteurs.

Après plus d'un mois, le temps des ripailles s'achevait, les pèlerins voyageurs accourus de tous les pays d'Europe pour rendre hommage au vieux pontife prenaient le chemin du retour. La joie avait frôlé le délire. Les Lyonnais souhaitaient retrouver un peu de calme, même si les ouvriers gardaient le goût des joyeusetés dont ils n'avaient pas hâte de se priver. Ce qui suscitait parfois des rixes mortelles avec les bourgeois des riches demeures, alignées dans la rue Mercière.

Norbert d'Audes et sa petite troupe avaient quitté Lyon, le 10 septembre, en direction d'Avignon. Pour la plus vive satisfaction du seigneur de Mazan le pape avait, dès son élection, choisi pour résidence permanente cette ville déjà peuplée d'ecclésiastiques de tous rangs. Il renonçait à Rome où les exactions se multipliaient.

Quoique Jacques Duèze ne fût pas son candidat préféré, Philippe de Poitiers s'était néanmoins réjoui de la fin heureuse et pacifique du conclave. Comme foule de chrétiens, il ne pensait pas que le règne du vieillard de Cahors se prolongerait au-delà de quelques années. Il était donc nécessaire pour toutes les cours d'Europe, l'empereur d'Allemagne et les rois de France et d'Angleterre, de veiller sans tarder à rétablir l'harmonie entre des partis depuis si longtemps adversaires, afin que l'élection de son successeur ne suscite pas tant de rivalités. Philippe de Poitiers ne savait comment il agirait, l'important était de parvenir à ce que la papauté soit pour la Couronne source de profits et d'indulgences.

Au premier soir de leur chevauchée vers Avignon, Norbert d'Audes et ses hommes s'étaient à nouveau établis au couvent de Saint-Pierre-de-Chandieu. Les Dominicains, qui donnaient déjà gîte et couvert à plus de vingt moines mendiants, ne montrèrent pas plus d'enthousiasme à les recevoir la seconde fois que la première. Personne n'entreprit de parler du nouvel élu.

Norbert d'Audes distribua à tous les cavaliers de l'orge, acquise à Lyon, pour leurs destriers, et il imposa aux hommes en noir de les nourrir jusqu'au lendemain.

Tous s'attablèrent dans la salle à manger commune pour s'y refaire d'un croûton de pain, d'une tranche de saucisson de Lyon et d'un pot d'eau. Les moines mendiants, cette éternelle bohème du clergé, furent invités à partager le souper, dans une allégresse peu appréciée des Dominicains. Ceux-ci, involontairement réduits à jeûner, le regard vide, la tonsure triste et la tête blême dépassant comme une boule grise de leur bure crasseuse, contemplèrent les arbalétriers et leur seigneur engloutir leur maigre pitance. Par obligation, ils jeûnèrent.

Un seul homme manquait : Flotin. Il avait préféré passer la nuit dans une auberge proche de Vienne, payer une bonne et lourde soupe de fèves et une botte de paille pour dormir, plutôt que d'avoir la moindre dette de reconnaissance envers des Dominicains, les seuls gens d'Église qu'il s'avouait incapable de respecter et qu'il aurait volontiers, sans réclamer le moindre sol, passés au fil de l'épée. Pour le mercenaire, ces gens n'étaient que des pourvoyeurs de bûchers, qui n'avaient pour foi et loi que celles qu'ils imposaient au prétexte de servir Jésus ; des ecclésiastiques qui prenaient pour modèle Louis IX. Flotin ne manquait jamais de blâmer ce monarque et se refusait à l'appeler Saint Louis, depuis sa canonisation par Boniface VIII ; on l'avait prétendu empli de compassion, il avait brûlé les juifs pour sauver leurs âmes et encouragé la chasse aux hérétiques, afin de protéger les bons chrétiens.

Le lendemain matin, Flotin avait rejoint son maître, décidé à lui fausser compagnie sans tarder. Il n'avait nulle envie de revenir à Mazan. À Norbert d'Audes, il avoua, sans autre explication, qu'après avoir médité plusieurs jours il avait choisi de le quitter, sans renoncer à son métier de mercenaire.

— Je ne resterai parmi vous, avait-il ajouté, que si ma solde est triplée. Je crains que l'âge du pape nous contraigne à de nouvelles et sanglantes batailles. La guerre est impitoyable, j'en ai fait profession, mais je n'ai plus l'envie de tirer mon glaive contre des gens d'Église. Il est malaisé de les aimer tous et je ne veux pas être amené à faire un choix entre les bons et les méchants chrétiens.

Pour Norbert d'Audes, ce n'était qu'un prétexte, mais, preux chevalier, il n'acceptait pas qu'un homme qu'il avait toujours cru courageux n'ait pour morale que de se vendre au plus offrant.

— Rends-moi ton destrier. Retourne, si tu le veux, à Bordeaux, et de là, par les nefs régulières, passe en Angleterre ! Les mercenaires ont l'âme pourrie et je n'ai pas de place pour eux. J'ai cru que tu serais plus mon ami que mon féal. Je ne te dois rien, pars avant que je ne gronde davantage et te transperce le corps.

Norbert d'Audes avait ressenti un peu d'amertume d'être abandonné par un de ses meilleurs serviteurs. Il avait observé le chef de ses arbalétriers descendre par le flanc la colline de Saint-Pierre-de-Chandieu et se fondre dans la foule immense qui, sur les bords du Rhône, attendait le passage de la nef pontificale, reconnaissable à son dais blanc.

Une heure plus tard, sur la rive gauche du fleuve, cognant sur celui-ci, lançant les montures de ses archers sur ceux-là, Norbert d'Audes se frayait, une place parmi les gens qui se pressaient, accourus de la proche campagne ou de lointaines contrées, pour acclamer le nouveau chef de la chrétienté et se prosterner lorsque enfin, sur le Rhône, ils l'apercevaient.

Derrière la longue barge du pape, suivait une flottille où les cardinaux, les évêques, les pages, les écuyers, les musiciens et les hérauts se bousculaient pour saluer ces populations qu'ils avaient tant fait languir avant de désigner un guide qui les mènerait jusqu'à la mort dans l'attente de leur résurrection.

Un seul absent : l'évêque Jacques de Via, neveu le plus cher de Jacques Duèze, qui avait obtenu de Clément V de succéder à son oncle, en 1310, au diocèse d'Avignon, cependant que le Cadurcien s'en allait prêcher à Porto, avec le titre de cardinal de Saint-Vital. Monseigneur de Via se réservait d'accueillir son oncle au pied du Rocher des Doms, en bordure du fleuve. Une tribune avait été dressée devant la première arche du pont Bénezet, où tous les notables avignonnais, ecclésiastiques et laïcs, viguier en tête, manifestaient leur joie de voir Avignon devenir pour l'éternité, ils n'en doutaient pas, capitale de la chrétienté. Rome, définitivement délaissée, ne serait plus qu'un lieu de pèlerinage pour les chrétiens. Chassés de Jérusalem, ils s'en iraient prier dans la ville où Pierre avait été supplicié.

Par centaines, les embarcations les plus colorées, les plus enguirlandées, comme les plus vétustes, se laissaient porter par le Rhône, évitant les mauvais courants, entre des haies d'arbres aux feuilles roussies par l'automne. Une brise soutenue poussait les navigateurs qui entendaient l'écho des cloches. Sur chaque rive, dans chaque village, elles sonnaient à toute volée pour ce cortège dont le passage durait plus de quatre heures, alors que les retardataires s'efforçaient à grands coups de rames de ne pas trop se laisser distancer.

Depuis que l'on avait doublé l'éperon rocheux de Mornas sur lequel se dressait la puissante forteresse, si bien défendue par de hauts remparts naturels, plus invulnérables que ceux de la place, que personne ne se serait hasardé à l'assiéger, Norbert d'Audes avait l'impression d'être de retour chez lui.

Il faisait un clair-obscur d'automne provençal, et il n'était pas question de s'arrêter pour la nuit, ni même de ralentir l'interminable parade. Lorsque le chemin s'écartait du fleuve, le seigneur de Mazan rejoignait la rive en rapides galops. De tous côtés à la fois, des cris de joie lui indiquaient que le pape et ses accompagnateurs avançaient. Avignon était proche.

Après une dernière nuit, durant laquelle ni un cardinal, ni un chevaucheur, ni un manant sur les berges, ne prirent un instant de repos, on pénétra, à Montfavet, en terre papale. Norbert d'Audes et les siens mirent pied à terre et ensemble prièrent pour que le séjour de Jean XXII ne soit pas trop bref et que le pape connaisse dans Avignon des moments heureux.

Jamais Norbert d'Audes ne s'était absenté aussi longtemps de son fief. Il ordonna à ses hommes, dépités de ne pouvoir participer aux réjouissances avignonnaises, de rentrer à Mazan afin de s'assurer qu'aucun trouble n'était survenu pendant un éloignement qui avait duré tout l'été.

Subitement, au loin, il aperçut à mille pas, devant lui, la silhouette de la nouvelle capitale apostolique. Il descendit de son cheval, l'attacha à un amandier, et, tel un humble pèlerin, décida de finir à pied. Le voyage lui parut d'un coup avoir été très bref, tant l'allégresse du peuple avait été sans retenue.

Il avançait sur la berge, dans un immense rassemblement d'étrangers et d'Avignonnais avides de revoir leur ancien évêque. Pas un n'avait eu le pressentiment qu'il reviendrait six ans plus tard, coiffé de la tiare, dans leur cité désormais siège de l'Église. Tout ce que la ville comptait de seigneurs, d'ecclésiastiques, installés depuis la venue de Clément V, qui n'y avait que peu séjourné, escortaient la nef au pas de leurs chevaux. Elle devait accoster au pied du Rocher des Doms, qui plongeait directement dans les eaux du Rhône et au faîte duquel se trouvait le palais épiscopal, aux murs ocrés, au toit couvert de tuiles à l'italienne. Jean XXII avait choisi d'y installer le Saint-Siège, ce qui contraignait Jacques de Via, évêque en titre, à chercher un autre logis. Le pape s'en souciait comme de sa première guigne.

Il était midi lorsque, sur quelques planches assemblées, entièrement fleuries de lauriers-roses et décorées de branches d'oliviers, tout de blanc vêtu, apparut Jean XXII. Ceux qui ne l'avaient pas connu évêque de la ville et qui s'attendaient à voir débarquer, dans ce qui était habituellement le port au bois, un vieillard usé par le voyage, ne dissimulèrent pas leur surprise. Une auréole de vivats couronnait la nouvelle cité pontificale, cependant que, sonnant à toute volée, les cloches des cinquante églises participaient à la joie, tant des petites gens que des bourgeois et des étrangers, nombreux dans la cité.

L'évêque Jacques de Via, de taille moyenne, le crâne dépourvu de toute chevelure, un peu voûté, se porta au-devant de Jean XXII en marchant difficilement. Entre l'oncle et le neveu, le contraste était saisissant. Autant Jacques de Via montrait un visage fatigué, autant le souverain pontife, malgré sa voix grêle, sa petite taille, son apparence chétive, par la rapidité de son pas, la fraîcheur de son teint, après une descente du Rhône durant laquelle il n'avait pas cessé d'une berge à l'autre de répondre aux cris de la foule, devait convaincre ceux qui l'avaient cru fragile qu'il était encore d'une forte vitalité. On pouvait donc prévoir que, pour bref qu'il dût être, son règne serait placé sous le signe de l'énergie, ce qui ne manquerait pas de susciter rancœurs et jalousies.

Norbert d'Audes aurait souhaité prendre part à la joie débordante de la ville et de toute la Provence, mais il ne parvenait pas à chasser de son esprit ce qui s'était passé dans l'abbatiale Saint-Jean de Lyon deux semaines auparavant, à l'issue de la fastueuse messe du couronnement.

Charles de la Marche, troisième fils de Philippe le Bel, qui représentait le régent Philippe de Poitiers à la grandiose cérémonie — il avait tenu la bride du cheval blanc de Jean XXII durant la cavalcade triomphale à travers Lyon, avant l'office solennel —, avait profité du tumulte qui entourait le Saint-Père pour s'approcher de Norbert d'Audes, dont il avait reconnu les armoiries sur la cotte d'apparat.

— Avec votre permission, j'aimerais en ce jour de festivité vous entretenir d'une affaire importante, qui ne saurait attendre.

Le sérieux du visage de Charles de la Marche contrastait avec l'épanouissement de toutes les faces alentour.

— Vous comptez retourner à Mazan ? avait demandé Charles de la Marche.

— Je m'y prépare en effet, après avoir accompagné notre Saint-Père jusqu'à Avignon, où je serai dès le premier jour disposé à le servir.

D'une voix rude, Charles de la Marche avait répondu :

— À Mazan, vous dissimulez dans votre demeure une part du trésor de la papauté, en or et en bijoux, une fortune volée à feu le pape Clément. Il faudra sans tarder la restituer. Nous ferons en sorte que l'affaire soit traitée sans être ébruitée. Vous déposerez, sans rien oublier, les coffrets en un lieu sûr, que nous vous laisserons la liberté de fixer. J'en prends l'engagement, vous ne serez surveillé ni par nos hommes d'armes, ni par nos espions. À la condition de ne pas trop tarder. Quoiqu'il n'ait défendu que modérément le nouvel élu, mon frère le régent, bientôt roi si la reine Clémence met bas une fille, tient par cette restitution à montrer sa volonté de bonne entente entre le glaive de la Couronne et la croix de la papauté, afin de conclure le meilleur accord pour la prochaine succession au trône.

Norbert d'Audes, à ce discours, avait cru défaillir et mourir sur le coup. Les gens amassés devant Saint-Jean avaient pris des allures de squelettes, surgissant des rues et des places, dansant autour de lui, comme les flammes des bûchers dansaient autour des suppliciés avant qu'ils ne soient réduits en cendres. Non sans peine, il avait pu enfin articuler :

— Honteuse accusation ! Il n'y a là qu'abominable mensonge. Si vous croyez que c'est vérité, alors ne m'empêchez pas de sortir cette épée de son fourreau et de me tuer dans l'instant.

Déjà il portait la main à sa dague.

— N'en faites rien, s'était empressé de répliquer Charles de la Marche. Mon frère le régent m'a pressé de vous avertir, je lui obéis. Cette discrète restitution vous effraierait-elle à ce point ? Vous êtes excellent capitaine, seigneur de bon sens, personne n'en saura jamais rien, je vous fais serment, ici, devant la Vierge de ce tympan, que la chose sera oubliée dès que vous aurez restitué ce que vous avez enlevé, par appât du gain ou par haine de feu Clément V.

— Cruauté inutile ! J'ignore tout de la cachette du trésor, je ne sais pas qui l'a volé.

— Vous niez l'avoir détourné, vous reconnaissez son existence !

Norbert d'Audes s'était trahi malgré lui.

Le frère du régent poursuivait son avantage.

— Si nous n'obtenons pas cette fortune, de plus

d'un million de florins, vos jours seront comptés. Vous serez accusé, jugé et condamné. Je crains que le nouveau pontife n'ait la volonté de rassembler entre ses mains tous les biens de l'Église.

On aurait tenté de trancher la gorge de Norbert d'Audes à cet instant qu'il n'aurait pas esquissé le moindre geste de résistance. Il s'était rapproché du prince. En balbutiant il avait demandé :

— Et de qui tenez-vous cette malheureuse et ignoble perfidie ?

Charles de la Marche, quoique irrité, avait lâché simplement :

— À l'heure où je vous entretiens, celui qui vous a dénoncé est peut-être connu de vous.

Le frère du régent s'éloignait déjà pour rejoindre le cortège, avant l'embarquement sur les nefs. Certains mariniers redoutaient que, surchargées, elles ne fassent naufrage, ce dont, dans l'allégresse générale, nul ne semblait se soucier. Charles de la Marche avait disparu dans la multitude des prélats en cape rouge. En ce jour, même les adversaires de l'élu s'efforçaient de montrer bonne figure.

Sur le parvis de Saint-Jean, Norbert d'Audes avait balayé la foule du regard. Si le délateur était aussi proche de lui que Charles de la Marche l'avait déclaré, ce ne pouvait être que Mollard ou Colonna. Depuis le supplice d'Enguerrand de Marigny, nul autre qu'eux ne pouvait avoir connaissance des coffres et de leur précieux contenu. Il n'avait aperçu ni l'un ni l'autre.

Norbert d'Audes avait quitté Lyon, écrasé, terrifié, anéanti. Le départ inopiné de Flotin n'avait pas amélioré sa méchante humeur. Chez les Dominicains, il n'avait pas eu envie de revoir l'éléphant, qu'on n'avait fort heureusement pas eu besoin de mener jusqu'à Lyon. Tout au long du parcours, lorsqu'il ne se sentait pas épié, il détachait la petite bourse de son ceinturon.

L'émeraude était toujours à sa place. Plus il approchait d'Avignon, plus il s'interrogeait : ne serait-il pas plus sage de se débarrasser du bijou ? Certes, il était de prix. Peu de chose à côté des coffres confiés par Colonna, mais si on le surprenait en possession de cette pierre précieuse, comment nicr qu'il ne tenait pas tout le trésor ?

Les cris de joie retentissaient dans Avignon. Norbert d'Audes hésitait. Il tenait à l'émeraude, mais redoutait de passer par les souterrains de torture de la prison royale du viguier ou ceux du palais épiscopal.

Norbert d'Audes avait entendu rapporter que pour montrer sa vaillance, Jean XXII, malgré ses soixante et onze ans, avait grimpé les escaliers taillés dans la roche menant du fleuve jusqu'au palais, qu'il avait atteint moins essoufflé que la plupart des quatre cents membres de sa suite. De cela, le seigneur de Mazan, rongé par l'angoisse et le désir de se venger du délateur, n'avait que faire. Il franchit les remparts de la ville et s'avança dans la rue des Teinturiers, désertée par ses artisans, là où habituellement ils lavaient leurs étoffes, dans la sorgue léchant les pavés. Ils avaient tous clos leurs échoppes pour fêter le pape. Une façon non pas de lui témoigner leur foi mais de le remercier d'avoir choisi de résider dans Avignon. Cela signifiait la poursuite de leurs fructueux négoces. Même les juifs s'étaient mêlés à la foule.

À quelques pas de lui, Norbert d'Audes entendit soudain des voix, des claquements de fouet et le mélancolique refrain d'une *canzonetta* vénitienne, sorti d'une gorge féminine. Quelques instants plus tard, il fut dépassé par un chariot empli d'hommes et de femmes qui chantaient, pichet dans une main, gobelet dans l'autre.

Depuis des semaines, le diable ne manquait pas d'envahir son sommeil d'hallucinations. Il s'éveillait, le corps couvert de sueur. Mais là, il ne pouvait s'agir d'un cauchemar. Parmi les femmes qui chantaient en italien, il crut reconnaître la silhouette et la voix d'Emilia. Emilia, son épouse, qui avait fui Mazan pour, lui avait-elle assuré, regagner sa Vénétie natale. Pourquoi lui avoir menti ?

Il voulut courir après le chariot, trois cavaliers du guet le gênèrent. Trop tard ! La charrette, tirée par deux bœufs, avait déjà franchi la porte Saint-Dominique.

Norbert d'Audes leva les yeux vers le ciel d'azur. Il y aperçut un nuage, une sorte de monstre, un Satan cornu. À chaque coin de rue, les Vierges de pierre dans leur niche éclairée d'un falot prenaient des allures de sculptures diaboliques, qui le fixaient de leurs orbites creuses et immobiles. Norbert d'Audes entendait près de lui le bruit monotone de la sorgue, elle était trop peu profonde pour qu'il songeât à s'y noyer. Il en avait pourtant envie, tant il était las des turpitudes des humains.

La douceur du temps automnal permettait aux manants, domestiques sans maître, épuisés par les charivaris nocturnes et étrangers à l'événement qui bouleversait la ville, de dormir dans l'encoignure des portes, sans regret de la journée, sans souci du lendemain. Norbert d'Audes les enviait.

À l'extrémité de la rue des Teinturiers, au milieu d'un amas de petites masures noircies par l'huile de résine ou le suif des lanternes, une demeure faisait saillie, avec de larges baies, une tour blanche surmontée d'une terrasse, une spécialité de l'art toscan, à ce qu'on lui avait rapporté. L'ensemble constituait un bourguet, sorte de maison forte, d'enclos retranché, pour garantir à la fois la personne, la fortune, la sécurité et les privilèges du propriétaire de ce que les Avignonnais, lorsqu'il s'agissait d'un prélat de haut rang, appelaient une livrée. Celle-ci appartenait à Giacomo Colonna.

Norbert d'Audes s'arrêta devant l'homme de guet, immobile dans sa tenue aux couleurs sang et or des Colonna. Il hésita. Tenterait-il d'entrer ? Il se résolut à poursuivre sa randonnée solitaire, dans les rues puantes où les gamins s'amusaient à pourchasser d'énormes rats noirs.

Un logis montrait sur sa façade un monstre sculpté dans la pierre, dévorant un chevalier dont on n'apercevait plus que les pieds dans sa gueule. Indifférent au vacarme des bacheliers et étudiants en décrets, venus de toutes les contrées d'Europe, qui poussaient avec des cris de joie les portes des cabarets, lesquels en ces jours et nuits de grande festivité ne désemplissaient pas, il se voyait confronté à des personnages terrifiants, tout droit jaillis de l'enfer pour le happer.

Dans Avignon, on se réjouissait. Norbert d'Audes y était égaré, perdu, en proie à l'angoisse, au désespoir.

Poussé par les démons qui l'habitaient, il ne voulut pas croire que seul le hasard l'avait conduit jusqu'à la rue Galante, qui méritait son nom. C'était le bourguet de la prostitution avignonnaise, une prostitution si agressive, si véhémente, si éloignée de la spiritualité dont la ville se voulait le siège, que Norbert d'Audes lui-même en fut surpris. Il y avait là plus d'un millier de celles qu'on appelait méchamment les *meretrices vagabondae*, ces chevalières de l'amour errant qui allaient d'un lupanar à l'autre — ces tanières à forniquer, boire et se battre — en chasse des marchands, des étrangers, des glabres et des ecclésiastiques attirés par la présence de la papauté sur les bords du Rhône. Dans cet entrelacs de venelles, sombres au milieu du jour, Norbert d'Audes n'était jamais venu. Côtoyer ces hommes qui se battaient pour le choix d'une catin ne le surprit pas. Rien n'aurait pu l'étonner, en ce curieux jour, premier de la présence de Jean XXII dans la cité.

Soudain il aperçut des lances et des arbalètes brillantes dans le soleil. Des cavaliers, bousculant les gaillards gémissant de n'avoir pas encore rencontré de créature disponible, s'efforçaient de se frayer un passage dans la foule. À quelques pas de là, Norbert d'Audes assista à une terrible empoignade qui laissa dans la poussière de la ruelle les cadavres de deux jeunes hommes, sans doute des étrangers. Leur sang s'écoulait en se mêlant au crottin des chevaux, sans que personne ne s'aventurât pour vérifier s'il leur restait un souffle de vie.

Le seigneur de Mazan trouvait très triste ce labyrinthe d'amour ; pour satisfaire sa virilité il fallait payer, et, pour un pot de cervoise ou un setier de vin dans une caverne, on s'exposait à être occis, dans l'indifférence du voisinage.

Norbert d'Audes ne put s'empêcher, hanté par ses propres démons, de pousser la porte d'un bouge italien, à l'enseigne du Dorgo d'Amor, la drogue d'amour. Non parce qu'il était italien, mais parce que, à l'intérieur, la lumière lui sembla plus vive que dans les autres cabarets.

On y parlait haut et fort. La salle, étroite et longue de trente pieds, était garnie de tables et de bancs. Debout sur l'un d'eux, un homme ivre chantait une *canzonetta*. Norbert d'Audes n'en crut pas ses yeux.

Ou il était dément, ou il avait retrouvé le cardinal Giacomo Colonna.

15

Giacomo Colonna était assis depuis plus d'une heure déjà au milieu des mercenaires suisses, feignant de s'intéresser aux mouvements des ecclésiastiques de tous rangs entrant et sortant du palais, lorsque la femme qu'il attendait, le visage dissimulé sous une étoffe de soie bleue transparente, s'approcha de lui, se signa et lui sourit.

— Il est temps d'aller, se borna-t-il à dire. Si vous êtes toujours décidée…

— Je n'ai pas changé d'avis. Ce que je veux, j'ai pour habitude de l'accomplir. Ici, comme ailleurs, j'aboutirai.

Sans échanger un mot, ils traversèrent la grande cour et gravirent l'escalier d'honneur, large et en demi-cercle, dont chaque marche était recouverte de plaques de marbre italien de la province de Carrare, en Toscane.

En vieil habitué du palais, Giacomo Colonna fit traverser à la femme les deux premières antichambres, encombrées de valets et de serviteurs de confiance, puis la galerie où se tenaient le majordome, le maréchal de l'Église et les camériers personnels qui avaient déjà servi Jean XXII lorsqu'il était évêque d'Avignon. Enfin l'avant-salle où travaillaient, en échangeant des propos futiles, quatre prélats, dont trois cardinaux gascons. Parmi eux, Arnaud de

Pellegrue, pour lequel un jour sans complot était plus long qu'un jour sans pain.

Également Hugues Géraud, l'évêque de Cahors, qui avait quitté son diocèse promptement, après le couronnement, afin de présenter au souverain pontife le déférent hommage de sa ville natale dans le Quercy. Géraud était un petit homme, le visage jaune comme un citron, le regard pétillant de malice, comme beaucoup de natifs du causse.

Colonna salua les parleurs sans excès d'amabilité d'un « *Carissimi* » qu'il avait volontairement prononcé en latin.

Ils pénétrèrent dans la salle réservée au premier maître de cérémonie l'évêque André Gardiol, originaire de Venasque, minuscule bourg proche de Mazan, constitué en évêché parce que, perché sur une falaise rocheuse dominant le vignoble, le bourg, évangélisé depuis plus de dix siècles, avait été, du temps des comtes de Toulouse, capitale du Venaissin d'où le Comtat tenait son nom.

Quoique n'ayant pas plus d'une vingtaine d'années, le maître de cérémonie, damoiseau en robe violette, était déjà évêque. Ses parents, dont on disait qu'ils étaient les meilleurs bouchers de Carpentras et qui se flattaient de compter beaucoup d'amis dans les rangs du clergé, avaient péri égorgés au cours de la terrible journée de juillet 1314. Ce drame avait profondément affecté André Gardiol, et bien qu'il ne parlât que le provençal et ignorât tout du latin, hors les textes des offices religieux, il avait choisi la bure plutôt que le tablier, privilège réservé aux trancheurs, afin de prendre le temps nécessaire pour se venger des Gascons. Quand Jacques Duèze n'était encore qu'évêque d'Avignon, le très jeune Gardiol avait obtenu une charge aux cuisines épiscopales. Pour le récompenser de ses mérites, Jean XXII l'avait très vite fait évêque, parmi une centaine d'autres personnages, plus ou moins importants, qu'il avait élevés à cette dignité dès son retour dans Avignon.

Le pape avait depuis longtemps remarqué combien le jeune Gardiol demeurait étranger aux rumeurs dont tout le palais bruissait. À l'équinoxe d'automne, il en avait fait son maître de cérémonie, ce qui exigeait discrétion et diplomatie. Si Gardiol parlait peu, il écoutait beaucoup.

Il salua le plus gracieusement possible l'éminent cardinal italien et la personne qui l'accompagnait.

— Dame Flora Mollard et moi-même. Annoncez notre visite à Sa Sainteté, dit Colonna.

Le maître de cérémonie marqua son étonnement. S'il était dans les habitudes du pape de recevoir quotidiennement des cardinaux sans qu'ils aient à requérir une audience, depuis bientôt deux mois qu'il était installé, aucune femme, quoique aucun texte ne l'interdît, n'avait encore pénétré dans le logis privé du pape. Mais Giacomo Colonna n'était pas de ceux qu'on interrogeait, ses désirs étaient des ordres.

André Gardiol quitta la salle, il revint après quelques minutes annoncer aux visiteurs imprévus que le Saint-Père les admettait à l'honneur de sa bénédiction, selon la formule d'usage pour indiquer que le pape consentait à une audience particulière, dont la requête n'avait pas été formulée par un greffier.

Flora tressaillit de tout son corps, mais parvint à cacher ses transes. André Gardiol s'effaça pour laisser entrer le cardinal et la visiteuse dans l'oratoire du souverain pontife, il referma la porte sur eux.

Giacomo Colonna se découvrit avec un geste un peu forcé et, à voix basse, il ordonna à Flora de baisser les yeux, avant d'ajouter :

— Agenouillez-vous, le Saint-Père est là.

Puis, ayant fait lui-même trois génuflexions, il attendit, les mains jointes, que Jean XXII, enfoncé dans une modeste cathèdre en bois, sans décoration ni sculpture, leur adressât la parole.

— Approche, mon fils, dit enfin le pape d'une voix douce, cassée et un peu fatiguée, où l'on reconnaissait aisément l'accent du Quercy.

Il parlait mieux sa langue natale que le français et avouait pratiquer plus volontiers le latin et l'italien, ce qui était normal pour un ancien étudiant de la très réputée université de Bologne.

— Approche, reprit-il. Nous sommes toujours heureux de te recevoir auprès de Nous.

Dans l'oratoire de mesure assez modeste, entièrement tendu d'une étoffe rouge, la lumière du jour parvenait par un fenestron, d'où on voyait l'extrémité du pont, au pied de la nouvelle tour que le défunt roi avait ordonné d'ériger sur l'autre rive du Rhône, et à laquelle le petit peuple avait depuis longtemps donné le nom de tour Philippe-le-Bel.

Le Saint-Père feignit de ne pas voir la femme qui se tenait au côté du cardinal. Elle s'était relevée et ne savait pas où porter son regard. Elle finit par le poser sur une fresque peinte sur le mur, en face de l'ouverture, par un des nombreux artistes italiens qui, depuis le règne de Clément V, se bousculaient pour obtenir des commandes dans tout le Comtat. Celle-ci figurait Jésus montant au calvaire, les couleurs en étaient particulièrement fraîches et délicates. Les gens avertis affirmaient que plusieurs peintures à fresque du palais étaient du pinceau d'un artiste renommé, élève de Cimabue, un certain Giotto, qui par déférence refusait toujours de poser sa signature sur ses ouvrages religieux. Celui-ci, constata Flora qui n'avait pourtant aucune expérience artistique, lui parut d'un effet dramatique particulièrement puissant.

Au moment où s'étaient annoncés les deux visiteurs, le pape, quoique le soleil fût déjà haut dans le ciel automnal, parsemé de légers nuages de brume, plus denses sur le Rhône, achevait de s'habiller et avait quitté sa chambre, après avoir rencontré les deux médecins juifs que son grand âge le contraignait à consulter chaque matin.

Comme il le pratiquait avec chaque visiteur avant de s'enquérir du motif précis de l'audience particulière, il se leva et se dirigea vers un lutrin de mélèze. En quelques jours, Jean Archain, l'habile ébéniste, avait sculpté sous la tablette de lecture une tiare et deux clés en sautoir, marquant l'alliance des armoiries d'Avignon avec celles de la papauté.

Il ouvrit une splendide bible, finement enluminée, œuvre d'artisans de l'abbaye de Saint-Germain, à Paris, et don du régent Philippe de Poitiers, lors du couronnement lyonnais.

Le pape lut avec quelque difficulté, parce que le texte était rédigé en français :

Délivre-moi de mes ennemis, mon Dieu,
Et mets-moi hors de l'atteinte de mes agresseurs
Délivre-moi des hommes malfaisants
Et sauve-moi des mortels sanguinaires !

Avec précaution, il referma le Livre saint. D'un pas lent, il retourna à sa cathèdre. Qu'avaient à lui rapporter si hâtivement le cardinal Giacomo Colonna et la personne qui l'accompagnait ?

— Voyons, mon fils, dit Jean XXII d'une voix assurée, quel est l'objet d'une visite que je n'osais espérer, dont je ne saisis pas encore l'opportunité, mais dont je ne doute pas de l'importance pour Notre siège ?

Colonna n'eut pas le loisir de répondre.

Puisqu'il se trouvait face à l'Italien, le pape en profita pour lui faire quelques remontrances. Ce fut par cela qu'il commença.

— Hélas, mon fils, Nous sommes avisé de ce que vous frappez aux portes des tavernes d'Avignon, plus que d'autres prélats, vous ne vous contentez pas d'y boire plus que de raison, mais, en compagnie d'Italiens de passage, votre nature vous jette dans les bras des plus dévoyées catins. Ces pratiques sont contraires aux préceptes que, depuis des générations, nos maîtres nous ont enseignés. Je ne peux, hélas, pas me défaire de ces créatures, leur expulsion relève du viguier et il s'y refuse, prétextant que chasser la prostitution rendrait un mauvais service aux hommes qui ont besoin pour vivre de nourritures charnelles autant que de pain. Nous connaissons assez la façon d'agir des Italiens pour ne pas douter que, conscient de vos péchés et soucieux de revenir au seul service de l'Église, vous implorerez notre pardon. Nous vous l'accordons. À moins, précisa-t-il d'un air entendu, que tout soit faux, que ceux qui m'ont rapporté vos profanes effusions ne soient des menteurs empressés à vous nuire.

Il ne déplaisait pas au souverain pontife de planter une épine dans l'esprit d'un de ces Italiens qui, jusqu'au dernier jour du conclave, avaient argumenté sans jamais défaillir contre son élection. Cela lui convenait de le blâmer pour des péchés de chair.

Giacomo Colonna reçut sans vaciller la cuisante blessure. Il ne pouvait qu'écouter et subir. La tâche s'annonçait plus malaisée qu'il ne l'avait prévu.

Flora assistait à cette admonestation, redoutant que le pape ne la réprimandât elle aussi pour quelque faute, nul n'était jamais épargné. À supposer qu'il voulût bien s'intéresser à elle, ce qui n'était pas encore apparent.

Le souverain pontife lui jeta enfin un regard avenant. Dans son esprit, il ne pouvait s'agir que d'une créature perdue, souhaitant le rachat de sa mauvaise vie.

— Vous, ma fille, j'imagine que notre éminent cardinal vous a amenée avec lui afin d'obtenir une grâce là où cent prêches dans nos églises n'ont pas réussi à vous faire abandonner votre besoin de détourner les hommes de leurs devoirs, et que c'est là l'objet de son empressement à souhaiter Nous rencontrer. Si le cardinal vous a aidée, qu'il en soit loué, considérez-vous absoute, mais ne vous entêtez plus dans le mal. J'ai déjà tout oublié. Achevez votre vie de vice, que débute pour vous celle de la vertu.

Flora n'était qu'une chrétienne parmi les autres, peut-être plus tenace, et elle s'autorisait à s'exprimer librement, fût-ce devant le chef de l'Église.

— Je ne suis pas venue de Paris jusque dans Avignon, Très Saint-Père, pour aider Monseigneur Colonna à obtenir l'absolution pour des péchés que commettent un grand nombre de femmes, et aussi d'ecclésiastiques. L'affaire dont je souhaite vous entretenir est grave et d'importance. J'entends humblement la soumettre à votre autorité.

L'assurance avec laquelle s'exprimait Flora intrigua Jean XXII.

— Qui êtes-vous donc pour parler ainsi ? Je vous sens ardente à plaider une cause qui vous tient à cœur et que vous avez hâte de me faire partager.

— Je n'ai nullement le désir de vous perturber, mais si j'ai requis d'être accompagnée par le cardinal Colonna, c'est que vous rencontrer en sa compagnie est plus aisé, il a accès à vos audiences particulières. Si votre chambrier ne vous l'a pas rapporté, apprenez que je suis Flora Mollard, née Flora de Noves.

— De Noves ? Fille de l'arrogant seigneur qui possède les misérables arpents de terre sur les bords de la Durance que Nous souhaiterions acquérir afin d'y construire un couvent pour y loger des fidèles à la règle de saint Benoît, et qui s'obstine à ne pas vouloir Nous les vendre ? J'ignorais qu'Audibert de Noves avait donné sa demoiselle à un homme lié au roi, qui, à Lyon, voulait nous réduire à la famine. En fixant son choix sur vous, Mollard a eu bon goût. Est-ce de lui que vous souhaitez m'entretenir ? Que puis-je qui vous serait agréable ? Quoi qu'il ait fait pendant le conclave, qu'il soit aujourd'hui assuré de Notre affection.

— Mon père ne m'a pas, de son plein gré, donné à Mollard. À cette heure, il ignore que je suis vivante, mais il ne s'agit pas de cela, Très Saint-Père. Quoique femme, j'ai le cœur endurci par les misères de la vie. Je ne cherche aucun honneur, je souhaite seulement éviter de grands malheurs au royaume. L'avenir de la couronne de France est incertain. Dans ma bataille, le cardinal Colonna m'a toujours été d'un grand secours.

— Nous n'en doutons pas, répliqua Jean XXII, dont la curiosité était piquée au vif.

— En effet, je suis l'épouse de Jacques Mollard, fille d'Anne de Noves, mais Audibert de Noves n'a pas sur ma personne une once d'autorité, il n'est pas mon père, et j'ai dû mener ma vie sur des ruines de tendresse.

Le pape ne put s'empêcher de tressaillir.

— Seriez-vous bâtarde ? Achevez, je vous prie, afin que Nous puissions mieux comprendre.

Il suffit de quelques minutes à Flora pour mettre le pape au fait de son lignage et du cours de son existence, passant sous silence les années de Vincennes et sa liaison avec Enguerrand de Marigny.

— Nous aimerions que vos malheurs arrivent à leur terme, bredouilla le pape, qui depuis son avènement n'avait jamais entendu d'aussi inquiétantes révélations.

Il avait l'esprit assez vif pour éviter de tomber dans un piège et vérifier que les événements contés par Flora ne relevaient pas d'un délire démoniaque.

— Soit, poursuivit-il, je veux bien reconnaître en vous une sœur du roi Philippe V, que Nous couronnerons à Reims, au mois de janvier prochain, mais vous comprendrez que je ne puisse m'intéresser à tous les bâtards de feu le roi Philippe le Bel. Quand j'étais évêque d'Avignon — il avait abandonné le Nous pontifical pour un ton plus familier —, il se disait par le royaume de France que le roi ne pouvait pas quitter son palais de la Cité sans engrosser châtelaines et ribaudes partout où il voyageait.

Colonna demeurait silencieux, inquiet que l'assurance de Flora n'en vienne à irriter le pape contre lui. Il prit la parole :

— Je ne puis, Très Saint-Père, que confirmer ce que dit cette femme. Sa mère Anne de Noves me l'a elle-même confié.

— En confession ? interrogea le pape.

Malgré le respect dû au Saint-Père, il était malaisé pour le cardinal de répondre. Le droit canonique faisait obligation à tout ecclésiastique ayant prononcé ses vœux de ne jamais révéler, même au chef de l'Église, ce qu'il avait entendu dans le confessionnal. Il ne l'ignorait pas, il hésitait à se libérer. D'une voix à peine perceptible, s'approchant du pontife, il murmura :

— C'est péché, mais puisque c'est Votre Sainteté qui questionne, je lui réponds : oui, en confession Anne de Noves m'a avoué que son aînée était fille de roi, aujourd'hui sœur de roi. En revanche, sa sœur Laure est née du sang d'Audibert de Noves, son époux.

Le visage du pape montrait à quel point il était troublé, mais, ignorant ce que souhaitait Flora, il lui parut difficile de s'engager plus avant. Il se limita à dire :

— Que puis-je pour vous aider ? Que recherchez-vous ?

Giacomo Colonna se tourna vers Flora, son regard indiquant clairement que le moment était propice pour ne pas reculer et parler sans répit.

Flora serra les poings, mesurant l'importance de ses propos.

— Vous avez eu, comme toute la chrétienté, connaissance de ce que la reine Clémence, veuve du Hutin, a mis bas. Contre les attentes des grands du royaume qui espéraient une fille — mais nul ne peut rien prévoir avec sûreté, c'est là un privilège de Dieu —, afin que jamais le régent Philippe de Poitiers ne pût ceindre la couronne, c'est un fils qui ouvrit les yeux sur le monde, un fils qui fut prénommé Jean, sans doute en hommage à Votre Sainteté et sitôt baptisé par Monseigneur Nicolas de Fréauville, ancien confesseur de son grand-père Philippe le Bel.

— Nicolas de Fréauville, interrompit le pape en riant, qui fut longtemps poussé par Philippe le Bel à occuper le siège qui est aujourd'hui le mien ! Pardonnez-moi et continuez votre discours. Vous m'intéressez.

— Hélas, poursuivit Flora, comme vous le savez, cinq jours seulement après sa naissance, Jean est mort d'une fièvre aussi subite qu'imprévue.

— Il est vrai, reprit le pape, que trop d'enfants chrétiens meurent dans leur première jeunesse, cela est bien cruel. Ils ont dans leur innocence le privilège de ne pas errer sur terre, d'ignorer ruines, disettes et intrigues, pour se retrouver plus vite que nous autres, vieux humains, à la droite de Notre-Seigneur. Poursuivez. Donc, Jean est mort. Selon la règle de succession française, le régent Philippe de Poitiers est devenu Philippe V. Je ne vois là rien de contraire aux textes écrits, ni au droit canonique. Pas de quoi justifier l'exaltation que je lis dans votre regard.

Flora, en cet instant, tenait son destin entre ses mains. Que le pape la juge coupable de trahison, elle serait traînée devant le tribunal et condamnée au bûcher. À quoi aurait servi son entreprise ? Elle fit le choix d'affronter l'avenir, enfouissant ses craintes au fond de son âme.

— Très Saint-Père, je vous tiens en trop haute estime pour dissimuler ce que j'ai appris. Pour le roi Philippe V, la naissance du petit Jean contrariait ses projets, mettait un terme à son long cheminement vers le trône. Il serait régent, jamais roi. À seize ans, Jean aurait ceint la couronne. Que Jean n'eût pas de descendance, ou que l'épouse à laquelle il aurait accordé sa faveur enfantât un fils, d'une manière ou d'une autre, le trône échappait au régent et à son frère Charles de la Marche, proche des Valois. Pour eux et pour les seigneurs alliés, c'eût été un désastre. Ils n'avaient plus d'avenir et pour tout ami que le roi d'Angleterre, qui, nul ne l'ignore, souhaite disposer du royaume de France. Fille et sœur de Capétien, j'en suis indignée. Vous êtes la seule autorité reconnue à pouvoir éviter ce désastre.

Colonna s'était rapproché du fenestron et devait trouver le paysage particulièrement admirable car il ne le quittait pas des yeux. Ce que Flora contait avec calme et solennité au pape, il le savait déjà, elle était venue de Paris pour l'en entretenir.

— Croyez-vous que le Saint-Père consentirait à m'entendre ? avait-elle demandé au cardinal.

Elle était tout à fait consciente que si les liens de sang n'étaient pas reconnus, elle était en position de faire trembler et peut-être d'abattre ceux qui s'acharnaient à nier son titre de fille de roi.

Ce qu'on lui refusait par crainte de ternir l'image de la Cour, elle était décidée à l'obtenir par la vengeance.

Dans sa rage contre les Gascons qui ne pouvaient s'arracher aux flatteries envers le roi de France, Giacomo Colonna avait tout de suite acquiescé aux vœux de Flora, sans prendre garde aux périls qui les guettaient l'un et l'autre.

Le pape était certes un vieillard, mais il avait l'esprit assez vif pour accabler ceux qui lui causaient des contrariétés.

Jean XXII avait écouté avec attention le discours de Flora, les mains crispées sur le bois de la cathèdre. Il garda le silence un court instant et pria Flora de s'approcher de lui et de s'asseoir sur un petit banc, où il avait l'habitude de reposer ses pieds.

Puis il remercia le cardinal Colonna de son aimable intervention et lui exprima en termes clairs son désir de poursuivre hors de sa présence l'entretien avec Dame Flora.

— Allez dans mon petit jardin, sur le Rocher, il y a là des hommes qui fouillent le sol, à la recherche de pierres romaines. Nous n'avons rien à faire de ces bâtisses païennes, mais ça les distrait... Ils vous conteront ce qu'ils ont découvert sur l'antique mur d'enceinte et en seront ravis. Nous vous rappellerons, si cela est nécessaire.

Le ton était péremptoire, Giacomo Colonna obéit sans barguigner. En se dirigeant vers le rocher, il redoutait que lui échappât une situation qu'il aurait souhaité dominer.

Flora, les cheveux noirs rassemblés en une longue natte enrubannée de rouge, était vêtue d'une robe de légère étoffe vermeille, de chaussons de satin noir. Elle suscitait chez le vieux pape des envies qu'il croyait depuis longtemps éteintes. Cette femme lui plaisait. La méfiance initiale qu'il avait éprouvée à la voir en compagnie de Giacomo Colonna, buveur et fornicateur, un de ses adversaires les plus tenaces, s'était évanouie.

— Je vous écoute, ma fille, avec le plus grand intérêt, mais vous devez savoir, car vous semblez parfaitement informée des affaires du royaume, que j'ai la volonté de séparer, plus que cela ne fut pratiqué dans le passé, le pouvoir temporel du spirituel, le seul sur lequel j'appuierai mon autorité. Je crains de ne pouvoir être d'aucun secours dans une affaire qui concerne la cour de France.

Le pape n'eut pas le loisir de poursuivre. Bien que cela fût contraire aux usages, Flora l'interrompit.

— Je vous rends grâce, Très Saint-Père, de prendre

avec autant de vigilance soin de la chrétienté, mais n'est-il pas dans votre mission de guider des âmes et de combattre les actions criminelles des seigneurs les plus puissants, les plus cruels ? En ce qui me concerne, vous ignorez encore l'essentiel.

— Ah bon, fit en souriant le Saint-Père, voici donc une occasion unique d'apprendre ce que l'on me cache.

Sous une amabilité, bien dans l'esprit railleur des gens du causse, Jean XXII dissimulait une réelle volonté d'entendre Flora. Dans son cœur, il applaudissait à sa force de caractère.

— Révélez-moi tout, ma fille, je vous écoute avec attention, dit-il en lui caressant les cheveux.

Flora se sentait enfin en grande confiance. L'absence de Colonna augmentait son désir de se libérer, tant elle était parvenue à haïr Philippe de Poitiers et tous ceux qui, depuis sa naissance à Bompas, l'avaient privée d'amour. Sur un ton d'une extrême froideur, elle releva la tête, et déclara :

— L'enfant Jean est vivant. Sa mère Clémence l'ignore. Le roi que vous couronnerez à Reims n'est qu'un félon, un usurpateur, un empoisonneur...

Jean XXII se leva, se dirigea vers le fenestron et revint vers Flora, toujours assise, ainsi la dominait-il. Si cette femme disait vrai, pour la première fois depuis son avènement, il devrait affronter une affaire périlleuse pour l'avenir de son pontificat et les relations avec le royaume. Philippe de Poitiers ne lui ménageait pas son amitié, il serait triste de la contrarier. Elle mentait, il s'efforçait de s'en convaincre. Difficilement.

— Vous prétendez être, et je suis enclin à vous croire, fille par le sang et sœur de roi. Ne craignez-vous pas, faute de ne pas avoir obtenu la reconnaissance de votre rang, de parler par jalousie et rancœur ?

— Très Saint-Père, douteriez-vous ? Où serait mon avantage à mentir devant vous ? Aurais-je perdu l'esprit au point d'ignorer que, menteuse, je serais dans l'instant emprisonnée ?

— Je n'avais pas le dessein de vous chagriner. De qui tenez-vous ce que je ne m'explique pas encore vraiment ?

C'était pour Flora le moment le plus difficile. L'Église catholique avait toujours admis la peine de mort, qu'elle soit désavouée, elle n'éviterait pas le supplice.

— Mon époux Jacques Mollard, après avoir longtemps soutenu les Italiens, donnait, comme le régent, ses encouragements aux Gascons pendant les dernières semaines du conclave. Il savait, pour avoir libre circulation entre le couvent clos et la ville, que les Italiens n'hésiteraient pas, à Lyon, à renouveler ce que les Gascons avaient commis à Carpentras, et que Colonna rêvait de sortir une épée plus que montrer un crucifix ; il souhaitait se débarrasser de lui.

Le pape avait repris sa place dans la cathèdre, il attendait la suite, feignant de n'attacher aucune importance aux basses intrigues d'un conclave qu'il avait oublié, parce qu'il en était sorti triomphant.

— Trop de cardinaux puisent dans les textes sacrés des exemples de complots, la haine leur tient lieu de conscience, mais continuez.

— Mollard et moi avons un fils, Laurent, de quelques mois plus âgé que Jean. La nourrice s'est flattée de fréquenter dans le village de Vaugirard une ensorceleuse qui fabriquait des poisons efficaces à tuer sans que quiconque puisse en déceler la trace. Autant par amour de mon époux que par haine des Italiens, j'ai acquis la poudre et l'ai fait tenir par un messager jusqu'à Lyon où se trouvait Mollard, afin qu'il l'utilise contre Colonna si cela devait activer le dénouement du conclave.

— Et tout cela, sans craindre d'être découverte,

jugée et, comme toutes les empoisonneuses, condamnée au bûcher ? Audace ! Témérité ! Folie ! Concluez, je vous prie.

— Colonna, reprit Flora, était suspicieux. Hélas, il surprit Mollard qui s'apprêtait à verser le poison dans un hanap. Il le menaça de le dénoncer, de le faire juger et d'obtenir sa condamnation. Il l'obligea à lui remettre la poudre. Puis il lui demanda où se trouvaient Norbert d'Audes et ses hommes : il avait eu vent du projet d'emmurer les cardinaux et il semblait très courroucé contre le seigneur de Mazan, à qui, sur ordre du régent, Jacques Mollard avait confié la mission. Peut-être voulait-il l'empoisonner... Mollard, terrifié, avoua que Norbert d'Audes serait à l'auberge du *Bocu* à la mi-journée. Il les savait naguère très liés, Colonna avait visité plusieurs fois le seigneur de Mazan sur son domaine. À son retour à Paris, Mollard m'a tout conté et m'a priée d'oublier cette fâcheuse affaire. C'était impossible, c'était moi qui avais fourni le poison. Par bonheur, je crois savoir que Norbert d'Audes, épargné par la providence, a regagné ses terres du Comtat.

— Cette histoire ne me plaît guère. Je n'aime point trop qu'on touche au poison, cela pourrait tenter quelques-uns de l'utiliser contre moi. Achève, je te prie.

Le pape devenait familier. Plus jeune, il aurait baisé Flora, il chassa vite cette mauvaise pensée de son esprit.

— La suite est simple, Très Saint-Père, le régent Philippe n'ignore rien de nos liens de sang. Nous nous sommes promis de nous entraider. Il craignait que Mahaut d'Artois, après la naissance du petit Jean, ne lui cherche querelle, ayant perdu tout espoir de voir un des siens sur le trône. Craignant pour sa vie, Philippe de Poitiers m'a interrogée. Il connaissait l'existence d'une empoisonneuse dans le hameau de Vaugirard. Le lendemain, je lui ai remis le poison.

C'était, j'en conviens, me faire complice d'un acte criminel, ignorant toutefois quelle serait la victime. J'avais visité la reine Clémence en compagnie de mon époux, deux jours après qu'elle eut mis bas. J'ai aperçu l'enfant mort, il avait le visage violet. J'ai dans l'instant songé au poison. Le petit mort n'était pas celui que j'avais vu trois jours auparavant.

Flora s'interrompit, sortit de sa robe un petit carré de soie blanche, se moucha et, la tête baissée, éclata en sanglots, aux pieds du Saint-Père.

Jean XXII la regardait intensément. Il fallait qu'il sache si cette femme ne lui mentait pas.

— Et où se trouverait aujourd'hui le futur roi, votre presque neveu en quelque sorte, en avez-vous quelque idée ? demanda le pape. Je consens avec peine à ce que vous disiez vrai parce que, hélas, nous vivons un temps où les diaboliques ne manquent pas, mais tous les mensonges sont aussi possibles, afin de dissimuler des actions en sorcellerie. Si Jean est vivant, encore faudrait-il savoir où il vit, chez qui.

Flora commençait à avoir la tête douloureuse. Comment prouver qu'elle n'avait pas menti ? Elle n'en savait pas plus.

— Très Saint-Père, je dois avouer que j'ignore ce qu'il est advenu de l'enfant roi. Peut-être vous ai-je offensé, mais par ce crime, n'est-ce pas Dieu lui-même que le roi Philippe a trahi ?

Le pape leva les bras, d'un air las.

— Je ne puis exiger d'aveu de cette sorte du roi de France. Quant à l'excommunier, il serait fâcheux pour l'Église et le royaume de renouveler sur l'actuel souverain la condamnation qu'infligea naguère mon prédécesseur Boniface sur son père Philippe le Bel, après l'affaire d'Anagni. Je crains de ne pouvoir vous aider.

Le pape essayait d'élever la voix, mais ne parvenait pas à cacher son embarras.

— Très Saint-Père, je n'entends montrer aucun

acharnement, mais je sollicite de votre autorité que sur un parchemin signé de vous ma position de fille de roi soit canoniquement reconnue, afin que je puisse par un décret d'annulation rompre mon mariage avec Jacques Mollard, un mariage qui me pèse, et que le titre d'héritier du trône soit reconnu à mon fils Laurent. Rien de plus.

Le pape avait la mine soucieuse.

— Rien de plus ! Comme vous y allez ! Je veux bien croire que vous parlez vrai, mais convenez qu'il y a des requêtes déplacées, hors de proportion avec la commisération due par le père de l'Église à ses enfants.

Le pape éprouvait un pénible sentiment, partagé entre l'envie de mener une investigation sur ce qu'il venait d'entendre et celle de chasser cette femme, en réfutant ses affirmations. Il se leva, ouvrit la porte de son oratoire et pria André Gardiol d'aller quérir Colonna, qui devait se trouver dans le jardin des Doms.

Dans cette attente, le pape et Flora demeuraient silencieux, égarés l'un et l'autre dans leurs pensées. Jean XXII pensait plus au message de paix qu'il venait d'envoyer par rapide chevauchée à Matteo Visconti, le Milanais, afin qu'il cessât sans tarder la guerre qu'il menait contre la ville de Brescia, qu'à la succession de France. Peu lui importait le choix du souverain, pourvu qu'il préserve les privilèges d'impôt et de justice de l'Église !

Flora, elle, ne songeait qu'à ce qu'elle pourrait obtenir si le vieux pape satisfaisait sa requête.

Giacomo Colonna arriva, essoufflé d'avoir couru à travers les salles du palais, anxieux de connaître l'issue de cette audience dont le pape l'avait tenu écarté.

Jean XXII l'invita à s'asseoir, mais ce fut à Flora qu'il s'adressa.

— Savez-vous, ma fille, faute de connaître le lieu où nous pourrions le délivrer, si le petit roi Jean est toujours en vie ?

Colonna sourit, la question du pape indiquait qu'il avait écouté le discours de Flora. Il n'en doutait pas, le jour ne tarderait plus où Philippe V, roi déchu, serait pris dans les mailles de la justice pontificale. Le parti italien tiendrait alors sa revanche.

C'était peu connaître Jacques Duèze qui, déjà du temps où il était évêque d'Avignon, supportait mal les intrigues et le goût du faste des Colonna, qui disposaient de plus de gens à leur service que le pape Clément. Alors que son neveu Pietre remplissait sans outrances son office, Giacomo menait joyeuse vie et organisait, dans sa somptueuse livrée de la rue des Teinturiers, des festivités dont tout Avignon colportait que le diable y prenait possession des hôtes.

Flora prit conscience d'avoir perdu la partic, mais elle ne pouvait se dérober à la question.

— Non, avoua-t-elle, je ne sais rien de plus. J'en fais le serment sur la sainte Croix. Le roi fréquente assez de seigneurs pour que la dame de l'un d'eux ait accepté de dissimuler et de nourrir le nouveau-né. Vous ne manquez pas d'espions pour faire jaillir la vérité !

Jean XXII se retourna, la mine rêveuse, vers Colonna.

— Je ne vous répéterai pas, mon fils, tout ce que vous savez déjà, et qu'il vous a paru utile de me faire rapporter par Dame Flora. Si tel n'est pas le cas, je me trompe fort, et ne comprends pas votre souci dans cette affaire. ...

— Elle m'a en effet tout conté, Très Saint-Père, mais c'était pour elle un grand honneur et une nécessité que d'être écoutée par vous. Moi, j'avais confessé sa mère, n'était-il pas normal qu'elle vous fasse le récit de cette aventure singulière ?

— Nous en convenons et Nous y avons été sensible, mais sur un point Nous aimerions savoir de votre bouche si cette femme ne s'est pas contre vous un peu trop hasardée.

— Contre moi ? De quelle manière ? demanda Colonna qui ne quittait pas Flora des yeux.

— C'est une histoire curieuse et assez remarquable, dit lentement le pontifc. Est-il vrai que vous auriez tenté d'empoisonner Norbert d'Audes, seigneur de Mazan, afin de mettre un terme à notre siège dans le couvent lyonnais ?

Colonna se colla au mur de l'oratoire de peur de s'affaisser dans l'instant. Il fit de la tête un signe de dénégation, d'incompréhension.

Jean XXII insista.

— Vous êtes plus jeune et plus solide que moi, votre mémoire doit être plus vaillante. On ne supprime pas tous les jours une vie humaine, surtout lorsqu'on est cardinal, cardinal... italien de surcroît.

Colonna demeura muet, incapable de prononcer un mot.

Le pape se tourna alors vers Flora.

— Vous voyez, je le redoutais pour vous. Notre fils n'a gardé aucun souvenir d'une action criminelle, que seules la rage et la haine des humains pourraient susciter. Un serviteur de Dieu sait que tôt ou tard il devra devant Notre-Seigneur s'en expliquer. Cela donne à réfléchir.

Le pape parlait, Colonna n'entendait rien.

— Je crains, continua le pontife, que votre esprit, ma fille, n'ait été déréglé par les inévitables bouleversements causés par la soudaine découverte d'un lignage inattendu, dont je ne doute pas. Pour le reste, je ne puis me tenir à des déclarations dont la révélation serait un désastre pour la chrétienté. Oubliez ce que vous avez vu ou cru voir. Vos accusations ne pèseraient, hélas, pas lourd si le roi et moi-même les déclarions nées de la sorcellerie. Qu'espériez-vous ? Provoquer ma colère ? Déclencher un affrontement ? Avec l'aide du cardinal Colonna ? Vous n'obtiendrez rien. Ce que je veux ? Vous, ma fille, vous allez au plus vite regagner Paris, où votre époux doit se languir. S'il vous pèse, il ne manque pas de couvent où prendre le voile. Quant à vous, éminent Colonna, respirer un autre air que celui d'Avignon vous fera oublier vos méchantes idées. Oh, je sais, l'hiver approche, chez les Lombards les brumes sont souvent épaisses. Soyez prudent, ne prenez pas une mauvaise fièvre à Milan. Avec une douzaine de mes écuyers, par Nice qui est aux Savoyards, vous devrez vous rendre chez Visconti, le Milanais. Si l'Église veut un jour être de retour à Rome, la paix doit d'abord régner dans l'Italie entière. Votre mission sera de convaincre Matteo Visconti de conclure une trêve de six mois avec Robert, roi de Sicile. Vous êtes italien, la langue vous est familière, il n'y aura pas meilleur négociateur de paix. Je scellerai dès ce soir la bulle de votre ambassade.

Jean XXII se dirigea vers une petite porte, derrière l'autel de l'oratoire. Il la franchit sans se retourner.

Sur la place, devant le palais, Giacomo Colonna dit à Flora :

— Je tiendrai ma vengeance.

— S'il me croit perdue, il se trompe, renchérit Flora.

Après ce coup imprévu, contre qui l'un et l'autre voulaient-ils encore batailler ?

Sans ajouter quoi que ce fût, Colonna prit la rue des Changeurs et Flora la direction du pont Bénezet. Sans un mot, sans un geste d'adieu.

Pour Flora, depuis son enfance, Avignon n'était pas une ville de chance.

Pour Colonna, l'éloignement de la cité des papes avait tout de l'exil forcé.

Une certitude : ni l'un ni l'autre ne se trouveraient, en janvier 1317, à Reims, pour le couronnement du roi Philippe V le Long.

16

Depuis un an, Jean XXII régnait sur la chrétienté. Oubliée, la liesse populaire saluant le retour de celui qui, vingt ans auparavant, avait quitté le diocèse d'Avignon pour Porto ! Il affectionnait tant sa chère ville de Cahors qu'on le rencontrait plus souvent en Quercy que sur les bords du Douro.

Jamais les chrétiens avignonnais de souche n'auraient imaginé que, à un âge aussi avancé, cet ecclésiastique de mœurs simples, sobre dans la nourriture comme dans le vin, peu dépensier pour lui-même, qu'on n'avait jamais vu accueillir au palais épiscopal une fille de bourdeaux, reviendrait à Avignon. Personne n'aurait pu croire au retour du petit homme autoritaire qui n'avait cessé de tempêter contre Clément V, Gascon amateur de festins interminables autant que d'assauts galants.

Par sa seule présence, Jean XXII allait, nul n'en doutait, donner à Avignon la richesse que les violences du conclave avaient fait perdre à Carpentras.

Ceux pour lesquels le négoce était l'unique raison de vivre ne tardèrent pas à évaluer l'importance des bénéfices qu'ils tireraient des foules fascinées par la nouvelle capitale de la chrétienté, écrasée de soleil six mois de l'an et frissonnant de froid quand le vent du nord s'engouffrait dans la vallée du Rhône.

Le roi de Naples se félicitait qu'une ville sur

laquelle il avait apanage fût la nouvelle Rome, et le roi de France s'était réjoui que, de la toute récente forteresse de Villeneuve, sur l'autre rive du Rhône, il pût, mieux que de Paris, surveiller les agissements du pape. Il avait placé là deux cents arbalétriers vigoureux, autorisés à vivre avec leur famille dans les murs de la forteresse.

La vue des arcs et arbalètes au péage du pont suffisait à semer l'effroi parmi les tire-laine ou les forceurs de filles qui, leurs crimes accomplis, se précipitaient vers la cité papale. Une fois franchis les remparts d'Avignon, ils n'avaient plus rien à redouter de la justice du royaume, le suzerain napolitain ayant délégué tous les pouvoirs aux tribunaux de l'Église, à charge pour le viguier, représentant l'autorité seigneuriale, d'exécuter les jugements prononcés.

Quoique cela parût parfois étrange aux voyageurs de passage, un grand désordre régnait dans la capitale de la papauté. Les maîtres de quartier avaient assez à faire avec les violences, inévitables avec un aussi soudain afflux de population, en quelques mois, pour ne point de surcroît s'intéresser aux voleurs et aux gueux qui réussissaient à franchir le fleuve afin d'échapper aux sergents du roi.

Depuis son installation dans le palais épiscopal, au pied du Rocher des Doms dont le pape avait chassé son neveu Jacques de Via, son successeur dans le diocèse, il ne se passait pas un jour sans que des milliers d'étrangers, parlant tous les dialectes européens, n'arrivent dans la ville, au prétexte de témoigner leur respect au souverain pontife. Le commerce autant que la piété expliquaient en réalité que cette foule, toujours plus nombreuse, ait chevauché de longs jours sur de mauvais et périlleux chemins.

Quant aux moines en rupture de couvent, il était difficile de les distinguer des mercenaires en quête d'engagement chez un cardinal ou un ambassadeur. Les mendiants étaient, eux, alléchés par les aumônes que distribuait généreusement le pape, chaque fois qu'il recevait un haut personnage.

Ces visiteurs avaient entre eux un point commun : aucun n'observait — ou si rarement ! — les commandements de la Sainte Église, sous la protection de laquelle ils s'étaient placés. Après boire, les querelles et les rixes se multipliaient. Entre négociants et changeurs rivaux, les discussions s'achevaient plus souvent par un coup de poignard que par une bénédiction.

Jean XXII considérait que les gens de vice et de malignité finissaient toujours par avoir raison des esprits pieux et de qualité. Il faisait confiance à Dieu dont il était le vicaire sur terre ; ainsi qu'il était écrit, il saurait reconnaître les siens.

Peu lui importait que, sur l'autorisation du viguier, les tavernes, bourdeaux et cabarets, dont la fermeture nocturne avait été imposée trois ans plus tôt, dès l'annonce de la mort de Clément V, fussent de nouveau ouverts la nuit. Pour ce qui lui restait de temps à vivre, le pape avait assez observé l'entourage de son prédécesseur, il se tenait suffisamment informé des émeutes qui agitaient l'Italie et l'Allemagne, épargnant le royaume de France, épuisé par les guerres de Philippe le Bel, pour ne pas savoir qu'il lui serait impossible d'être reconnu, aussi longtemps qu'il ne disposerait pas de terres à impôts et d'une fortune en or et joyaux.

N'ayant pas recruté dans Avignon d'armée régulière, Jean XXII imagina d'obliger princes et puissants à quémander faveurs ou indulgences, qu'il n'accordait qu'en échange d'avantages de collations [1], contribuant à rétablir la fortune de la papauté sans que lui ni ses proches n'en abusent jamais. Que, par respect ou dédain, on lui fasse remarquer que l'austérité ne convenait pas au Saint-Siège, alors que les

1. Impôts en pièces d'or.

seigneurs se montraient si dispendieux dans leurs cours, le pape répondait immanquablement :

— Le Christ n'a-t-il pas prêché la pauvreté, le détachement des biens matériels ?

Un discours qui ne pouvait satisfaire tout le monde. Après s'être querellés pendant plus de deux ans, cardinaux italiens et gascons firent le choix de s'allier pour mieux défendre leurs privilèges : le nombre de leurs serviteurs, les bénéfices liés à leur titre, un luxe convenant à leur rang, et la possibilité de pécher charnellement s'ils s'en confessaient à un prélat de la curie, lequel prélat s'empressait de réclamer à son tour l'absolution lorsqu'il en éprouvait le besoin.

Dans Avignon, on pratiquait le négoce, on festoyait, on était toujours approvisionné en vins et en filles, sans s'inquiéter du lendemain. On se distrayait avec d'autant plus de plaisir que, sans toujours oser l'avouer, chacun s'attendait à tout moment à ce que le maître pontifical des cérémonies fasse annoncer par les hérauts le décès du vieux pontife. Dès que les cloches sonneraient le glas, auberges et échoppes seraient closes, prélats et manants se précipiteraient dans les églises afin de prier pour le repos de l'âme de ce pape qui avait connu une si longue vie terrestre, avant de trouver, auprès de Dieu, l'honneur dû à son vicaire. Un conclave se réunirait de nouveau. Dans les différents partis, chacun avait la certitude que le pontificat de Jacques Duèze ne servirait à rien, que de nouvelles luttes étaient inévitables.

Les jours succédaient aux jours.

Ceux qui l'approchaient régulièrement affirmaient, parfois avec mélancolie, que le pape avait toute sa santé, et une application au travail très supérieure à ce qu'on aurait pu prévoir. Plus par dépit que par respect, les cardinaux, qui espéraient tous lui succéder, rapportaient que ce petit homme était doué d'une énergie et d'une puissance de travail peu communes.

Il devint de plus en plus difficile à son entourage de supporter ses actes d'autorité ; Arnaud de Pellegrue, le compagnon de feu Clément V, ne l'appelait plus que l'« hérétique de Cahors », depuis qu'il avait, dans une bulle, donné ordre aux copieurs de reproduire mille fois que les âmes des Justes ne contempleraient pas Dieu directement, avant la résurrection des corps.

Arnaud de Pellegrue, réconcilié pour la circonstance avec Giacomo Colonna, avait suggéré que les cardinaux qui participeraient, si Dieu leur accordait vie, au prochain conclave se rencontrent en un lieu discret, hors les murs, afin de discourir sur les positions du pape. Ne serait-il pas nécessaire de le destituer pour ses propos hérétiques sur le Jugement dernier, s'il ne se décidait pas à défunter ? Il entrait déjà dans sa soixante-quatorzième année et sa vie ne tarderait pas à s'achever.

Le Gascon proposa qu'on se retrouve à Bompas, chez le seigneur de Noves, l'Italien à Mazan, chez Norbert d'Audes, dont il avait recouvré l'estime depuis qu'il avait eu l'heureuse initiative de prendre à son service comme secrétaire le jeune poète François Pétrarque. Afin de ne déplaire à personne, on chercha un autre lieu.

Le seigneur de Mazan se réjouissait que Pétrarque fût désormais attaché à Colonna. Il savait le jeune homme épris à son tour de la belle Laure, qui allait sur ses vingt ans et n'avait pas encore choisi d'époux. Que Francesco trouve ouvrage et sérénité dans Avignon, c'était donner une nouvelle chance à son fils Philibert, tant François serait occupé à œuvrer pour le cardinal. S'ils se réconciliaient avec le seigneur de Noves, qui n'ignorait plus que Norbert d'Audes avait rejoint le parti gascon, les épousailles devenaient à nouveau possibles.

Norbert d'Audes sortit de son logis de Mazan, à dix heures du matin, par une claire et belle journée de printemps, monté sur un robuste cheval, bien encapuchonné de son froc, suivi à cinq pas du faraud arbalétrier Flotin.

Faute d'avoir trouvé un engagement anglais, ou milanais, il avait supplié son ancien maître de le reprendre à son service.

Norbert d'Audes n'avait pas caché son ironie, il pouvait refuser ce que l'autre lui demandait respectueusement. Après avoir longtemps dévisagé le mercenaire repentant, il lui avait dit :

— Tu es un homme brutal, Flotin, mais tu as refusé d'occire des gens d'Église. Tu as montré qu'on pouvait servir n'importe quel seigneur, défendre toute cause, fût-elle la plus méchante, pourvu qu'elle ne fût pas une offense à Dieu, qui gouverne ta vie entière, ton âme. Cela ne peut laisser mon cœur indifférent.

— Je n'ai jamais tellement tenu à combattre, ne sachant manier d'autre outil que l'arbalète. J'ai comme mercenaire gagné le crédit que m'a accordé chacun de mes maîtres.

— Sans te soucier de savoir si je pouvais, à Lyon, être victime d'un assassin, tu t'es enfui lâchement.

Flotin n'avait pas cherché à dissimuler son manque de courage.

— Que décidez-vous ? implora-t-il, penaud.

— Je ne sais quel sentiment m'agite, mais j'ai envie de te donner une nouvelle chance sous mes couleurs. Tu dois y voir un grand privilège et la marque du pardon. Tu reprendras ton arbalète et tu me feras serment de défendre et mon titre et mon sang.

Flotin s'était agenouillé devant le seigneur de Mazan, dont il avait baisé les pieds, l'un après l'autre, en murmurant :

— J'ai abandonné la faiblesse et je vous promets, si cela est nécessaire, de regarder la mort en face.

Quelle que soit la raison, quel que soit l'adversaire, je me ferai étriper pour vous. Dussé-je y perdre mon salut.

À quoi songeait Norbert d'Audes, sur le chemin qui par l'épaisse forêt de Murs le conduisait vers l'abbaye de Sénanque, où l'attendaient le cardinal gascon Arnaud de Pellegrue et son compagnon Guillaume Teste, qui avait servi Clément V du temps où il n'était qu'archevêque de Bordeaux ?

Il avait encore l'esprit tourmenté par le message qu'il avait reçu de Jacques Mollard. Le roi Philippe V, afin de l'éloigner de Paris où ses espions le rencontraient trop souvent à son gré dans les obscures tavernes voisines de l'abbaye de Saint-Germain-des-Prés, l'avait désigné comme ambassadeur auprès du pape, avec la mission particulière de préparer la répartition des taxes et prébendes entre l'Église et les abbayes du royaume.

Quoiqu'il n'y eût que sept lieues entre Avignon et Mazan, depuis plus de trois mois qu'il vivait à l'intérieur du palais pontifical, Jacques Mollard, qui ne se souciait pas davantage de son épouse Flora que de leur fils Laurent, n'avait jamais eu l'audace de visiter le seigneur dont il avait été l'écuyer et qui lui avait facilité l'obtention de charges auprès du défunt roi Louis et aujourd'hui de Philippe V. La peur d'être condamné pour ses trahisons n'était pas étrangère à ce silence.

Norbert s'efforçait de ne point trop s'attrister d'avoir été trahi, et par son épouse et par son écuyer, dont il savait la présence dans Avignon. Il s'occupait de ses terres, se satisfaisait de sa condition, rêvant seulement d'unir son fils Philibert à Laure de Noves. Il se fiait à la destinée, qu'on rencontre souvent en cherchant à l'éviter.

Il ne s'était pas étonné lorsqu'un chevaucheur aux armes pontificales avait remis un message au guet de

Mazan, avant de repartir au galop sur le chemin d'Avignon.

Norbert d'Audes avait lu et relu le parchemin, écrit en langue provençale, d'une plume nerveuse et sans les habituelles courtoisies qu'il était d'usage de manifester aux seigneurs auxquels parvenaient ces adresses :

« Gagnez la confiance du pape, rendez-lui l'éclatant service de satisfaire aux exigences de ses cardinaux gascons, Guillaume Teste et Arnaud de Pellegrue. Vous serez récompensé par la permission de conserver l'émeraude que vous détenez et qui ne vous appartient pas. Vous en saurez plus en vous rendant pour none, trois journées après le solstice d'été, en l'abbaye de Sénanque, qui vous est familière. On vous y attend, vous ne vous y sentirez pas abandonné. »

Quoique ce message lui ait semblé empli de mystère, il portait le paraphe personnel de Mollard, et Norbert d'Audes avait décidé de se rendre au jour convenu à l'abbaye de Sénanque.

On n'était jamais, sur les chemins du Comtat, à l'abri d'un mauvais coup. Il partit néanmoins sans escorte, avec pour unique compagnie celle de Flotin. Ils chevauchaient au petit trot, la pente était rude après le bourg de Venasque, vers la vieille abbaye. Du temps où Emilia ne l'avait pas encore quitté, il venait avec elle écouter les troubadours et les conteurs provençaux qui se produisaient dans l'église, pour la plus grande joie des moines qui avaient, appliquant la règle cistercienne, choisi cette odorante vallée des monts de Vaucluse pour y vivre dans la solitude et l'humilité qui devaient être, mais ne l'étaient pas toujours, leur règle de vie.

Norbert d'Audes chassait souvent dans les bois touffus où il rencontrait régulièrement le père abbé Bernard Clément, qui ne manquait jamais de lui rappeler que depuis sa construction peu après l'an mil, l'abbaye de Sénanque, *sane aqua*, eau claire, avait été si bien administrée qu'elle était sans doute la plus riche de toutes les demeures cisterciennes.

Le patrimoine de l'abbaye s'étendait dans toute la Provence. Outre des terres à pastrages et des oliveraies, Sénanque possédait à L'Isle et à Bonnieux des maisons pour deux ou trois moines, copieurs de textes sacrés, et, dans la ville d'Arles, un hospice pour les pèlerins marchant vers Compostelle. Jusqu'au seigneur de Montsalier qui rechignait, lui qui se plaisait à pratiquer la magie, à être vassal et redevable aux vertueux moines de Sénanque.

Ce qui faisait surtout la fierté des abbés de Sénanque, c'était sans nul doute l'usage libre de quatre moulins à eau dont celui de Batadous, à L'Isle, où on fabriquait du papier, sur lequel étaient d'abord écrits, puis copiés, tous les textes et décrets ecclésiastiques depuis que le Comtat était devenu propriété pontificale.

Chaque fois qu'il croisait Norbert d'Audes, chassant le chevreuil et le sanglier dans les forêts de Venasque ou de Murs, l'abbé Bernard Clément ne manquait pas de lui adresser des louanges. Il lui attribuait tout le mérite d'avoir obtenu que Jean XXII demeurât en Provence. Cela ajoutait à leurs richesses, même si tous ces biens et les bénéfices qu'ils en tiraient ne correspondaient guère à l'austérité de l'Église telle que la souhaitait le vieux pontife.

De Mazan à Sénanque, la route n'était pas longue. L'inquiétude de Norbert d'Audes était aussi vive que sa curiosité.

Après un détour serré sur le chemin tortueux qui menait à l'abbaye, entre deux bouquets de pins et de cyprès, Norbert d'Audes et Flotin découvrirent les toits des bâtiments conventuels et le clocher de style roman de l'église. Quelle pureté dans la construction !

Au fond de ce vallon, cela ne faisait aucun doute, ceux qui voulaient s'unir à Dieu devaient s'arrêter.

Les deux hommes descendirent de leurs montures. Nul besoin d'échanger d'inutiles propos puisque, ici, la seule parole qui se pouvait entendre était celle du Père.

La beauté de la pierre brûlée par le soleil, que les architectureurs et les maçons avaient su ériger avec tant de finesse, n'était-elle pas semblable à celle de l'abbaye mère de Mazan, dans le Vivarais ? Bernard y avait prêché et des moines l'avaient quittée pour venir bâtir une demeure de Réconciliation à proximité d'un village de Provence ; les premiers religieux lui avaient donné le nom du bourg ardéchois de Mazan, et Norbert d'Audes était fier d'en être le seigneur respecté.

Norbert d'Audes était plongé dans sa méditation. Ce fut Flotin qui le ramena à la réalité.

— Que venons-nous faire ici ?

— Difficile à t'expliquer. J'ai rendez-vous avec un ecclésiastique d'importance.

Plus que la rencontre, ce qui attisait l'inquiétude de Norbert, c'était le fait que Jacques Mollard n'ignorât pas qu'il avait soustrait une émeraude des cassettes confiées naguère par Colonna. Comment avait-il été découvert ? L'appelait-on, ici, à Sénanque, afin de lui imposer un châtiment dont nul n'aurait connaissance ?

Malgré la beauté de la nature et l'harmonie de Sénanque, son visage s'assombrit. Point tant parce qu'il rageait de la trahison de son ancien écuyer, mais parce que cet homme, devenu puissant, vivait dans l'intimité des seigneurs et des princes de l'Église, le tenait à sa merci. Il en éprouvait curieusement un certain mépris de lui-même. N'avait-il pas armé le bras, ouvert l'esprit de celui qui pouvait à tout moment disposer de lui ?

— Reste là, attends-moi à l'ombre des pins. Si, à la

tombée du jour, je ne suis pas de retour, rends-toi à l'abbaye et informe-toi de ma personne. Si je suis encore vivant..., ajouta Norbert d'Audes en souriant à demi.

Délaissant le chemin, il descendit par le flanc de la colline jusqu'à cette bâtisse aux formes rigoureuses dont il avait toujours admiré le dépouillement.

Devant le portail, dans la lumière du soleil, un homme, la tête couverte d'un chapeau rouge de cardinal, l'attendait, lui tendant les mains.

Norbert d'Audes reconnut sans peine Arnaud de Pellegrue. Il avait passé la soixantaine. Une jeunesse, pensa-t-il, comparé au souverain pontife.

— Suivez-moi, dit aimablement, avec son accent gascon, le cardinal. Il y a ici avec moi deux personnes qui ont hâte de s'entretenir avec vous. Elles sont dans l'église.

Ils traversèrent le scriptorium. Plusieurs moines travaillaient à des enluminures. Parmi eux, un homme dont Norbert d'Audes ne remarqua pas la kippa, sur sa chevelure touffue, et, sur le devant de son surcot, une rouelle jaune, comme cela était obligatoire pour les juifs.

À une extrémité, l'église semblait protéger les bâtiments conventuels, assemblage parfait de milliers et de milliers de pierres superposées. Devant l'autel, taillé sans inutiles fioritures, quatre hommes se tenaient assis, sur une petite estrade, dans des cathèdres en bois. Une cinquième, encore inoccupée, était réservée, pensa Norbert d'Audes, à Arnaud de Pellegrue. À quelques pas, sur le sol en terre sèche, un tabouret sur lequel le seigneur de Mazan fut invité à prendre place. Pas plus dans la grande nef que dans aucune des chapelles réparties de part et d'autre du chœur il n'y avait de siège ni d'âme vivante.

Norbert d'Audes, malgré la crainte qui l'étreignait, leva les yeux vers l'admirable coupole en forme de croix, ouverte en son centre vers le ciel. Chrétien sincère, il comprenait que cette envolée vers la douce lumière léchant les parois symbolisait la Réconciliation entre les hommes et leur Seigneur, ce que les moines bâtisseurs, deux siècles plus tôt, avaient souhaité révéler.

Alors qu'Arnaud de Pellegrue s'asseyait à son tour, Norbert d'Audes, sans même réfléchir, se signa. Il observa les visages. Sans être véritablement un tribunal, cela en avait toutes les apparences. Autour d'Arnaud de Pellegrue, gascon, Béranger Frédol, un Gascon, Guillaume Teste, un Gascon, Giacomo Colonna, l'Italien, qui ne lui montra aucun signe d'amitié. Ces prélats, Norbert d'Audes les connaissait, en revanche, il ignorait qui était l'homme en froc et braies, dont il remarqua le ceinturon fleurdelisé des bayles et viguiers au service du roi de France. Il ne l'avait jamais rencontré.

Norbert d'Audes redoutait que toutes les puissances du mal se déchaînent contre lui, il confia son avenir aux quatre séraphins soutenant les piles du clocher.

Colonna se leva, on commencerait par réciter un *Pater Noster*... Le bruit des sièges qu'ils repoussèrent résonna longuement sur les parois de pierre nue de l'église, dont Arnaud de Pellegrue, Norbert d'Audes l'avait entendu, avait pris soin de verrouiller de l'intérieur la porte donnant sur le cloître.

Colonna invita chacun à s'asseoir. Tous demeuraient muets. S'il s'agissait de faire impression sur Norbert d'Audes, c'était réussi. D'abord inquiet, il tenta de dissimuler la peur qui l'envahissait peu à peu. Pour tout secours, il ne pouvait compter que sur la lame du poignard qu'il sentait contre sa cuisse.

Colonna fit un signe. Après quelques secondes de silence, comme cela avait dû être arrangé entre eux, Arnaud de Pellegrue toussota et s'adressa à Norbert d'Audes :

— Messire, il n'est nul besoin de vous présenter ceux qui sont ici assemblés, vous les avez tous rencontrés. Dans des circonstances parfois particulières.

Norbert d'Audes esquissa un signe en direction du laïc, pour indiquer que celui-ci, il ne l'avait jamais vu.

— J'imaginais, dit en souriant Arnaud de Pellegrue, que vous aviez déjà chevauché en compagnie de Messire Borel, bayle de Pertuis ; il nous assistera dans l'affaire qui nous occupe. Nous avons besoin de votre aide... et de votre silence.

Norbert d'Audes, rasséréné par l'amabilité du Gascon, se relâcha quelque peu.

— Après avoir entendu Son Éminence le cardinal Colonna, vous saisirez mieux notre souci de discrétion, pourquoi nous ne souhaitions pas être surpris. Que l'abbé Bernard Clément, qui travaille avec ardeur, à l'heure qu'il est, sur ses terres, soit remercié de nous avoir reçus sur son domaine.

Norbert d'Audes n'eut pas la possibilité de prononcer un mot, Giacomo Colonna prit aussitôt la parole.

— Je ne prétends pas, messire d'Audes, en m'adressant à vous, engager les décisions qui vont suivre. Vous comprendrez plus tard que, sans vouloir porter atteinte à votre liberté, nous voulions, avant de vous solliciter, être éclairés sur vos sentiments et vos penchants depuis que Jean est installé dans Avignon. Il ne s'agit pas ici de revenir sur une affaire qui peut-être hante votre sommeil, le vol de l'émeraude. Le bijou, conservez-le. Nous le restituer pourrait vous créer des troubles que nous voulons vous épargner.

Norbert d'Audes ne savait pas où ces prélats et ce bayle laïc l'entraînaient. Au prix d'un terrible effort, se souvenant de ses vœux de chevalerie, il garda son calme. Seule la pâleur de son visage trahissait un malaise.

Guillaume Teste s'exprima à son tour.

— Notre Saint-Père Jean XXII est bien vieux,

n'est-il pas vrai ? Il se pourrait qu'il meure. Aujourd'hui... demain... un peu plus tard... Par une grandiose cérémonie de funérailles, nous montrerons combien nous lui fûmes fidèles. Viendra ensuite, sans doute dans Avignon, le temps d'un nouveau conclave. Quel parti soutiendrez-vous cette fois ? Vous avez été du côté des Italiens, vous avez changé de camp.

Norbert d'Audes, dans un souffle, fixant Colonna, répondit :

— Que Notre Saint-Père défunte, faute d'une union pour laquelle je prie intensément, le parti gascon peut compter sur moi, mais nous n'en sommes pas là... le pape est bien vif.

— Il vit, voilà notre souci. Il ne doit son siège qu'à son grand âge. Nous pensions qu'il ne survivrait guère, quelques mois, un an tout au plus, afin que les partis adverses trouvent enfin un accord satisfaisant. Il nous semble rajeunir et vivre les jours en sens contraire des autres humains. Cela ne peut pas se prolonger, répliqua avec fermeté Colonna. Et si nous avons souhaité la présence parmi nous de Messire Borel, bayle du bourg de Pertuis, c'est afin qu'il vous soit impossible de nier d'avoir participé à notre entreprise, pour le cas où elle échouerait. Nous comptons sur votre diligence.

Norbert d'Audes trouva la force d'interroger.

— De quelle entreprise s'agit-il ? De quoi pourrais-je être accusé que je serais tenté de dissimuler ? En quoi puis-je vous être utile ?

Arnaud de Pellegrue prit son temps et, détachant chaque syllabe, expliqua :

— Le pape est vieux, très vieux, mais en effet nous pouvons tous, ici, témoigner que sa santé est vaillante. Rien ne nous laisse supposer qu'il soit disposé à mourir. Non seulement il vit, mais chaque jour il accroît son autorité sur l'Église. Dans son désir d'enrichir le Saint-Siège aux dépens des prélats, ne nous contraint-il pas à réduire nos fêtes et le nombre de nos serviteurs ? Ces privations, autant que son goût pour certaines pratiques de magie, nous irritent fort. Impossible pour les pieux chrétiens que nous sommes de demeurer plus longtemps dans l'indifférence !

Le seigneur de Mazan commençait à comprendre le sens de ces discours.

— Mais, interrogea-t-il, avec une feinte naïveté, en quoi puis-je vous être d'un quelconque secours ? Je ne suis qu'un modeste seigneur au service de la papauté, quel que soit celui qui coiffe la tiare.

— Vous vous souvenez, reprit Giacomo Colonna, des coffres que je vous avais confiés, du temps où vous n'aviez d'autres amis que les Italiens ?

— En effet, répliqua Norbert d'Audes, mais je les ai restitués, et si l'émeraude manquante peut relever les finances de l'Église, elle est à vous...

Un murmure de réprobation accueillit la proposition. Le seigneur de Mazan n'en comprit pas dans l'instant la signification.

— Il ne s'agit pas de l'émeraude ! s'écria Colonna. Nous n'allumerons pas un bûcher pour pareille vétille ! Le trésor qui m'a été dérobé, lorsque j'ai fui Carpentras, m'importe beaucoup plus qu'un bijou, disons... égaré. Enguerrand de Marigny, qui a été pendu, a toujours juré que ce n'étaient pas des hommes à lui qui s'en étaient emparés. Sous la torture, s'il avait été l'auteur du vol, il aurait parlé, peu d'hommes résistent quand la souffrance est trop vive.

— S'il a dit vrai, poursuivit Guillaume Teste, nous avons tout lieu de penser que vous disposez de nouveau de ce trésor. Détenir une telle fortune pourrait devenir périlleux pour vous.

Dénoncer certains complots peut sauver un empire.

Norbert d'Audes bondit, les voûtes de l'église de Sénanque résonnèrent de ses cris.

— Faux ! C'est faux ! Que le bourreau m'arrache les yeux, les dents, que mes os soient brisés et ma chair brûlée ! J'ignore tout de ces coffres depuis que je vous les ai restitués, Colonna !

L'Italien souriait, satisfait. Il s'attendait à pareille fureur de Norbert d'Audes. Il avait acquis la certitude que d'Audes ne mentait pas, mais il convenait d'agir comme si ses paroles n'étaient que mensonges.

— Ne soyez pas aussi exalté, messire d'Audes, dit l'Italien, le bras replié, la tête appuyée sur le poing. Nous vous faisons grâce du trésor. Le pape en ignore l'existence. Avec les taxes qu'il nous impose, ce que j'ai pu sauver pèserait d'un poids léger dans la fortune qu'il accumule. N'ayez donc aucune crainte. Aidez-nous, vous n'encourrez aucun risque. Nous vous protégerons.

Norbert d'Audes commençait à s'affoler vraiment.

— Me protéger, mais de quoi ? Oui, j'ai servi les Gascons, après les Italiens, et le roi Philippe, du temps où il n'était encore que régent. Mais vous-mêmes, aujourd'hui, n'êtes-vous pas tous rassemblés ? Cette concorde tant attendue me réjouit, et m'apporte la preuve que les meilleurs esprits peuvent parfois se montrer assez sages pour changer de camp. Le roi de France lui-même n'a-t-il pas retiré son affection aux Anglais pour la donner à l'empereur d'Allemagne ?

— Il s'agissait d'élire un pape, ajouta Arnaud de Pellegrue. À présent, il s'agit d'une tout autre chose, plus importante, plus grave, pour laquelle nous devons oublier nos anciennes querelles.

Norbert d'Audes ne tenait plus en place.

— Me direz-vous enfin ce que vous attendez de moi ? Pour agir, il faut savoir. J'ignore tout.

Arnaud de Pellegrue se leva, les yeux tournés vers le ciel, un bras tendu en direction de Norbert d'Audes. Dans le silence le plus complet, il dit :

— Il est nécessaire d'envoyer Jean XXII sur l'autre

rive. Pour cela, nous avons choisi l'envoûtement. Celui qui en connaît les meilleures pratiques tient dans sa main la vie de son ennemi.

Il marqua un temps.

— Et cet envoûtement mortel, messire Norbert d'Audes, seigneur de Mazan, c'est à vous qu'il appartiendra de le préparer, nous allons vous expliquer de quelle manière.

Giacomo Colonna s'était levé, il marchait à longues enjambées dans l'église où son pas résonnait comme un glas. Devait-il faire confiance aux Gascons ? N'avait-il pas, en s'alliant à eux contre le pape, commis une imprudence ? Son ambassade en Italie avait échoué. Jean XXII lui en avait fait le reproche, c'était par amertume qu'il avait rejoint le complot. N'était-ce pas trop hasardeux ? La réalité de cette journée lui interdisait de s'interroger davantage.

Quant au bayle de Pertuis, il s'efforçait de demeurer étranger à cette réunion insolite, il n'avait pas encore ouvert la bouche. Seule la crainte qu'on s'en prenne à sa personne le retenait de fuir Sénanque.

Colonna se tourna vers les cardinaux gascons. Il eut un instant d'hésitation, puis leur lança :

— Je vais chercher le juif.

Il y eut quelques chuchotements entre les cardinaux gascons. Norbert d'Audes immobile sur son tabouret, s'interrogeait sur la présence dans l'abbaye d'un juif, que Colonna semblait connaître. Et surtout, qu'attendait-on de lui ?

En compagnie de Colonna, Jérémie, le tailleur de la Carrière d'Avignon, avança d'un pas tranquille vers l'estrade.

L'Italien reprit sa place parmi les autres prélats. Jérémie, qu'on avait contraint de demeurer debout au côté de Norbert d'Audes, commença à changer d'expression.

D'Avignon à Sénanque, Colonna et Jérémie avaient traversé quelques bourgs sans qu'on les remarquât. À L'Isle, ils s'étaient arrêtés pour désaltérer les deux chevaux assoiffés. Colonna en avait profité pour conter au jeune juif, en termes courtois, le mystère d'une source voisine qui donnait naissance à toutes les sorgues auxquelles la plaine devait sa richesse en olives et vignes.

À présent, Colonna avait la face sévère, celle que montraient toujours les chrétiens quand ils s'entretenaient avec les juifs.

— Tu n'es que vermine, lança Colonna à l'adresse de Jérémie, mais je ne regrette pas de t'avoir accordé ma confiance. Si tu n'étais pas marqué par l'infamie de l'hérésie, tu aurais fait un bon moine !

Arnaud de Pellegrue et Guillaume Teste ne se retinrent pas de rire.

— Ton esprit n'est pas porté à la vengeance, continua Colonna, et tu as bonne mémoire. Le moment est venu de le prouver.

Jérémie, en pénétrant dans l'église, avait retiré sa kippa qu'il serrait entre ses mains. Comme cela avait été convenu lorsque Colonna était revenu dans la boutique de tissus, Jérémie attendrait qu'on le questionne.

Arnaud de Pellegrue l'interrogea.

— Ton nom est Jérémie, et tu vis dans la Carrière d'Avignon. Tu es tailleur et tu coupes des habits dont on dit merveille, c'est cela ?

— C'est cela, mais si vous savez mon nom, j'ignore le vôtre, je ne reconnais ici que Monseigneur Giacomo Colonna, il m'a prié de l'accompagner afin de vous aider. Avec les juifs, il n'est jamais inutilement humiliant. Alors, si je puis, comme il me l'a demandé, lui être utile... enfin, vous être utile à vous tous... En quoi un juif de la Carrière peut-il servir les plus hauts prélats de la chrétienté ?

— Tu en connais des choses ! plaisanta Guillaume Teste. Comment as-tu fréquenté notre frère Colonna ?

— En lui coupant et cousant des chasubles et des capes, répondit Jérémie, n'évoquant pas, ainsi que l'en avait prié l'Italien, les habits civils qu'il lui taillait régulièrement.

— Peux-tu nous dire, demanda Colonna, si, lorsque tu as veillé sur moi, je t'ai parlé de coffres qui m'avaient été volés entre Carpentras et Avignon ?

En cheminant, et parce que le cardinal s'était rapproché des Gascons, il avait prié Jérémie de se taire sur leurs criminelles actions. Jérémie, auquel l'Italien avait promis une récompense, ne répéta rien de plus que ce que le cardinal lui avait enseigné de rapporter.

— Oui, en effet, et je ne l'ai pas oublié, vous m'avez parlé de ces coffres. Un moment, vous avez cru que les voleurs pouvaient être des hommes de Marigny, mais le repos aidant, la mémoire vous est revenue d'avoir aperçu sur le harnais des chevaux la marque d'un seigneur comtadin.

— T'ai-je donné son nom ? En as-tu le souvenir ?

— Oui, vous m'avez parlé du seigneur de Mazan.

Norbert d'Audes se dressa en hurlant, le visage défait.

— Tais-toi ! Ne prononce jamais d'aussi ignominieux mensonges contre un seigneur que tu ne connais pas et qui pourrait te faire payer cher le prix de tes accusations.

À cet instant, Jérémie comprit dans quel piège il était tombé. L'homme près de lui était celui que Colonna lui avait demandé d'accuser. Contre qui préparait-on un mauvais coup ?

Colonna regarda Norbert d'Audes.

— Vous tairez-vous enfin ! Ce juif ne connaissait pas votre existence, il a parlé librement.

— Il est inutile, dit Jérémie, que j'en ajoute davantage.

Chacun pouvait à sa manière donner à cette phrase le sens qu'il souhaitait.

Colonna s'adressa au juif :

— Cela suffit. Retourne pour quelque temps dans le scriptorium. Avant deux heures, le Ciel aidant, nous chevaucherons vers Avignon. De nuit, les chemins sont peu sûrs et toi, tu dois rentrer dans la Carrière avant le coucher du soleil.

Jérémie se retira, sans ajouter un mot, conscient d'être complice d'une mauvaise action. Il espérait ne pas en payer le prix, plus tard.

Jusqu'à ce qu'il ait franchi la porte de l'église, Colonna le suivit du regard. Satisfait, souriant.

Borel, le bayle de Pertuis, et les cardinaux gascons sortirent de l'église quelques instants plus tard.

Sur son tabouret, Norbert d'Audes était effondré.

Colonna, seul avec le seigneur de Mazan, avait pris place à son côté.

— Ne vous inquiétez pas, nous devons arranger cette méchante affaire de trésor. Je ne me souviens pas avoir cité votre nom. Peut-être ce juif ment-il ? Mais s'il dit vrai, je saurai plaider votre cause auprès du nouveau pontife. J'ai échoué à Lyon, je réussirai peut-être dans Avignon.

Il marqua un temps.

— Bientôt...

L'Italien parlait sur un ton grave.

— Nous disposons d'un moyen pour faire chuter le vieillard qui nous sert de pape ; pour y parvenir, nous avons besoin de votre aide, ce sera votre seule punition. Obéissez-nous, vous serez assuré de notre silence.

— Vous savez, répondit d'une voix faible Norbert d'Audes, qu'après vous l'avoir restitué j'étais incapable de vous voler le trésor. Oui, l'émeraude, mais parmi tant de pierres, une de plus, une de moins...

— Ne parlons plus de cela. Savez-vous où se trouve Emilia, votre épouse qui a fui Mazan ?

— Il y a un an, répondit d'une voix plus claire Norbert d'Audes, je la croyais en Vénétie, dans sa famille, des patriciens au service des doges. Et puis...

— Et puis ? insista Colonna.

— Et puis, poussé par je ne sais quelle pensée de magie, le soir de l'arrivée du pape, alors que tout Avignon était en fête, il m'a semblé...

— Il vous a semblé ?

— Non, je ne peux en dire davantage... J'ai couru à travers la cité, toute la nuit... C'était impossible, je devais être l'objet d'une hallucination diabolique. Mais pourquoi ajouter à mon supplice en rappelant à ma mémoire le souvenir de ce que je veux oublier ?

Colonna posa sa main droite sur l'épaule de Norbert d'Audes.

— Apprenez qu'il ne s'agissait pas d'une hallucination satanique. Avant de partir pour la Vénétie, Emilia a souhaité me rencontrer. Ne sommes-nous pas l'un et l'autre italiens ? La situation en Italie était mauvaise, les Vénitiens coupaient la navigation sur les fleuves et la mer, provoquant la disette parmi leurs adversaires de Ferrare. Chaque nuit dans Ferrare, des mercenaires du doge incendiaient et pillaient. Parce qu'il n'y avait pas encore de pape élu, des grêles de pierres s'abattaient sur les gens d'Église. Les Italiens voulaient un pape à Rome. On le leur refusait, ils se vengeaient sur les ecclésiastiques, du plus modeste moinillon aux plus respectables évêques. La lutte était acharnée entre les troupes des terres d'Église et celles de la république de Venise. Il était plus sage de demeurer sur les bords du Rhône que de vouloir rejoindre la lagune.

— Alors ? murmura Norbert d'Audes, incrédule.

— Alors, Emilia, qui refusait de rentrer à Mazan, fut accueillie dans ma livrée.

— Ensuite ?...

— Ensuite...

Colonna savait parfaitement ce qu'il devait dire, mais il était raisonnable de feindre l'hésitation. Le seigneur de Mazan insista.

— Ensuite ? Est-ce donc si grave ?

— Grave, oui. Au point de risquer le bûcher, mais nous avons obtenu le silence de nos gens. Emilia s'est soudain prise de passion pour les envoûtements et la sorcellerie, et moi de désir ardent pour son cul.

Le regard de Norbert d'Audes ne quittait plus Colonna. Celui-ci poussait son avantage.

— Je l'ai surprise à confectionner des statuettes de cire, elle les transperçait ensuite de ses aiguilles à broder. Chaque soir au lit, je lui ai donné l'absolution.

Norbert d'Audes ne put retenir un sanglot.

— Mais c'est impossible ! Mon épouse !

Colonna répliqua que la sorcellerie pouvait parfois se révéler nécessaire. Un homme supportait toujours mieux la passion que la maladie. Il poursuivit :

— Quelle que soit votre affliction, vous devez, messire, convaincre Emilia de confectionner ce qu'elle refuse à présent de faire, une figurine à l'effigie du pape. Sur une bande de parchemin vierge, vous écrirez ces mots : « Que le pape Jean meure et non un autre. » Ensuite, vous obtiendrez, comme tout seigneur sujet du pape en a le droit, une audience personnelle. Vous ferez en sorte avant de fuir que la figurine atteigne la mule du pape. Atteindre le pied est, je le sais, suffisant. Les Templiers usaient de ces cires magiques contre leurs ennemis, toujours avec succès. Que ce vieillard qui s'obstine à vivre trépasse enfin, voilà aujourd'hui le sujet sur lequel tous les cardinaux se sont accordés. Je dois encore ajouter ceci : Hugues Géraud, qui fut évêque de Cahors, ne cesse de gronder contre Duèze. Si cela est nécessaire, nous pouvons compter sur lui.

Norbert d'Audes soupira. Que pouvait-il faire ? Colonna frappa un dernier coup.

— Votre épouse Emilia vous attend demain matin, dans mon logis. Je suis impatient d'aboutir. Ensuitc, nous verrons ce qu'il en est des Gascons... Ne la forcez pas à retourner à Mazan, elle apprécie les plaisirs de la vie avignonnaise.

L'Italien accompagna Norbert d'Audes jusqu'au portail de l'abbaye. Dans le vallon désert, des moines s'affairaient sur la terre, le ciel était pur.

Norbert d'Audes s'allongea à l'ombre des cyprès et écouta le chant des oiseaux.

Borel, le bayle de Pertuis, avait galopé sans relâche jusque dans Avignon.

Il confia sa monture épuisée à un camérier du palais et obtint sans difficulté, tant il avait la mine défaite, d'être à l'instant reçu par le pape, dans son petit oratoire.

Lorsqu'il eut achevé son récit, Jean XXII, qui n'ignorait rien des pratiques de l'envoûtement, dit seulement, sans le remercier :

— Quel siège de gouvernement sera sûr ? Quel prince pourra désormais se croire à l'abri, si le pontife romain est en butte à ces agressions diaboliques et païennes ?

Pour le bayle de Pertuis, il y avait des trahisons nécessaires. S'agissant d'envoûtement, accepter la mort d'un homme, d'un pape de surcroît, serait félonie envers Dieu et le roi. Cela, Borel ne pouvait l'accepter. Pour ce terrien des collines de Provence, certaines délations étaient des actes de foi, des preuves de courage.

Chevauchant vers son bourg, il ne regrettait rien.

QUATRIÈME PARTIE

LE PONTIFE ÉCLAIRÉ

17

Dans le grand tinel [1] du palais pontifical, pas un seigneur de Provence, pas un père abbé, pas un ambassadeur, pas un membre de la curie n'aurait manqué cet exceptionnel festin. Seuls les Franciscains n'avaient pas été conviés ; poussés par Bernard Délicieux, ils déniaient la légitimité des provisions alimentaires dues au pape et ne dissimulaient pas leurs tendances schismatiques.

Jean XXII fêtait à la fois son soixante-quinzième anniversaire et les épousailles de sa nièce Jeanne de Trian, quatorze ans aux cerises, avec l'écuyer Guiscard de Poitiers, dix-sept ans à peine.

Le Saint-Père se contentait habituellement pour son souper d'un potage de fèves et de deux tranches de pain noir, recouvertes d'une pâte d'olive appelée « tapenade » par les paysans. Il avait souhaité que ce repas fût à la hauteur de l'événement. Depuis six mois, on s'affairait pour agrandir les cuisines, les maçons avaient élargi les cheminées de toutes les salles afin que les hôtes accourus de l'Europe entière ne périssent pas de froid — on était en janvier — après d'épuisantes journées de voyage.

Pour la circonstance, et parce qu'il n'y avait plus

---

1. Salle à manger des prélats de haut rang.

une botte de paille disponible, le roi Philippe V avait accepté de loger des invités de haut rang dans les pièces les plus spacieuses de sa forteresse de Villeneuve, propriété royale.

Le pape — pour la première fois, pareille pensée surgissait dans son esprit — avait même envisagé la destruction de tout un bourguet proche du palais épiscopal, afin d'y entamer la construction d'une résidence digne du chef de la chrétienté. Les Romains en pâliraient d'envie, cela leur montrerait que, de toute éternité, le Saint-Siège ne quitterait plus Avignon. Malheureusement, les architectureurs renommés, pour la plupart des Italiens ou des Germains, occupés à l'achèvement d'autres ouvrages, avaient dû décliner l'offre.

Les festivités de mariage et d'anniversaire se dérouleraient donc dans le vieux palais épiscopal.

Dans le grand tinel, près d'un millier de personnages importants avaient pris place derrière une unique table en forme de U, recouverte de six nappes seulement. Toutes de soie, tissées spécialement par des artistes lyonnais et brodées à Cahors, où des artisans locaux, en hommage à l'enfant de la ville, les avaient enjolivées de fils d'argent et d'or liés entre eux, représentant une scène de chasse en Quercy.

Le maître de cuisine avait dressé une liste de victuailles assez généreuse, afin que nul ne mourût de faim, ni de soif : quatre mille douze pains, huit bœufs, cinquante-cinq moutons, huit porcs, trente sangliers, huit cents chapons, neuf cents poules, autant de perdrix, lapins, pluviers, canards, colombes, grues, faisans, paons et grives, six quintaux de fromages de chèvre, mille douzaines d'œufs, deux chariots d'olives et six de vin des vignobles du pape, à Châteauneuf. À cela s'ajoutaient de multiples charretées de légumes et de fruits, dont quelques-uns inconnus de la plupart des invités, offerts par les princes et les évêques d'Orient.

Pour la circonstance, les hommes avaient tous le visage rasé. De nombreux prélats avaient tiré leurs cheveux sur la nuque, relevés en un petit rouleau. Tous portaient sur leurs braies et leur cotte des bliauds fourrés de lapin ou d'écureuil. Sur leur cape, les évêques et les cardinaux avaient fixé leurs plus beaux bijoux, dons de seigneurs désireux de racheter un péché. Pour eux, c'était le pardon assuré.

Les femmes, y compris les compagnes régulières des ecclésiastiques de haut rang, arboraient des guimpes de soierie fine, serrées à la taille, sous des voiles légers piquetés de pierres précieuses. Sur la tête, et afin d'afficher leur condition, elles portaient de lourds hennins couronnés d'orfèvrerie ou de fleurs. Les plus âgées, qui avaient dépassé la cinquantaine, avaient préféré des chaperons de couleur claire, en tissu de laine, afin de mieux se protéger du froid, car n'étaient à l'aise que celles et ceux proches de la cheminée. Jean XXII lui tournait le dos, assis dans une cathèdre sculptée dans du pin d'Orient.

Selon la coutume, le souverain pontife avait placé à sa droite les membres du clergé, à sa gauche les représentants des ordres mineurs.

Les troubadours et les jongleurs se succédaient sans interruption sur des tréteaux dressés au centre du tinel. Le repas avait commencé bien avant le coucher du soleil, l'aube approchait, la fête continuait, sans que la fatigue ne marquât les visages. On avait négligé les offices religieux de matines, personne ne s'était plaint.

Le peuple d'Avignon et les milliers de voyageurs de passage n'avaient pas été oubliés. Des corbeilles de fruits séchés, que les Provençaux vendaient chaque hiver dans toute la chrétienté, avaient été disposées sur les margelles des seize arches du pont Bénezet où, oubliant disette et froidure, garçons et donzelles avaient farandolé toute la nuit.

La réussite eût été totale si le pape n'avait pas eu l'esprit attristé par l'absence d'un de ses plus chers parents. Depuis le début de son pontificat, il avait généreusement distribué des charges à tous les membres de sa famille, il avait offert la mitre à plus de cent nouveaux évêques, dont plus de la moitié de Quercinois et de Périgourdins, pour la plus grande colère des Italiens, définitivement minoritaires à la curie.

Il ne manquait que celui auquel Jean XXII vouait la plus grande affection, son neveu Jacques de Via. Il avait exigé qu'une cathèdre vide marquât la place réservée à l'évêque d'Avignon. À sa mémoire.

Dans chaque couloir, chaque salle de cette demeure qui avait été la sienne, il lui semblait, derrière chaque colonne, dans chaque ouverture, apercevoir son fantôme. Pourquoi, s'interrogeait-il, montrer à soixante-quinze ans encore tant de vaillance, alors qu'à quarante ans à peine Jacques de Via, qu'il avait fait cardinal pour le réconforter de l'avoir chassé de son palais épiscopal, afin d'y résider lui-même, était mort après trois journées de souffrances, les plus atroces qu'un homme ait à porter ?

Jean XXII ne voulait pas ternir la fête, mais dès que les époux auraient rejoint leur fief de Tarascon, il s'efforcerait de savoir si ses craintes étaient vaines et si la mort de son cher neveu était aussi naturelle que l'avait assuré le médecin juif Nathaniel, le père du tailleur Jérémie. Ou s'il devait lier ce décès subit à ce que lui avait rapporté Borel, le bayle de Pertuis.

La tâche serait d'autant plus aisée qu'Arnaud de Trian, le père de l'épousée, avait le titre de maréchal de police et que le frère du défunt, Pierre de Via, qu'il avait également fait cardinal, avait la charge de veiller à ce que, dans les geôles du palais, les prisonniers ne négligent pas, malgré l'enfermement, leurs devoirs religieux.

Parmi ceux qui languissaient sur le sol humide des

souterrains du palais, dans l'attente de monter sur le bûcher, se mouraient de faim et de soif — cela avait été bien à regret, mais comment agir autrement — Hugues Géraud, évêque de Cahors, et Norbert d'Audes, seigneur de Mazan, qui avait montré tant de loyauté lors de son élection à Lyon.

L'un et l'autre avaient voulu se défaire de lui, la justice pontificale les avait condamnés à la peine de mort, le viguier, chargé de la justice séculière, donnerait l'ordre d'exécution. Les tribunaux ecclésiastiques se contentaient de rendre la sentence et, afin de respecter le commandement « Tu ne tueras point », laissaient aux bourreaux du roi le soin de supplicier. Ainsi en avait-il été dans de nombreux procès en sorcellerie, menés en Occitanie par Jacques Fournier et les inquisiteurs, ainsi en avait-il été pour les Templiers, peu avant la mort de Clément V, ainsi en serait-il toujours dans les justices du pape.

La fête était achevée. Jean XXII fit venir à lui Pierre de Via, bouleversé par la mort subite de son frère Jacques.

— Que pensez-vous de ce décès qui nous peine tant ? lui demanda-t-il.

— Ceux qui ont commis cette folie auront l'âme en danger jusqu'à la fin de leurs jours. Comment ont-ils osé ?

Peut-être le chagrin d'avoir perdu un frère poussait-il Pierre de Via à ne pas douter qu'il y avait eu meurtre. Lui-même, sans le secours de Borel, le bayle de Pertuis, aurait-il évité la mort par envoûtement ? Il en doutait et en ressentait un grand effroi, qui s'ajoutait à sa peine.

Malgré l'âge, l'esprit de Jean XXII cheminait vite. Il ne voulait pas que Hugues Géraud et Norbert d'Audes soient brûlés sans qu'il ait acquis la preuve indiscutable de leur culpabilité. S'ils étaient criminels, qu'on les livre au viguier, s'ils étaient innocents, qu'on leur rende la liberté. Il exigeait qu'on lui rapporte la vérité sans la trahir.

Après la dénonciation de Borel, le pape avait convoqué les comploteurs. Ayant lui-même le tempérament porté à la magie, il leur avait pardonné leur intention de l'occire. Mais si on avait fait périr le cardinal d'Avignon par sortilège ou poison, ces pratiques méritaient le bûcher.

Le pape invita Pierre de Via à conter ce qu'il avait appris.

— Par hasard, Très Saint-Père, mais sans doute selon la volonté divine, commença-t-il d'une voix monocorde, un maître de quartier au service du seigneur de Trian, de guet à l'entrée du pont Bénezet, sur la rive qui est nôtre, a arrêté un homme affirmant se nommer Perrot de Béarn, un Gascon — souligna de Via —, qui menait trois autres hommes originaires de Guyenne, transportant des sacs semblables à ceux que traînent les portefaix.

— Pourquoi les avoir soupçonnés ?

— Le Béarnais qui portait le sac le plus lourdement chargé avait un air inquiet et ceux qui l'entouraient surveillaient la foule des passants et des mariniers, ils semblaient chercher quelqu'un qu'ils ne trouvaient pas. Avec trois archers du guet, le maître de quartier, considérant ce comportement inquiétant, les suivit. Il les soupçonnait de transporter des marchandises sur lesquelles ils n'avaient pas payé de taxes. S'il s'agissait de fraudeurs aux impôts habituels, il leur réclamerait une forte amende.

Le ton volontairement monocorde de son neveu irritait le pape, il avait hâte que Pierre de Via en vienne au meurtre de Jacques.

— Il n'y a pas eu meurtre, mon oncle, au sens où vous l'entendez. Le sang n'a pas coulé, ce qui évite aux sorciers d'avoir à sécher celui de leurs victimes. Mais, continua-t-il, grande fut la surprise du maître de quartier lorsqu'il vit les hommes se diriger vers une femme, d'assez belle allure, cheveux libres, pieds nus, immobile, le dos contre la pierre des remparts.

— Son nom ?

— Hélas, elle imagina les hommes de Trian désireux de l'embrocher, alors que les Gascons avec leurs sacs ne nous avaient pas aperçus. Avant même que le Béarnais ait pu lui adresser le moindre mot, elle s'était égarée dans la foule.

— Je crois savoir de qui il s'agit, poursuis.

— Le Béarnais posa son sac. Un sergent se précipita, l'ouvrit, découvrit des pains, cependant que d'autres hommes serraient tour à tour les poignets de ses comparses.

— Je ne vois là rien qui mérite tout ce tapage. C'est une affaire comme il en survient tous les jours.

— En effet, Très Saint-Père, s'il n'y avait eu que des pains. Poussé par je ne sais quelle envie, peut-être simplement la faim, un garde a rompu une boule. Il a cru défaillir. À la place de la mie, il y avait une figurine de cire, dans laquelle était sculpté l'accouplement de Satan avec une sorcière. Dans une miche, il a découvert un parchemin sur lequel étaient inscrits ces mots : « De même que j'ai piqué son image, de même Jacques de Via, cardinal d'Avignon, sera atteint dans son corps, jusqu'à en mourir. »

— Ensuite ? Car cela ne prouve en rien que notre frère Hugues Géraud soit l'auteur de cet envoûtement, dont l'usage est très répandu chez les esprits simples et crédules, inquiets de l'autre monde.

— Ce ne saurait être que Géraud, mon oncle et Très Saint-Père, car se sachant perdu, l'homme qui m'a été livré, parce qu'il s'agissait d'une atteinte à notre foi, a avoué que la statuette lui avait été remise par un juif de Narbonne, Moshe Bonnacip, mais qu'elle n'aurait véritablement pouvoir d'envoûtement qu'après avoir été ensorcelée par une main chrétienne, sans doute celle de la femme qui attendait aux remparts.

Une fois encore, Jean XXII ne put s'empêcher de songer à ce qui lui avait rapporté Borel.

— Et le Béarnais ? demanda-t-il

— Il faut bien sacrifier quelques créatures sataniques, Très Saint-Père. La lame d'une épée est assez fine pour qu'il n'ait pas trop souffert. Emporté par le courant du Rhône, son corps s'est mêlé aux démons marins, son âme a déjà dû cogner aux portes de l'enfer.

Le pape semblait préoccupé. Il n'avait d'autres commandements que ceux du Livre, et il était peiné, quoique dans Avignon le sang coulât chaque jour, chaque nuit, que des gens de tout rang s'avisent plus souvent, en quittant leur logis, de prendre une épée plutôt qu'un crucifix. Il était encore plus attristé lorsqu'ils en faisaient usage, non pour se défendre mais pour attaquer, sous le coup d'un excès de boisson, des inconnus innocents.

Pierre de Via sentit peser sur sa pourpre une condamnation qui l'atteignait, lui et d'autres prélats. Mais il était cardinal, n'était-il pas aussi, de par la volonté pontificale, responsable de la bonne tenue des prisons du Saint-Siège ? Il jugea sage de parler avant que d'être à nouveau questionné.

— Je ne tire nul orgueil de cette victoire. J'aurais souhaité qu'on fasse prisonnier ce Béarnais vivant plutôt que de l'occire, mais il a voulu se dégager, prendre la fuite. Malgré la foule qui se pressait sur la berge, il a été rejoint. Dieu était là, avec nous, et un instant a suffi pour l'embrocher.

Le pape ne regardait plus son neveu.

— Jamais, demanda le souverain pontife, le porteur de maléfices n'a prononcé le nom de Géraud ?

— Hélas, c'est le seul cri qu'il poussa avant de périr : « Je meurs pour toi, Géraud. Venge-moi ! »

— Mon neveu, il ne manque pas de Géraud en

Occitanie. Comment être certain qu'il s'agit de celui de Cahors ? Il y a moins de sorciers en Quercy qu'à Paris, dit le pape, désireux de sauver celui qui, un an plus tôt, tenait l'évêché de sa ville natale.

La tâche était rude !

— C'est vrai, reprit de Via, je comprends que, résistant à l'outrage dont nul autre que lui ne peut être l'auteur, vous vous efforciez d'épargner Géraud. Oh, je ne me dissimule pas sa réputation de théologien, son caractère besogneux, qu'il a su mettre au service de Clément V et du roi Édouard d'Angleterre. Peut-être aussi ne devriez-vous pas oublier ses liens avec le parti gascon, et une vie de débauche dont tout Cahors se gausse. Cahors, votre ville, doit-elle devenir la honte de la chrétienté ?

— Il y a, répliqua le pape, de méchantes langues parmi les Cadurciens, qui en accablant Géraud souhaitent m'atteindre.

La discussion aurait pu durer longtemps encore. Pierre de Via, meurtri par la mort soudaine de son frère, chargeait Géraud, le pape s'efforçait de défendre sa cité, plus que Géraud lui-même.

Pierre de Via observait par la fenêtre un cortège de négociants qui passaient devant le palais, pliant sous le poids de leurs marchandises. Puis, se retournant vers le pape, il dit en soupirant :

— Comment souhaitez-vous agir, Très Saint-Père ? Étant de votre parentèle, je vous suis tout dévoué. Il serait bon que s'apaisent les bruits de la ville et que justice soit rendue. Qu'elle soit de clémence ou de sévérité. Ne négligez pas que cet homme est coupable et qu'il doit être châtié pour ses maléfices, comme sont punis les abbés simoniaques, les clercs sodomites, les diacres indélicats. Qu'il soit cadurcien ou ottoman, son esprit est marqué par l'hérésie.

— Je consens à te suivre, mais auparavant, fais sortir Hugues Géraud de sa geôle, réclama-t-il, je veux qu'il avoue devant moi. Je ne suis pas son juge, mais son pasteur.

Pierre de Via fronça les sourcils, lui ne doutait pas, il avait déjà demander aux viguiers d'amasser les fagots devant la porte Saint-Michel, lieu habituel des exécutions, afin que les condamnés soient livrés aux flammes. Mais si le pape le souhaitait, il avait la possibilité d'interdire ou de retarder le supplice.

— Je suis, mon oncle et Très Saint-Père, assez connaisseur de la traque aux sorciers pour être certain que les hommes enfermés dans votre palais ont par des manières surnaturelles provoqué les douleurs et la mort de mon bien-aimé frère.

Le pape n'hésitait plus. De sa petite voix, fluette mais autoritaire, il insista :

— Je veux m'entretenir avec ce prisonnier, j'exige de l'entendre.

Pierre de Via n'avait d'autre solution qu'obéir.

Pendant qu'il descendait jusqu'aux souterrains, le pape pria. Il se sentait vieux et las, mais puisque Dieu l'avait voulu ainsi, tant qu'il lui resterait un souffle de vie, il continuerait à œuvrer pour l'Église. Par la vertu du bayle de Pertuis, il avait sans doute échappé à la mort, il ne manquait pas dans son entourage de laïcs et de clercs moins vertueux.

Pierre de Via revint, suivi de Hugues Géraud, revêtu d'une simple bure de mauvais lin, qu'il portait depuis qu'il avait été accusé de sorcellerie. Les poignets entravés par de lourdes chaînes, il demeura debout. Les deux gardes des prisons pontificales qui l'accompagnaient furent priés de demeurer à l'extérieur.

Une expression absente sur le visage, Pierre de Via s'assit sur un banc, sous le petit podium de marbre où le pape, dans sa cathèdre, demeurait impassible.

Jean XXII leva la tête en direction de Géraud, il le questionna du regard.

Géraud haussa les épaules. Que pouvait-il ajouter à ce qu'il avait déjà consenti à avouer ?

Après un moment d'hésitation, il s'enhardit.

— Puisque vous le désirez, Très Saint-Père, je vais tout vous rapporter.

— Contentez-vous de répondre clairement, c'est moi qui interroge. Et si vous mentez, il y a dans les souterrains du palais de quoi vous faire terriblement souffrir. Vous souffrirez sur la planche où les braises brûleront vos chairs et chaufferont les pinces à rôtir vos os, et vous souffrirez aussi d'avoir offensé Dieu. À l'heure venue, il vous écartera comme les juifs et les Turcs du bonheur de la Résurrection. Alors, mieux vaut, pour votre salut éternel, confesser ici la vérité. Les poursuites canoniques lancées contre vous par le clergé et les habitants de Cahors, si je n'y veille pas, vont aboutir. Vous serez déposé et, même si j'obtiens du saint tribunal qu'il vous épargne les fagots, vous demeurerez jusqu'à votre dernier souffle dans cette prison où on vous tient pour l'heure enfermé. Je peux encore vous sauver. Si vous m'aidez.

Profitant de l'émotion perceptible sur le visage de Géraud, qui passait sans cesse du blême au cramoisi, le pape se montra plus pressant.

— Connaissez-vous Aymeric de Belzence ?

— Je le connais en effet. À Toulouse, il collecte les impôts du diocèse.

— Est-il exact qu'il rencontre régulièrement des Gascons qui, inquiets de me voir toujours en vie et de santé convenable, se réjouiraient de mon trépas ?

— Cela, je l'ignore, murmura Géraud, qui transpirait tant qu'on eût dit qu'il s'était trempé dans un baquet.

Le pape qui n'avait pas suivi toute l'enquête, mais souhaitait ne rien ignorer de l'affaire avant de prendre sa décision, pria son neveu Pierre de Via de poursuivre l'interrogatoire. Un interrogatoire qui gardait l'apparence d'une conversation intime. Aucun scribe ne transcrivait les propos échangés, comme la pratique le voulait pour les entretiens intimes du pape.

— Que savez-vous, demanda Pierre de Via, de la cendre de crapaud et d'araignée mêlée à du fiel de porc ?

— Que c'est un poison qu'on dit mortel.

— Et que le juif Moshe Bonnacip vous en a fourni une quantité suffisante pour que trépassent tous les cardinaux de la curie.

— Cela est faux, dit Géraud d'une voix brisée.

— Vous n'avez jamais tenu ce philtre entre vos mains impies ?

Hugues Géraud avait écouté, sans bouger, sans tenter de nier le discours de Pierre de Via. Évêque déchu, il n'était plus qu'un pénitent condamné à une fin lamentable.

Via s'était exprimé avec une telle force que ses arguments avaient produit leur effet sur le pape, assis dans sa cathèdre. Il fixait sans le voir Hugues Géraud, l'un des plus brillants théologiens de la curie, debout devant lui, les poignets liés, une misérable bure de clerc déchu jetée sur sa carcasse amaigrie, mais il souhaitait encore l'interroger, redoutant que derrière lui se cachent les Gascons. D'une voix qu'il voulut avenante, il dit à Géraud :

— Il est trop tard pour protéger quiconque. Tentez plutôt de sauver votre propre vie et surtout de préserver votre âme.

— Puis-je m'asseoir, chuchota le prisonnier, je crains de défaillir avant le terme.

Pierre de Via, sur un signe du pape, avança un tabouret sur lequel Géraud s'effondra. Il se précipita pour le soutenir, craignant qu'il ne défunte dans l'instant d'un arrêt du cœur, comme cela survenait après de fortes émotions.

Hugues Géraud, malgré ses poings entravés, parvint avec un pan de la bure à se sécher le front, puis il raconta.

— Oui, j'ai transporté ce poison… mais d'autres que moi ont habillé les figurines en prêtres célébrant la messe ; elles étaient déjà piquées aux endroits du corps où les victimes avant de trépasser endureraient les pires douleurs.

— Qui ? demanda de Via.

— Gailhard de Pressac… le comte de Buyrniquel… Bernard Gasc, évêque de Ganos, et une dizaine de personnes parmi lesquelles…

— Parmi lesquelles ? insista de Via.

Géraud jeta un regard suppliant. S'il donnait d'autres noms, le pape l'élargirait peut-être, mais il ne survivrait pas à une journée de liberté. Il serait, comme tout délateur, poignardé par les hommes de main de ceux qu'il avait dénoncés.

— Parmi lesquelles ? répéta le pape d'une voix plus sourde.

À peine audible, l'évêque de Cahors lâcha :

— Arnaud de Pellegrue et Norbert d'Audes.

— Quoi ? sursauta le pape, notre vassal, seigneur de Mazan, est lui aussi de votre effroyable entreprise ? Je lui avais accordé mon pardon. Je ne lui serai plus désormais d'aucune aide et ne ferai rien pour qu'il échappe au bourreau.

Norbert d'Audes, d'abord gracié et libéré, comme les cardinaux, après la tentative d'envoûtement dénoncée par Borel, avait été à nouveau arrêté, après avoir été surpris à plusieurs reprises en conversation avec Hugues Géraud dans le cabaret de la Chanoinesse-Dépucelée, rue de la Fusterie, où, lorsque les fûtiers du port avaient achevé leur journée, ils se retrouvaient avec toutes les canailles de la ville. Pierre de Via l'ignorait encore.

— Norbert d'Audes ? s'étonna le pape. Je croyais le seigneur de Mazan lassé des affaires de l'Église et seulement préoccupé de ses chasses et de ses terres. Il m'a même été rapporté qu'il envisageait une escalade des plus périlleuses jusqu'au sommet du mont Ventoux, que personne n'a jamais atteint, où on doit se sentir un peu plus proche de Dieu. Quelle folle aventure ! Expliquez-moi, Géraud ; où avez-vous connu ce seigneur comtadin ?

Hugues Géraud regarda de Via avant de parler.

— Ce n'est pas, Très Saint-Père, votre vassal de Mazan qui complotait contre vous, quoiqu'il se fût, après avoir soutenu les Italiens, rapproché des Gascons.

— Se trouvait-il oui ou non à Toulouse ?

— Il s'y trouvait, mais dans l'espoir de reprendre sa femme Emilia, qui se livrait aux pratiques d'envoûtement. Pour que les figurines et le poison soient efficaces, ils devaient subir l'épreuve maléfique. D'Audes avait accepté de présenter figurines et mixtures mortelles à Emilia, afin que les Gascons les utilisent contre vous. De tout cela, j'étais au courant, sans doute ai-je été trop bavard.

— Et où loge présentement cette Emilia, qui pourrait emporter une dernière image d'Avignon depuis le pont auprès duquel on brûle les sorcières et les envoûteuses ?

Les yeux de Jean XXII brillaient de jubilation. On avait voulu l'occire et le tromper, chacun espérait y trouver son compte, et, après sa mort, retourner aux choses frivoles, car il n'en doutait pas, ce serait un pape aux goûts fastueux qui lui succéderait, qui dépenserait en brocarts, perles, bijoux, fêtes et filles la fortune que pendant son règne il n'avait cessé d'amasser pour la grandeur de l'Église.

N'avait-il pas adressé une bulle au roi Philippe V le Long, pour lui conseiller d'ordonner ses dépenses et de régler les divers services de sa cour sur le modèle de la sienne ? Pour l'heure, il administrait, gouvernait, et si hors le palais la luxure et les violences se multipliaient dans Avignon, à l'intérieur des murs, ceux qui attendaient sa mort avec impatience devraient accepter son autorité.

Il répéta la question :

— Qui abrite cette sorcière ? Qu'on l'oblige à venir jusqu'ici me palper le corps toujours vif.

Hugues Géraud et Pierre de Via échangèrent un regard. Pour des motifs différents, chacun cherchait à lire dans les yeux de l'autre, ils ne pouvaient nier la vérité, pour difficile qu'elle fût à confesser. Ce fut Géraud qui, le premier, lâcha :

— Emilia est native de Venise. Elle vit chez un Italien, dont elle est aussi l'amante... Le cardinal Giacomo Colonna. Ce que nul n'ignore dans Avignon. Alors qu'habituellement il ne la cache dans aucune livrée, il a souhaité, parce qu'il la sait experte en sorcellerie, qu'elle ne partage pas les festivités du mariage de votre nièce. Vous l'avez sans doute remarqué, Colonna était un des rares prélats non accompagné d'une donzelle ou d'un jouvenceau.

Pierre de Via était très lié à Giacomo Colonna, il se rendait régulièrement dans sa livrée lorsque son scribe privé, François Pétrarque, disait des vers de sa composition, écrits, prétendait-il, à l'intention de Laure de Noves, dont il était éperdument épris sans jamais lui avoir déclaré sa flamme.

Pas la moindre parole quand il l'apercevait entrant ou sortant d'une église d'Avignon ! Elle venait en carriole de Bompas, habillée de violet, ses cheveux blonds dénoués, pour suivre la messe dans cette cité, devenue sainte pour elle. Il la suivait du regard, préférant se taire, conserver la pureté d'un sentiment que rien ne pourrait éteindre. Jusqu'à sa mort, il en était convaincu.

Le dos de Jean XXII s'était soudainement voûté, ses épaules s'étaient affaissées. Il lui semblait avoir plus vieilli en cette seule journée qu'en trois quarts de siècle.

Il suffirait d'un décret pour que Hugues Géraud soit livré à la justice du viguier, donc au bourreau. Comment s'y résigner ? Il s'imposait de décider non par compassion mais parce que le poids des simonies et autres actions honteuses de Hugues Géraud ferait gronder le peuple s'il n'était pas condamné. Il désespérait de trouver une solution. Sans qu'il n'y parût rien sur ses lèvres, du plus profond de son âme, de tout son cœur, il suppliait Dieu de lui venir en aide, de lui souffler au creux de l'oreille quel était son devoir.

Pierre de Via percevait le désarroi de son oncle, mais pour lui, seule une condamnation apaiserait la douleur d'avoir perdu un frère.

— Jacques repose, dit-il la voix tremblante, à six pieds sous terre, l'enveloppe charnelle encore emplie du poison préparé par ce Géraud qui n'a manifesté aucun repentir et s'enferme dans un silence qui l'accuse...

— Je vous ai compris, répondit le pape, croyez qu'il n'est pas facile à un berger de remettre dans le droit chemin ses brebis égarées, celles dont il se sent souvent le plus proche, et dont la rédemption est le sujet de toutes ses prières. Et cependant... Êtes-vous, sans qu'une erreur soit possible, certain que notre cher neveu a été victime du poison ? Évêque d'Avignon, il n'aspirait à rien d'autre qu'au bonheur des habitants et des visiteurs de cette ville, pour quelle raison le faire disparaître ?

— Très Saint-Père, interrogez le prisonnier ! répliqua, méprisant, Jacques de Via, en pointant un doigt vers Géraud.

Celui-ci n'avait jamais pensé vivre d'aussi terribles moments.

— Qu'as-tu à répondre ? demanda le pape en se tournant vers le prisonnier. Un seul mot me suffira.

Si c'est oui, nous déciderons de ta peine, si c'est non, nous ferons mander Dame Emilia. Qu'elle soit l'amante d'un cardinal m'importe peu. L'un de vous deux sera alors en grand danger de bûcher, peut-être l'un et l'autre. Si tu souhaites épargner au moins cette femme, que ta réponse soit juste. Si le vice est dans ton sang, je souhaite que le démon t'abandonne à l'instant ! Sans oublier que tu l'as assassiné dans sa demeure... La Bible recommande de conduire les animaux que l'on se propose d'immoler hors de la maison. À plus forte raison quand il s'agit d'un homme, un évêque de surcroît.

Il y eut un long silence. Chacun s'efforçait de ne pas regarder les deux autres.

— Oui, dit calmement Géraud. Sur le conseil de Colonna, qui n'aimait pas l'évêque d'Avignon et qui, malgré les apparences, ne vous était guère attaché, un de vos serviteurs a accompli la tâche, en échange d'une bourse emplie de pièces d'or.

— N'es-tu pas le seul ordonnateur de ce meurtre abominable ?

— Je crois, répliqua Géraud, d'une voix de plus en plus faible, avoir déjà indiqué le nom du cardinal Colonna, et d'Emilia. Celle qui a trahi l'amour de son époux Norbert d'Audes pour les caresses d'un cardinal ayant naguère prononcé des vœux de chasteté.

À nouveau, le silence pesait sur les trois hommes. Il fallait en finir.

Que le pape décide de condamner, non seulement Géraud, mais aussi l'Italien, serait bonne justice, mais cela signifierait aussi l'abandon du projet que Pierre de Via préparait avec Colonna, une opération militaire menée par les troupes du Milanais Visconti, qui permettrait, tant l'idée en demeurait vive, de ramener à Rome le Saint-Siège. Pour le plus grand soulagement de la chrétienté.

Le pape réfléchit. Il se tourna et, derrière sa cathèdre, tira trois fois sur un cordon relié à un fil de soie longeant le plafond et aboutissant au scriptorium pontifical, où une clochette indiquait que le souverain pontife désirait dicter un décret ou une bulle.

Celui qui se présenta, avec tabouret et planche à écrire, plume et parchemin, se nommait Lageto. Italien et fort instruit en beaucoup de matières, il était incapable de garder un secret ; les commères, les soldats, les taverniers, connaissaient les décisions pontificales avant même qu'elles ne fussent rendues publiques. C'était un petit homme, toujours souriant avec celui-ci, toujours aimable avec celui-là. Quoiqu'il écrivît dans un excellent latin les textes du pontife, bien malin qui pouvait affirmer avec assurance quel parti avait ses faveurs. On le rencontrait chez Colonna comme chez Arnaud de Pellegrue.

Il parlait tant, sans mauvais esprit, que nul n'ignorait ce que tramaient Gascons, Italiens ou Français. Comme il rapportait volontiers au palais tout ce qu'il avait entendu dans la ville, le pape ne lui ménageait pas son intérêt. Dans Avignon, il n'y avait pas meilleur espion.

Il s'agissait aujourd'hui d'établir un texte particulièrement douloureux. Si Lageto, comme à son habitude, en répandait le contenu sans tarder dans les rues et les livrées, le pape n'en serait point fâché, il serait apaisé d'avoir été contraint de l'écrire.

Le scribe avait déjà pris place et tenait sa plume disponible. Une fois encore, sans doute pour chasser de son âme une ultime hésitation, Jean XXII s'adressa à Géraud.

— Pourquoi avoir tué l'évêque d'Avignon ? Pourquoi en vouloir à ma personne, déjà si usée par les ans ? Pourquoi ces poisons, pourquoi ces figurines sataniques ?

Sur un ton plus familier, il ajouta :

— Nous aimons notre chère ville de Cahors, que

par saint Étienne Dieu protège. L'honneur de cette cité n'est-il pas le nôtre ? N'a-t-on pas toujours observé une bonne justice à ton égard ?

La tête baissée, le menton sur la poitrine, Géraud demeurait muet.

Il ne releva le chef pour se signer qu'après avoir entendu le scribe relire à haute voix, afin que le pape pût corriger les erreurs, le jugement le condamnant à la mort sur le bûcher.

Pierre de Via se précipita sur le condamné.

Quelques minutes plus tard, il le remettait à une douzaine d'hommes du viguier qui, l'épée à la main, eux à cheval, le condamné à pied, prenaient la direction, sous les cris et les crachats de la foule, de la prison Saint-Lazare, où il fut enfermé dans une cellule, sans la moindre ouverture, dans l'attente du jour du supplice.

Dans son oratoire, Jean XXII, qui avait protégé ses épaules du pallium, priait, le regard tourné vers un Christ d'ivoire posé sur la soierie blanche recouvrant l'autel.

Ses dévotions achevées, le petit homme murmura :

— Il n'y avait pas d'autre solution. Faites, mon Dieu, qu'il ne souffre pas trop.

Quoiqu'il n'en eût guère envie, Nathaniel, le médecin juif du pape, avait accepté de se rendre jusqu'à la livrée de Colonna. Il n'avait guère apprécié que le cardinal, quelques années après que son fils Jérémie l'eut caché dans la Carrière, ait tenté de le compromettre dans une mauvaise affaire qui n'intéressait que les chrétiens, le traînant jusqu'à l'abbaye de Sénanque où il avait dû, malgré sa foi, consentir à mentir.

Mais Nathaniel était médecin. Fidèle à ses engagements, il ne pouvait refuser d'assister quiconque, qu'il fût gueux, seigneur ou prince de l'Église. Il prit sa boîte emplie de sangsues, le bocal de verre dans lequel il mêlait les herbes de vie, et il s'en fut directement rue des Teinturiers.

Quand il eut franchi le portail de la livrée, protégé par une haies de lauriers roses et trois hauts bouquets de romarin, une femme qui mêlait dans ses paroles le français, le provençal et le latin, ce qui la rendait incompréhensible, s'avança vers lui. Les onguents malodorants dont son visage, ses mains, et probablement tout son corps, étaient couverts, dissimulaient mal les outrages du temps. L'amante de Giacomo Colonna avait perdu sa jeunesse.

Elle se tordait les doigts et, avec des pleurs qui ressemblaient plus à des grognements de chien qu'à des lamentations humaines, elle le conduisit jusqu'à la chambre où, sous un amoncellement de draperies, le visage livide du cardinal apparaissait dans le creux des oreillers brodés à ses armoiries. Colonna, les paupières baissées, semblait somnoler.

À un plissement régulier des sourcils, Nathaniel eut vite fait de constater qu'il n'était pas si mal en point qu'il y paraissait. Rusé, l'Italien avait l'esprit encore assez clair pour écouter ce qui se disait autour de lui sur son état.

— Qu'y voyez-vous ? demanda Emilia après que Nathaniel eut tâté de la tête et du ventre du prélat.

— Ce que j'y vois, madame ?

Il détachait les mots afin qu'elle comprît convenablement le latin, qu'il utilisait régulièrement, quoique juif, pour soigner les gens d'Église, mais surtout afin que rien n'échappât au prélat feignant d'être déjà à l'agonie.

— Ce que j'y vois, reprit-il, c'est que voici un homme que la vie a presque quitté, et qui pénètre déjà dans les étrangetés de la mort. S'il devait demeurer encore longtemps en cet état, je crains qu'il n'ait beaucoup à souffrir.

Emilia tremblait de tous ses membres. Comme si quelque diable s'était emparé de lui, Giacomo Colonna se dressa sur son séant, fixa Nathaniel et l'injuria.

— Vermine de juif ! Je suis très malade, et tu t'en réjouis. J'ai besoin d'un médecin et non d'un assassin. Va-t'en, avant que je ne te fasse fouetter par mes gens. Si tu souhaites ma mort, reviens demain, et les jours suivants. Dieu m'attend, il patientera encore...

Épuisé par cet accès de colère, Colonna s'affaissa dans les oreillers. Emilia lui passa la main sur le front, il était brûlant.

Emilia raccompagna Nathaniel le long d'un couloir, jusqu'à une porte massive cloutée de fers de Tolède. Elle le remercia et, avant de refermer le battant derrière lui, elle murmura :

— Je crois en effet qu'il serait sage qu'il mourût rapidement, je vais m'efforcer de hâter la fin.

Nathaniel, indifférent aux bruits de la rue, aux cris des cavaliers, à la boue que projetaient les chevaux, était inquiet. Pourquoi, depuis l'installation des papes dans Avignon, avait-on recours aux drogues maléfiques plutôt qu'aux potions des médecins ? Assurément, le cardinal Colonna souffrait d'une pestilence des intestins. Il eût été préférable de lui tirer du sang plutôt que de lui faire avaler de la mixture de sorcière, dont il ne doutait pas qu'elle accélérerait sa fin. Mais peut-être, pensa-t-il, était-ce ce qu'Emilia espérait.

Le pape n'avait pas souhaité assister au supplice de Hugues Géraud. Afin que les huées de la foule, massée sur le parcours de la prison jusqu'au port de l'Oulle, à quelques centaines de pas du pont Bénezet, où le bûcher avait été dressé, ne soient pas dirigées seulement contre Hugues Géraud, il avait demandé au viguier que d'autres comploteurs prennent avec lui place dans la charrette, entourée de plusieurs dizaines de gardes, pour la plupart des mercenaires suisses, des montagnards valaisans très dévoués au Saint-Siège. Ils n'hésitaient jamais à tirer l'épée, pourvu qu'ils fussent convenablement payés. Lors des exécutions, ils recevaient double solde.

D'après Cabassole, un des dévoués vassaux du pontife en Comtat, bourgeois et manants s'étaient pressés dès avant l'aube sur la première arche du pont, d'où ils avaient pu contempler à leur aise le sinistre spectacle.

Une estrade avait été dressée face aux trois bûchers, pour les notables, clercs et religieux qui entendaient par leur présence marquer le respect qu'ils portaient au Saint-Père, alors que beaucoup d'entre eux montraient en d'autres lieux leur impatience de voir enfin mourir ce vieillard, élu faute d'accord sur le nom d'un prélat plus jeune, et qui conservait, à bientôt quatre-vingts ans, une vitalité agaçante.

Sur une autre estrade, les dames de la noblesse, venues pour certaines d'Aix et de Marseille, arboraient sur leurs robes de fête leurs plus beaux bijoux.

Lorsque était apparue la charrette où Guillaume de Percegrain et Pons de Vassal se serraient contre Hugues Géraud, tous vêtus d'une bure noire resserrée à la taille par une cordelière de lin, une longue clameur avait jailli.

Après que Jacques de Boffort, le bourreau, que beaucoup d'Avignonnais soupçonnaient de ne pas être aussi étranger à la sorcellerie qu'il le prétendait, eut vérifié que les fagots étaient secs et convenablement tassés, Pierre de Via avait lu la sentence pontificale :

« *En conséquence d'un arrêt de Notre Très Saint-Père, Jacques Duèze, vicaire du Christ, susnommé Jean XXII, Guillaume de Percegrain, Pons de Vassal, laïcs de Toulouse, et Hugues Géraud, natif de Cahors, et destitué du diocèse de cette ville, convaincus d'avoir assassiné par l'envoûtement et le poison Monseigneur Jacques de Via, évêque d'Avignon, sont remis ce jour à messire Arnaud de Trian, maréchal de police, afin que leur soient appliquées les peines prévues pour ces crimes, à l'exécution desquelles il assistera afin d'en rendre compte à Monseigneur le viguier, ainsi qu'à Notre Très Saint-Père, juge suprême des tribunaux de notre Église.* »

On avait à peine entendu le gémissement de Hugues Géraud, les hérauts avaient donné de la trompette. D'un signe, Pierre de Via avait réclamé qu'on fît silence. Il avait encore quelque chose à ajouter.

— Guillaume Percegrain, Pons de Vassal, sur demande du roi d'Angleterre Édouard II, dont vous relevez en Aquitaine, grâce vous est accordée, afin que vous soyez tenus jusqu'au terme de votre vie dans les prisons des seigneurs de Toulouse.

Les deux graciés étaient tombés à genoux, remerciant dans une même prière Dieu et le pape.

La foule avait grondé, elle attendait trois bûchers, il n'y en aurait qu'un.

Mais elle s'était apaisée. Au spectacle des tortures imposées à Hugues Géraud, elle avait pu satisfaire son goût pour la cruauté. Voir souffrir et mourir un prélat, certes criminel, mais qu'on n'avait point ménagé, la réjouissait.

Pierre de Via avait insisté auprès du viguier afin qu'il ne se contentât pas des flammes. Hugues Géraud avait été d'abord écorché. Boffort avait sans ses aides retiré la peau du crâne et des mains qui avaient naguère, lors de l'ordination, reçu l'onction sacrée. Ensuite seulement, alors que le chariot repartait vers la prison avec les deux graciés, Hugues Géraud avait été hissé, déjà agonisant, sur les fagots.

Les troubadours avaient chanté, le peuple dansé,

tout le temps qu'avait duré la dispersion des cendres dans les eaux du fleuve. Le vent soufflait en rafales d'une violence extrême. Le peuple y avait vu la participation divine à l'agonie et à la mort, dans les flammes vives, d'un homme d'Église parmi les plus puissants, qui avait eu recours à la sorcellerie et au poison pour l'accomplissement de ses noirs desseins.

Durant tout le temps que le bourreau avait été à son ouvrage, dans les relents de chair grillée, panetiers et cabaretiers avaient gagné plus en une matinée qu'en toute une semaine.

Cabassole avait achevé son récit.

— Fermez donc cette porte que le vent bouscule, dit le pape d'une voix assurée. Et maintenant, écoutez-moi. Hugues Géraud est mort. Son âme a rejoint l'enfer. Des crimes humains, l'Église ne peut être l'unique responsable. Vous êtes, je crois, lié au poète Pétrarque qui vit chez Colonna. Cette livrée vous est donc familière. Nous devons sans délai nous saisir de l'ensorceleuse dont il est l'amant. Pour les fagots, le peuple est aussi friand de sorcières que d'ecclésiastiques.

Giacomo Colonna ne quittait plus sa chambre de parement, où il recevait les visiteurs avec lesquels il acceptait encore de discourir.

Sur le tinel, la salle des festins, sur le cabinet de travail, sur les galeries autour du cloître, où logeaient serviteurs et abbés familiers, sur les écuries et sur la chapelle, sur toute cette livrée dont la seule vue suffisait à montrer la puissance de la famille Colonna, désormais une femme régnait. Les soldats eux-mêmes n'avaient d'ordre à recevoir que d'Emilia, surnommée par les Italiens « la Vénitienne », comme s'il s'agissait d'une étrangère.

Depuis qu'elle avait quitté Mazan et son époux, Norbert d'Audes, sans jamais demander l'annulation canonique de leur mariage, elle n'était pas revenue dans ce bourg, où son époux ne s'intéressait qu'à la chasse et ses paysans au remplissage des barriques.

Elle avait presque oublié la petite rivière Auzon qui léchait les murs du château, et elle préférait les vastes saulaies des berges du Rhône aux rocailles de Mazan ; sur le cône du mont Ventoux ne poussaient, dès que la neige fondait, que des herbes aussitôt séchées par les feux du soleil. Elle était assez avertie des pratiques de sorcellerie pour considérer qu'ils étaient très sots, ceux qui pensaient que les forêts du Mont servaient de repaire aux faiseuses de sortilèges. Les potions à tuer et à envoûter, c'était plus dans les riches demeures d'Avignon que dans les chaumières qu'on les confectionnait.

Pas plus qu'elle n'était revenue à Mazan, Emilia n'avait requis de Colonna une permission pour visiter son époux Norbert d'Audes, qui n'avait pas encore été jugé, mais dont chacun au palais s'accordait à dire qu'il n'était pas étranger aux concussions et simonies qui avaient, peut-être plus que la mort de Jacques de Via, à laquelle elle-même avait contribué, mené aux fagots Hugues Géraud, l'ancien évêque de Cahors.

Colonna ne comptait pas sur Emilia pour apaiser son mal, mais sa présence lui inspirait confiance. Elle avait appris à discerner les plantes mauvaises, elle devait aussi connaître les bonnes. Toute la journée, il ne cessait de la supplier d'une voix chaque jour plus faible :

— Qu'importe la composition bizarre que tu imagineras, choisis les plantes, mêle-les avec les pierres précieuses de mes armoires, confectionne un breuvage qui me permette de retrouver calme et santé.

Emilia n'avait nul besoin d'élaborer une décoction mortelle, Colonna agonisait déjà. Elle s'efforçait, sans déployer beaucoup d'ardeur, de le réconforter. Giacomo Colonna se plaignait de l'intestin, elle lui imposait des bains chauds qui, selon elle, ne pouvaient que faire merveille. S'il ressentait des douleurs trop vives, elle lui répondait qu'il devait garder en mémoire la parole de la Bible : « La vie, le Seigneur me l'a donnée, le Seigneur me l'ôtera quand il lui plaira, le nom du Seigneur est béni. Amen. »

Colonna répétait sans conviction, il devinait en lui les signes de son prochain trépas.

Des longs mois passés à ses côtés, Emilia avait appris à aimer le cardinal. Elle en rendait grâce à Dieu, mais à présent l'implorait pour un bonheur plus grand encore, celui de le voir mourir : il ne pouvait plus lui prodiguer de câlineries, et qu'il tardât à défunter commençait à lui peser.

Un matin, qu'elle le veillait, assise près de son lit, alors que la chaleur et la puanteur avaient attiré des nuées de mouches dans la chambre du malade, il lui fit signe d'approcher son visage du sien, malgré la pestilence et le sang séché qui collait à ses lèvres.

— Je suis heureux, ma fille, de t'avoir à mes côtés. Dieu en est témoin, sans toi ce logis me semblerait bien vide. Lorsque je ne serai plus, quand tu n'auras que le souvenir des délices d'amour de nos corps mêlés, prie le Ciel qu'il ne t'arrive pas malheur ! Il y a dans cette ville des gens auxquels ta mort, après la mienne, ne déplairait pas. J'ai encore besoin de toi, Emilia. Après ma mort, tu répéteras devant tous et en tous lieux que ma vie fut celle d'un saint, à l'exemple de François d'Assise.

Colonna avait vécu plus de turpitudes que d'actes pieux, il était inutile de le contrarier. Emilia soupira en le regardant, elle sentit une larme rouler le long de sa joue.

— Devrais-je vous accompagner dans la mort pour que vous finissiez en paix ? demanda-t-elle, sans excessive tendresse.

Elle pleurait sur elle plus que sur ce prélat qui

n'avait jamais éprouvé d'autre envie que de se venger de ceux qui lui avaient coupé la voie du pouvoir.

Emilia colla son oreille contre la bouche du mourant, dont les yeux brillaient soudain d'une étrange flamme. Elle saisit la main de son amant, et se serra près de lui autant qu'elle le put. Chaque mot qu'il prononçait semblait le dernier.

— À Carpentras, j'avais confié le trésor à Norbert...

— Je le sais, et il vous l'a rendu.

Colonna avait la respiration de plus en plus courte et difficile.

— Et ensuite ? demanda-t-elle.

— Ensuite, poursuivit-il sans la quitter des yeux, ensuite... Je n'affectionnais guère les Gascons.

— Cela n'est pas neuf, nous le savons depuis des années. Je vous en prie, épargnez vos forces.

Giacomo Colonna hésitait à se livrer.

— J'ai menti à Jérémie, le fils du médecin qui me fait mourir... Que des hommes de Marigny m'avaient volé le trésor... C'était... c'était faux. Je voulais conserver ces coffres pour moi... Je l'ai trompé... Lui... Les autres...

— Achevez, achevez, suppliait Emilia, suspendue à ses lèvres.

— Près de Mazan, derrière la chapelle... derrière la chapelle...

Un tressaillement secoua tout le corps du cardinal, qui devint immobile. Il était mort sans avoir livré son secret.

Pour avoir vécu à Mazan, Emilia savait qu'il y avait dans la campagne alentour au moins dix chapelles, où chaque année les paysans se rendaient en procession. Derrière laquelle Colonna avait-il enfoui le trésor ?

Quelques jours plus tard, en présence d'une foule clairsemée, Jean XXII bénissait un cercueil de chêne, recouvert d'un drap noir, sur lequel était posé le chapeau de cardinal de Giacomo Colonna. Derrière la bière du défunt, se tenaient Pietre, son neveu, et quelques ecclésiastiques. Pas un prélat de haut rang.

Un religieux avait puisé de l'eau dans le Rhône dans un vase d'or qui fut ensuite béni par le Saint-Père, avant d'être déposé sur la barge qu'on avait en hâte peinte en couleur de deuil, et sur laquelle avaient pris place des ecclésiastiques, des moines, des abbés, tous italiens.

Sur la berge, entourant le pape, le recteur de Carpentras, le viguier d'Avignon, quelques petits seigneurs, Jacques Mollard, représentant le roi de France Philippe V le Long, suivirent, jusqu'à ce qu'elle disparaisse dans une courbe du fleuve, la funèbre embarcation.

Mollard était proche du pape, il lui dit :

— Cet homme ne méritait pas une sépulture de chrétien.

Piqué au vif, Jean XXII répliqua :

— Dans quatre jours, son corps reposera dans Rome, au pied de l'Aventin, le premier seigneur d'Église qui rentre dans la ville de Pierre.

Et il ajouta :

— Peut-être sera-t-il suivi de beaucoup d'autres. Que la guerre s'achève en Italie, le vicaire du Christ quittera Avignon pour Rome. Que cela satisfasse ou non le roi de France.

Les deux hommes se séparèrent sans même échanger un regard. Les années passaient et l'arbre de paix n'avait pas poussé entre le pape et celui qui avait été son geôlier à Lyon.

Jacques Mollard enfourcha sa monture, la fouetta et partit au galop vers le pont Bénezet, qu'il passerait pour rejoindre la forteresse royale de Villeneuve où, entre deux voyages à Paris pour rendre compte au roi de ce qu'il savait de l'Église, il résidait régulièrement.

Le pape reprit à pied, entouré d'une petite suite, le chemin de l'ancien palais épiscopal.

Au détour d'une ruelle, assis sur une pierre, grattant une vielle, un ménestrel chantait doucement :

Lieux dangereux et chers, où de ses tendres larmes
L'amour a blessé tous mes sens,
Écoutez mes derniers accents,
Recevez mes dernières larmes.

Le cortège s'arrêta un moment. Le pape, s'adressant au jeune homme, lui dit :

— Voilà de la jolie poésie, et, en un jour triste, j'éprouve du réconfort à l'entendre. Quel est ton nom ? D'où viens-tu ?

— Mon nom est François Pétrarque, et je suis né, il y a bientôt vingt ans, dans le village d'Arezzo. J'étais le scribe de celui qui aujourd'hui s'en va vers l'Italie. Pourrai-je avant de mourir à mon tour satisfaire mon immense désir de retrouver ma patrie ?

Le pape n'ajouta rien, poursuivit son chemin jusqu'à la cathédrale des Doms, où il devait célébrer une grand-messe pour le repos de l'âme de Giacomo Colonna. Avant de franchir le portail, il se tourna vers le cardinal de Fréauville, qui n'avait jamais caché son amertume de s'être vu, à Lyon, préférer le Quercinois.

— Hélas, mon frère, avec les Italiens, nous n'en aurons jamais fini. Que l'un nous quitte, et déjà en quête de renommée et de gloire un autre nous arrive.

Nicolas de Fréauville, qui ne manquait pas une occasion d'irriter le pape, eut encore le temps de lui répondre avant d'entrer dans la cathédrale :

— Je connais celui-ci. Il servait Colonna, mais c'est pour plaire à une femme qu'il demeure dans Avignon, alors qu'il a le goût des voyages lointains. C'est un laïc, un grand maître d'amour. Celui qui navigue vers Rome aimait aussi les femmes, les tenait dans ses bras, mais il aurait dû les éloigner de lui, il avait fait vœu de chasteté et n'a jamais tenu sa promesse.

Le pape n'était pas disposé à en entendre davantage, il pénétra dans la nef, l'office commençait.

Ceux qui savaient, et ils étaient nombreux, les liens unissant Emilia et Giacomo Colonna, s'étaient étonnés de ne point apercevoir la dame à la cérémonie d'embarquement, sur le bord du Rhône. Ils l'avaient cherchée en vain.

Elle était déjà dans une auberge de Carpentras, d'où elle gagnerait, sans que ceux qui l'avaient connue ne la remarquent, Mazan.

La magie ne lui serait d'aucun secours pour découvrir la cachette. Elle faisait confiance à sa bonne étoile.

18

Philippe V ne dissimulait plus son inquiétude. Il avait déjà pris trois femmes, aucune ne lui avait donné d'héritier mâle. Trois filles ! Qui ne pouvaient prétendre à la couronne de France.

Qu'il meure, son frère Charles de la Marche lui succéderait. Proche des Valois, il mettrait, hélas, un terme au règne des Capétiens. Plus terrible encore : Charles de la Marche, malade, pouvait défunter avant lui. Valois et d'Artois, alliés aux Anglais, feraient alors de la France une terre vassale de l'Angleterre. Paris serait soumis à Londres. Un désastre plus affligeant que la perte d'une bataille !

À quoi aurait servi la mort de tant d'hommes valeureux pour reprendre Lille et Tournai aux Flamands, si ces villes devaient être soumises à l'Anglais qui depuis longtemps les convoitait ?

Prétextant la fatigue d'avoir chevauché depuis Arras, Philippe V avait rejoint sa chambre, s'était déshabillé sans le concours de ses serviteurs. Entre les draps, qu'il trouvait ce soir-là trop rugueux alors qu'ils étaient tissés de la plus fine soie, il n'avait qu'un souhait : que le sommeil calme son désarroi.

Il ne parvenait pas à s'endormir. Qu'il se tournât d'un côté ou de l'autre, son esprit dans l'obscurité était habité de regrets. Regrets d'avoir confirmé la décision d'écarter du trône les filles de France.

Regrets d'avoir convaincu Jacques Mollard de pousser à l'élection de Jacques Duèze, ce vieillard octogénaire qui ne lui causait que des contrariétés, alors qu'on avait imaginé qu'il mourrait avant d'avoir rejoint Avignon. Regrets d'avoir laissé à la papauté le soin de batailler contre Matteo Visconti, le tyran milanais qui, soutenu par l'empereur d'Allemagne, avait la volonté de s'emparer de l'Italie entière. Regrets surtout d'avoir accepté qu'on substituât au garçon de Clémence un nouveau-né qui venait de mourir. Si le petit Jean, qui n'avait été roi que cinq jours et qu'on n'appelait plus que Jean le Posthume, avait eu une jeunesse et une éducation de roi, aujourd'hui le problème de la succession ne se poserait pas.

Cet enfant allait sur ses six ans et, dans l'ignorance de sa naissance, prenait de l'âge dans la propriété du seigneur de Vaugirard, François de Bucy, qui, en échange de son silence, avait obtenu que le roi payât de ses deniers la construction d'une église paroissiale dans ce hameau proche de Paris où il n'y avait jusqu'alors qu'une modeste chapelle.

Flora, l'épouse de Jacques Mollard, avait connu — elle n'avait pas précisé que c'était du temps où elle était catin — le seigneur de Bucy. Elle lui avait assuré qu'il s'agissait d'un bâtard royal, qu'on devait soustraire à la curiosité afin d'éviter qu'un scandale n'éclaboussât la Cour. Marié mais habitué des maisons de Vincennes, sans descendance, il avait volontiers accepté d'accueillir dans sa demeure le nouveau-né.

Pour assurer l'héritage capétien, Philippe V avait un moment songé à clamer la vérité, accusant Flora d'être coupable de la substitution. Seigneurs et pairs du royaume s'en seraient gaussés, il avait renoncé.

Flora aurait pu être tentée, profitant des circonstances, de révéler à son tour le secret de sa naissance. Une autre bonne raison pour le roi de ne pas poursuivre dans cette voie. Le sort, pensait-il, lui était définitivement contraire.

Flora et son fils Laurent vivaient dans le vaste couvent, entouré de chênes et de bouleaux, des Cordelières de Montrouge. Les jours s'écoulaient sans que rien ne vienne jamais en troubler l'harmonie.

— C'est un enfant dont le père m'est inconnu, avait-elle déclaré à son arrivée.

Les moniales, souvent d'une extrême jeunesse, accueillaient volontiers les filles mères. Elles n'avaient jamais interrogé Flora sur les raisons de son choix.

Flora avait donné pour précepteur à son fils un élève du fameux Robert de Sorbon. Sans vivre dans le faste, elle menait une existence à sa convenance.

La mère supérieure, Jeanne de Contrucci, d'origine génoise, était aussi ronde que son visage était anguleux et ridé, avec des cheveux gris, des lèvres fines marquées par un perpétuel sourire. Pour elle, quoique attachée aux devoirs de pauvreté et d'humilité de François d'Assise, l'essentiel était que chaque mois un inconnu, qui ne portait sur son surcot aucun blason seigneurial, lui remette, sans jamais un jour de retard, la bourse nécessaire à l'entretien des deux pensionnaires et à l'éducation du jeune Laurent.

Mère Jeanne de Contrucci ne songeait qu'au bien-être de sa communauté, qui s'adonnait plus à la lecture de textes profanes qu'à la prière. Elle n'avait rien demandé de plus. Elle ne dissimulait pas son admiration pour Dante Aligheri, italien lui aussi, à ses yeux le plus grand poète de tous les temps ; elle conservait précieusement une copie enluminée de *La Divine Comédie* qu'un scribe florentin lui avait offerte en échange de l'hospitalité et de la pitance, le temps qu'il achève ses études de théologie dans un collège parisien. Il y en avait de nombreux, les meilleurs maîtres d'Europe venaient y enseigner.

Quoiqu'elle se plût à passer de longues journées à la broderie, Flora avait toujours l'esprit agité. Elle n'attendait qu'une occasion pour poursuivre son entreprise.

Depuis qu'elle avait échoué auprès du pape Jean XXII qui avait refusé de la reconnaître pour ce qu'elle était, Flora haïssait le pontife. Il arrivait même qu'elle s'en ouvrît à la supérieure du couvent, sans que celle-ci s'en offensât.

— Ce vieillard nuit à la chrétienté, il nuit au royaume. Dans Avignon, il accroît avec âpreté la fortune de l'Église. Vous qui affectionnez Dante, imitez-le, apportez votre soutien aux *fraticelles* des Franciscains dans leur souhait de le voir excommunié. Il bâtit l'Église des riches, il ignore les pauvres.

Mère Jeanne de Contrucci avait été surprise d'une telle ardeur et de tant de colère contre le pape. Elle avait été plus inquiète encore lorsque Flora lui avait affirmé qu'Avignon n'était qu'un vivier de sorciers.

— La chose n'est pas impossible, avait répondu la religieuse avec un sourire énigmatique. Vous avez la tête, ma fille, d'une personne connaissant bien cette ville.

Flora et Laurent n'assistaient que rarement à la messe. Trois ou quatre sœurs et pensionnaires s'y rendaient à tour de rôle, afin qu'on n'oublie pas que le couvent était d'abord une maison de Dieu, et qu'on devait éprouver de la joie à le servir et à chanter ses louanges.

Joie d'autant plus réconfortante que la mère Jeanne de Contrucci avait fait savoir aux habitants de Montrouge, soucieux de leur salut, que le nombre de prières serait lié à l'importance de leurs dons. Tous se bousculaient au guichet du couvent, les bras chargés de victuailles. Les Cordelières recevaient chaque jour des offrandes et priaient de temps à autre.

La mère supérieure avait appris par le bruit qui courait les abbayes et les hospices le décès du cardinal Giacomo Colonna.

— Giacomo Colonna est mort, avait-elle dit à Flora. C'est une grande tristesse pour l'Église et plus encore pour nous autres, Italiens. Quel excellent pape il eût fait ! Il aurait témoigné de son attachement à sa terre, serait retourné à Rome, et Avignon nc scrait pas devenu le centre du monde.

— Ah, vous pensez ? avait répondu Flora, en bredouillant.

Elle n'était pas absolument certaine que Colonna eût fait un excellent pape. Ce dont elle était sûre, c'est que, malgré leur fâcherie passagère, elle perdait avec l'Italien un des rares témoins qui pouvaient avec certitude attester de sa naissance. Comme beaucoup de familiers de Jean XXII, elle considérait que si sa longévité était surprenante, tout vicaire du Christ qu'il fût, il n'était pas immortel. Que le prochain pape réside à Rome, à Aix-la-Chapelle, ou demeure lui aussi dans Avignon, elle ne renoncerait pas à la reconnaissance de ses droits et demanderait sans tarder une audience au nouvel élu, afin d'être reconnue dans son rang et d'obtenir l'annulation d'un mariage auquel elle préférait ne plus songer. Le destin de Laurent lui importait plus que celui de Jacques Mollard.

L'automne sur les rives du Rhône s'achevait. Sous le pont Bénezet, dans la grande île qui séparait les terres royales de la ville du pape, les dernières feuilles roussies étaient emportées par le courant. L'hiver s'annonçait rigoureux. Plusieurs astrologues affirmaient que le Rhône serait chargé de glace.

Dans la forteresse de Villeneuve, malgré les larges cheminées, la température était déjà basse. Les arbalétriers avaient allumé de hauts bûchers dans les cours. En regardant les flammes monter, Jacques Mollard avait songé qu'il était triste de voir rôtir des moutons entiers sur un fagot, moins toutefois que d'y entendre hurler un supplicié.

Un matin de novembre, il avait reçu un message scellé du roi, lui enjoignant de regagner Paris sans tarder.

La situation dans Avignon n'était pas plus tumultueuse qu'à l'accoutumée, les rixes pas plus nombreuses, et dans les rues affectées aux marchés et aux métiers, surveillées par les maîtres de quartier, les juifs observaient les règlements imposés.

Quant au pape, qui craignait d'être atteint par quelque maladie, il ne s'aventurait pas dans les rues sales, mal pavées, creusées d'ornières profondes. Il ne sortait du palais que pour se rendre, lors du passage d'illustres personnages, à Notre-Dame-des-Doms, où il faisait dire une messe solennelle, occasion pour lui de prélever un cens supplémentaire sur toutes les taxes, déjà lourdes, supportées par les Avignonnais.

Jean XXII semblait n'attacher d'importance qu'à la fortune de l'Église, alors que ses mercenaires perdaient toutes les batailles engagées contre les Lombards et que le Milanais Visconti obligeait les ecclésiastiques à le déclarer hérétique et usurpateur du Saint-Siège.

Dans Avignon, le pape administrait, le viguier veillait à l'ordre et Jacques Mollard surveillait tous ces gens, ce qui lui laissait du temps pour la chasse, ou pour visiter les seigneuries royales des Cévennes, lorsqu'on y organisait d'aimables cours d'amour. Il ne pensait jamais à Flora, ni à leur fils Laurent, se refusant à se préoccuper d'une femme qu'il avait quittée.

Jacques Mollard lisait et relisait le parchemin. Il n'y avait aucun doute, le roi le mandait à Paris, sans préciser pourquoi. Par quelle bizarrerie ?

Il devait obéir au monarque. Malgré le mauvais temps, deux jours plus tard, accompagné d'une douzaine d'archers, il traversa le Rhône, parce que les chemins étaient meilleurs sur la rive gauche. Il chevaucha près d'une semaine, d'auberge en auberge, retrouva Lyon, qu'il avait quitté six ans plus tôt, affronta chez les Bourguignons les bourrasques d'automne, sans qu'aucune alarme sérieuse n'interrompe son voyage. Les tire-laine demeuraient au chaud.

Il pénétra dans Paris par la barrière d'Orléans, au soir d'une journée brumeuse, laissa à ses archers la liberté d'aller et venir. Il les retrouverait pour chevaucher vers le sud, quatre jours plus tard, sur la rue de Nesle, proche de l'hôtel où les brus de Philippe le Bel rencontraient leurs amants.

Après une nuit de repos à l'auberge du Grand-Veneur, proche du palais royal, Jacques Mollard se rendit à pied chez Philippe V. Au-dessus de la Chapelle sainte, un ciel jaunâtre recouvrait l'île, une pluie mêlée de neige rendait plus difficile qu'à l'accoutumée la circulation des chariots et des cavaliers. Il n'y avait que les cochons pour se trouver à l'aise dans la fange qui couvrait les rues.

Sur le seuil du palais, il secoua sa cape et, sans en aviser quiconque, s'apprêta à gagner le cabinet de travail du roi.

L'abbé Jean Guenat, un Franciscain, de bonne allure, moins maigre que la plupart de ses frères, le cheveu ras, le visage aimable, l'attendait.

— Le roi vous rencontrera dans son cabinet particulier, lui dit-il. Il se montre très impatient de votre visite. Vous connaissez bien cette demeure, mais le roi a fait agrandir quelques appartements, avec l'aide des architectureurs qui achèvent notre cathédrale, et il craint que vous ne vous égariez. Je vais vous guider.

Indifférents à la foule qui se pressait dans les salles et les couloirs, ils atteignirent au dernier étage de la nouvelle tour, face à l'île aux Bœufs, une petite pièce modestement meublée, le repaire du roi quand il voulait qu'on ignore où il se trouvait. Une table, quelques parchemins et des plumes. Une cathèdre et deux tabourets, avec pour tout éclairage une paire de chandeliers en fer.

Le roi, qui parut vieilli à Mollard — mais lui aussi n'était-il pas marqué par les ans —, l'attendait, se réchauffant les mains au-dessus des flammes rougeâtres d'une étroite cheminée qui devait mal tirer, la pièce était envahie par la fumée. On y distinguait à peine les objets.

L'ecclésiastique se retira.

— Je vous espérais plus tôt, dit le roi avec une pointe d'ironie. À en juger par votre mine, le voyage n'a pas été trop épuisant. Comment se porte notre pape ? S'il est à votre image, l'air d'Avignon doit être un élixir de longue vie, je crains que nous ne devions le supporter jusqu'à ce qu'il atteigne cent ans.

— Vous « craignez » ? reprit Mollard, surpris. Il mène assurément mieux les affaires de l'Église que son prédécesseur. Nous n'avons pas à nous plaindre.

Le roi s'éloigna de la cheminée où les bûches crépitaient, il s'assit à sa table de travail, faisant tourner nerveusement une plume entre ses mains. Mollard, qui avait pris place sur l'un des tabourets, s'impatientait. Le roi ne l'avait pas fait venir à Paris pour qu'il l'entretienne de la santé de Jacques Duèze. Elle était toujours florissante, chacun devait s'en accommoder. Après quelques instants de silence, Philippe V se décida à parler.

— Mollard, je me sens las, j'ai traversé des épreuves dont vous n'avez pas idée, cette nouvelle affaire me soucie, car je n'en vois pas l'issue.

— Une nouvelle affaire ? s'étonna Jacques Mollard. S'agit-il de l'Italie ? Laissez à l'empereur d'Allemagne le soin de démêler ce ténébreux conflit, où Jean XXII s'est imprudemment avancé. Le Milanais est plus fort que l'Avignonnais !

Philippe agitait une plume.

— Il n'est pas question de l'Italie, mais d'une affaire plus douloureuse pour moi. La nouvelle ne vous serait pas parvenue jusque dans Avignon ?

— Assurément non. De quoi m'entretenez-vous, que j'ignore ?

Le roi parut hésiter avant de poursuivre.

La surprise de Mollard fut plus grande encore quand Philippe V lui demanda :

— Depuis quand n'avez-vous pas rencontré votre épouse Flora ?

Il sursauta.

Philippe ne parlait jamais au hasard, pourquoi l'interroger sur ce qu'il s'efforçait d'oublier ? Mollard devait se montrer prudent.

Il se leva, ranima les braises dans la cheminée et revint s'asseoir. Il finit par répondre :

— Plusieurs mois, davantage sans doute. Je n'en ai plus le souvenir.

— Soyez sans crainte, elle ignore votre présence à Paris. Je ne lui ai rien dit, poursuivit le roi. Elle en aurait été attristée, et si elle l'apprenait... Elle vous aime, quoi que vous ne l'ayez jamais vraiment plongée dans les égarements de la passion.

Jacques Mollard n'appréciait guère les propos du roi. Pour se permettre de s'exprimer ainsi, il devait rencontrer souvent Flora et avoir reçu d'elle moultes confidences. S'il l'avait convoqué à Paris dans l'espoir qu'il la reprenne ainsi que leur fils, il était dans l'erreur.

— J'avais la naïveté de penser qu'elle m'avait oublié.

— Allons donc ! lança Philippe. Elle ne vous a pas oublié, pas plus que de mon côté je ne peux chasser de ma mémoire ce dont je lui suis redevable. Cela occupe régulièrement mes pensées.

Philippe se leva, alluma une chandelle, tira le rideau devant le fenestron, hésita à regagner la cathèdre, apparemment désemparé. Mollard avait conscience de cet embarras.

Le roi se décida enfin.

— Il me plaît que vous ne l'aimiez plus. C'est mieux ainsi. Car, quoiqu'elle vive au couvent des Cordelières de l'aumône des religieuses, vous êtes unis devant Dieu par les liens du mariage jusqu'à la mort.

Mollard, malgré ses efforts, ne parvenait pas à deviner ce que voulait le souverain.

— Peu m'importe ce que vous penserez de moi, Mollard, déclara enfin le roi. En effet, j'ai rencontré Flora. J'ai même été son amant...

— Son amant ! Son amant !

Bien qu'il se trouvât en présence du roi, Jacques Mollard ne put retenir un éclat de rire. Il s'en excusa aussitôt.

— Pardonnez-moi, mais vous n'avez pas été le seul ! Je n'aurais jamais quitté Flora si par le plus grand des hasards, après l'avoir épousée à Mazan, chez le seigneur d'Audes, je n'avais appris, dès notre arrivée à Paris, qu'elle avait été une des catins les plus recherchées par les gentilshommes parisiens. Je ne souhaite pas vous déplaire, mais avant ou après vous, je ne sais, elle a aussi montré son cul accueillant à Enguerrand de Marigny, que votre défunt frère Louis X a fait pendre à Montfaucon.

Mollard ne put s'empêcher de rire à nouveau. À ses gloussements, se joignirent bientôt en écho ceux du roi. Entre deux hoquets, Philippe lâcha :

— Je vous crois volontiers, Mollard, et je me réjouis de vous voir en d'aussi bonnes dispositions. Vous me facilitez la tâche. Pardonnez à votre roi, s'il parle avec dureté, mais... j'ai besoin de Flora, je voudrais lui confier une mission. Vous seul parviendrez à la convaincre.

— Ce qui signifie ? sursauta Mollard.

Certes, il n'aimait plus la mère de son fils, ce n'était

pas une raison pour accepter qu'on la mêlât aux sombres turpitudes de la Cour.

Jacques Mollard fixa Philippe dont le visage avait changé ; il découvrit deux longs plis durs de chaque côté de sa bouche, une froideur rigide dans le regard et ce ton autoritaire dû sans doute à son titre. Pour la première fois, l'ancien écuyer de Norbert d'Audes apprenait les libertés que peut prendre avec ses sujets l'homme qui dispose de tous les pouvoirs. Si le pouvoir repose, comme il en était convaincu, sur une conspiration permanente, Philippe de France lui montrait qu'en la matière il n'avait pas besoin de maître.

— Peut-être, osa-t-il avancer, comptez-vous éliminer une femme qui n'a commis d'autre faute que de partager votre couche ? Afin de préserver votre image, devez-vous accomplir un acte que vous regretterez ensuite ?

Philippe avait déjà menti, en déclarant que Flora vivait de l'aumône des Cordelières, alors qu'il subvenait personnellement à ses besoins. À un mensonge en ajouterait-il un autre ? S'il avait partagé les vertus d'honnêteté de ses sujets, Philippe n'aurait pas été roi. Les maîtres s'arrogeaient des privilèges refusés aux serviteurs. Avec Mollard, il avait déjà usé du mensonge, cette fois, il choisirait le silence.

— Vous vivez loin de Paris, Mollard. Les blessures sont souvent dans nos provinces moins durables que dans la capitale. Il y a entre Flora et moi un terrible secret que nous ne pouvons partager avec quiconque. De crainte de se trahir et pour tenter de s'en délivrer, Flora préfère poursuivre sa vie dans un couvent. Ainsi agissent beaucoup de pécheresses. Elle ne séjourne pas chez les Cordelières comme une épouse abandonnée, mais parce que dans Paris elle court de grands risques. Dans n'importe quelle ruelle, sur n'importe quelle place, en n'importe quel recoin de ce palais, peut surgir un meurtrier. Malgré ma protection.

Mollard fut saisi d'une terrible angoisse. Quel grave secret liait le roi et Flora au point qu'elle risquât d'être occise ? Il n'osait rien ajouter, espérant seulement que ses jours à lui n'étaient pas comptés.

— Vous avez peur ? demanda Philippe.

— Oui, répondit simplement Mollard.

— Alors, écoutez-moi. Rien n'est perdu si vous suivez mes ordres. Connaissez-vous la femme qui partageait jusqu'à sa mort le lit de Giacomo Colonna ?

— Je ne vous en tiens pas reproche, sire, mais cette Vénitienne à laquelle tout Avignon reconnaît des pouvoirs de sorcellerie était l'épouse du seigneur Norbert d'Audes, du temps où j'étais écuyer à Mazan.

— Je l'avais un moment oublié, mais c'est mieux ainsi, cela facilitera l'affaire à laquelle je pense, et si vous parvenez à obtenir ce que je veux, la destinée de Flora en sera modifiée. Elle vivra. Mais, ajouta le roi, comme après l'orage revient le ciel clair, vous la reprendrez auprès de vous, ainsi que votre fils Laurent.

Jacques Mollard acquiesça d'un signe de la tête, par souci d'obéissance, encore qu'il eût aimé connaître les véritables desseins du monarque.

Afin de leur chauffer l'estomac, un chambrier avait apporté un pichet de clairet tiédi et des gobelets. Les deux hommes burent. Sans dire un mot.

Le roi, le premier, rompit le silence.

— J'ai besoin de vous dans Avignon. Si Emilia se croit protégée parce que Colonna a été son amant, et que son génie de sorcière est redouté dans toute l'Occitanie, elle est dans l'erreur. Je l'aurais déjà traînée devant le tribunal de l'Inquisition, afin qu'on la brûlât, si elle ne m'avait pas déjà servi. Peu m'importe qu'elle incarne le mal et le vice, j'ai à nouveau besoin d'elle. Avec votre aide. L'affaire est grave, très grave : il s'agit de rien de moins que de protéger le trône des Capétiens.

Mollard ferma les yeux à demi. Habitué aux décisions irréfléchies du roi, qui avaient déjà suscité de multiples colères dans les cours européennes, il redoutait les suites dc cettc nouvcllc folic. Mais il sc montrerait, comme toujours, fidèle vassal.

— Sire, qu'attendez-vous de moi ? Et d'Emilia ? Est-ce abuser de votre bienveillance que de m'informer ? Vous êtes-vous découvert un ennemi, si terrifiant qu'il constituerait une menace pour la Couronne. À part le roi d'Angleterre, je devine mal qui...

Philippe V se pencha vers Mollard.

— Je veux du poison ! Peu importe à qui il est réservé. Oui, du poison ! Sans tarder. Trouvez-moi dans Avignon ce que je ne peux pas chercher dans Paris. Le peuple l'apprendrait avant même que j'en aie l'usage. Les sorcières de Paris ne redoutent guère l'Inquisition. Elles montent sur les fagots sans se plaindre, pourvu que, de leur vivant, nul ne songe à interdire leurs commerces. On ne sait jamais si elles mentent ou disent la vérité, cela les protège.

— Vous espérez que la faiseuse de sortilèges d'Avignon vous livrera aisément une de ses poudres mortelles ? interrogea Mollard, sceptique. Sa renommée vient sans doute de sa discrétion ; elle refuse de composer une mixture sans savoir qui elle condamne au trépas.

Le roi ne répondit pas. Mollard n'avait d'autre possibilité que de lui obéir.

— Soit, soupira-t-il, je vais m'efforcer de vous satisfaire. Et si Emilia veut savoir à qui la mixture est destinée ? Quel nom devrais-je fournir ? Je l'ignore moi-même.

— Ne croyez pas, Mollard, ajouta le roi, que c'est par méfiance que je tais le nom de celui qui boira le poison, je pense simplement que cela vaut mieux pour vous. Que vous soyez surpris en chemin, que vous soyez jeté au cachot, les fers ardents sur les os, les coins serrés dans les jambes, vous pourrez hurler, vous n'avouerez jamais ce que vous ne savez pas. Les juges ne pourront rien prouver. Et si vous dites que vous avez agi sur mes ordres, je les domine encore assez pour qu'ils préfèrent vous jeter au bûcher plutôt que de s'attaquer à ma personne. Ne vous effrayez pas en vain, nous n'en sommes pas encore là. Obéissez-moi, je vous montrerai ma reconnaissance. Vous ne courez aucun danger pour votre vie.

S'il refusait ce que le roi lui imposait avec tant de détermination, Jacques Mollard ne donnait pas cher de son avenir.

— Je devrai, je suppose, rapporter ici le poison ? À supposer qu'Emilia n'ait pas déjà déguerpi d'Avignon, où un inquisiteur moins tolérant que vous, hostile aux Italiens, serait tenté de la conduire aux fagots, sans qu'il soit possible au pape d'accorder son pardon. Tant de gens, parmi les mieux nés, pratiquent la sorcellerie que l'Inquisition pourchasse et torture celles et ceux qu'elle soupçonne d'avoir humé une herbe suspecte ou touché un animal diabolique. Il ne fait pas bon dans certaines paroisses caresser un chat noir.

— Je sais tout cela, trancha le roi. Si elle avait fui, vous en auriez été averti. N'êtes-vous pas auprès de la papauté le meilleur de mes espions ? Soyez rassuré. Personne ne souffrira... Si la mixture agit rapidement. Cela dépend de la sorcière. Qu'elle augmente ses doses habituelles !

Mollard s'attendait peu à pareille requête.

— À la condition que je mette la main sur cette femme. J'accepte la mission. Dussé-je la menacer de ce poignard — il montra son ceinturon — elle préparera la mixture. Sans lui dire à qui la potion est destinée, ce sera malaisé. Mais j'y parviendrai, je dispose sur elle de quelque influence.

Philippe avait craint que Mollard ne se résignât pas à ce qu'il exigeait de lui, il avait su le convaincre.

— Faites en sorte, Mollard, répliqua-t-il, que cela réussisse. Je tiens votre destin entre mes mains. Nul juge ne doutera si j'affirme que vous pratiquez la sorcellerie dans la forteresse de Villeneuve... Vous n'ignorez rien de ce qu'il adviendrait alors...

L'avertissement était clair.

Après plusieurs minutes de réflexion, un soupçon terrible envahit Jacques Mollard. N'était-ce pas sa femme Flora que le roi voulait assassiner ? Pourquoi s'était-elle enfermée chez les Cordelières ? Était-ce une obligation qu'elle ne pouvait pas refuser ?

Mollard, puisqu'il en avait l'opportunité, osa à son tour exprimer une requête, démontrant ainsi qu'il n'était pas dépourvu d'arguments contre le roi, qui hésiterait peut-être avant de le jeter au Châtelet. Encore qu'il redoutât qu'en pareilles circonstances le monarque, qui connaissait tous les détours de la lâcheté, ne s'égare en dehors de la morale et du bon droit et ne le fasse condamner. Sans que son âme en fût affectée.

— Sire, j'ai une faveur à solliciter

Le roi se voulut badin.

— Quelle que soit la faveur requise, à moins qu'il ne s'agisse de me planter une dague dans le dos, je vous l'accorde.

Pour l'heure, Mollard devait profiter de ce cynisme. L'occasion était unique d'utiliser à son avantage les perversions du souverain.

— Une affaire simple a connu un injuste dénouement. De son vivant, Giacomo Colonna, chargé des monnaies du pape, s'était constitué un trésor personnel qu'avec la complicité du fondeur il enflait régulièrement.

— Quoi de nouveau dans ce discours ? Si la vérité est ce qu'on m'a rapporté, Enguerrand de Marigny aurait dérobé ce trésor après la fuite de Carpentras.

Il est mort, pendu, il n'a jamais avoué où il l'avait dissimulé. Ce qui caractérise notre monde, c'est le mensonge. Vous mentez, je mens. N'ont-ils pas menti, ceux qui avaient tout à gagner à faire condamner Marigny ? En quoi cela vous concerne-t-il ?

— Norbert d'Audes, mon ancien seigneur, chez qui Colonna avait dissimulé deux coffres d'or et de bijoux, a été accusé de les avoir conservés. On l'a traité avec rudesse, il n'a jamais avoué, parce qu'il n'était pas coupable.

— Et alors ? demanda le roi qui ne s'expliquait pas l'intérêt soudain de Jacques Mollard pour une fortune qu'on aurait dérobée à l'Église.

Dans les derniers jours du conclave, Philippe avait appris que Norbert d'Audes aurait détenu le trésor. Il n'y croyait guère, il avait cependant chargé son frère, Charles de la Marche, d'en obtenir la restitution. Cela se passait lors des fêtes du couronnement à Lyon. Le seigneur de Mazan s'était défendu avec une grande sincérité ; le vol avait finalement été mis au compte des nombreuses malversations d'Enguerrand de Marigny, qui n'avait jamais hésité à puiser dans les taxes perçues sur les seigneurs et les ordres religieux. Depuis sa mort, Philippe V avait oublié les coffres, dont personne n'était vraiment certain qu'ils aient réellement existé.

— Pourquoi, s'étonna-t-il, revenir sur ce que nous considérons comme perdu ?

Jacques Mollard ne pouvait cacher sa révolte, fût-ce devant le roi. Il détestait Marigny, mais il ne supportait pas les injustices. Il ne put retenir un accès de colère.

— Sire, le connétable de Marigny a commis, j'en conviens, beaucoup de vilenies, on l'a accusé sans preuve d'avoir subtilisé ce trésor. Souvenez-vous, lors du couronnement du pape, à Lyon, votre frère s'est faussement retourné contre Norbert d'Audes. Le seigneur de Mazan est innocent de ce crime. Il endure aujourd'hui les pires souffrances, et il ne va pas tarder à périr dans les souterrains du palais épiscopal, si on n'incite pas le pape à le sauver.

Le roi parut surpris.

— Vous n'avez pas perdu vos bonnes habitudes, Mollard, défendre les coupables et les soutenir encore lorsqu'ils tombent dans les maléfices sataniques de la sorcellerie. Norbert d'Audes n'a pas été accusé par le pape pour l'affaire des coffres, mais parce qu'il a aidé à la mort de l'évêque d'Avignon. On l'a aperçu en compagnie de Géraud. Qui peut douter que le seigneur de Mazan, qui pour d'obscures raisons est passé naguère des Italiens aux Gascons, a eu recours à Emilia, son épouse, afin d'élaborer la mixture maudite destinée au pape ? Qu'Emilia lui ait préféré le cardinal Colonna ne les empêche pas de se rendre quelques services. N'est-ce pas Norbert d'Audes qui, soucieux de ne rien laisser au hasard, a suggéré à Géraud d'essayer le remède mortel sur Jacques de Via, l'évêque d'Avignon ? Quand on sait le peu d'affection que portent dans le Comtat les gens du pape à ceux d'Avignon, cela n'a rien de surprenant. Vous connaissez la suite...

Le roi s'exprimait avec une telle assurance qu'il était probable qu'outre Mollard, ambassadeur reconnu auprès du Saint-Siège, il devait disposer dans Avignon d'informateurs particulièrement zélés.

— Sire, d'où tenez-vous tout cela ?

— D'où je tiens cela ?

Le roi hésita un instant, puis lâcha :

— De Jean XXII lui-même. Cela vous étonne ? Vous souhaitiez savoir, vous savez ! Alors, quelle est donc cette faveur que je vous ai par avance, et peut-être sans réfléchir, accordée ? demanda-t-il, désireux de ne pas s'attarder sur ce sujet délicat. Est-elle excessive ? Vous avez un air si terrifié ! ajouta-t-il en souriant.

Mollard sentait un piège se refermer sur lui, comment en sortir ?

— Ma requête est inutile. Elle pourrait vous nuire. Mais si tout ce que vous me contez est vrai, et dans la bouche du roi il ne saurait y avoir d'autre parole que la vérité, Norbert d'Audes a été arrêté, non pour le trésor, mais pour sa participation au complot visant à empoisonner le pape. Remis en liberté, de nouveau emprisonné, soupçonné d'avoir obtenu de son épouse Emilia le breuvage assassin, et de s'en être ouvert à Géraud. On a supplicié Géraud. Les Toulousains complices sont enfermés à vie. D'Audes n'a pas été jugé, il se meurt dans les geôles d'Avignon, pourquoi l'avoir épargné ? S'il est innocent, il devrait être libre. S'il est reconnu coupable, qu'on le brûle !

— Mieux vaut, répondit, énigmatique, Philippe, qu'il en soit ainsi. Jeter d'Audes aux fagots nuirait à l'ordre qui règne dans le Comtat. Les Carpentrassiens sont par nature des gens d'une extrême mollesse, mais ils supporteraient mal qu'un seigneur proche de leur cité soit brûlé. En matière de supplices, ils préfèrent les victimes juives. Outre cela, sachez, Mollard, que votre requête est vaine. En effet, je n'ai nulle envie d'abandonner le seigneur de Mazan, et je l'ai déjà fait savoir au pape. Il ne l'a pas encore relâché, je le regrette. Puisque vous semblez y tenir, sans doute parce que vous fûtes jeune écuyer à Mazan, nous allons brusquer le Saint-Père.

Le roi avait regagné sa place, avait repris la plume à écrire et la retournait entre ses doigts.

— Mon cœur se serre, avoua Mollard, lorsque je pense au seigneur de Mazan, il manque à ses manants et sans doute plus encore à son fils. Sa liberté serait pour moi le triomphe d'une bonne justice. Vous seul pouvez l'obtenir.

— L'estime en laquelle vous tenez le seigneur d'Audes est pour moi inexplicable, mais je vous ai d'avance accordé ce que vous souhaitiez, le cœur et la raison me font une obligation de ne point m'y soustraire. Puisse Norbert d'Audes vous en être, un jour, reconnaissant... Ainsi qu'à moi...

Philippe griffonna quelques mots sur un parchemin, qu'il roula avant de le sceller. Il n'en indiqua pas la teneur à Mollard, puis il le glissa dans un étui armorié et le lui remit en souriant.

— Soyez heureux, délivrez ce message au pape, il fera l'effort de me satisfaire. Son attitude aura pour moi valeur de témoignage de la fidélité de l'Église envers la Couronne.

Mollard avança la main pour prendre le pli.

Le roi l'en empêcha. À se montrer trop généreux, Mollard pourrait y voir de la faiblesse.

— Norbert d'Audes sera libre. Si le pape le décide. Mais faites en sorte que le poison me parvienne rapidement. Rien n'est plus important. Vous l'aurez compris, je tairai notre arrangement. Et maintenant, prenez cet étui, et faites-en bon usage.

Mollard se saisit de l'étui, s'inclina devant le roi et sortit en hâte du palais.

Dehors, il neigeait à gros flocons. Les rues étaient plus boueuses qu'à l'accoutumée. Mollard, indifférent à la fange qui l'éclaboussait, prit le chemin de l'auberge du Grand-Veneur. Il respirait profondément, malgré la puanteur, serrant l'étui entre ses mains avec nervosité, n'osant pas, bien qu'il en fût tenté, en briser le sceau.

Arrivé non loin de l'hostellerie, entre des bâtisses à deux ou trois étages coiffées de pignons souvent décrépis, il avait réfléchi, sa décision était prise.

Des mendiants, des lépreux, que rien ne protégeait de l'averse neigeuse, tendaient aux passants leurs mains crasseuses, leurs moignons ensanglantés, couverts de pustules noirâtres. Mollard donna un écu à celui qui, sans jambes, lui parut le plus démuni, rentra à l'auberge et pria, malgré le mauvais temps, qu'on sellât sur-le-champ son cheval et qu'on lui fixât aux flancs du picot pour une semaine. En cette saison, la nuit tombait tôt. Il n'était pas évident que les auberges soient ouvertes en direction du sud.

— Tu me raconteras plus tard, sortons de la ville.

Jacques Mollard et Flora, derrière lui, sur la croupe du destrier, le tenant par le ceinturon, galopaient en direction de Fontainebleau, qu'ils espéraient atteindre pour le souper, s'il n'y avait pas trop de chariots en travers des chemins. La neige ne tombait plus.

Les choses avaient été si rapides que Flora n'avait pas eu le loisir de s'interroger.

Mollard s'était présenté chez les Cordelières. Il n'avait pas dissimulé qu'il était le père de Laurent. Jeanne de Contrucci s'était réjouie de cette heureuse visite. Que pouvait-elle refuser à un homme qui s'était annoncé comme l'ambassadeur du roi auprès du pape Jean XXII ? Très flattée qu'une de ses pensionnaires fût l'épouse d'un personnage qui avait porte ouverte auprès du Saint-Père. Pourquoi Flora lui avait-elle affirmé ne pas connaître le père de son enfant ? D'un tempérament généreux, la mère supérieure lui pardonnait, ce n'était peut-être chez Flora que de la modestie.

Elle avait sans difficulté, en échange d'une bourse emplie d'or, accepté de veiller sur le jeune garçon, tout le temps que sa mère serait absente.

— Avant un mois, elle sera de retour, avait assuré Jacques Mollard.

Il était convaincu du contraire, mais au moins était-il certain que le garçon serait convenablement traité.

Avec émotion, Jacques Mollard baisa le front de Laurent, Flora eut à peine le temps de le serrer entre ses bras.

Avant qu'ils ne franchissent le portail, Jeanne de Contrucci crut pouvoir plaider devant ce familier de Jean XXII la cause de sa communauté :

— Vous rencontrez régulièrement Notre Très Saint-Père, alors suppliez-le de diminuer les taxes, toujours plus élevées, qui accablent les ordres religieux. Bientôt, pleurnicha la mère abbesse, nous ne pourrons plus nourrir nos pauvres, auxquels chaque jour nous donnons un bol de soupe et une tranche de pain. L'Église est riche et nous autres dans la misère.

— Je m'efforcerai de vous obtenir cela, avait assuré Mollard, mais ce pape n'admet guère qu'on s'occupe de ses finances.

Il avait salué la supérieure et, sans se retourner, avait lancé le cheval au galop.

— Où me mènes-tu ? avait crié Flora, dans le vent. As-tu à ton tour l'envie de me tuer ?

Agrippé à la crinière du destrier, Jacques s'était retourné, hurlant :

— Je crois que je viens de te sauver la vie. Je t'expliquerai plus tard.

Le vent glacial cinglait leurs visages.

À l'orée de la forêt de Fontainebleau, loin de la résidence royale, Robert Reynard tenait l'auberge du Chêne. Le personnage, robuste, le regard clair, la main franche, n'était pas de ceux chez qui s'arrêtaient les tire-laine et les « gens des compagnies » qui, par groupes d'une vingtaine d'hommes solidement armés, pillaient, rançonnaient, violaient et tuaient sur toutes les voies du royaume, sans que quiconque n'osât jamais les affronter, tant ils inspiraient de crainte, surgissant toujours là où on ne les attendait pas.

Robert Reynard était excellent chasseur, et il suffisait de pousser la porte de la salle commune, où se côtoyaient nobliaux en campagne et négociants aisés, pour humeur l'agréable odeur d'un sanglier en train de rôtir à la broche dans la cheminée. Pas la moindre trace de vinasse sur les tables, gobelets et plats étaient régulièrement lavés dans un ruisseau d'eau claire, qui coulait près de l'auberge, par Louise, la fille aînée de Robert, qui avait épousé un Italien, Claudio Guerini, aussi petit que Louise était grande, dépourvu de cheveux alors que Louise, épanouie, laissait flotter ses mèches blondes sur ses épaules. Claudio s'occupait de découper et de servir les mets, Louise veillait à ce que chacune des cinq chambres, meublées simplement, fût toujours convenablement entretenue, prête à accueillir les voyageurs. À dix lieues à la ronde, nul n'ignorait qu'à l'auberge du Chêne les lits étaient douillets, garnis de bonne plume.

Jacques et Flora avaient soupé de grand appétit, sans échanger un mot. À leur arrivée, le vent soufflait encore fort, la cape de Jacques Mollard s'était entrouverte lorsqu'il avait sauté de cheval. Flora avait aperçu, fixé à son ceinturon, l'étui aux armoiries royales, semblable à ceux que le roi utilisait lorsqu'il confiait à un émissaire un message d'importance. Flora n'en avait pas soufflé mot, elle avait examiné le visage de son époux. Rien dans son regard qui pût l'épouvanter. Mollard finirait bien par s'expliquer.

Louise, un chandelier à la main, les avait guidés jusqu'à une chambre, à l'étage, au fond d'un couloir dont le plancher craquait sous les pieds.

Pour la première fois depuis des années, Flora et Jacques se retrouvaient face à face, ensemble dans une chambre, où il n'y avait qu'un lit. Un coffre, une table basse, sur laquelle Louise avait déposé un livre de prières, un broc d'eau claire et un plat en bois pour se toiletter. De chaque côté du lit, un tabouret avec une petite chandelle de résine.

Ni Jacques ni Flora n'osaient se dévêtir.

— Depuis que nous nous sommes quittés, j'ai beaucoup pensé à toi, hasarda Jacques Mollard timidement.

Il devinait sous la robe de Flora de petits seins fermes. Il les connaissait bien et brûlait de les caresser à nouveau.

La chasteté imposée par la vie au couvent n'avait pas fait oublier à Flora les plaisirs auxquels elle avait, plus jeune, beaucoup goûté. Elle entendait toutefois se faire désirer.

— Quelle joie de retrouver un peu de liberté ! Les chênes et les bouleaux de Montrouge étaient pour moi des grilles de prison. Ici, dans l'air pur de la forêt, ces arbres robustes sont déjà vieux, leurs racines vivront longtemps après notre mort. Chaque année, la nature renaît, alors que nous autres, humains, dont Dieu décide de l'harmonie ou de la détresse de la vie, chaque jour nous rapproche de la mort. Nous aurions tort de ne point profiter de tous les instants, surtout quand ils sont heureux... C'est une tragédie pour mon âme, je redoute tant ce qui adviendra sur l'autre rive. Si Dieu existe, me recevra-t-il ? Les bâtards ont-ils une place au paradis ?

Jacques Mollard s'impatientait. Ces considérations sur le temps qui passait n'étaient pas sa plus pressante préoccupation.

Durant tout le dîner, il avait dévisagé Flora, s'étonnant qu'elle fût, la quarantaine passée, toujours aussi désirable, et se félicitant de ces retrouvailles auxquelles il ne songeait pas la veille encore. Ils ne s'étaient pas attardés dans la salle, négligeant les conversations des tables voisines et la bonne humeur ambiante. L'unique attente de Jacques était de se retrouver seul avec Flora.

Flora ne manifestait aucune impatience. La porte verrouillée, elle s'ingénia à torturer Mollard, le pressant de questions.

— Je ne doute pas, reprit-elle, avec un petit rire rauque dans la voix, que tu aies beaucoup de choses à me dire... Depuis si longtemps... Tu as dû vivre de nombreuses aventures... Tu es devenu un personnage important, estimé du roi, proche du pape... Conte-moi tout cela ! Avant de...

Elle prit soin de ne pas achever sa phrase.

Jacques Mollard n'y tint plus, il posa ses mains sur les hanches de Flora, et lui murmura :

— J'ai l'impression que si nous faisions l'amour, là, sur ce lit, malgré la froidure de la chambre, ni l'un ni l'autre ne le regretterait.

Flora, pour toute réponse, l'embrassa goulûment, avide de retrouver les sensations dont elle était depuis trop longtemps privée.

L'instant d'après elle était nue. Jacques s'était dévêtu.

— J'ai souvent pensé que nous ne nous reverrions jamais, confessa-t-il. J'évitais de songer à toi. Je ne t'ai jamais remplacée.

— Te souviens-tu, la première fois ? Dans la garrigue, près de la masure délabrée de Gordes ? Tu n'étais qu'un jouvenceau, j'étais déjà femme. J'avais connu d'autres amants, tu avais choisi de les ignorer. Ce fut pour moi la première preuve de ton amour. Et pourtant, je t'ai quitté. Par obligation, avec tristesse...

Jacques se tut, lui caressa les seins, puis le ventre.

Brusquement, Flora relâcha son étreinte, se redressa.

— Avant que je me livre à toi, tout entière, comme au premier jour, tu dois tout me dire. Pourquoi m'as-tu, aujourd'hui et avec tant de précipitation, arrachée au couvent ? Pourquoi avons-nous galopé aussi vite, loin de Paris ? Ne me dissimule rien, car je soupçonne qu'il y a autre chose que l'amour retrouvé. Où allons-nous ? J'ai accepté jusqu'à cet instant ton silence. Si tu ne veux pas que je m'échappe dans le froid et la nuit, parle ! Où me mènes-tu ?

— Dans Avignon, répondit sèchement Mollard.

Il s'expliquerait plus tard, son désir l'enflammait.

Flora lui tourna le dos. Elle n'aurait de cesse d'obtenir des explications.

— Pourquoi m'as-tu enlevée ?

— Parce que le roi veut ta mort, répondit calmement Jacques Mollard, avant de la recouvrir de son corps. Il veut te faire empoisonner.

— Cela ne me déplaît pas d'apprendre que le roi de France a peur de moi, répondit Flora en souriant.

Après avoir, jusque tard dans la nuit, usé plus que de raison des vertiges de l'amour, Flora redoutait que ce fût par pitié, pour lui sauver la vie, que Jacques l'avait extraite du couvent. Les passions éteintes ne se réveillent que rarement, et si Mollard avait agi ainsi, seule la raison pouvait en être la cause. Que lui importait ! Elle s'était donnée sans retenue. Il avait suffi de quelques heures pour que, à l'écart des habitations, dans cette auberge de forêt, l'indifférence cédât de nouveau au désir, autant qu'à la tendresse.

À présent, elle enrageait.

Elle avait besoin de sommeil, mais elle secoua Jacques Mollard qui s'assoupissait déjà, encore qu'elle n'ait guère de doute sur les raisons pour lesquelles le roi voulait la réduire définitivement au silence.

— Quel prix devrai-je payer pour que tu me gardes auprès de toi ?

Sans hésiter, il répondit :

— Tu es mon bien le plus précieux. Sinon, pourquoi t'aurais-je sauvée, alors que le roi veut te perdre et que désormais il ne verra plus en moi qu'un serviteur félon ? En t'arrachant au tragique destin qu'il a décidé pour toi, je me suis condamné. Je le connais ! Il ignore le pardon, et ne fléchira pas. S'il doit me condamner pour l'avoir trahi, le gibet ne m'effraie pas. Ne crois surtout pas que je sois anéanti. Nous sommes ensemble, et ensemble nous nous battrons. Dans Avignon, ou ailleurs, je sais où trouver de l'aide, où te mettre en sécurité. En ce qui me concerne, ceux qui ont autorité sur moi décideront de mon destin.

Le ton de Jacques Mollard était ferme, résolu. Il avait, au cours de sa vie, trop souvent montré de l'indifférence envers ceux qu'il servait ou qui le servaient. S'il voulait mériter son salut, il n'était que temps de se comporter en bon chrétien. Flora près de lui, il pouvait s'engager à réparer ses erreurs passées. Elle lui avait rendu le plaisir de vivre.

Sans qu'elle ait à l'interroger, Jacques Mollard ne put retenir plus longtemps la vérité.

— Le roi veut ta mort, Flora. Il redoute que tu ne dénonces un secret que, selon lui, ensemble vous partagez. Il m'a enjoint, parce qu'il n'ignore rien des agissements d'Emilia — je lui avais moi-même fait part de mes craintes après la mort douteuse de Jacques de Via — qui a préféré la sorcellerie à la bonté de notre seigneur d'Audes, d'obtenir de cette femme une mixture mortelle qu'il te fera avaler. Quel que soit le lourd secret qui vous lie, je n'ai pas pu le supporter. Quel secret est assez important et grave pour que le roi de France se risque à devenir empoisonneur ? Philippe se prendrait-il pour Néron ou Caligula ?

Flora bondit hors du lit, telle une furie. Elle enfila en hâte une chemise, et lança à Mollard :

— Ne t'affole pas, mon doux ami, fais comme il t'a été ordonné. Obtiens d'Emilia le poison que le roi réclame et, sans perdre un instant, rapporte-le à Paris. Je ferai le reste. Ne crains rien. Tu es dans l'erreur, c'est peut-être quelqu'un d'autre qu'il veut faire empoisonner. J'ai une idée. Plus qu'une idée... un pressentiment. Sombre et tragique.

— Cela ne changera rien, avant que je ne sois de

retour, le roi aura appris que tu as fui avec moi les Cordelières. Il ne l'acceptera pas. Il n'aura aucune difficulté à m'inscrire sur le grand registre des hérétiques qu'il faut sans tarder jeter au bûcher, ou pendre à Montfaucon, selon l'usage pour les hommes de ma condition... À toi, s'il te retrouve, il imposera le billot. Y aurait-il mort plus supportable pour les femmes ? Ce goût pour la torture m'est odieux.

Flora s'approcha de Jacques Mollard, qui s'était lui aussi levé et prestement vêtu, elle le secoua par les épaules, plus violemment qu'elle ne l'aurait fait avec un jeune prunier.

— Tu n'as rien compris, sot que tu es. Philippe t'a-t-il précisé que c'était moi qu'il voulait empoisonner ? Il me savait recluse dans le couvent de Montrouge.

Jacques, décontenancé, balbutia :

— Non, il m'a seulement parlé d'un lourd secret entre lui et toi, puis il a pris un air contrarié pour me donner l'ordre de lui procurer le poison.

Sans mesurer les conséquences éventuelles de son aveu, Flora ne mit pas plus de dix minutes pour relater à Mollard ce qui la liait au roi. Philippe était, certes, un monstre, mais Jacques était dans l'erreur. Ce n'était pas Flora que le roi voulait saisir à mort, mais le garçon que par son entremise le seigneur de Bucy avait accueilli à Vaugirard. Le roi redoutait qu'en prenant de l'âge, le jeune homme, parce qu'il y a toujours des bavards, ne clame que l'héritier de la couronne de France, c'était lui, Jean, Jean le Posthume comme le nommait le peuple.

— Le fils de la reine Clémence et de Louis X porte sur le bras droit un signe particulier, un bubon de naissance, que seuls sa mère, qui s'en est allée mourir de chagrin dans un couvent de Châteauroux, le roi et moi connaissions. Clémence n'est plus. Restent Philippe, l'héritier légitime et moi. Le Capétien n'a pas à me redouter, pourquoi me supprimerait-il ? En revanche, le roi Jean n'est pas inoffensif... Ce que

Philippe, ce monarque plus redoutable et rusé que son père Philippe le Bel, attend de toi, c'est que tu l'aides à supprimer Jean. Ensuite, il te réduira au silence. À te faire pendre à Montfaucon, il trouvera ses aises.

Flora ne quittait pas Jacques Mollard du regard. La tête dans les mains, recroquevillé sur le lit de plumes, il était paniqué. Tous les prophètes de malheur s'acharnaient sur lui, pensa-t-il.

Enfin il releva la tête.

— Sans toi, je courrais le risque d'être pendu. Ce qui me fait trembler dans cette affaire, alors qu'il me semble entendre craquer tous ensemble les arbres de la forêt de Fontainebleau, c'est que toi, Flora, fille d'une petite dame de Provence, épouse d'un podestat d'aussi modeste pouvoir que moi, tu sois mêlée à un crime abominable, s'il est vrai que...

Elle l'interrompit, glaciale, les poings sur les hanches.

— Ou tu me crois, ou tu te moques de ce que je viens de te révéler. En ce cas, tu scelles ton avenir pour Montfaucon.

— Je te crois, je te crois volontiers, bafouilla Jacques Mollard, mais quelle ignominie ! Comment as-tu pu, depuis des années, conserver en toi une mauvaise cause qui pourrait jeter le royaume de France dans la bourse de l'Anglais ? Est-ce là toute la vérité ? Pourquoi celui qui n'était encore que régent a-t-il eu recours à toi pour cet acte indigne ? À cette époque, nous vivions ensemble à Vaugirard. Tu fréquentais la Cour. Tu as été sa maîtresse, est-ce pour cela que tu te montres aussi prompte à partager ses vilenies ?

Flora ne voulut pour l'heure rien ajouter. Qu'elle avoue qu'elle était fille et sœur de roi, qu'elle avait avec Philippe commis l'inceste, et Jacques Mollard serait tenté de s'enfuir. Elle souhaitait le garder, autant par tendresse que parce que, hors du couvent, elle avait plus que jamais besoin de sa protection.

— Dieu, se contenta-t-elle de dire, ne révèle jamais en une seule fois ce que les hommes doivent connaître de lui... Je ferai en sorte de te le confier avant d'avoir la tête sur le billot. Ce soir, tu ne me croirais pas, tu ne verrais en moi qu'une démente.

Jacques Mollard fit une moue dubitative. On lui aurait, dans l'instant, taillé la gorge, qu'il n'en aurait pas été surpris. Il aurait voulu crier sa honte et sa douleur, il n'y avait dans cette auberge de campagne que le silence, traversé de temps à autre par le hennissement d'un cheval à l'écurie.

— Nous devons nous obliger à un peu de repos, la route est encore longue jusque dans Avignon. Si la Saône est prise par la glace, les gabares ne descendront plus au-delà de Lyon, nous devrons chevaucher jusqu'en Provence.

— Il nous faut en effet dormir un moment, admit Flora, l'aube ne saurait tarder. Je n'y consens que si à ton tour tu ne me mens pas. J'ai peut-être cette nuit le corps enflammé, je conserve l'esprit lucide.

— Je ne t'ai rien caché, j'en fais sur ma vie le serment.

— Et cela ? lui lança Flora en désignant l'emplacement sous le matelas où Mollard avait dissimulé l'étui scellé.

— Ça, répondit-il en hésitant, c'est un message du roi à l'intention du pape Jean. J'ignore son contenu. Ce n'est pas mentir que de n'en point parler.

— Te voici de nouveau mal à l'aise ! Je veux connaître la teneur de ce message. À l'instant.

— Il est scellé du roi. Je ne puis en dire davantage.

Flora eut vite fait, sous le regard effaré de Jacques Mollard, de tirer l'étui de cuir de sa cachette, d'en briser le sceau et de prendre connaissance du texte rédigé par le roi. Elle jeta étui et parchemin sur le lit et se précipita dans les bras de son époux.

— Pourquoi taire ce qui est la meilleure des nouvelles ? Norbert d'Audes n'a commis aucun manquement. Cette requête en est une preuve. Je n'en ai jamais douté. Le roi ne demanderait pas au pape de le libérer si le seigneur de Mazan était coupable de quelque mauvaise action. Personne n'a jamais subi de sa part aucun préjudice. Il ne sera pas jugé. Au jour béni de sa libération, nous serons à ses côtés. Ses honteuses souffrances ne seront bientôt plus qu'un mauvais souvenir. Norbert d'Audes s'est toujours révolté contre l'injustice et la félonie. Il a eu le cœur déchiré, nous lui rendrons le goût de la vie. Avec ou sans Emilia.

À entendre ce nom, Jacques ne put retenir un tressaillement.

Dès le lever du jour, après avoir acquis une haquenée auprès d'un paysan dont la ferme était à une demi-lieue de l'auberge du Chêne, salués par Reynard qui leur fit le cadeau d'un gros pot de vin en terre, modelé de ses mains, Jacques Mollard et Flora quittèrent l'auberge et, sur un tapis de neige fraîche, tombée pendant la nuit, prirent le chemin de Montereau, en direction du sud.

Rien ne pouvait plus les effrayer, ils s'étaient fait une obligation : ramener à eux, et dans l'ombre, leur fils Laurent, dont ils achèveraient l'éducation afin qu'il devienne un vertueux et courageux chevalier. Mais d'abord sauver le seigneur de Mazan.

Jacques Mollard et Flora chevauchaient côte à côte, comme s'ils ne s'étaient jamais quittés. Pas encore vraiment heureux, déjà confiants.

Leur unique souci : ne pas être enfouis dans la neige épaisse recouvrant les monts de Bourgogne.

Épilogue

Après dix-huit ans de pontificat, Rome demeurait en Provence. Jean XXII s'irritait contre les hérésies, mais il acceptait la simonie et le népotisme de la cour d'Avignon. L'Europe s'emplissait d'un tumulte que l'Église ne parvenait pas à apaiser.

Isabelle de France et son amant Mortimer, plus roi que le roi, avaient effectué le déplacement de Londres à Paris. En vain. La fille de Philippe le Bel n'obtiendrait pas de son frère que l'Angleterre et la France soient réunies sous la même couronne. S'il fallait batailler, cent ans peut-être, les pairs de France, pour une fois alliés à leur souverain, défendraient l'unité du royaume.

Jean XXII avait déployé maintes ambassades auprès des deux partis. Sans résultat.

Jacques Mollard n'avait jamais porté au roi le poison qu'il attendait de lui. Le fils supposé de Clémence était mort de mort naturelle. Le seigneur de Bucy l'avait suivi de près dans le cimetière du hameau, où les tombes s'alignaient contre les remparts de Paris. La poudre mortelle était devenue inutile.

Après cinq ans de règne, Philippe V était mort en 1322 d'une mauvaise fièvre. Avec toute la pompe qui seyait aux souverains et dans un grand concours de population et de barons venus de royaume, en présence des ambassadeurs des pays amis, il avait été inhumé à Saint-Denis, où il n'avait pas eu le temps de se faire ériger un tombeau digne de son rang.

Aucun seigneur n'avait osé discuter la volonté de Philippe de voir son frère Charles de la Marche, troisième fils de Philippe le Bel, ceindre la couronne de France, assurant ainsi la suprématie des Capétiens sur le royaume.

Les Valois n'avaient pas perdu espoir. Leur attente avait été récompensée, Charles IV, neveu de Charles de Valois, n'avait régné que six ans et, en 1328, Philippe de Valois avait entamé un règne difficile, sur un trône enfin ravi aux Capétiens.

Autour de lui, l'un après l'autre, les prélats de la curie, dont ses plus arrogants opposants, défuntaient, lui poursuivait inlassablement son ouvrage. Tant que son cœur battrait, il ne renoncerait pas à une bataille, pas plus qu'il ne repousserait une offre de juste paix. Les Hospitaliers, en France, les Visconti, en Italie, en avaient fait l'amère expérience.

Pour les Avignonnais, il avait voulu, contrairement à ce qu'avait écrit le poète Pétrarque lorsqu'il avait quitté la ville pour voyager sur le Rhin, après la mort de son maître Giacomo Colonna, faire de la ville une deuxième Rome et non une « Babylone dépravée ».

Certes, Jean XXII avait, avec beaucoup de largesse, contribué à l'embellissement de sa ville natale de Cahors, mais dans Avignon, il avait aussi ouvert des collèges, développé l'université créée trente ans auparavant, l'avait enrichie de manuscrits rares, d'ouvrages de théologie enluminés d'or par des artistes qu'il avait attirés d'Allemagne où ils étaient les maîtres dans cet art. Il avait également souhaité que dans sa *libraria* ne figurent pas seulement les ouvrages des Pères de l'Église, mais aussi des textes des docteurs en langues, qui avaient traduit en provençal, en grec et en hébreu, des textes de Sénèque, Cicéron, Pline et Tite-Live.

Il avait encouragé les poètes, les troubadours, et il

aurait continué à accorder les privilèges des bénéfices ecclésiastiques à François Pétrarque, assurément le plus doué de tous, si celui-ci, aveuglé par les feux de sa passion pour Laure de Noves, qui n'avait pas, à trente ans passés, pris d'époux, n'avait pas répété de taverne en livrée qu'il lutterait jusqu'à sa mort pour le retour de la papauté dans Rome. Jean XXII se refusait à le condamner, convaincu qu'un jour le Pisan reviendrait en Provence. Ne serait-ce que pour être le premier, comme il en avait fait le serment, à gravir le sommet du mont Ventoux, qui avait hanté ses nuits lorsque, très jeune, il rêvait de cette imposante et inquiétante montagne où ne vivaient, prétendait-on, que sorciers, garous et autres animaux sauvages. Jean XXII ne serait sans doute plus dans le monde des vivants, mais il en était convaincu : le poète reprendrait le chemin du Comtat ; le prétexte en serait l'Ararat provençal, la réalité, sa folle passion pour Laure. Il ne parviendrait jamais à y échapper.

Malgré son grand âge, qu'assurément peu d'humains atteignaient, Jean XXII n'avait rien voulu modifier à sa vie de chaque jour.

À côté de son lit garni de plumes veillaient deux chambriers, installés sur de mauvaises paillasses, prêts à lui porter secours si un malaise subit survenait. Il lui semblait que ses ennemis avaient renoncé à l'empoisonner, il n'en exigeait pas moins que tout ce qu'il buvait ou mangeait fût d'abord dégusté par un cardinal d'office, que, dans sa rouerie naturelle, il désignait selon son gré, parmi ceux qui attendaient sa mort avec le plus d'impatience.

Levé dès l'aube, habillé par ses chambriers, après avoir bu une décoction d'herbes de Provence, additionnée d'une pincée de poudre de châtaignes à laquelle les sorciers attribuaient les vertus d'un élixir de longue vie, il gagnait son *studium*. Debout devant un pupitre taillé dans un tronc de chêne du Quercy, il lisait les parchemins de ses légats, rédigeait les brefs à usage secret ou les bulles sur lesquelles, après avoir lu et relu le texte, il apposait son sceau, sachant que le droit canon donnait à chacune valeur universelle.

Il s'amusait encore au souvenir de quelques-unes de ces bulles, dont le contenu avait assombri le visage de leur destinataire. Le Milanais Visconti, dont il avait obtenu, après des années de combats sanglants, la condamnation par la pénitencerie apostolique, en savait quelque chose. Il n'était pas le seul. N'avait-il pas menacé d'excommunication l'empereur d'Allemagne qui visait tant la possession de l'Italie que, même en l'absence de pape, il s'était fait couronner à Saint-Pierre de Rome ?

Et ce moine italien qui s'était attribué le titre de pape, sous le nom de Nicolas IV, avant de venir supplier Jean XXII de l'absoudre ? Il lui avait pardonné. Sans doute par pitié. Le faux pape était dans un état si misérable en arrivant à pied dans Avignon qu'il n'avait survécu que quatre jours à la bénédiction du Saint-Père.

Après un léger repas, qu'il prenait seul, invariablement de la poule bouillie et du chou, il s'accordait un ou deux verres de vin de ses vignes de Châteauneuf, servi par son premier chambrier qui avait pris soin de le tiédir dans une aiguière en or.

Il avait toujours refusé, quoique lui-même occitan, de céder au plaisir des Provençaux : hiver comme été, Avignon se vidait de ses habitants pour une sexte nécessaire à leur bonne santé, ce que ceux qui ne s'exprimaient qu'en langue française appelaient « sieste ». Il préférait se retirer dans son *studium*. Après vêpres commençaient les audiences du soir. Puis il soupait.

Durant les heures de l'après-midi, depuis quelques années déjà, il avait imposé qu'on ne le dérangeât sous aucun prétexte. Il ne doutait pas que la vie éternelle lui offrirait maintes occasions de se remémorer les événements les plus importants de son existence ; précautionneusement, afin de ne rien oublier, il prenait déjà le temps de réfléchir aux périls auxquels il avait échappé, aux délivrances qu'il avait connues, au bon temps qu'il avait vécu, aux erreurs et péchés qu'il avait commis. Il regrettait les décisions injustes, il se félicitait des heureuses.

Il ne se passait pas trois jours sans qu'il se remémore cette longue audience, accordée sans hésitation à Jacques Mollard, douze ans auparavant.

À la fin du règne de Philippe, il avait reçu l'ancien écuyer de Norbert d'Audes dans le petit oratoire proche de sa chambre. À quatre-vingt-neuf ans, le pape se souvenait de cet entretien comme s'il l'avait vécu la veille.

L'ambassadeur du roi était entré, livide, et, avant même d'avoir prononcé une phrase, s'était écroulé au pied de l'autel, dans la chapelle, implorant la grâce du Seigneur.

Le pape avait attendu que Mollard se relève.

— Expliquez-moi les raisons d'un pareil désarroi.

Et Mollard rapporta les exigences du roi, sans rien négliger.

Ayant pris connaissance de l'ignominieuse action dans laquelle le roi de France voulait engager son ambassadeur, et de la maudite influence que le souverain avait exercée sur son vassal, espérant faire de lui un empoisonneur, le pape avait été fort éprouvé. Il avait fait rouler entre ses doigts les grains de son chapelet, incapable de poser une question à cet homme qu'il avait connu vigoureux et vigilant, et qui s'était ainsi abandonné, ne cessant de lui baiser les pieds, selon l'usage imposé aux pénitents, cependant que lui demeurait silencieux.

Le soir même, Norbert d'Audes était libre. Devant le palais, Flora et Jacques Mollard l'attendaient, en compagnie de leur fils Laurent, de retour dans Avignon après de longs mois passés au couvent.

Dès le lendemain, le pape avait souhaité recevoir Norbert d'Audes.

Le seigneur de Mazan s'était présenté, amaigri, la barbe longue et grise, pieds nus, en bure de pèlerin de mauvais lin.

En pénétrant dans le petit tinel au fond duquel se tenait Jean XXII, Norbert d'Audes, qui avait voulu passer sa première nuit de liberté à l'hospice Saint-Lazare, dans la chapelle réservée aux lépreux, avait éprouvé une violente émotion. Il s'était agenouillé devant le Saint-Père, et avait murmuré simplement :

— Dieu vous le rendra !

Le pape avait parlé avec une chaleur qui ne lui était pas coutumière. Considérant Norbert, il lui avait dit, comme s'il avait oublié que c'était dans ses prisons, trois étages sous cette salle, que l'homme qui se présentait si humblement à lui avait été injustement maltraité :

— Toutes vos armes, j'aurais voulu vous les restituer, elles ont été prises par le viguier. Lui seul peut en disposer. Toutefois...

Il avait tiré de derrière sa cathèdre une lame droite et brillante, il l'avait tendue à Norbert d'Audes.

— Cette épée, je vous la remets, vous n'en utiliserez plus jamais d'autre. Elle porte sur le plat la croix de Notre-Seigneur Jésus. Approchez-vous...

Le seigneur de Mazan s'était avancé.

— Gardez votre âme en l'état où elle est maintenant. En tenant cette épée, n'oubliez jamais ceux qui, sur le chemin de Jérusalem, la portèrent avant vous. En sus, trois beaux destriers vous attendent dans mes écuries, ils m'ont été offerts par un chevalier après un tournoi. Un beau et grand jeune homme, aux cheveux blonds, aux yeux sombres, déjà renommé pour ses prouesses et fort apprécié des dames. Vous devriez peut-être songer à le marier avant votre départ.

— Philibert ! s'était écrié Norbert d'Audes, heureux de ce qu'il venait d'entendre.

Il ne pouvait s'agir que de son fils. Il était néanmoins demeuré surpris : où le pape avait-il projeté de l'envoyer ? Pourquoi trois destriers ?

Le pape était perdu dans ses pensées et dans ses souvenirs.

Comme cela semblait proche dans sa mémoire ! Il y avait pourtant dix ans. Déjà dix longues années qu'avec Amauric, vicomte de Béziers et ancien marinier de Marseille qui avait, après une jeunesse de ripaille, embrassé la voie du Seigneur, Norbert d'Audes et un serviteur avaient pris, sans autre escorte, la direction de l'Orient. S'ils revenaient, demain, ils n'auraient pas changé...

Jean XXII hochait tristement la tête, il n'ignorait pas que pour lui la fin du parcours était proche.

Avant d'atteindre la terre d'où l'on ne revient jamais, il aurait aimé que Flora et Jacques Mollard, qui avaient fait le choix de partir vers Compostelle, en compagnie de leur fils Laurent, fussent de retour. Eux ne devraient plus tarder, il les reverrait, il en était sûr. En quel état ? Pourquoi s'en étaient-ils allés à pied, un simple bâton à la main, une besace maigrement remplie sur le dos ? De retour de Saint-Jacques, Laurent voulait se faire troubadour, il ne manquait pas de goût pour la poésie. Il réussirait.

En dehors des ecclésiastiques, il n'y avait guère de gens qu'il avait côtoyés pendant ses dix-huit années de pontificat. Le vicaire du Christ était perdu dans la solitude de ceux qui, vivant plus vieux que d'autres, laissent leurs compagnons au bord du chemin.

Un chambrier frappa à la porte.

— Il y a là, Très Saint-Père, un homme désireux de vous voir. Il prétend avoir servi le cardinal Colonna.

Jean XXII sentit se précipiter les battements de son cœur.

— François ! s'écria-t-il, avant même que le poète, qui avait dépassé la trentaine, ne s'incline à ses pieds. Je suis heureux de te revoir. À présent, je peux mourir.

Pétrarque, tout de noir vêtu, les joues creuses, retira devant le pape le bonnet qui serrait sa tête, laissant apparaître une chevelure aussi rare que lisse. La réaction du pape ne l'avait pas étonné, de tous les artistes qui avaient fréquenté la cour d'Avignon, il se savait le préféré.

— Je suis de retour, Très Saint-Père, mais je dois aussitôt repartir. J'avais hâte de vous revoir.

— Et de *la* revoir, ajouta, malicieusement, le pape.

— Il est vrai, confessa Pétrarque, rougissant, que de retour dans mon exil d'Avignon, éloigné comme vous de notre chère Italie, je l'ai vue dimanche à la messe du couvent de Sainte-Claire. Quand mes yeux furent habitués à la douce pénombre, elle était là, parmi l'assistance des premières heures de la matinée. Elle se tenait droite, ses cheveux blonds lissés en arrière, ses yeux profonds, son teint de lys, stupéfiante de beauté.

— Quel enthousiasme juvénile ! s'amusa le pape. Deux beaux yeux et voilà ton âme à jamais enchaînée.

— Laure — ce prénom qu'il avait tant de peine à prononcer — n'a jamais cessé de me faire soupirer. Jamais, sa pensée ne m'a quitté. Elle n'a pas d'époux, j'ai interrogé son confesseur à Sainte-Claire.

Le Quercinois n'en disait rien. Il aurait voulu éprouver encore une telle ardeur amoureuse. Les quelques femmes qu'il avait, malgré ses vœux, caressées n'étaient plus que fantômes, depuis longtemps évanouis.

— Je ne doute pas de ta flamme, dit le vieux pape, mais afin d'avoir la certitude que tu mérites Laure de Noves, je te suggère une dernière épreuve. Tu es libre de l'accepter ou de la refuser.

— Bénie soit l'occasion qui m'est offerte ! Quoi que vous exigiez pour affirmer mon amour, je l'accomplirai. Dieu m'y aidera.

Le pape l'interrompit.

— Tu m'as jadis assuré que, dans ton enfance, sur nos terres comtadines, lorsque tu vivais à Carpentras, tu rêvais d'atteindre le sommet du Ventoux. Personne à ce jour n'y est parvenu. Si tu réussis, j'interviendrai auprès du seigneur de Noves, qui n'a jamais apprécié les Italiens, afin qu'il te donne sa fille. Je m'y engage. Mais d'abord, afin que ton âme soit en union avec les forces de ton corps, il te faut grimper jusqu'au faîte du mont. Si tu ne ménages pas tes rudes efforts, si tu y parviens, tu seras toi-même convaincu de ta juste passion.

Quelques jours plus tard, Pétrarque était de retour.

Le pape, las, le reçut dans sa chambre. La fatigue commençait à peser sur ses vieux os.

Le chambrier demanda au poète de parler en langue française et d'une voix forte, Jean XXII n'entendait plus guère que ce qu'il avait envie d'entendre. Les fortes chaleurs de l'été avaient eu raison de sa vitalité. Par le fenestron du palais, le soleil ardent le brûlait plus qu'il ne le réchauffait.

À Pietre Colonna, neveu du défunt Giacomo Colonna, il avait dit :

— Si j'avais seulement dix ans de moins, j'appellerais les meilleurs architectureurs de cathédrale, les plus habiles maçons et tailleurs de pierre d'Espagne, et les peintres les plus réputés d'Italie. Ou le Saint-

Siège retourne à Rome, ou il faut édifier dans Avignon un palais assez admirable et convenablement fortifié pour que nul prince, nul roi, ne doute jamais de notre puissance. S'il décide de séjourner dans cette ville, mon successeur devra songer, dès son élection, à cette tâche importante. Si Rome n'est plus dans Rome, qu'elle soit, avec une somptuosité et une puissance identiques, dans Avignon.

Cela permettrait, avait pensé le cardinal, de restituer à l'évêque d'Avignon, qui se contentait d'un modeste logis dans le couvent des Dominicains, la demeure que Jean XXII occupait depuis vingt ans.

L'Italien, soucieux de ne pas offenser le vieillard, l'avait écouté, sans prêter grande attention à son projet de construction d'un véritable palais pontifical. Pour lui, il ne faisait aucun doute qu'après la mort de Jean XXII, et malgré l'amitié récente unissant la France et la papauté, toutes les autorités ecclésiastiques franchiraient à nouveau les Alpes. Rome serait capitale de l'Église. Éternellement.

Assis sur un tabouret couvert de velours écarlate frangé d'or, Pétrarque prit la parole :

— Au jour fixé, j'ai quitté Malaucène, au pied de la montagne. Je suis passé devant le monastère du Groseau, où Clément V prit plus souvent que vous du repos. La douceur de l'air, la longueur du jour, la vigueur de mon âme me favorisaient.

— Et tu ne fus pas effrayé par les sorcières ? demanda le pape d'une voix faible.

— Je n'en ai rencontré aucune, Très Saint-Père. Mon seul obstacle fut la nature du lieu, car il n'était pas aisé de monter en passant d'un rocher glissant à un bois touffu. Il me fallut plus de quatre heures pour parvenir au sommet, n'ayant croisé que trois biches et quelques sangliers que mes pas effrayaient. Plus je grimpais, plus je me détachais des choses matérielles pour réfléchir aux choses immatérielles. Le temps n'existait plus.

Le pape l'interrompit.

— Ce que tu as éprouvé dans l'ascension de la montagne, sache que cela arrive à beaucoup de ceux qui marchent vers la vie bienheureuse. Hélas, soupira-t-il, on ne s'en aperçoit pas aisément, les mouvements du corps, nous les contrôlons, ceux de l'âme sont invisibles, cachés. Mais as-tu atteint le sommet ?

— Oui, je l'ai atteint, j'en fais à vos pieds le serment. Là-haut, il y a un petit plateau. Je me suis reposé jusqu'à ce que le soleil décline vers l'occident. En cet automne, il faudrait être un grand artiste de la peinture pour représenter les mille couleurs des arbres, si changeantes au fil des heures. N'ayant pour m'exprimer que des mots, j'ai choisi de me taire.

— Dis-moi, François, balbutia le pape, est-ce à Laure ou à Dieu que tu as offert, sur ce pic, tes premières pensées ?

— Vous l'avouerais-je, Très Saint-Père ? J'ai d'abord dirigé mes regards vers l'Italie, c'est là que mon cœur incline le plus. Le ciel était d'azur, je ne me lassais pas des Alpes, couvertes de neige. D'abord frappé par le souffle inaccoutumé de l'air et l'étendue du spectacle, je suis resté immobile de stupeur. Mon regard cherchait dans la plaine cette ville qui n'est pas Rome, mais dont vous avez fait, dans votre sagesse immuable, votre Rome.

Le pape se réjouissait de l'enthousiasme du poète, il le modéra.

— Ne parle pas de ma sagesse, elle n'a été qu'accoutumance. Garde en toi, tu es poète, les propos de Virgile : « Un labeur opiniâtre vient à bout de tout. » Malgré le fardeau des ans, je prends encore le temps de prier pour Rome, et je te l'avoue, aussi pour ma chère ville de Cahors, que je crains de ne plus jamais revoir. Il te reste, François, une tâche difficile à accomplir : ce que tu avais coutume d'aimer, ne prétends pas ne plus l'aimer, tu mentirais. Va à la rencontre de Laure, et dis-lui enfin la vérité. Le Rhône coule là, sous nos yeux, admire son cours, use tantôt des joies terrestres, tantôt élève ton âme à l'exemple de ton corps. Mais n'as-tu pas oublié de te nourrir ? Il faut te garnir l'estomac car si ce que tu as réalisé est admirable, tu dois en avoir la fatigue dans les jambes.

— J'y ai songé, Très Saint-Père, je suis descendu vers le soir, au bourg de Malaucène. J'ai pris un destrier et j'ai galopé. Je voulais courir à Bompas, mais me suis arrêté en chemin, dans une auberge proche de Mazan où je me rendais parfois du temps où j'étais à Carpentras. Elle était emplie de rouliers. Avant que de parvenir à obtenir un pichet de vin, j'ai aperçu, s'activant à laver les écuelles, une femme qui m'a semblé être très liée avec l'aubergiste.

Pétrarque s'exprimait plus difficilement, son visage pâlit. Le pape s'en aperçut.

— Parle plus haut, je ne t'entends guère. Dis-moi, de grâce, pourquoi cette femme t'a tant troublé.

— Parce que, répondit Pétrarque, j'en suis certain, c'était Emilia...

Il se tut quelques secondes avant de poursuivre

— Sur cette vérité, je ne reviendrai point. Emilia fut l'épouse du seigneur de Mazan, qui nous avait tendrement reçus, lors de ce lointain et triste conclave. Elle a ensuite effrayé mon esprit du temps où j'étais chez Colonna. Emilia...

— N'ajoute rien, soupira le vieil homme. Tais-toi et oublie ce que tu viens de me dire. Que le souvenir de cette femme te quitte à jamais.

Pétrarque regarda longuement le pape devenu silencieux. Quand il se fut assoupi, le poète observa la finesse des traits de son visage puis il quitta la chambre, sans bruit. Sans doute ne le reverrait-il plus.

Sur la place, devant le palais, le froid était vif, le vent entraînait dans une ronde de sabbat les dernières feuilles des platanes. L'hiver venait tôt et s'annonçait rude.

Le dimanche 4 décembre 1334, il neigeait sur Avignon. Après avoir dit la messe, le pape demanda à son chambrier de s'éloigner.

Par le fenestron, le froid s'engouffrait dans la pièce. Le givre couvrait les pins de la Grande Île au milieu du Rhône. Les rayons du soleil hivernal glissaient sur le fleuve.

Jacques Duèze, devenu Jean XXII, admira une dernière fois la vaste plaine au bas du Rocher des Doms, puis, à l'heure de prime, il rendit l'âme. Il avait quatre-vingt-dix ans.

Après trois jours, il fut inhumé en grande simplicité dans la cathédrale des Doms, sur le Rocher, d'où il ne devait plus cesser de protéger la Jérusalem provençale. Ainsi pensaient les gens d'Avignon.

Une semaine plus tard, et ce fut une grande surprise, après un conclave qui s'était tenu dans le palais épiscopal d'Avignon, Jacques Fournier, évêque de Pamiers, originaire du comté de Foix, terrible et cruel chasseur d'hérétiques, était élu à la majorité requise. Il prit le nom de Benoît XII.

En comtat Venaissin, février 2000

Fin du tome premier
Tome deuxième : *Les bâtisseurs*

Table

Prologue, 11

Première partie
Le cardinal égaré, 17

Deuxième partie
L'imprévisible élu, 127

Troisième partie
Le pape aux longs jours, 211

Quatrième partie
Le pontife éclairé, 271

Épilogue, 333

Cet ouvrage a été composé par
Graphic Hainaut (Condé-sur-l'Escaut)
et imprimé sur presse Cameron
par **Bussière Camedan Imprimeries**
à Saint-Amand-Montrond (Cher)
pour le compte de la Librairie Plon

Achevé d'imprimer en avril 2000.

N° d'édition : 13224. — N° d'impression : 002010/1.
Dépôt légal : mai 2000.

Imprimé en France